A VIDA É UM SONHO

UMA HISTÓRIA DE AMOR

Catalogação na Fonte
Elaborado por: Josefina A. S. Guedes
Bibliotecária CRB 9/870

Monaco, André
M734v A vida é um sonho: uma história de amor / André Monaco.
2024 1. ed. – Curitiba: Appris, 2024.
376 p. ; 23 cm. – (Geral).

ISBN 978-65-250-5743-9

1. Ficção brasileira. 2. Casamento. 3. Divórcio. 4. Redes sociais. 5.Traição.
I. Título. II. Série.

CDD – B869.3

Appris editora

Editora e Livraria Appris Ltda.
Av. Manoel Ribas, 2265 – Mercês
Curitiba/PR – CEP: 80810-002
Tel. (41) 3156 - 4731
www.editoraappris.com.br

Printed in Brazil
Impresso no Brasil

André Monaco

A VIDA É UM SONHO
UMA HISTÓRIA DE AMOR

Appris
editora

AVISO

Esta é uma obra de ficção, que abordará aspectos e situações que se tornaram comuns dentro da nossa sociedade atual. Pessoas, eventos, episódios, nomes dos personagens, incidentes ou quaisquer outros aspectos retratados neste livro são fictícios. Assim sendo, qualquer semelhança com pessoas, eventos atuais ou passados, histórias, nomes dos personagens, incidentes ou quaisquer outros aspectos da vida real deverão ser considerados como uma mera coincidência.

AGRADECIMENTO

Maria,
Minha querida ex-esposa.
Parece estranho um personagem escrever palavras de agradecimento em um livro,
principalmente sendo elas dirigidas a outra personagem, a sua ex-esposa.
Pensei bastante se isso faria sentido ou se seria inapropriado.
Como a maior parte da narrativa deste livro foi minha,
tomei a liberdade de inserir este agradecimento,
mas com a devida licença do autor.

Maria!
Saiba que você foi a mulher da minha vida e o será até o fim dos meus dias.
Eu sou um homem comum, não sou famoso e não fiz nenhum grande feito.
Mas saiba que eu te adorei, ao meu jeito,
com toda a intensidade possível que um homem pode gostar de uma mulher.
Sinto não ter conseguido demonstrar esse sentimento de forma clara
e por você não ter percebido isso enquanto estivemos juntos.

Saiba que o passado que vivi ao seu lado foi muito importante para mim
e que também foi duro saber que eu não faria mais parte do seu futuro.

Agradeço por termos compartilhado 51 anos das nossas vidas
e por você ter sido até aqui a musa inspiradora da minha vida.

Com carinho,

Alex

APRESENTAÇÃO

Caro leitor, a história que você lerá a seguir foi vivida por um homem e uma mulher que hoje fazem parte do grupo chamado "terceira idade", ou "melhor idade", ou qualquer outra expressão eufemística usada para designar pessoas que já passaram dos 60 anos — aliás, neste caso, por volta dos 70 anos. Na trama, eles estão passando por uma séria crise no casamento.

Mas você pode estar pensando: "O que poderia ter de tão interessante em uma história de amor, cujo conteúdo poderia ser mais um lugar comum, mais um clichê que giraria em torno de uma crise matrimonial igual a tantas e tantas outras que muitas e muitas pessoas que se apaixonaram já viveram? Poderia ser mais um drama no qual seriam discutidos encontros e desencontros vividos por qualquer casal em crise."

Caso você esteja pensando dessa maneira, digo que você está enganado e afirmo que você se surpreenderá! Você perceberá que esta história não é simplesmente mais uma história de amor. Em primeiro lugar, porque os protagonistas não gozam mais da dádiva da juventude, fase esta propícia a idealismos, grandes paixões, sonhos, ilusões, arrojos, arroubos e aventuras. Isso porque o jovem, inexperiente por conta da idade, ainda tem muito que viver e aprender.

Ocorre que, para Alex e Maria, a juventude já se foi faz muito tempo e, na idade madura em que eles, como tantos outros homens e mulheres nas mesmas condiçoes, encontram-se, espera-se que tenham adquirido maturidade e experiência suficientes para se tentar viver com relativa tranquilidade o resto do tempo que lhes resta.

Nessa fase, muitos homens e mulheres deixam de acreditar que ainda seja possível viver, renascer ou encontrar um grande amor. Digamos que é uma fase de conformismo, de acomodação, de aceitação para ambos os sexos, o que, com Maria, você verá que não aconteceu. Em segundo lugar, a maioria das histórias de amor que chegam a virar tema de livros e de filmes é vivida por homens e mulheres lindos, maravilhosos e muito mais jovens do que eles. Em terceiro lugar e o mais importante é que esta é a história deles, o que faz toda a diferença para eles.

O drama dos outros faz-nos críticos,
mas o nosso drama nos corrói.

No decorrer desta narrativa, você terá a oportunidade de ficar diante de vários problemas e várias situações polêmicas que passaram a fazer parte do dia a dia de nossa sociedade moderna, situações essas que, apesar de serem tratadas com certa naturalidade, na realidade, acabam afetando a vida das pessoas, muitas vezes, de forma cruel e, às vezes, até fatal. Na medida em que esses temas sensíveis ligados aos fatos forem aparecendo, eles serão analisados em suas várias facetas.

Um desses temas é a fantástica evolução da tecnologia e da informação que afetou cada pessoa de maneira diferente, dependendo da fase da vida em que ela se encontrava. Para ser mais específico, estou falando da Internet e das redes sociais, cujas criações revolucionaram e mudaram o mundo.

Para quem tem mais idade e nasceu no século passado, como é o caso dos personagens desta história, este mundo digital era inimaginável, possível apenas em filmes de ficção científica. E para quem assistiu a algum desses filmes daquela época, essa tecnologia de comunicação era retratada de forma bem menos sofisticada e, até certo ponto, ingênua, se comparada com o que temos disponível hoje em dia. Mas esse mundo de ficção, de comunicação instantânea e de redes sociais tornou-se real e tal fato pode ter mexido com a cabeça e afetado o comportamento de muitas pessoas de idade mais avançada, consideradas mais maduras.

Naquela época, quem em sã consciência poderia imaginar que, dali a uns 40 anos, existiria um dispositivo, um "telefoninho" sem fio — se é que ainda podemos chamá-lo de telefone — que caberia na palma da mão? Com ele, poder-se-ia falar e ver a imagem da outra pessoa de qualquer lugar do planeta, tirar fotografias e gravar vídeos, utilizá-lo como gravador de voz e fazer pesquisas múltiplas — esses entre tantos outros recursos que nem preciso descrever. E tudo isso em um único "aparelhinho". E olhe que tem muita gente daquela época que ainda não acredita que o homem chegou à Lua!

Já os mais novos não foram tão impactados por essa revolução tecnológica da comunicação mundial por motivos óbvios: já nasceram e cresceram dentro dela.

Para eles, toda essa tecnologia é considerada normal e eles têm até a falsa percepção de que o mundo sempre foi assim. Eles não conseguem mais viver sem Internet e sem celular e não entendem como as gerações anteriores foram capazes de viver sem eles.

De qualquer forma, seja o usuário da *net* um indivíduo mais maduro ou bem mais jovem, nenhum deles está excluído dos benefícios e das facilidades que ela pode proporcionar quando bem utilizada, mas também nenhum deles está imune aos prejuízos, contratempos e dissabores que ela pode causar quando pessoas a utilizarem com más intenções, indistintamente!

Eu sou da opinião que:

"As pessoas não devem limitar-se a aprender somente com os próprios erros, mas devem, principalmente, também aprender com os erros dos outros."

Afinal, ninguém é infalível, e aprender com os erros dos outros deveria ser o comportamento mais lógico e inteligente a ser adotado, porque pode levar-nos a atalhos que permitem atingir mais rapidamente a sabedoria. E convenhamos que cometer erros que já foram cometidos é o mesmo que falarmos de duplicidade de esforços ou perda de tempo. Entretanto, nem todos pensam assim e preferem aprender com os próprios erros e seguir o dito popular:

"É errando que se aprende."

Acontece que essas pessoas não percebem o quão difícil elas tornam a própria vida ao ficar caindo e levantando a todo o momento e, muitas vezes, até repetindo os mesmos erros. E para estes, existe outro ditado popular que diz:

"Persistir no erro é burrice."

Existe uma infinidade de erros que podemos cometer, e tenham certeza de que os cometeremos enquanto estivermos vivos, uma vez que a vida não vem com manual de instruções e ninguém nasce sabendo. E os erros ocorrem porque:

"A vida é vivida ao vivo."

Muitas vezes, temos pouquíssimos segundos para decidir o que fazer em determinada situação. E, depois da decisão tomada e do ato consumado, se erramos, não dá para voltar atrás como ocorre na gravação de uma cena de novela da TV, em que, após cada erro de gravação, pode-se repetir e repetir até sair tudo certinho.

Acontece que existem pequenos e corriqueiros erros que podem ser reparados de forma simples, rápida, sem traumas, e não geram graves consequências. Entretanto, existem outros tipos de erros que podem ser graves, até mesmo irreparáveis, cujas consequências podem ser devastadoras. E é contra esses erros que devemos ficar atentos. Caberá a cada um formar as suas próprias convicções e ter consciência do que pode ou não fazer e, principalmente, do que deve ou não fazer, além de pensar nas consequências dos seus atos.

Devem existir poucos homens e mulheres que nunca tiveram na vida um relacionamento em que não estivessem presentes algumas situações ou sentimentos duais e universais como: paixão e frieza, amor e ódio, romance e rejeição, conto de fada e realidade, felicidade e infelicidade, lealdade e deslealdade, alegria e tristeza, admiração e decepção, união e separação, entre outros. Diz o ditado:

"Infeliz aquele que nunca sofreu por amor."

Mas:

Que felicidade pode existir no sofrimento?
Só se for masoquista!

Deixo essa pergunta para você responder, pois o conceito de felicidade é muito pessoal e ainda não está na hora de abrir debate sobre esse tema. Mas seja qual for o grupo em que se encontre, quero dizer, se você já viveu ou não um grande amor, se já sofreu ou não por amor, eu tenho certeza de que você se identificará com o drama que este casal da terceira idade passou. E, de repente, você poderá estar ora julgando o marido, ora julgando a mulher, ou ora julgando os dois.

Este livro está dividido em duas partes:

Na "Parte I – A Narrativa de Alex", você tomará conhecimento desta história que será narrada em primeira pessoa, mas somente do ponto de vista de Alex, que é o marido e um dos personagens. Maria, a sua mulher, será ora elogiada, ora criticada, ora julgada e condenada ou ora absolvida por ele. Ela não terá direito de resposta, nem de defesa ou de fazer qualquer manifestação. Você tomará conhecimento de apenas um dos lados da história.

Entretanto, será você quem terá a incumbência de constituir juízos de valor e poderá fazer isso criticando, julgando, condenando ou absolvendo Alex ou Maria, ou ambos, em resumo, formar opinião sobre os temas e a conduta dos personagens. É isso o que espero de você!

Na "Parte II – Comentários do Autor", farei comentários e análises sobre alguns temas atuais que identifiquei como relevantes por terem vínculos com esta história, analisando e relacionando esses temas a alguns episódios vividos por Alex e Maria.

Agora, eu gostaria de levantar uma questão para você pensar. O personagem Alex, por ser o titular da narrativa, parece assumir o papel natural de protagonista desta história, mas, pela importância que a personagem Maria tem em toda esta trama, eu não consigo ter a convicção de que Alex seja realmente o protagonista. Isso porque Maria foi a fonte de inspiração, a razão, o centro dos acontecimentos e o motivo desta escrita.

Como já disse, Maria em momento algum se pronunciará, se defenderá ou fará qualquer tipo de manifestação, mesmo assim, ela estará presente a todo o momento nesta escrita. Assim, peço a você que atente a esses fatos e escolha, no final da leitura deste livro, se nós temos "o" ou "a" protagonista ou se ambos devem assumir o papel de protagonistas, pois:

Se foi Alex quem narrou, foi Maria
quem inspirou.

De maneira geral, as pessoas adoram julgar e falar de pessoas. É muito fácil julgar e falar dos problemas dos outros, até que uma hora a gente se torne a "bola da vez". Mas uma coisa é certa: lendo este livro, você poderá aprender um pouco mais sobre as armadilhas que o amor pode reservar-nos, não importando em que fase da vida nós nos encontremos. E caso você não se identifique com a história toda, você poderá identificar-se com partes dela, podendo ajudá-lo a se curar de alguma antiga mágoa ou ferida ou, quem sabe, até mesmo aprender a importância relativa de perdoar e seguir em frente!

Ainda, gostaria de fazer uma importante observação sobre a dinâmica deste livro. A maior parte da narrativa de Alex foi feita em tempo real e sob um forte estado de pressão psicológica, de estresse, à medida que ele foi tomando conhecimento dos fatos mais recentes que começaram a remoer seus pensamentos e inquietar sua alma.

Alex também recordou e narrou vários episódios pretéritos vividos com Maria nos últimos 51 anos de relacionamento, em constantes idas e vindas no tempo, e lançou mão do recurso de associar músicas com esses episódios. E a utilização desse recurso por Alex foi de bom gosto, uma vez que um dos principais papéis que a música e a arte têm é o de nos ajudar a associar e nos fazer recordar e manter vivos nas nossas lembranças os momentos marcantes, alegres ou tristes, das nossas vidas.

Temos de admitir que, na vida, "se colhe o que se planta" e isso quer dizer que o que ocorre hoje conosco pode ter raízes em tempos idos. Voltar ao passado não significa necessariamente ser saudosista, mas, sim, fazer um exame de consciência com a finalidade de identificar os erros cometidos para não os cometer novamente no futuro. Isso porque, quando as consequências chegam, elas podem ser avassaladoras como uma avalanche, restando-nos apenas tentar sobreviver.

Boa leitura!

SUMÁRIO

PARTE I – A NARRATIVA DE ALEX

PARTE II – COMENTÁRIOS DO AUTOR

PARTE I

A NARRATIVA DE ALEX

CAPÍTULO I – DIAS ATUAIS

Estava consumado! Eu não podia fazer mais nada para salvar o meu casamento porque ele havia terminado. Essa batalha eu tinha perdido agora de forma oficial e definitiva. Eu acabara de receber no meu WhatsApp uma mensagem da nossa advogada dizendo que o juiz já havia assinado o divórcio e só restava aguardar a publicação no Diário Oficial para finalizar os procedimentos legais. O processo na Justiça, agora digital, correu com rapidez surpreendente, apesar de estarmos em meio à pandemia do novo Coronavírus e em época de isolamento social.

Disse a advogada, em tom amistoso, que "agora eu era um homem livre!". Ela só não sabia que, lá do fundo do meu coração, eu nunca quis me separar de Maria. Meu coração estava sangrando e explodindo de tanta tristeza! Eu havia perdido Maria, a mulher da minha vida, a mulher que muito cedo eu aprendi a amar!

Para mim, tudo isso parecia um pesadelo surreal, mas era bem real!

Mais uma vez, as lágrimas escorreram pelos meus olhos, é claro, sem que a advogada percebesse a minha angústia, a minha tristeza! Aliás, nos últimos tempos,

Os meus olhos foram visitados com frequência pelas minhas lágrimas.

Sou Alex, nascido três anos depois da metade do século passado. Minha mulher — força do hábito que daqui em diante vou ter de mudar quando me referir a ela —, agora ex-mulher, Maria, nasceu exatamente na metade do século passado. Em tempo, hoje estamos no século XXI.

Apesar de ser três anos mais novo do que Maria, eu aparento ser mais velho do que ela. Os anos pareciam não passar para ela, que, para mim, será eternamente linda!

Por sua aparência atual, dizer que Maria tinha menos de 50 anos, se tanto, era comum, e as pessoas, quando tomavam conhecimento da sua verdadeira idade, a princípio, não acreditavam. Faltava apenas um mês para completarmos 45 anos de casados quando saiu a sentença de divórcio e estávamos a seis meses de completar 51 anos de relacionamento total — isso porque namoramos quatro anos e noivamos dois.

Sempre procurei ser um cara racional, objetivo, organizado e preocupado com o meu futuro, com o de Maria e o de minha família. Mas também sempre fui sorridente, brincalhão e adoro dar gargalhadas com uma boa piada. Durante a vida, procurei desenvolver autocontrole e preparar-me para enfrentar os problemas que fossem aparecendo. Chorar! O que era chorar? Não aprendi a chorar! Para mim, chorar era sinal de fraqueza. *"Homem não chora!"*, dizia meu pai.

Para que não digam que sou mentiroso, ou que tenho coração de pedra, consigo lembrar as raras vezes em que chorei depois de adulto. A primeira vez foi quando da morte de minha querida tia, que acolheu Maria quando a mãe dela resolveu ir morar na casa de um dos filhos em outro estado, seis meses antes do nosso casamento.

Ninguém da família de Maria habilitou-se a acolhê-la, mas o coração desses meus tios foi grande o suficiente para deixá-la morar em sua casa e tratá-la como filha. Minha tia morreu três meses antes do nosso casamento. O meu choro foi curto, e em cinco minutos eu já estava recomposto.

A segunda vez que chorei foi quando da morte do meu querido pai, a primeira grande perda da minha vida. A terceira vez foi quando da morte de minha querida mãe, a segunda grande perda da minha vida, que ocorreu três meses após o falecimento dele. Mas, se levarmos em consideração o espaço de tempo entre a morte dos dois, de forma agregada e sem querer forçar a situação, poderíamos considerar uma só vez, afinal não chorar pela morte de papai e de mamãe seria o fim da picada, e, apesar de eu parecer ou pensar ser durão, não sou um *iceberg*, sou de carne e osso.

Outra vez que chorei foi há seis anos, quando da morte da minha cachorrinha, grande "amiga". Naquela época, o meu relacionamento com Maria começava a se deteriorar, e eu estava me sentindo fragilizado e solitário dentro de casa. Minha cachorrinha me seguia pelo apartamento de um lado para o outro e supria a falta de companhia que eu estava sentindo, uma vez que Maria, aos pouquinhos, já vinha se afastando de mim. Pode até ser considerado um lugar comum, um clichê, mais uma dessas frases feitas, mas ela é verdadeira:

"Se você quer ter um amigo,
compre um cachorro."

Isso porque agora eu aprendi que:

Não se deve confiar cegamente em quem
saiba falar, porque um dia, quando você
menos espera, essa pessoa poderá
te decepcionar profundamente.

Para quem pensava ser durão e acreditava que o choro era para os fracos, acabei descobrindo que não era tão durão quanto pensava ser e tive de aprender isso de uma forma muito dura e muito cara para mim. Chorar por um motivo não ligado à morte, mas, sim, à perda, perda em vida, a perda de Maria! Chorar pela dissolução do nosso casamento, da nossa família, o que para mim eram muito caros e jamais havia imaginado a possibilidade de que um dia isso pudesse acontecer comigo.

Mas eu estava errado, aconteceu sim! "Divorciar" era uma palavra, um verbo que para mim só existia conjugação na segunda e na terceira pessoas do singular e do plural, e não existia conjugação na primeira pessoa. Pensava eu: as outras pessoas se divorciam, eu e Maria não, jamais!

<u>Quem bateu em minha porta?</u>

Mas agora o divórcio chegou,
Ele bateu em minha porta,
entrou e me separou de Maria!
E com um golpe só, ele destruiu o meu casamento,
O meu lar e a minha família.
E com esse mesmo golpe, eu perdi o meu rumo.
Ele me derrubou, e me machucou,
e me sensibilizou de tal forma
Que eu acabei me tornando um frágil bebê chorão!

Só o tempo com a sua sabedoria poderá ajudar-me a juntar todos os cacos de dignidade que eu possa ter perdido com essa separação, porque:

Após passar 51 anos junto de Maria,
para mim, eu e ela éramos um só.

Sim! Era assim que eu me sentia! Eu via a nossa relação como se eu e Maria fossemos um só, dois em um! Imbatíveis! Inatingíveis pelo divórcio! Esse era o meu sentimento após esse longo tempo de convivência com Maria, porque eu não a tirava dos meus pensamentos por um só momento. Ela estava dentro de mim, aonde quer que eu fosse, e tudo fazia lembrar-me dela, do que ela gostava, do que ela não gostava, do que ela estava precisando ou querendo...

Era assim que eu sentia a nossa relação, o nosso casamento de tantos anos, mas só recentemente acabei descobrindo que Maria não compartilhava o mesmo sentimento!

Agora eu terei que deixar
de ser "dois em um"
e aprender a ser "só um"!

Já pude começar a provar esse sentimento algumas vezes nesses poucos dias separado de Maria. Uma dessas vezes aconteceu em uma noite de sábado, durante a quarentena, quando minha neta e seu namorado vieram visitar-me. Na hora de pedir a pizza, comecei a questionar se uma só daria para "nós quatro". Então, minha neta olhou-me com um ar de surpresa e lembrou-me de que estávamos em três e que só uma pizza seria suficiente. Aí caiu a ficha, foi um ato falho da minha parte, e sorri para eles, querendo chorar!

Para mim, a presença de Maria ainda era bem real! Ela devia estar logo ali, quem sabe em seu quarto, na cozinha, ou em algum outro cômodo do apartamento fora do meu campo de visão, e eu sabia que ela ia comer as suas duas fatias de pizza como de costume, e eu sabia os sabores de que ela gostava. Mas ela não estava! E em uma noite, quando eu terminei de preparar a janta, fui até a porta da cozinha e gritei para Maria, que devia estar no quarto dela: — Está pronto!

Mas cadê Maria? Ela não respondeu
simplesmente porque ela não estava lá!

Ai, ai, ai! Eu vou ter que me acostumar
com a ausência de Maria!

Esse meu comportamento pode ser comparado à "síndrome do membro fantasma", que é o fenômeno por meio do qual a pessoa que teve qualquer um dos membros amputados, ou até mesmo um órgão, ainda o sente presente e completamente funcional. Essa sensação pode ser acompanhada de dor.

O meu membro que
foi amputado era Maria,
e a terrível dor que eu estava sentindo
era no meu coração!

Quando as pessoas me perguntavam há quanto tempo eu era casado, eu respondia com orgulho que era casado há 45 anos e que tínhamos um relacionamento total de 51 anos, o que, convenhamos, não é um número comum hoje em dia. As pessoas se surpreendiam, e eu me sentia superior e orgulhoso! Agora, quando perguntarem sobre o meu estado civil, e eu disser que sou divorciado, ninguém mais se surpreenderá ou se importará, uma vez que ser divorciado tornou-se a coisa mais comum hoje em dia e parece até que virou moda.

Mas, para os nossos conhecidos, quando souberem do nosso divórcio, eles ficarão surpresos, principalmente depois de tanto tempo juntos e por estarmos em uma faixa etária por volta dos 70 anos, idade na qual mais se precisaria um do outro. Nesta fase, os filhos já moram cada um em suas casas e possuem suas próprias famílias, e os pais acabam ficando meio que de escanteio.

É nesta fase, quando ocorre o distanciamento natural dos filhos e a solidão começa bater na nossa porta, que se torna importante ter um companheiro ou uma companheira para conversar ou simplesmente compartilhar. É na terceira idade que o casal deve estar mais unido para poder enfrentar a velhice com mais dignidade.

Por toda a minha vida, eu acreditei nisso, dividi essa ideia com Maria, lutei para que isso acontecesse, lutei pela nossa independência financeira e pretendia terminar os meus dias ao lado de Maria, cuidando dela, e ela cuidando de mim, mas, infelizmente, agora isso não mais será possível.

Esta será a minha "velha vida nova" daqui em diante, e tenho que me conformar. Mas isto é só o começo, pois ainda tenho muito que contar.

CAPÍTULO II – A VIAGEM DE MARIA AOS ESTADOS UNIDOS

Em um domingo à tarde, no final de outubro, há um ano e meio, eu fui levar Maria à rodoviária, uma vez que ela ia pegar um voo noturno para os Estados Unidos, onde mora a minha filha número dois, Sabrina. Sabrina ia submeter-se a uma cirurgia para tirar um tumor benigno de seu seio, e, por isso, a mãe estava indo ficar com ela para ajudá-la no que fosse preciso.

Na rodoviária, ao conduzir Maria até o ônibus que tinha como destino o Aeroporto de Guarulhos, nós nos despedimos friamente com um beijinho mecânico em sua cabeça, no cabelo, sem um abraço e sem emoção. Nem parecia que ela ia ficar longe de casa por um mês. Eu estava com o meu coração explodindo de tristeza. Aliás, eu já vinha carregando essa tristeza há, pelo menos, uns cinco anos, quando comecei a sentir que Maria estava se distanciando de mim.

Beijinhos mecânicos de até logo já vinham fazendo parte das nossas vidas sempre que um ou outro fosse sair para a rua para fazer alguma coisa, quando voltava da rua, ou quando íamos dormir. Parecia que não existia mais sentimento entre nós. O que teria acontecido com ela? O que estava acontecendo comigo? Eu tinha a impressão de que estava perdendo Maria. Sua indiferença estava começando a me contagiar.

Mas esse episódio da rodoviária foi a ponta do *iceberg*, e era apenas o começo do pesadelo que estava por vir e que transformou toda a minha vida. Assim que voltei da rodoviária, chegando em casa, entrei no WhatsApp e chamei minha filha número três, a Janaina. Pedi que ela entrasse em contato com o irmão, o meu quarto filho, o Carlinhos. Eu queria que os dois combinassem um dia para vir falar comigo, ambos sem seus filhos ou esposas, sozinhos, pois eu queria conversar com eles sobre a situação existente entre mim e a mãe deles, que parecia estar piorando. E eles marcaram para a segunda-feira à noite.

Já falei dos filhos dois, três e quatro. A minha filha número um, a Sueli, tem andado um pouco afastada de nós em virtude de problemas pessoais e de saúde. Nós nos falamos pelo WhatsApp e nos vemos esporadicamente. Então, a situação é esta: eu e Maria tivemos quatro filhos, frutos do nosso casamento, e temos cinco netos.

Nossa vida conjugal, como a de qualquer casal, sempre teve altos e baixos, momentos alegres e momentos tristes, o que faz parte da vida e é normal. O dinheiro nunca foi farto, mas também nunca faltou. Afinal, só eu trabalhava para sustentar seis pessoas. Eu e Maria sempre tivemos nossas diferenças, e atire a primeira pedra o casal que nunca teve suas diferenças. Brigas, briguinhas, divergências, rusgas e picuinhas, nós sempre tivemos, mas sempre terminaram em pizza e em um bom sexo para acalmar os ânimos. E quero que fique claro que os nossos momentos alegres eram em número bem maior, sem sombra de dúvidas.

Não me recordo de ter passado pelas crises dos cinco anos, 10, 15 ou 20 anos, pelas quais dizem que os casamentos em geral passam. Agora, estávamos beirando os 45 anos de casados, e pergunto: alguém já ouviu falar da crise dos 45 anos? Confesso que jamais ouvi falar. Nosso casamento nunca tinha chegado a um ponto desses até agora, e era sobre isso que eu queria conversar com os meus filhos.

CAPÍTULO III – QUANDO A SITUAÇÃO COMEÇOU A DEGRINGOLAR

Em abril do ano anterior a essa viagem que Maria fez no final de outubro, eu e ela passamos uns dias na casa de Sabrina, nos Estados Unidos, mas tive de voltar antes dela. Aqui no Brasil, aproveitei uma oferta e comprei um pacote de cruzeiro de 7 noites/8 dias para o Sul, Uruguai e Argentina, partindo de Santos. A viagem ficou agendada para os últimos dias de fevereiro deste ano. Seria o nosso terceiro cruzeiro. Tudo de bom!

Até antes do embarque, no final de fevereiro, nossa vida parecia normal, apesar da sensação de que ela estava se distanciando de mim, como já disse. Mas devia ser só impressão. Eu não queria acreditar nisso, uma vez que, no final, o sexo rolava com frequência e continuava sendo muito bom, e ela parecia estar satisfeita. Assim, partimos para o nosso passeio pelo Atlântico.

Maria sempre foi muito vaidosa e, como já era experiente no assunto, levou roupas apropriadas para usá-las nos vários tipos de eventos diários que o cruzeiro oferecia. Ela gostava de aproveitar ao máximo essas ocasiões especiais fora da rotina. No navio, ela queria a todo o momento ficar tirando fotos, assim, assado, de lado, de frente, de costas, de cima, de baixo, com uma roupa, com outra roupa, na escada, no corredor, no deque, na piscina, no restaurante. Parecia que sua energia e seu estoque de vaidade eram inesgotáveis.

Tudo isso me irritava profundamente, mas eu tinha que me controlar. Parecia que o gás dela aumentava nessas situações e ela se transformava em outra pessoa.

Dizia ela:

— Tira uma foto.

— Tira outra, não ficou boa.

— Não ficou boa, tira de novo.

E lá ia eu tirar outra, e outra, e mais outra até ela achar que a foto tinha ficado boa. E logo eu que nem gosto muito de foto! Parecia que isso não tinha fim, e toda hora nós discutíamos por esse motivo.

Há, aproximadamente, seis anos, eu passei a ter disfunção erétil e, a partir daí, comecei a usar as famosas "pílulas azuis". Todo homem que usa sabe que, quando tomamos essas pílulas, vários efeitos colaterais se manifestam, como calor, vermelhidão, sudorese, enjoo, dor de cabeça, entre outros. E o tempo que a azulzinha demora para fazer efeito pode variar de homem para homem. No meu caso, demorava entre três e quatro horas. Mas o prazer que um bom sexo nos proporciona é bem maior do que a chateação que esses efeitos colaterais provocam.

O sexo e o prazer acima de tudo!
Danem-se os efeitos colaterais!

Maria aceitou com naturalidade essa mudança que houve no meu organismo, e o companheirismo demonstrado por ela deixava-me mais à vontade na hora do sexo. Essa postura de Maria foi muito importante para mim, e o nosso sexo continuou a rolar e ser maravilhoso.

Desde o início do cruzeiro, já tínhamos feito sexo gostoso duas vezes e estávamos para entrar na sexta noite da viagem. À tarde, combinamos de transar naquela noite. Ela concordou, e eu tomei o remedinho "levanta defunto", como eu me referia a ele. Ocorre que essa era a noite do jantar de gala. Maria, vaidosa, mais uma vez, se produziu para a ocasião, vestido longo, sapato de salto alto, maquiagem, cabelos longos e ondulados, linda, muito linda como sempre. Eu coloquei o meu terno, e fomos jantar e nos divertir.

Após o jantar, ficamos circulando pelos *lounges* do navio com música ao vivo e tirando fotos pra lá e pra cá, como sempre. Maria adora dançar, mas o manezão aqui não. Eu sempre a decepcionei nesse ponto. Eu nunca gostei de dançar. Sempre fui roda presa desde jovem. Eu me contento em assistir, e ela fica agoniada assistindo e rebolando ao meu lado. No cruzeiro anterior, até arrisquei uns passos na pista, mas eu me sinto muito desajeitado dançando. Mesmo frustrada, ela sempre entendeu, aceitou e respeitou o meu gosto, e nunca houve cobrança ou entramos em atrito por isso.

Já passava das 22 horas. A noite estava agitada, movimentada e divertida. Ela estava de vestido longo, e eu de terno e gravata. Eu estava me sentindo desconfortável e com muito calor, cujo ardor se tornava cada vez mais forte por causa do remedinho que já fizera efeito, e eu estava em ponto de bala. Então, pensei comigo: Vou levá-la para o quarto, transamos, depois colocamos uma roupa mais confortável e voltamos para aproveitar um pouco mais o restante da noite. Porém, eu nem tive oportunidade de falar para Maria essas minhas boas intenções. Quando eu disse para ela:

— Vamos para o quarto que eu já estou a todo o vapor.

Para minha surpresa, ela respondeu:

— Agora que está começando a noite no navio, a gente vai ter que ir para o quarto! Aqui é lugar para se divertir, e não para transar! Sexo a gente faz em casa!

Essas palavras tiveram o mesmo efeito que o corte de uma navalha, foi uma ducha fria sobre mim. Elas explodiram nos meus ouvidos como uma bomba, tão forte que eu não ouvi mais nada, não vi mais nada e não consegui pensar em mais nada.

Naquele momento, veio-me à cabeça, como uma avalanche, o comportamento que Maria vinha demonstrando em relação a mim nos últimos tempos e a mágoa que eu vinha carregando nesse período. E aquelas palavras de Maria, além de ferirem os meus sentimentos e reduzirem a nada as minhas boas intenções, naquele instante, fizeram despertar um tremendo ódio dentro de mim!

Naquelas palavras de Maria, eu senti o seu desinteresse e a sua falta de vontade de transar, conforme a gente tinha combinado à tarde, além do pouco caso em relação à minha vontade de transar e à necessidade que o meu organismo estava sentindo naquela hora por causa do remédio que eu tinha tomado, e ela sabia disso!

Aí entrou em cena a famosa "lei da ação e reação"! Para mim, a atitude de Maria e suas palavras demonstraram, no mínimo, uma enorme falta de respeito para comigo! Era um pouco caso sem tamanho! Ela sabia da minha condição! Ela sabia que eu tinha tomado o remedinho! E nós, de comum acordo, tínhamos combinado de transar naquela noite! Ela nunca tinha agido daquela maneira! Eu tinha de dar uma resposta à altura da desfeita que ela tinha acabado de me fazer. Então eu respondi:

— Se você pensa assim, então o próximo cruzeiro você não fará comigo.

Pronto! A merda tinha sido lançada para todos os lados!

Tanto eu como Maria contribuímos cada um com sua parcela de culpa nesse episódio. E existe uma frase que reflete muito bem uma situação semelhante a essa:

"Já vi pessoas inteligentes fazerem idiotices quando agem por impulso."

Eu viria a descobrir mais tarde que esse episódio, segundo Maria, foi a gota d'água que estava faltando para o meu casamento entrar em colapso.

Esse foi o começo do meu pesadelo e o princípio do fim do nosso casamento.

Após serem ditas essas tristes, duras e infelizes palavras, primeiramente por Maria e minhas na sequência, voltamos calados para a cabine. Não havia muito a ser dito. O clima para o sexo havia esfriado totalmente, mas o efeito do remédio continuava agindo no meu organismo.

Fomos para a cama cedo, tristes um com o outro e sem nos falar. Deitei-me antes dela e virei para o lado oposto, tentando dormir, mas estava difícil, eu estava muito irritado. Eu a ouvi entrar no banheiro e ligar o chuveiro; ela não se deitava sem antes se lavar. Senti que, após alguns minutos, Maria se deitou do outro lado da cama — a cama do navio é enorme —, e não nos tocamos. Nem olhei para ela!

Dormi mal e acordei durante a noite algumas vezes em sobressaltos. Então, lá pelas tantas da madrugada, acordei mais uma vez. O meu pênis estava duro, bem duro, afinal o remédio ainda estava agindo, e eu estava com muito tesão. Ao dar com o meu braço para o lado que Maria dormia, senti o seu corpo nu. Sim, aquele seu lindo corpo estava nuzinho sob as cobertas e ao meu lado. O fato de estar dormindo nua deixou-me surpreso, uma vez que ela sempre teve o hábito de dormir vestindo algo, mas nuazinha, jamais!

Naquela hora, entendi que a sua nudez fosse um convite para fazermos sexo, quem sabe uma espécie de arrependimento e de reconciliação. Então, eu deixei o meu orgulho de macho ferido de lado e comecei acariciá-la, afinal não seria a primeira vez que transaríamos de madrugada. Ela estava dormindo e deu alguns gemidos. Em seguida, eu coloquei o meu corpo sobre o dela, ela abriu as pernas, segurou o meu membro e ajudou a introduzir o meu pênis intumescido em sua vagina, como de costume, e eu comecei a entrar e sair até gozar.

Demorei um pouco além do meu normal para gozar. Foi um orgasmo sem uma sensação gostosa de prazer, foi meio que mecânico! Que eu me lembrasse, foi a primeira vez que a vagina de Maria não se lubrificou durante a relação, permaneceu seca, e o meu pênis até ficou um pouco dolorido.

Ao acordarmos pela manhã, ela me disse que estava sentindo certo incômodo na vagina e que tinha tomado, na noite anterior, o remédio para dormir. Então, eu me toquei e disse a ela que a gente tinha feito sexo durante a noite. Como eu poderia saber que ela tinha tomado sonífero se eu tinha ido dormir antes dela puto da vida, e eu tinha acordado durante a noite com ela peladinha ao meu lado?

Aquela foi a pior transa da minha vida e, quem sabe, das nossas vidas!

O cruzeiro terminou, o navio voltou para Santos, e nós retornamos para o nosso apartamento. Já fazia algum tempo que eu e Maria dormíamos em quartos separados. Decidimos isso depois de minha filha Janaina ter se mudado após o casamento e o quarto dela ter ficado vago. Maria foi dormir no quarto de solteiro, e eu permaneci no de casal.

Eu e ela entramos em acordo e chegamos a esse consenso porque é sabido que existem muitos casais que recorrem a esse artifício de dormir em quartos separados por "N" motivos. Nós achamos que isso não mudaria em nada o nosso relacionamento e poderia até ser muito bom para nós.

Alguns motivos nos levaram a essa decisão; o maior foi o meu ronco, que a incomodava bastante. Já o ronco dela não me incomodava nem um pouco, e eu até achava bonitinho. Às vezes, Maria falava durante o sono, e eu tenho até anotadas algumas frases hilárias que ela dizia nessas ocasiões. Muito engraçado! Eu gosto de dormir com a porta da suíte aberta para ventilação natural do quarto durante a noite, só que de manhã entra claridade, e ela se incomodava com isso.

Também gosto de dormir com a televisão ligada; ligo o timer e, em seguida, desmaio, mas a claridade e o som da TV também a incomodavam. Ainda, quando me levantava de noite para fazer xixi, eu gostava de ligar a TV e programar o timer para desligar dali a 60 minutos; não preciso dizer nada, só fiz isso uma vez e quase apanhei! Até mesmo o movimento de me levantar para urinar já era motivo de briga; ela acordava!

Aliás, qualquer barulhinho a incomodava, até mesmo quando eu entrava no quarto para dormir e ela já estava dormindo, ela acordava e reclamava. De manhã, quando eu me levantava antes dela, vixe! Era reclamação! Quando eu saía da suíte para o quarto e tinha passado desodorante, vixe! O cheiro do perfume incomodava-a e era reclamação! Até a luzinha de carga do telefone sem fio que ficava na cabeceira de nossa cama incomodava-a, e ela fez uma espécie de capuz, que eu chamava de camisinha, para cobrir a dita cuja luzinha.

Não é por não estar na presença dela, mas, chatinha desse jeito, só tinha mesmo que mudar de quarto e dormir sozinha. E de fato dormir em quartos separados não afetou em nada o nosso relacionamento nem a nossa vida sexual, achava eu! Cada um pôde ficar sozinho com suas manias, sem reclamações. E na hora de transar, Maria ia para o quarto dela se produzir. E posso dizer que ela era bem *sexy*. Depois, ela vinha para o nosso ninho de amor, e nós fazíamos sexo. E era maravilhoso! Tudo parecia estar dentro dos conformes!

CAPÍTULO IV – DEPOIS DA VOLTA DO CRUZEIRO

Após o retorno do cruzeiro, estava previsto que Maria faria uma cirurgia plástica corretiva na pálpebra de seu olho direito — isso em março —, mas acabou sendo necessário fazer também algumas outras cirurgias estéticas no seio e no abdômen, na medida em que um procedimento ia levando a outro. O tempo foi passando, estávamos em agosto. Após fazermos o nosso *check-up* anual, nosso geriatra recomendou que ela procurasse um proctologista, que descobriu que ela precisaria submeter-se a mais um intervenção cirúrgica, e mais uma vez estava ela visitando um centro cirúrgico.

Durante todo esse período, ela também consultou o médico vascular e fez umas aplicações para secar algumas veias das pernas. Em resumo, praticamente de março até outubro, ela passou submetendo-se a algum procedimento médico, ou clínico, ou cirúrgico, ou se recuperando do procedimento anterior.

É claro que eu respeitei toda essa situação, acompanhando-a para todos os lados, médicos, hospitais e laboratórios, além de cuidar dela em todos os períodos de recuperação. Eu me toquei que ela não devia estar se sentindo muito *sexy* em meio a tudo isso, então eu deixei o barco correr e evitei procurá-la para fazer amor. Comecei a achar que tinha algo errado quando, em abril, eu tentei comprar um pacote de cruzeiro para o ano seguinte, e ela disse que não queria viajar. Perguntei o porquê, e ela deu de ombros. Simplesmente ela disse que não estava com vontade.

Nós nunca tocamos no assunto ou fizemos qualquer comentário sobre aquele infeliz episódio ocorrido no navio, e, após ela dizer que não queria fazer um novo cruzeiro, uma luzinha vermelha de alerta acendeu-se. Para mim, tudo aquilo era passado, e o que eu havia dito tinha sido só da boca para fora. É claro que eu queria fazer outro cruzeiro com ela; não fosse assim, eu não estaria querendo comprar outro pacote. O que estaria se passando na cabecinha de Maria? Ela teria levado a sério as minhas palavras? Se for isso, por que ela nunca retornou ao assunto?

Tive certeza de que, de fato, algo estava errado, quando finalmente tomei a iniciativa de me aproximar dela após dois meses sem sexo. Em um dia que ela já havia se recuperado de um procedimento anterior, e para a semana seguinte já estava agendado outro, eu comecei a acariciá-la e tocá-la, e ela afastou a minha mão. Mesmo com a minha insistência, ela dizia que não, que ela não queria.

Maria nunca foi de tomar a iniciativa para fazer sexo. Todas as vezes que transamos, era eu quem a procurava, e ela a princípio relutava! Aí eu insistia, e ela resistia! Eu persistia e, finalmente, ela sedia! Muitas vezes foi assim, e eu achava que ela gostava desse joguinho, dessa brincadeira de se fazer de difícil. Disse isso uma vez a ela, que sorriu concordando. Ela gostava de dificultar, e essa resistência fazia parte das preliminares e do mecanismo de sedução antes de irmos para a cama fazer amor.

Só que, dessa vez, parecia que ela estava agindo diferente. Maria nunca tinha resistido tanto a ponto de se negar para mim de forma enfática. Perguntei o que estava acontecendo, e ela disse que não tinha vontade e pediu um tempo. Ora! Um tempo! Tempo para o quê? Então, perguntei quanto tempo ela queria, e mais uma vez ela deu de ombros, ela não soube dizer de quanto tempo precisava.

Comunicação nunca foi o forte de Maria. Desde quando nós namorávamos, ela sempre demonstrou ser muito reservada, introvertida, misteriosa e, com frequência, ela se isolava em ambientes onde estavam reunidas muitas pessoas, como em festinhas, em reuniões familiares, e até mesmo dentro de casa. As pessoas diziam que ela era "meio esquisita"! Eu dava risada, ia procurá-la e a trazia de volta.

Ela sempre foi uma pessoa que não gostava de manifestar suas opiniões, principalmente quando estas eram contrárias à opinião de outras pessoas. Entretanto, ela adorava concordar com a opinião dos outros. Ela sempre foi incapaz de se envolver em discussões de ideias. Em resumo, ela não gostava de se expor, de se colocar à prova, tanto é que ela nem respondia a questionários de horóscopo de revistas de variedades, com receio de ser reprovada! Esse era o jeito de Maria ser!

Em resumo, ela sempre foi muito fechada e fez segredo dos seus próprios sentimentos. Sempre foi difícil saber o que se passava em sua cabeça. Conversar com ela era mais um interrogatório do que uma conversa. Porém, era por meio da vaidade que ela extravasava toda essa introversão. Ela sempre foi vaidosa e chamou atenção por sua beleza, tanto é que até hoje, nos seus quase 70 anos, ela tem a aparência de uma menina, às vezes, até mesmo em suas atitudes.

Voltando à conversa que eu estava tendo com Maria quando tentei levá-la para a cama, perguntei a ela o que aconteceria na hipótese de, decorrido esse "tempo" que ela estava pedindo, ela não querer mais transar? Então, mais uma vez, ela deu de ombros e respondeu com a maior frieza: — *"A gente se separa"*.

Nessa hora, eu ouvi o barulho do meu coração e da minha vida desmoronando!

Definitivamente, aquela não era a mulher que eu conhecia há quase 51 anos. Eu nunca havia visto Maria tão fria, objetiva e tão sincera! Para mim, foi um choque! Um tremendo baque! Então, pela primeira vez na minha vida, eu comecei a chorar só de pensar em perdê-la, descobri o quão importante ela era para mim, e disse a ela:

— Você foi e sempre será a mulher da minha vida, e esta escolha eu fiz aos 15 anos de idade, quando começamos a namorar.

Pasmem! Eu estava declarando o meu amor por ela, chorando por ela, e sabem o que ela respondeu de forma lacônica e com a maior frieza e a maior indiferença? Ela disse um simples: "Eu sei!".

Esse "eu sei" soou parecido quando alguém diz para uma pessoa "Eu te amo!", e ela responde simplesmente "Obrigado!".

Para mim, tudo isso não estava fazendo sentido algum!

Diante dessa resposta, o que eu poderia fazer? Eu já estava sentindo Maria distante, mas agora não era mais impressão. Agora eu tinha certeza de que ela estava mesmo se distanciando de mim. Então, fiz mais uma pergunta, com medo de ouvir a resposta:

— Você tem outro homem? E ela respondeu: — Não.

Eu sou um cara muito observador. Eu conhecia todos os movimentos de Maria, os seus hábitos. E, apesar do meu ciúme, ela nunca despertou em mim qualquer tipo de desconfiança. Saí do quarto dela chorando e soluçando pela primeira vez na minha vida, afinal ela havia acabado de acenar com a possibilidade de se separar de mim, o que jamais, nunca e em hipótese alguma, tinha passado pela minha cabeça, nem mesmo depois do nosso desentendimento no navio.

De repente, o machão aqui, que não chorava, estava começando a desandar! Chorar era sinal de fraqueza, pensava eu! Eu estava inaugurando uma nova fase em minha vida, a de "manteiga derretida"! Finalmente, eu estava aprendendo a chorar e percebi que era impossível deter as lágrimas quando elas começavam a cair.

No momento em que Maria acenou com a possibilidade de separação, percebi o quanto a amava e comecei a sentir o que de fato era sofrer por amor.

E confesso que não fiquei nem um pouco feliz em sofrer por amor.

Minha criação foi sempre baseada em cuidados e em demonstrações de carinho por parte dos meus pais. Não me recordo de minha mãe alguma vez ter me pegado no colo, me dado um beijinho ou dito que me amava ou que gostava muito de mim. Em compensação, ela dispensava todos os cuidados para comigo e meu irmão, como nos alimentar, dando comidinha na nossa boca, andando pelo quintal, nos mantendo sempre penteadinhos e arrumadinhos com roupa limpinha, ajudando-nos a fazer o dever de casa...

Foi assim que eu cresci achando que "cuidar" fosse sinônimo de amar.

Assim foi por toda a minha vida até aqui. Eu sempre procurei ser um cara forte, protetor da minha família e um provedor, como o meu pai sempre foi. Com o meu pai e a minha mãe, eu aprendi os bons princípios morais cristãos, e seja qual for a crença de cada um, agir dentro desses princípios não faz mal a ninguém e contribui para que você seja uma pessoa melhor.

Orgulho-me em poder dizer que, mesmo tendo tido sob a minha responsabilidade financeira o sustento de cinco pessoas, eu sozinho nunca deixei faltar nada na minha casa durante todos esses anos de casado, até mesmo quando fiquei desempregado.

Foi "SÓ" isso o que eu tinha feito na minha vida até hoje, cuidei da minha mulher e da minha família! "SÓ" isso!

Agora que o nosso casamento estava por um fio, percebi que ter sido somente o provedor não foi suficiente para agradar a Maria.

Acho que ela queria algo mais! Mas será que esse meu comportamento poderia ter afetado de forma fatal o nosso relacionamento a ponto de Maria acenar com a possibilidade de separação depois de todo esse tempo juntos? Se isso a incomodava tanto, então por que ela nunca disse nada e nunca reclamou?

Ou teria sido o nosso desentendimento no navio que aguçou esse desejo de separação em Maria? Perguntas, dúvidas e mais dúvidas vieram-me à cabeça. Onde foi que eu errei? Por que ela estava tão revoltada? Onde estava aquela Maria dócil, doce e compreensiva? Eu estava começando a conhecer a nova face que Maria estava a mostrar para mim.

Mas, pensando bem, Maria também nunca foi carinhosa comigo! Foram raras as vezes em que, por exemplo, ela me deu um abraço e um beijo sem motivo! Não cabe enumerar, mas muitas das nossas brigas aconteceram, por exemplo, por ela não fazer a comida do jeito que eu gosto ou insistir em fazer coisas que me desagradavam, apesar de eu reclamar, pedir ou manifestar a ela a minha contrariedade.

Se Maria tivesse um pouco de carinho para comigo, se fosse mais atenciosa e respeitasse os meus pedidos, ela poderia ter mudado o seu comportamento, e muitas brigas poderiam ter sido evitadas, mas isso nunca aconteceu. Parece que, em alguns quesitos negativos, estávamos empatados, exceto pelo fato de que eu reclamava quando estava insatisfeito, e ela nunca se manifestou.

O único lugar em que nós não discordávamos era na cama.

Então, comecei a fazer uma retrospectiva e lembrei-me de que, nos últimos tempos, ela vinha passando muitas horas com o celular nas mãos, trancada no quarto dela, navegando na Internet. Ela dizia que tinha muitos "amigos" e participava de vários grupos nas redes sociais.

Malditas redes sociais! Eu nem tenho Facebook! Somente comecei a usar o WhatsApp quando descobri que ele era uma ótima ferramenta para acabar com o custo das ligações internacionais que eu fazia para os Estado Unidos, para falar com a minha filha. Eu não participava de nenhum grupo ou nenhuma rede social.

Eu nunca havia me preocupado com esse comportamento de Maria em relação às redes sociais, porque nós conversávamos muito a respeito dos golpes que são noticiados todos os dias e que são aplicados via Internet. E muitos desses golpes ocorriam por meio das redes sociais ou dos aplicativos de namoro.

Talvez o isolamento que Maria procurava dentro do seu quarto estivesse diretamente ligado à fase negativa que a nossa relação estava passando e ao sentimento de carência que ela acabara de demonstrar. Eu continuei a achar que ela estava passando por uma crise existencial que é própria da juventude, mas que, no meu modo de ver, para ela, estava acontecendo um tanto quanto fora de época, com muitos anos de atraso, mas..., em se tratando de Maria, tudo era possível.

Queiram ou não, para o bem ou para o mal, a Internet veio para ficar e facilitou em muito as nossas necessidades de pesquisa e a disseminação de informação e de conhecimento. Ainda, as redes sociais vieram a preencher a sensação de vazio e de solidão que muitas pessoas sentiam em suas vidas. Afinal, tudo na vida sempre tem dois lados: se existe o lado negativo, existe também o lado positivo.

As redes sociais tanto podem te ajudar como podem te destruir.

Existe uma linha tênue nesse sentido. Quando uma pessoa, seja homem, seja mulher, em especial a mulher, que, por natureza, é mais sensível do que o homem, entra no Facebook, ela passa a se sentir popular e fica encantada com a quantidade de "amigos" que, de repente, ela passou a ter. E quantos "amigos"! 400, 500, 800, 1400, 4000, tantos quantos ela quiser. E a pessoa passa a acreditar que todos são realmente seus "amigos".

Afinal, ele ou ela foi aceito como "amigo", e aceitou "amigos", e agora todos dão atenção a eles e curtem e comentam suas postagens. A mulher, mais vaidosa, começa a postar suas fotos, suas roupas, seus biquínis, suas batatinhas fritas, e recebe elogios, elogios e mais elogios! Críticas são raras, raríssimas, quase inexistentes, afinal alguém já viu no Facebook um amigo ou uma amiga fazer um comentário sobre a foto que a amiga postou dizendo que ela está feia, mal vestida ou gorda? Mas elogios, quantos elogios!

Puxa! Em casa, eu não recebo elogios — pensa a mulher casada carente e fragilizada! Em casa, ela é cobrada a todo o momento pelo marido e pelos filhos, mas, nas redes sociais, ela só recebe elogios, curtidas e aplausos! Com isso, a mulher "solitária", "carente" ou "fragilizada" passa a se sentir especial, se enche de força e se empodera; ela fica com o ego massageado e passa a acreditar que realmente ela é mesmo tudo isso, "poderosa"!

Eis que, de repente, e não mais que de repente, como em um "conto de fada", ela descobre um "amigo", que se revela ser um "grande amigo", que ela encontrou do outro lado da linha e começa a vê-lo como se ele fosse o seu "príncipe encantado". E, apesar de ele ser um cara que ela nunca viu mais gordo, ela começa a acreditar nele e sentir que esse "amigo" é "especial".

Pensa ela, ele é o único que me entende, é o único que me ouve e é o único que sabe me dar valor! Então, ela passa a confiar nesse "amigo", ela passa a trocar confidências, ela abre o coração e passa a contar suas intimidades para ele. Sim:

A mulher começa a contar suas intimidades para o "amigo", assuntos esses que ela não conversa com o marido, mas com um estranho, sim, é muito mais fácil!

Com a lábia própria de um galanteador, de um sedutor, esse "amigo" a convence de que ela é especial, que eles foram feitos um para o outro e que ela ainda pode ser feliz, obviamente ao lado dele! E ele diz a ela que "nunca é tarde para ser feliz", e ela passa a acreditar nisso.

Ela descobre que está diante da oportunidade de sair daquela "vidinha medíocre" que leva no ambiente familiar, na sua casa, ao lado de seus entes queridos, até o momento que esses deixam de ser tão queridos e acabam ficando em segundo plano e, por fim, deixam de ser tão importantes para ela.

Daí em diante, o "amigo" passa a ser a salvação da vida dela. Ele toma conta da sua alma! Ela para de dar valor ao que tem e passa a desejar uma vida de sonho que ela nunca teve. E esse seu "amigo virtual" assume o papel de "príncipe encantado" e passa a ser o único que poderá dar a ela uma vida de felicidade que ela acha que perdeu ou ela acha que nunca teve.

Nesse sentido, Erasmo Carlos e Roberto Carlos têm uma música cuja letra retrata com propriedade esse tipo de comportamento de pessoas sonhadoras que deixam iludir-se por situações que podem não ser bem aquilo que aparentam ser. O nome da música é *É Preciso Saber Viver*, cujo trecho eu transcrevo:

Quem espera que a vida
Seja feita de ilusão
Pode até ficar maluco
Ou morrer na solidão
É preciso ter cuidado
Pra mais tarde não sofrer
É preciso saber viver
[...]

Se eu não disse anteriormente, digo agora: eu adoro assistir a filmes, assisto de dois a três por dia e considero-me um cinéfilo, mas de um grau leve. Certa vez, assisti a um filme — não me recordo o nome — em que a protagonista, uma jovem de 18 anos, fugiu de casa para correr atrás do sonho de ser atriz em Hollywood. Seus pais não se davam bem, eles a maltratavam e nunca deram a ela carinho e atenção. Ela era uma menina fragilizada, carente e cheia de sonhos.

Como acontece em muitos casos, quando chegou a Los Angeles, ela começou a trabalhar de garçonete e, depois de algum tempo, estava se prostituindo, trabalhando para um gigolô. E para convencê-la a se prostituir, o gigolô usou toda a sua lábia e sua experiência, tratando-a como uma rainha, até que ela cedeu.

O trabalho de prostituta era duro, mas ela entregava a ele todo o dinheiro que ganhava e ainda, de vez em quando, apanhava quando a féria tinha sido fraca. Certa vez, após ter levado uma surra do seu gigolô, uma amiga disse a ela que abandonasse o cara, e ela respondeu: — Não, eu não posso fazer isso. Ele é o único que me entende! Eu mereci apanhar! A culpa foi minha! Eu não me esforcei!

Sentiram o grau de dominação psicológica e de submissão que um aproveitador galanteador consegue exercer sobre uma mulher carente e vulnerável? Ao tratá-la bem, ao fazer promessas e elogios constantes, além de falar coisas bonitas que qualquer mulher gostaria de ouvir, em resumo, "enchendo a bola dela", ele é capaz de convencê-la a fazer qualquer coisa, até mesmo pedir o divórcio e separá-la da família.

Essa praga tem se disseminado pela Internet, por meio das redes sociais. Eu só não posso confundir a minha mágoa com a realidade. Eu já disse e repito: quando o uso das redes ocorre de forma saudável, é benéfico; estou apenas me referindo aos casos em que existem intenções maldosas e maliciosas, que não são poucos.

Talvez seja por isso que eu nunca gostei e nunca me envolvi com redes sociais. Mas eu sempre acreditei que Maria jamais entraria numa fria dessas.

Aristóteles, há mais de 2.200 anos, dizia que:

"A arte imita a vida".

Oscar Wilde, há mais de 100 anos, dizia que:

"A vida imita a arte mais do que a arte imita a vida".

No filme *V de Vingança*, rodado em 2005, é dita a frase:

"Os artistas usam a mentira para revelar a verdade, enquanto os políticos usam a mentira para escondê-la."

Deixando a política de lado, ficamos diante de um dilema. Em qual situação a dominância psicológica do "artista" sobre uma mulher carente ou fragilizada é mais bem representada:

— Na arte (ficção) apresentada no filme, em que o gigolô exerce domínio sobre a frágil menina que se prostituiu para dar dinheiro a ele?

— Ou nas redes sociais (realidade), em que o "amigo virtual" assume o mesmo papel que o "gigolô" e faz com que a mulher se apaixone por ele, mesmo sem conhecê-lo, e a tira da família ou a convence a entregar dinheiro para ele?

Em ambos os casos, podem existir mentiras e podem existir verdades, e aposto que muita gente poderá identificar-se com uma situação ou com a outra.

CAPÍTULO V – UMA NOVA TENTATIVA

Em julho, fizemos aniversário de 43 anos de casamento religioso; no civil, já tínhamos feito dois meses antes, e não era hábito comemorarmos. No dia do aniversário, quando nos vimos na cozinha pela manhã, dirigi-me a Maria para lhe dar um abraço e um beijo. Minha vontade era dar-lhe um forte abraço e um grande beijo na boca. Assim que a abracei, ela logo começou a demonstrar incômodo e a se afastar de mim. Mais uma vez, rolou apenas um beijinho mecânico e um gélido parabéns.

Sugeri a ela que fôssemos jantar no restaurante japonês para comemorar, afinal ela adora comida japonesa. Ela disse que não, que não queria, ela relutou, mas, pela minha insistência, ela acabou aceitando. No restaurante, parecíamos dois estranhos. Nós nem parecíamos um casal que estava comemorando 43 anos de casados. O clima era pesado. Ela continuava fria e distante. Nem preciso dizer que não rolou sexo naquela noite, mesmo porque ela estava se recuperando de outro procedimento clínico.

Em setembro, no dia do 68º aniversário de Maria, mais uma vez, tentei fazer um cumprimento mais carinhoso. Mais uma vez, minha intenção era a de lhe dar um abraço apertado e um beijo em sua boca, e, mais uma vez, ela se afastou de mim de um jeito frio e distante. E, mais uma vez, rolou apenas um beijinho mecânico e um simples parabéns.

Há sete meses, eu e Maria não fazíamos sexo! Eu sentia falta do toque e do carinho da minha mulher, mas ela parecia impassível! Nós nunca mais voltamos a falar sobre aquele "tempo" que ela havia me pedido, naquela vez em que a procurei para fazermos sexo. Eu tinha medo da resposta que Maria pudesse dar-me, como a de nos separarmos, e adiei o quanto pude tocar no assunto. Mas senti que estava chegando a hora de enfrentar essa situação.

Alguns dias após o aniversário de Maria e antes da última operação que já estava agendada, eu entrei em seu quarto e tentei mais uma vez levá-la para cama. Dei-lhe um abraço e comecei a passar minhas mãos em seu corpo lindo que estava me matando de saudade e de desejo. Adivinha!

Mais uma vez, ela me rejeitou! Perguntei se ela já tinha se decidido, e ela respondeu que ainda não tinha. Ela disse que ainda estava confusa, que ainda não estava pronta e pediu mais um tempo. Pelo menos, ainda eu podia ter esperança!

Então, olhando nos olhos de Maria, fiz novamente a pergunta que tanto me atormentava, apesar de não ter evidências:

— Você tem outro homem? — E, mais uma vez, ela respondeu que não tinha outro homem!

A resposta de Maria acalmou um pouco o tormento em que a minha alma estava mergulhada, mas confesso que não foi suficiente para me tranquilizar. O que fazer? Tive que continuar sendo paciente, compreensivo e lhe dar o tempo que ela me pedira.

Eu sou muito paciente até explodir, e o que mais me causava inquietação e uma imensa agonia era saber que, no final desse tempo, ela poderia dizer que queria a separação, o que ela já havia sinalizado anteriormente. Mas, para mim, a separação estava totalmente fora de cogitação. Eu esperava que Maria também tivesse esse mesmo sentimento. Eu queria acreditar que tudo isso não passasse de um dengo, de um melindre, de uma crise existencial tardia, e que uma hora fosse passar. Oxalá fosse isso!

•••• O ••••

CAPÍTULO VI – A ÚLTIMA TENTATIVA

Minha filha Sabrina, dos Estados Unidos, tinha marcado a data da cirurgia. Seria no início de novembro. Então, a viagem de Maria foi agendada para o final de outubro. Na última semana antes de viajar, eu perguntei a Maria se ela já tinha se decidido a voltar a fazer sexo, afinal ela já tinha se recuperado da última cirurgia e, ainda por cima, ficaria fora mais de um mês. E, mais uma vez, ela respondeu que ainda não sabia, que não tinha se decidido, que estava confusa, que ainda não estava pronta e pediu para dar a resposta depois da viagem.

Eu entendia cada vez menos o que estava acontecendo com Maria! Tinha noite que eu sonhava que estava fazendo amor com ela, tão grande era a minha vontade de tê-la novamente em meus braços. O meu desejo e a minha frustração aumentavam cada vez mais com toda essa situação. Se a mulher que eu conhecia sempre foi meio complicadinha, agora ela estava extrapolando esse direito de ser.

Para os padrões sociais atuais, o comportamento de Maria até poderia ser considerado comum, mas, para mim, eu não achava ser nem um pouco normal! Parecia insanidade da parte dela, afinal nós nascemos na metade do século passado, e algumas coisas são difíceis de aceitar ou de entender. Estou falando de casamento e sexo no casamento! Qual seria o motivo de tanta dúvida? O que a estava afligindo tanto? E, mais uma vez, perguntei a ela o que estava acontecendo.

Estávamos na cozinha, e, pela primeira vez em anos, que eu me lembre, ela se sentou e começamos finalmente a ter uma conversa e a discutir a nossa relação — a famosa DR. A conversa rolou sem estresse por volta de meia hora, sem ela se levantar ou procurar algum pretexto para cair fora, como era seu costume. E ela finalmente me disse o motivo de toda a sua inquietação.

Ela começou dizendo que, desde quando eu fiz acordo e me desliguei da empresa, e já se iam 19 anos, eu comecei a ficar em casa direto, todos os dias. Isso a fez sentir-se invadida, uma vez que passou a ter um "alien" dentro de casa, questionando tudo o que ela fazia. Esse era o ponto de vista dela, mas, pelo meu, eu teria mais tempo para ficar junto dela e da família. Pensei comigo: será que ela preferia que eu ficasse o dia todo em um bar tomando cerveja com amigos?

Por ter trabalhado em uma multinacional, eu aprendi vários conceitos de eficiência, de redução de custos, de planejamento financeiro, de organização e métodos, entre tantos outros, e esse aprendizado foi condição para que eu sobrevivesse por um bom tempo na organização. Sob esse aspecto, eu comecei a questionar alguns dos métodos que Maria utilizava para executar algumas de suas tarefas diárias, mostrando que elas poderiam ser executadas de forma mais rápida, racional ou eficiente.

Mas parece que ela não entendeu assim e não queria mudar nada do que já vinha fazendo há anos. Pelo meu ponto de vista, eu só queria ajudar porque quem está do lado de fora percebe certos vícios. Mas, pelo ponto de vista de Maria, ela achou que eu estava metendo o bedelho onde não era chamado e começou a se irritar com isso. Tivemos inúmeros bate-bocas por esses motivos.

Pelo meu ponto de vista, Maria tinha inúmeras manias que eu via como oportunidades para melhorar, sendo que algumas delas me irritavam profundamente. Mas, pelo ponto de vista dela, ela não achava que eram manias. Ela dizia que estava acostumada a fazer as coisas do seu jeito e que eu implicava demais com ela.

Maria era muito fechada, tinha um gênio forte e era difícil de ser convencida. Diria até que era quase impossível convencê-la. Eu argumentava, e ela não. Não tinha discussão: eu falava, e ela se calava e fugia da conversa, o que me deixava mais irritado. Eu adoro argumentar, ela não. E quando acontecia de ela repetir várias vezes a mesma mania que me irritava, eu soltava faísca e explodia.

Assim, após eu me irritar e explodir várias vezes pelo mesmo motivo, algumas vezes eu devo ter chamado Maria de "burra", ou de "idiota", ou de algum outro qualificativo que pudesse colocar em dúvida a sua inteligência. E diversas vezes eu fiz menção a uma passagem do filme *Forrest Gump — O Contador de Histórias*. Só para lembrar, Forrest tinha o raciocínio meio lento, e, em umas três oportunidades, perguntaram-lhe se "ele era idiota ou o quê?", e ele respondeu:

> ***"Minha mãe diz que idiota é quem faz idiotice."***

Ele queria dizer que "não fazia idiotice, então ele não era idiota". Eu contava essa historinha para Maria depois de chamá-la de idiota e dizia que: — Se você não fizesse idiotices, eu não a chamaria de idiota. Faça coisas inteligentes, e eu direi que você é inteligente, mas...

Agora eu estava percebendo que quem fez idiotices tinha sido eu!

Só que era um pouco tarde para reconhecer, e eu estava colhendo as consequências.

Contudo, eu tenho de lembrar que, em várias ocasiões, eu percebi que tinha exagerado e pedi desculpas a ela. Ah! Mas Maria nunca foi capaz de reconhecer os seus próprios erros, excessos ou manias e nunca pediu desculpas para mim! Parecia que ela era irrepreensível, intocável, irretocável! Parecia que ela estava sempre certa e eu era sempre o errado! Sempre eu era o bandido! E ela foi acumulando tudo isso calada, sem ao menos tentar discutir o assunto comigo.

Maria finalmente disse por que não saía mais junto de mim, fato que eu sempre cobrava, e ela não respondia. Eu até fazia uma brincadeira dizendo que, na rua, as pessoas deviam achar que eu era solteiro ou viúvo, pois sempre estava sozinho. Perceba que, nesses argumentos, eu nunca usava a condição de separado, ou divorciado, porque isso nem passava pela minha cabeça. E dizia que nós estávamos na fase em que:

"Não importa aonde você vá, desde que eu não precise ir junto", e ela achava engraçado e ria!

Ela disse que parou de me acompanhar porque, no mercado, eu ficava pegando no pé dela quando ela parava para ver alguma coisa e, na rua, eu ficava ralhando com ela quando ela queria parar para ver as vitrines. Ela resolveu cortar na raiz esse incômodo e parou de sair comigo. Engraçado, já cansei de ver casais discutindo em lojas, supermercados e até mesmo nas ruas, mas eles estão lá, juntos... Mas com Maria era diferente!

Ela comentou também sobre o fato de ela sofrer de insônia, e eu não querer tratar o meu ronco, de não atender às suas reclamações e continuar fazendo barulhos que atrapalhavam o seu sono enquanto nós ainda dormíamos juntos, fatos que culminaram em dormirmos em quartos separados.

Não concordei com essas afirmações que Maria fez de não atender suas reclamações, apesar de me esforçar era difícil satisfazê-la. Quanto a "eu não querer tratar o meu ronco", falei com a nossa geriatra sobre um novo procedimento que acabaria com o ronco, e ela explicou que se tratava de uma cirurgia invasiva, dolorida e de recuperação demorada, e que não tinha garantia de sucesso. E diante desse quadro, eu me recusei a fazer esse tratamento. Maria sabia disso, mas...

Caramba! Para mim, dormirmos em quartos separados já era um assunto superado. Afinal, nós dois havíamos chegado de comum acordo que dormir em quartos separados poderia ser mais saudável para nós dois, e agora ela estava jogando na minha cara e reclamando como se toda a culpa fosse minha! Achei muita sacanagem da parte dela, mas...

Ela disse também que o desinteresse que eu demonstrava sobre a paixão que ela tinha pela Itália e por assuntos relativos àquele país entristecia-a bastante. Ela já tinha viajado duas vezes para lá, uma vez com Sabrina e a outra com Janaína, mas nunca comigo. E eu vivia dizendo que Veneza é um esgoto a céu aberto e uma cidade úmida e embolorada. Ela disse que adorava a Itália, e eu desprezava e fazia desfeita desse seu gosto. Na verdade, eram piadinhas que eu fazia, mas...

Veja como são as coisas! Maria tem descendência alemã e holandesa, e eu sou descendente de italianos, tanto por parte de pai como de mãe. Eu vivi toda a minha infância em São Paulo, em um bairro de italianos, e mesmo assim eu não ligo a mínima para a Itália. O meu gosto e os meus interesses estão nos Estados Unidos, contraditório, mas...

Maria disse que tudo isso gerou uma imensa mágoa, que foi se acumulando no seu coração de forma gradativa durante anos e que acabou transbordando quando nós tivemos aquela briga no navio, que foi a gota d'água. Então, depois de ouvi-la com toda a atenção, e diante de tantos episódios negativos que ela acabara de me relatar, eu perguntei se ela se lembrava dos momentos felizes que ela certamente devia ter vivido nesses 50 anos de relação. E ela disse que sim, que claro que ela teve momentos felizes, mas ela não soube descrever "nenhum", nem unzinho para mim!

Quanto tempo perdido! Quanta mágoa reprimida! Quanto tempo sofrendo sozinha, calada, sem reclamar, sem extravasar seus sentimentos! E eu achando que estava tudo bem, afinal o sexo sempre rolou e era maravilhoso! Estou sempre falando em "sexo maravilhoso", usando-o como termômetro de nossa relação, pois está sendo por causa dele, mais precisamente pela sua falta, que estou tomando conhecimento de toda essa avalanche de sentimentos negativos que Maria carregou e escondeu por tantos anos.

Fiquei estarrecido! Fiquei pasmo! Fiquei embasbacado! Eu estava chocado com esse desabafo de Maria, que, no meu modo de ver, veio muito tarde! Eu não sabia! Eu não sabia! Eu não sabia! Estou até parecendo um político negando todas as acusações contra ele, dizendo que não sabia! Então, descobri finalmente por que Maria estava fria e indiferente comigo a ponto de não querer mais fazer sexo.

Se não se consegue entender
a própria mulher,
que a gente pensa que conhece,
imagine querer entender todas! Impossível!
Pensei comigo!

O fato de Maria nunca ter se revoltado,
brigado, reclamado e partido para uma DR,
para mim era um indício de que estava tudo
bem. Agora vi que era o contrário!

Assim estava a minha querida mulher, sem nenhum interesse por mim e pelo nosso casamento, a ponto de até acenar com a possibilidade de uma separação, o que me mataria! Se eu soubesse de tudo isso e pudesse voltar atrás, e se arrependimento matasse, eu teria morrido diante dela naquele instante!

Comecei a me sentir um grandessíssimo filho
da puta, mesmo não sendo!

Perguntei por que ela nunca tinha se queixado, dito nada, reclamado, por que não se abriu e nunca falou o quanto eu a estava magoando com as minhas palavras e atitudes? Por que ela nunca me xingou ou deu uns berros comigo? Por que ela ficou quieta por tanto tempo? Mais uma vez, ela se calou e não soube responder. Ela só deu de ombros! Era o gênio dela, fechado! O seu gênio sempre falou mais alto!

Percebi, nessa hora, que eu já estava condenado! Maria já tinha me julgado, e o veredicto era: culpado! Descobri, então, que eu estava perdendo esse jogo para mim mesmo. Eu era o meu próprio rival. Mesmo assim, mais uma vez, pela terceira vez, eu perguntei a Maria:

— Você tem outro homem? — E ela negou pela terceira vez.

Tudo já tinha sido dito: os motivos dela e os meus. Agora, para mim, só restava esperar que ela se curasse de toda essa mágoa que ela carregava no coração, dando a ela o tempo que fosse necessário para fechar essa ferida. Mais uma vez, ela pediu um tempo até a volta da viagem, e eu concordei. Indecisão era uma das principais características da personalidade de Maria.

Agora eu sabia contra quem eu ia ter de lutar: contra o passado. Ô luta difícil! E quem consegue mudar o passado? Finalizada a conversa, após ela ter se aberto comigo e dito tudo o que a incomodava, coisa que ela jamais havia feito anteriormente, tive a sensação de que ela pudesse ter amolecido um pouquinho o seu coração.

Maria estava sentada à mesa na minha frente. Levantei-me, fui até ela, enfiei minhas mãos por cima e para dentro de sua camiseta e comecei a acariciar os seus lindos seios, durinhos! Sim, seus seios eram bem sensíveis e logo reagiram ao meu toque, apesar da idade! Forcei sua camiseta para baixo, seus seios ficaram expostos, e eu tentei chupar seus mamilos. Aí ela me empurrou e pediu que eu parasse. Ela se recompôs, se levantou e se dirigiu para o seu quarto como de costume, fechou a porta e deve ter entrado nas redes sociais.

CAPÍTULO VII – A ÚLTIMA REJEIÇÃO

Depois daquela conversa aberta que tive com Maria, comecei a desenvolver sentimentos contraditórios dentro de mim. Eu a amava e queria ficar com ela de qualquer maneira, mas, ao mesmo tempo, não me conformava com a sua falta de iniciativa e desinteresse. Era por isso que, de vez em quando, eu a chamava de "pusilânime criatura" (como Dr. Smith se referia ao robô no filme *Perdidos no Espaço*) . Ela ria sem entender o que eu queria dizer, mas sabia que não era elogio!

Por que ela nunca me deu um toque de que algo não ia bem com o nosso casamento? Por que ela nunca abriu para mim os seus sentimentos mais íntimos? Será que ela não confiava em mim após tantos anos de convivência? Eu me culpava por ter agido tanto tempo como um idiota, mas ela também era culpada, porque nunca teve a iniciativa de tentar melhorar a situação, nunca reclamou e só se fechou. Parecia até que ela agiu assim de propósito para se encher de argumentos e poder agora jogar tudo na minha cara, como pretexto para pedir o divórcio. O que teria por trás de tudo isso?

No dia seguinte àquela conversa, a nossa vida não tinha mudado nada. Era ela para um canto do apartamento e eu para o outro canto. Maria gostava muito de artesanato e, ultimamente, vinha se dedicando a fazer uma peça bastante trabalhosa. Eu perguntei para quem era aquela peça e por que ela estava se matando de trabalhar nela. E ela respondeu que era só para aliviar o estresse. Nesse dia, ela passou o dia todo na área de serviço trabalhando no seu artesanato.

À noite, eu estava na sala assistindo à televisão — aliás, ultimamente eu não tinha mais ânimo para nada, logo eu que sempre fui um cara ativo e sempre estava fazendo alguma coisa. Agora era só TV. Então, ela saiu da cozinha, veio para a sala e se sentou no outro canto do sofá, dizendo que estava morta de cansada.

A visão de Maria sentada tão perto de mim, com aquela carinha linda, mas com o coração machucado e distante, naquele momento, fez com que a angústia e o aperto que eu estava sentindo no meu coração transformassem-se em um instante de pura ternura e afeto.

Então, eu me levantei e dei um passo na direção dela, com a intenção de lhe dar um abraço. Nesse mesmo instante, eu nem tinha dado ainda o segundo passo, ela já estava em pé, fugindo de mim e gritando:

— Não! Não! Não! O que você quer?

Fiquei atônito! Não dava para medir o tamanho da minha decepção, da repulsa e do ódio que senti naquele momento. Então eu disse:

— Eu só queria te dar um abraço. Não posso?

Diante da minha reação, Maria relaxou e se aproximou de mim, toda arisca, e me deixou abraçá-la, mas o meu ímpeto já tinha arrefecido. Eu a abracei sem prazer e sem afeto algum, e, em seguida, como de costume, ela se retirou para o quarto dela. Parecia que Maria tinha se especializado em me rejeitar, em me ferir, e eu não me cansava de ser rejeitado. Isso tinha de acabar! Afinal, onde estava o meu brio?

Jurei para mim mesmo que aquela tinha sido a minha última tentativa de me aproximar dela. Ela estava irredutível, e eu não conseguia entender o porquê de tanta aversão que ela estava sentindo. Por que o coração dela tinha se fechado tanto, e logo por mim, que vinha cuidando dela há 43 anos. Ela estava me magoando demais!

Nessa altura dos acontecimentos,
eu comecei a desenvolver
sentimentos negativos
de repulsa, de asco e de ódio
em relação a Maria.
E comecei a me odiar por isso!

Eu chorava por dentro cada vez que ela passava por mim. E o meu sentimento de nojo e de ódio por ela ficava cada vez mais forte. Como eu conseguiria viver assim? Maria estava tão perto e tão longe ao mesmo tempo! Quando esse tormento acabaria?

Como todos esses fatos ocorreram próximos à viagem de Maria para os *States*, procurei manter-me o mais distante possível para dar o espaço e o tempo que ela tinha me pedido. Tive de controlar os meus instintos para não pressioná-la e para tentar sofrer menos, mas era impossível não sofrer! Mais perto ou mais longe:

Quando eu via Maria,
eu sentia amor e a odiava,
ao mesmo tempo!

A minha vida tinha se transformado
em uma grande contradição.

Assim foi até o seu embarque. Eu tinha de esperar ela retornar da viagem com a sua decisão.

CAPÍTULO VIII – A CONVERSA COM MEUS FILHOS

Logo após Maria ter partido para os Estados Unidos, Janaína e Carlinhos vieram em casa para termos aquela conversa. Eu queria dizer a eles dois juntos o que estava acontecendo entre mim e a mãe deles.

Quando eles chegaram à noite de segunda-feira, tomamos um café na cozinha e fomos para a sala. Eu não sabia nem por onde começar. Minha voz estava embargada, e eu comecei a chorar. Eles ficaram assustados porque nunca tinham me visto daquele jeito. A imagem que eles tinham de mim sempre foi a de um pai forte, durão, racional, pragmático e pau pra toda obra.

Agora, diante deles, eu estava prostrado, cabisbaixo, sem ânimo e chorando, coisa que eles nunca tinham visto. Eles chegaram até a pensar que fosse algum problema de saúde comigo ou, quem sabe, com a irmã, Sabrina, que ia ser operada e foi o motivo da viagem de Maria.

Comecei dizendo que Sabrina já sabia de toda a história que eu ia contar a eles, não que ela tivesse qualquer preferência da minha parte em relação a eles dois, mas, sim, por uma questão de oportunidade. Todas as vezes que ela vinha ao Brasil visitar-nos, eu ia ao Aeroporto de Guarulhos buscá-la, e a viagem de volta para casa demorava umas duas horas e meia.

Nesse período, nós tínhamos muito tempo para conversar, e já fazia uns cinco anos que eu vinha me queixando de algumas atitudes da mãe, que me deixavam muito triste. Acontece que as coisas foram evoluindo e se deterioraram de vez neste ano, depois daquele bendito, mas malfadado cruzeiro. Sabrina sempre foi uma boa ouvinte, disse a eles.

Então, comecei a abrir o jogo. Contei a eles dois a história toda que eu narrei até aqui. Obviamente, eu omiti alguns detalhes pessoais e íntimos entre mim e a mãe deles porque não vinha ao caso. Eles se mostraram chateados com a possibilidade de nossa separação e disseram também que já tinham sentido que algo andava errado entre mim e a mãe deles. Eles já estavam com esse pressentimento fazia algum tempo.

Disse a eles que um divórcio litigioso poderia ser muito desgastante e traumático tanto para o marido como para a mulher, principalmente quando um deles não aceita a separação, que era o meu caso, e ambos poderiam sair feridos e com muito rancor um do outro nessa disputa judicial. E eles não queriam ver papai e mamãe digladiando-se em tribunais por causa de bens ou de pensão.

Disse-lhes também que tive várias conversas com Maria e que, em três oportunidades, perguntei se ela tinha outro homem, e ela negou nas três! Menos mal, né! — disse a eles. Pedi que fossem discretos, uma vez que nada estava decidido e, principalmente, que eu não queria a separação e estava disposto a fazer qualquer coisa para evitar chegar ao ponto de nos divorciarmos.

Eles me perguntaram detalhes práticos de como ficaria a partilha de bens e pensão, caso chegássemos a nos separar, e eu disse que já vinha pensando no assunto há algum tempo. Então, expliquei "tintim por tintim" a nossa situação patrimonial, financeira e de plano de saúde. Disse a eles que, se continuássemos juntos, nosso patrimônio e nossa renda seriam suficientes para vivermos bem e confortavelmente o resto das nossas vidas, mas que, em caso de separação, seria uma catástrofe, tanto para mim como para ela.

Dividir o patrimônio por dois sobraria uma merreca de dinheiro para cada um, e a nossa renda mensal nem se fala, principalmente a renda de Maria, que poderia fazê-la reduzir bastante o seu padrão de vida, e isso sem mencionar o direito ao convênio médico de primeira linha que ela poderia perder. Ela poderia ficar numa pior, financeiramente falando, e eu acabaria entrando na mesma onda dela. Tudo isso dependeria do acordo a que nós chegássemos, caso ela insistisse em separação. Seria terrível!

Eles entenderam, ficaram preocupados e me perguntaram se a mãe já sabia de tudo isso. E eu respondi que tinha quase certeza de que não. Expliquei que Maria era completamente alheia a assuntos financeiros ligados ao nosso patrimônio, investimentos e aplicações financeiras, rendas e gastos, bancos, cartões de crédito, pagamento de contas, e que ela nem sabia sacar dinheiro em caixa eletrônico.

Disse também que os assuntos do interesse de Maria eram todos ligados à sua vaidade, como produtos de beleza, cabelo, roupas, bijuterias, exercícios em academia, dietas e outros relacionados à Itália, que ela tanto amava.

Então, eles fizeram um comentário, dizendo que a mãe devia estar ficando "louca"! Não ter noção ou negligenciar a parte legal, material e financeira do divórcio com a idade próxima dos 70 anos poderia ser desastroso para ela, além, é claro, de colocar sobre as costas dos filhos o ônus decorrente dos atos dela.

Eles queriam que eu dissesse a Maria a real situação financeira à qual eu e ela poderíamos ficar expostos em caso de separação, e que eu contasse antes que ela voltasse de viagem com a reposta de querer ou não se separar. A intenção seria a de eu abrir os olhos dela. E eu rejeitei de pronto esse pedido. Eu disse a eles que jamais faria isso! Expliquei que Maria nunca tinha demonstrado preocupação com bens materiais, e várias vezes eu a ouvi falar que:

"O dinheiro não traz felicidade!"
Ou,
"O dinheiro não compra felicidade!"

É claro que só diz isso quem tem dinheiro!
Pergunte para quem não tem dinheiro
se eles têm essa mesma opinião?

Ela tinha dito para mim recentemente que jamais ficaria com alguém por dinheiro, e eu até acredito nisso. Falei também que o problema da mãe deles era de dúvidas, incertezas, inseguranças, sonhos, romantismo, ilusões, em resumo, de *"idealismo piegas e arcaico"*, ou, em outras palavras, de *"minhoca na cabeça"*.

Por ela ser assim desprendida, desligada e, até certo ponto, inconsequente, eu chamava Maria de "nefelibata" (pessoa que vive nas nuvens, idealista, sonhadora) e, às vezes, de "selenita" (hipotético habitante da Lua). Ela até achava graça quando eu cantava para ela o trecho daquela música *Lindo Balão Azul*, de Guilherme Arantes, cantada pela "Turma do Balão Mágico":

"Eu vivo sempre no mundo da Lua..."

Filhos, eu e a mãe teremos que resolver nossos problemas atacando os pontos relativos a essas questões. Se eu explicasse que ela e eu poderíamos ficar na merda em caso de divórcio, caso ela decidisse continuar comigo, eu nunca saberia se teria sido por livre escolha, ou por interesse, ou por necessidade, ou por se sentir pressionada financeiramente.

Eu não gostaria de carregar essa dúvida pelo resto da minha vida, uma vez que tudo o que eu e Maria tínhamos feito até aqui foi porque nós dois quisemos, foi por nossa livre e espontânea vontade. Foram as escolhas minhas e dela que nos trouxeram ao que estávamos vivendo hoje e a quem somos hoje. Nós nunca fomos obrigados ou pressionados a fazer isto ou aquilo por não termos opção. E eles entenderam e respeitaram o meu ponto de vista.

Janaína foi a última filha a se mudar daqui de casa junto da minha neta, sua filha Joana. Elas vieram morar conosco assim que Janaína se divorciou de seu primeiro casamento, e Joana tinha, nessa época, 1 ano. Praticamente foi Maria quem criou Joana, que hoje está com 17 anos. E ela mais chama Maria de mãe do que de avó, tamanha é a ligação entre as duas.

Janaína disse ter reparado que Maria andava distante delas duas já fazia algum tempo e que até Joana já tinha percebido esse distanciamento da avó. E ela estava sofrendo muito com isso. Então, eu disse a ela:

— Caramba! O bicho não tá pegando só comigo!

O principal objetivo dessa conversa com eles não foi somente deixá-los a par dessa situação entre mim e Maria, mas foi também de deixá-los no mesmo nível de conhecimento da Sabrina. Afinal, eu não gostaria que eles fossem pegos de surpresa.

CAPÍTULO IX – O INÍCIO DO MEU MARTÍRIO

Depois da partida de Maria para os Estados Unidos, vi-me sozinho no nosso apartamento que tem sido o nosso ninho há mais de 24 anos. Nele, os nossos filhos terminaram de crescer, e depois cada um deles foi indo embora, um de cada vez, para viverem as suas vidas independentes da mesma forma que eu e Maria vivemos as nossas. Sempre torci e desejei muita sorte a eles.

Pensativo e triste, comecei a recordar quando vi Maria pela primeira vez. Aconteceu no ano anterior ao ano que o homem pisou na Lua pela primeira vez. Eu e ela estudávamos no período noturno do antigo Curso Científico de uma escola estadual que ficava no Centro de São Paulo. Era o primeiro dia de aula do 1º Científico, e eu estava na porta da minha classe aguardando a chegada do professor para o início da primeira aula.

Eu não sabia o que era beleza até ver
Maria pela primeira vez.
Quando vi Maria foi
"amor à primeira vista"!

Maria passou pelo corredor na minha frente, indo em direção à sala dela. Parecia que ela estava desfilando, rebolando elegantemente sem vulgaridade, com passos firmes, com seus cabelos loiros lisos e longos, divididos ao meio, com aquele seu rosto arredondado e olhar "distante", como se ela não estivesse nem aí para o olhar da rapaziada.

Foi como eu me senti
naquele instante, "distante"
e junto de Maria.

Ela nem deve ter me visto — pensei eu, com a ingenuidade própria de um garoto de 14 anos, da década de 1960, que vê, deslumbrado, uma garota linda como Maria: "Será que um dia eu teria alguma chance com uma mulher como aquela?". Eu não era nenhum galã! Era pobre, magrelo, com o rosto cheio de espinhas, e ainda brincava de carrinho.

Ela era uma garota linda de doer e, por que não dizer, gostosa! Seus seios fartos vibravam por baixo da blusa! Estava na moda a minissaia, e ela usava uma branca, toda plissada, e um par de meias de renda que deixavam suas coxas e pernas parecerem mais grossas. Com um sapato de salto alto, ela andou, melhor dizendo, ela desfilou pelo corredor até chegar à sua sala. Os alunos pararam para vê-la passar, inclusive eu.

Meu coração disparou quando vi
Maria pela primeira vez.
Pensei comigo: "Quem será esse anjo"?

Quando caminhava, Maria parecia flutuar
no ar, enquanto eu sonhava acordado.

Eu era apenas um garoto de 14 anos, talvez precoce, esforçado e adiantado para a idade, pois já estava cursando o primeiro ano do Científico em um curso noturno, no meio de estudantes bem mais velhos do que eu. Eu já trabalhava registrado e tinha uma "Carteira de Trabalho do Menor", de cor verde, que ficou retida no INSS quando me aposentei, e até hoje não soube o motivo de tal retenção.

Apesar de poder ser considerado precoce e responsável, eu ainda era uma criança em todos os sentidos. Eu havia brincado de carrinho até este ano quando comecei a trabalhar, e nunca tinha namorado. Eu era congregado mariano em uma igreja da Bela Vista, onde existia uma sede para recreação e reuniões semanais de catequese. Cresci em família e ambiente católicos. Não me recordo de ter tido algum contato com Maria durante o primeiro ano.

Um filme ou uma música podem nos fazer reviver o passado. Gosto muito de músicas que me alegram ou que me entristecem e, principalmente, músicas que tocam o meu coração, a minha alma; músicas que transmitem uma mensagem, que trazem recordações ou representam alguma passagem importante da minha vida, como a que estou vivendo agora. E uma dessas músicas que tenho gravada, que Maria adorava quando eu cantava para ela no carro, é *Tenho Ciúme de Tudo*, composta por Orlando Dias, cantada por Bruno e Marrone, cujo trecho eu transcrevo a seguir:

> Tu és a criatura mais linda que os meus olhos já viram
> Tu tens a boca mais linda que a minha boca beijou
> São meus os teus lábios
> Estes lábios que os meus desejos mataram
> São minhas as tuas mãos
> Estas mãos que as minhas mãos afagaram
> [...]

No segundo ano do Científico, eu e Maria passamos a ser colegas de classe, uma vez que passamos a estudar na mesma turma, fato esse que favoreceu a nossa aproximação. Logo em seguida, ela começou a namorar um rapaz da nossa classe, mais velho do que ela. Ela tinha 18 anos, e eu tinha apenas 15 anos, na época. Eu morria de ciúme, calado, vendo Maria andar abraçada com o meu colega e, de vez em quando, trocarem beijos. O namoro deles não durou muito, e aproveitei essa deixa para tentar me aproximar dela.

Como já disse, eu era um cara que poderia ser considerado precoce no que diz respeito a estudo, a trabalho e ao fato de tão cedo já ter minha própria renda. Em compensação, nas coisas do amor, eu não era nem um pouco precoce. Eu era tímido, com baixa estima, pouco confiante em mim mesmo e, ainda por cima, achava que "eu não tinha papo", em resumo, eu era totalmente inexperiente.

Portanto, dizer que aproveitei a deixa para tentar me aproximar de Maria era o mesmo que dizer que tive que buscar coragem no fundo do meu ser para me aproximar dela com a intenção de assumir um compromisso e, por que não dizer, tentar namorá-la. Hoje em dia, a palavra "namorar" pode até estar fora de moda ou ter outra conotação — talvez se use mais o termo "ficar" —, mas, naquela época, namorar era considerado um compromisso sério.

Para mim, as palavras compromisso e responsabilidade sempre tiveram e sempre terão um único significado, sem chances para interpretações, e os meus princípios sempre giraram em torno delas, além da honestidade e da moral. Por isso, eu entendia que namorar era coisa séria, porque essa tinha sido a educação e os valores que eu aprendi com os meus pais.

Eu disse também que tive de buscar coragem no fundo do meu ser porque, até então, sendo Maria a primeira mulher da minha vida de quem eu tentaria uma aproximação mais séria, e considerando a nossa diferença de idade (eu era três anos mais novo do que ela), a minha falta de experiência no assunto e a minha baixa autoestima e a paixão secreta que eu nutria por ela:

Ouvir um não de Maria poderia ser o "fim do mundo" para mim.

Por isso, eu tive que tomar coragem e preparar o meu espírito para ouvir a resposta que Maria me daria e aceitar com serenidade, fosse a resposta um sim, ou fosse um não.

Ela morava em uma rua próxima ao colégio e voltava a pé para casa. Estávamos em setembro do ano em que os americanos pousaram pela primeira vez na Lua. Era o mês em que Maria completou 19 anos, e eu não sabia desse fato. Havia um colega de classe que a acompanhava até a casa dela após as aulas. Então, perguntei a ela se eles tinham algum relacionamento, e ela respondeu que não, que era só amizade, uma gentileza da parte dele.

Não dava mais para recuar. Após Maria me dar essa resposta, criei coragem e ofereci-me para acompanhá-la até a sua casa. Nem acreditei quando ela disse que sim! Ela tinha aceitado que eu a acompanhasse! Ficou gravada em minha mente a cena daquela primeira vez em que eu a levei para casa. Ao término das aulas, o rapaz se aproximou de Maria para acompanhá-la como acontecia, ela falou algumas palavras, eles se despediram, e ele foi embora. Eu me aproximei, e fomos caminhando lado a lado. Que surpresa boa foi essa resposta de Maria! E nos dias que se seguiram, as aulas terminavam às 22:50, lá ia eu acompanhar aquela formosura de mulher até sua casa.

Estávamos no início de outubro, e dali uns 20 dias eu completaria 16 anos. Depois de alguns dias acompanhando Maria até a sua casa, mais uma vez, eu tive que criar coragem para dar o passo seguinte, agora para pedi-la em namoro. Então eu pedi, e ela disse "sim", aceitando o meu pedido! Não acreditei quando ela disse sim! Parecia um sonho! Quase caí duro quando ela disse sim! Era por volta das 23:30, e, após deixá-la em casa naquela noite, eu saí pulando de alegria pela rua. Eu devia estar parecendo um doido, se alguém me viu pulando sozinho daquele jeito, mas era um doido de felicidade!

Ela tinha dito sim!
Ela tinha aceitado namorar comigo!

Quando cheguei à minha casa, já passava da meia-noite, e, mesmo assim, acordei os meus pais para dar a notícia a eles. Eu tinha que extravasar a minha alegria! O que eu tinha feito para merecer aquela coisa linda, aquele "anjo" que caiu do céu e entrou na minha vida! Eu não cabia dentro de mim! Um garoto de 15 anos, a alguns dias de fazer 16, namorando uma garota linda de 19 anos! Agora seria eu quem desfilaria pelo corredor da escola abraçado com a minha "deusa" loira!

Veja só! Eu já estava promovendo
Maria de "anjo" para "deusa"!

Lá se vão 51 anos desses acontecimentos. O tempo passa, o mundo dá muitas voltas, e agora eu estava prestes a perder Maria, a mulher da minha vida, o meu anjo, a minha deusa!

Tive que fazer uma pausa
para limpar minhas lágrimas!

Perdê-la, por ironia do destino, para mim mesmo! Eu que sempre pensei que fosse um guerreiro, um cara forte que não demonstrava emoções e não se abalava diante de situações difíceis. Agora eu tinha me transformado em um bebê chorão sensível e fragilizado, que até então eu não sabia que existia dentro de mim. Eu mesmo desconhecia este meu outro lado. Eu nunca tinha sido apresentado a ele.

Eu, que sempre me senti seguro neste casamento, posso ter me acomodado, e Maria pode ter se enchido de mim. Será que eu aguentaria uma separação, se chegássemos a tal? E outra música que retratava tudo o que eu estava sentindo naquele momento era *Um Homem Também Chora (Guerreiro Menino)*, composta por Gonzaguinha, cantada por Raimundo Fagner. A seguir, transcrevo um trecho:

> [...]
> Guerreiros são pessoas
> São fortes, são frágeis

Guerreiros são meninos
No fundo do peito

Precisam de um descanso
Precisam de um remanso
Precisam de um sonho
Que os tornem perfeitos

[...]

Não dá pra ser feliz
Não dá pra ser feliz
Não dá pra ser feliz
Não dá pra ser feliz

Era assim que eu estava me sentindo nesta hora: um guerreiro menino infeliz!

Lembrei-me, ainda, do nosso primeiro beijo. Caramba! Lembrar do primeiro beijo logo hoje quando se faz sexo no primeiro encontro! Mas cada um vive no seu tempo! Havia mais romantismo meio século atrás!

Foi em um sábado à tarde quando fui buscar Maria em sua casa para levá-la ao cinema, agora oficialmente como seu namorado. Era a primeira vez que sairíamos juntos, pois até então eu só a havia acompanhado como amigo até sua casa todas as noites na saída do colégio. Eu a tinha pedido em namoro naquela semana, e até então não tinha rolado nada, apenas mãozinhas dadas.

Ela era "osso duro de roer", e eu era "roda presa". Parecia que íamos fazer um belo par! O pai dela era bastante rígido e queria que nós estivéssemos de volta até as 8 horas da noite. Para isso, tínhamos de sair à tarde.

Agora penso comigo: Bizarro isso! Sair de casa à tarde para estar de volta até as 8 horas da noite! Hoje em dia, os jovens saem às 11 horas da noite para a balada, e sabe lá Deus a que horas voltarão para casa! Mas acho que era mais místico, lúdico e romântico naquele tempo.

Eu estava com sede quando cheguei à casa de Maria. Pedi água, e ela me levou até a cozinha, que ficava no final do corredor. O quarto de sua avó, que estava descansando, era contíguo à cozinha. O filtro de barro ficava na parede logo acima da pia. Ela começou a encher o copo com a água da torneirinha do filtro, e eu fiquei do lado esquerdo de Maria. Enquanto ela enchia o copo com a mão direita, a sua face esquerda ficou escancarada para mim, e parecia que estava me dizendo: — Me dê um beijo agora, me dê um beijo! Então, eu atendi ao pedido do seu rosto, e eu dei um beijo em Maria!

Parece ingênuo, mas foi lindo, foi mágico!
Foi o primeiro beijo que dei no meu anjo!

Nós nos olhamos, demos um sorriso
e enrubescemos ao mesmo tempo.

Isso aconteceu no 30º dia desde que eu comecei a levá-la para casa! Parecíamos duas crianças descobrindo os encantos do amor! Contar uma história dessas nos tempos atuais parece ingênuo, bobinho e surreal! Primeiro beijo só depois de 30 dias!

Um fato curioso e pitoresco que também marcou esse dia do nosso primeiro encontro e do primeiro beijo aconteceu após sairmos do cinema. Estávamos com fome, e eu convidei Maria para comermos um lanche. Fomos a uma lanchonete que ficava na esquina da Av. São João com a Rua Conselheiro Crispiniano. O sanduíche mais barato do cardápio era o de cachorro-quente. Então, por motivos óbvios, pedimos dois cachorros-quentes e dividimos um refrigerante.

Depois de sair da lanchonete, tomamos o caminho da casa de Maria. Mal tínhamos andado uma quadra, estávamos bem atrás do Teatro Municipal, quando ela disse que não estava se sentindo bem e começou a vomitar na calçada e na parede do teatro. Eu a amparei como pude. Após alguns minutos, ela disse que já estava melhor, e eu a levei para casa.

Somente depois de muitos anos, Maria me disse que o motivo de ela ter passado mal naquela noite foi porque ela só comia salsicha "Santo Amaro" (hoje nem existe mais esta marca). Rimos muito!

Agora, ela estava a 8 mil quilômetros de distância, e o nosso futuro juntos era incerto e estava nas mãos dela. Eu estava agoniado!

CAPÍTULO X – NO SÁBADO, EU LIGUEI PARA MARIA PELO WHATSAPP

Maria fez uma boa viagem para os Estados Unidos, de primeira classe. Logo em seguida, a minha filha foi operada. A operação foi bem-sucedida, e ela logo voltou para casa. Nessa primeira semana de Maria nos *States,* eu estava sentindo muita saudade, uma profunda tristeza e um tremendo vazio dentro de mim com toda essa situação. Era a primeira vez que eu estava experimentando esses sentimentos, mesmo que já tivesse ficado distante dela várias vezes por motivo de viagem. Só que desta vez era bem diferente. Brigados, era a primeira vez.

O amor que eu ainda sentia por Maria
entrava em conflito com
o ódio que queria invadir
o meu coração.

Mas o meu sistema imunológico insistia em combater essa invasão com toda a força. Eu não falava com Maria já tinha uma semana desde sua partida, e ela também não ligou para mim.

A indefinição é a pior coisa
que pode acontecer,
ela inquieta a alma.

Seja qual for a situação, a incerteza e a indefinição são o que mais faz doer, o que mais machuca e incomoda. Eu precisava aguardar a decisão de Maria, que tinha pedido um tempo até o final do mês. Mas quem disse que eu aguentaria sem tentar falar com ela. Então, no primeiro sábado depois de sua partida, tomei coragem e liguei para ela. O WhatsApp é uma ferramenta de comunicação fantástica!

Quando Maria atendeu, nós nos cumprimentamos formalmente e começamos a falar sobre a saúde de Sabrina. Estava tudo bem com ela, graças a Deus! Maria e eu estávamos nos tratando friamente, e, após um silêncio desconfortável, que paralisou momentaneamente a nossa conversa, arrisquei perguntar se ela já tinha tomado uma decisão. E mais uma vez, ela respondeu que não, que ainda estava confusa e era para eu esperar até o final do mês.

A indecisão sempre foi uma marca registrada da personalidade de Maria. Decidir rapidamente qualquer que fosse o assunto nunca foi o seu forte. Por isso, para brincar com ela, certa vez, eu lhe contei aquela piadinha do cara que era tão indeciso, mas tão indeciso, que um dia ele entrou em um banheiro público com muita vontade de fazer xixi, e tinham dois mijadores livres. Mesmo assim, ele acabou se mijando nas calças porque ficou na dúvida sobre qual dos mijadores ele deveria usar. E ela vestiu a carapuça e riu bastante!

Para mim, Maria vinha carregando essa dúvida desde março e já estávamos em novembro. Caramba! Não sei qual é o tempo ideal para se decidir alguma coisa, mas nove meses já era tempo de essa criança ter nascido. Eu não aguentava mais, afinal nunca havia ficado um período tão longo sem sexo. Então, mais uma vez, comecei a "interrogá-la", pois, como já disse, conversa com ela não fluía de forma natural.

Perguntei o porquê de tanta dúvida, e ela respondeu que, mesmo se eu prometesse a ela que mudaria, que deixaria de ser grosseiro e que pararia de pegar tanto no pé dela, mesmo assim, ela tinha dúvidas se eu seria capaz de cumprir tais promessas. Ela disse também que não queria mudar os seus hábitos, que ela sempre foi assim e que, se eu quisesse continuar com ela, teria de aceitá-la do jeito que ela era.

Lembre-se de que eu disse anteriormente que alguns dos hábitos de Maria mais pareciam manias ou defeitos e que me incomodavam. E tem mais: eu não estava acreditando que ela sozinha tinha bolado esse raciocínio de eu mudar ou deixar de mudar. Alguém a devia estar influenciando, ou orientando, ou a estava conduzindo em meio a essa mixórdia toda. Mais uma vez, veio-me à mente os "amigos" do Facebook.

Então, eu disse a ela que:

Um relacionamento sadio precisa ter mão dupla, ambos têm que respeitar para serem respeitados.

Disse também que eu não poderia prometer mudar a minha postura se ela não estivesse disposta também a mudar a dela. Agora, em relação a deixar de ser grosseiro, entendi que não deveria ser uma promessa, mas, sim, um compromisso, um dever da minha parte para com ela ou para com quem quer que fosse. Desde já, eu começaria a me policiar. E a conversa terminou mais ou menos nesses termos, ficou tudo no ar, e nós desligamos.

Estávamos em um impasse! Parecia que Maria estava irredutível quanto a corrigir alguns dos seus maus hábitos, e eu não estava disposto a aceitar isso, uma vez que "valores" é uma coisa, e "hábitos" é outra coisa. Por exemplo, se você tem como valor a "organização", você terá como hábito determinar um lugar para cada objeto e ter sua casa arrumada, ou organizada. Valores são paradigmas, são o mesmo que crenças; já os hábitos estão ligados aos nossos usos e costumes, aos nossos "comportamentos", ao que fazemos e como fazemos. Comportamentos podem ser aprendidos, treinados ou mudados, desde que você assim o queira.

Posso dar mais um exemplo disso: eu não tenho a grosseria como valor, mas, em algumas ocasiões, eu agia com grosseria, e Maria somente agora estava apontando esse meu defeito, algo negativo no meu comportamento, e que eu reconheço que precisarei mudar. Como? Policiando-me. Era o que eu faria dali em diante.

Comportamentos você pode mudar,
mas valores são inegociáveis!

Abrir mão de valores seria o mesmo que abrir mão daquilo que você "é", daquilo em que você acredita e daquilo que lhe é caro, valores como: o caráter, a lealdade, a fidelidade, o companheirismo, a responsabilidade, o respeito, entre outros. Mudar valores só para continuar unido a uma pessoa que não quer te respeitar, que está irredutível em mudar e não está nem aí com aquilo que você gosta, pensa e faz, seria o mesmo que você desrespeitar a si próprio!

Aceitar essas condições seria o mesmo
que eu virar o capacho de Maria.

Parecia que ela não estava entendendo essa diferenciação quando supostamente começou a dar ouvidos aos "amigos" das redes sociais. Eu e Maria estávamos diante de um dilema. Nesses termos, uma reconciliação seria difícil.

Ela estava indecisamente irredutível, e uma coisa me deixou intrigado depois dessa conversa! Nove meses em dúvida se eu seria ou não capaz de mudar o meu comportamento? Se ela tivesse me falado isso há nove meses, hoje a gente estaria discutindo se eu tinha mudado, ou não, e tudo já estaria resolvido e em pratos limpos!

Que "porra" de dúvida era essa?

Tudo isso para mim estava soando estranho, e comecei a desconfiar de que alguma coisa mais grave devia estar atormentando o seu pensamento, e ela não estava querendo me dizer.

Agora era Maria quem estava comendo pelas beiradas!

Logo que terminei de falar com Maria, enquanto navegava na Internet, eu entrei em um site e, de repente, estava a ler notícias sobre a vida pessoal de artistas de Hollywood, coisa que raramente faço, já que não gosto de fofocas e, muito menos, de falar da vida dos outros. Mas, naquela hora, quis o destino que a minha curiosidade fosse maior do que as minhas convicções e que eu lesse a matéria sobre um desses artistas famosos. Parece que foi providencial.

Um dos meus valores é ser flexível nas minhas opiniões e escolhas, porque a rigidez pode fazer a gente perder oportunidades.

Esse artista de Hollywood dizia que era casado e, há mais 10 anos, ele e a esposa viviam cada um em sua respectiva casa, a fim de preservar a individualidade de ambos. O filho deles vivia na casa da mãe.

De repente, a ficha caiu! Se eu e Maria passássemos a viver em apartamentos separados, cada um de nós poderia continuar a viver com seus hábitos e manias, ou seja, cada um de nós manteria a sua individualidade e sem cobranças ou atritos. Passei o resto do sábado e parte do domingo amadurecendo essa ideia, afinal não se compra um apartamento de uma hora para outra só estalando os dedos. Precisa de planejamento e ser viável financeiramente. E após breve análise de nossas contas, eu concluí que era viável.

Paralelamente a isso, lembrei-me de que, em uma das conversas com Maria, ela havia dito que uma das mágoas que ela carregava, e que a atormentava bastante, era a de ter sido "despejada" e "forçada" a sair do nosso quarto. Só que, para mim, a mudança tinha sido negociada, planejada, feita em comum acordo e já eram águas passadas, mas, para ela, houve um "despejo"!!! Se mudar de quarto deu no que deu, como eu poderia propor agora morarmos em apartamentos separados?

De qualquer forma,
eu ia ter que pagar para ver.

CAPÍTULO XI – UMA PROPOSTA INSÓLITA

No domingo, após refletir muito sobre o assunto, percebi que esta poderia ser a última cartada para tentar salvar o nosso casamento e continuar a ter Maria como esposa, além, é claro, de dar uma prova concreta das minhas reais intenções e de mudança de comportamento que aparentemente ela queria. Então, decidi levar a ela esta proposta de comprarmos um apartamento, para mim ou para ela, e vivermos vidas independentes, porém juntos, mantendo nosso compromisso conjugal e de lealdade, mas preservando nossa individualidade.

As cobranças desapareceriam naturalmente, e aquela pressão do dia a dia da vida de casados reduziria muito. Não poderia dizer que todos os problemas acabariam porque ainda teríamos compromissos, e muito menos poderia garantir que as preocupações próprias de casais com filhos e netos sumiriam. Mas tudo isso poderia ficar mais *light*.

Longe das cobranças, passaríamos a nos encontrar nos períodos que nós viéssemos a combinar e teríamos mais tempo para ficar juntos e pensar apenas um no outro, como dois namorados, ou dois amantes. Se esse projeto, incomum para nós, fosse colocado em prática, além de nos manter unidos, poderia apimentar mais a nossa relação, adicionar um pouco de romance e mística ao nosso casamento e dar mais prazer às nossas vidas, semelhante a um conto de fada que Maria sempre procurou viver. Era assim que eu pensava.

Então, entrei no WhatsApp e liguei para Maria. Ela atendeu. Disse a ela que havia pensado muito na conversa que tivemos no dia anterior e, depois de refletir bastante, resolvi fazer uma proposta um tanto quanto incomum, mas que poderia ser a solução para mantermos o nosso casamento. Mas tinha uma condição: antes de fazer a proposta, eu precisaria ter certeza absoluta de uma coisa.

Então, mais uma vez, perguntei a Maria:

— Você tem outro homem?

Nesta hora, as dúvidas que eu tinha deixaram de existir. Agora eu tinha certeza! Ela vacilou e demorou a dar a resposta. E, antes que ela me respondesse, eu disse a ela:

— Sua demora para responder acabou de te trair e confirmou! Sim, você tem outro homem! Pare de negar! Pare de me enganar! Pare de mentir!

E ela confirmou que estava envolvida com outro homem!

CAPITULO XII – A CONFISSÃO DE MARIA

A boa imagem que eu sempre tive daquela mulher que eu tanto amava, respeitava e conhecia há mais de 49 anos, naquele momento, deixou de existir. Ela não era mais a mesma! Ela tinha mudado e, a meu ver, para pior.

A imagem impecável que eu tinha de Maria foi se desfazendo no ar.

Aos sentimentos de tristeza, angústia e solidão que eu vinha carregando nos últimos tempos, agora se somavam os sentimentos de decepção, de ter meu orgulho ferido, de ter sido traído e de ter virado um "corno". Eu que sempre acreditei em Maria e sempre confiei nela! E ela que se orgulhava em dizer que, apesar de sempre ter sido assediada, nunca havia me traído! Agora até a mentir descaradamente ela tinha aprendido!

Três vezes eu perguntei se ela tinha outro homem, três vezes ela negou!

Isso me fez lembrar aquele episódio bíblico em que "Pedro negou Cristo três vezes antes que o galo cantasse. E Pedro havia dito a Cristo que jamais iria negá-lo!". Agora, neste momento de angustia, minha mulher tinha me feito lembrar até mesmo desse acontecimento que foi descrito nos quatro Evangelhos do Novo Testamento.

Ela negou ter um amante por três vezes antes de me dizer a verdade.

Os meus pensamentos viraram um turbilhão, um liquidificador. Tudo vinha à minha cabeça, e eu não conseguia mais raciocinar.

Uma grande dor e um ódio maior ainda tomaram conta de mim.

Dúvidas começaram a invadir a minha cabeça. Seria verdade que ela nunca tinha me traído, como ela sempre afirmou? E eu que sempre acreditei nela! Pensei tudo isso naqueles segundos antes de continuar a conversa com Maria. Acho que foi providencial ela ter esperado para me revelar a traição estando a 8 mil quilômetros de distância.

Será que eu poderia ter feito alguma besteira,
se estivesse próximo a ela?

Então, comecei o "interrogatório", perguntando quem era o cara, e ela disse que o conheceu na Internet, nas redes sociais. Ela não quis dizer o nome dele, mas disse que era um de seus "amigos" do Facebook. Eles já vinham se comunicando havia uns dois anos, e no fim do ano passado a amizade deles começou a esquentar um pouco. E, logo após a briga que tivemos no cruzeiro, ela se sentiu fragilizada e vulnerável, e a amizade deles ficou mais forte, mais íntima e mais intensa.

Ela falou novamente de como ela vinha se sentindo no nosso casamento, e aquela briga acabou sendo a "gota d'água". Ela não entrou em detalhes sobre o relacionamento deles. Perguntei se ele tinha grana, e ela disse que teve, mas não tinha mais. Ele era mais velho do que ela, três anos, divorciado e tinha filhos e netos. Ela disse até que ele havia dito aos filhos que estava namorando e tinha intenção de se unir a ela, e eles aceitaram numa boa. Sintam o meu drama! Tive de ouvir da boca da minha mulher, que:

Os dois tinham se apaixonado!
Era muita informação para eu digerir!

Então, tentei ir mais fundo! Perguntei se, alguma vez, eles tinham se encontrado e feito sexo, e ela foi enfática ao dizer que não! Ela disse que ele morava no interior e queria se encontrar com ela, mas ela não quis. Ela jamais o tinha visto pessoalmente. O contato que eles tinham era somente pela Internet, pelo Facebook, Messenger, WhatsApp, e vai saber que outros "bichos digitais cibernéticos" mais!

A raiva, o ódio e o ciúme naquele momento dilaceravam o meu coração!

Então perguntei se eles já tinham feito sexo pelo celular, se, em alguma *live,* ela tinha tirado a roupa e mostrado o seu corpo a ele, enquanto ele se masturbava ou, sei lá, se tinham feito alguma sacanagem cibernética. E ela negou mais uma vez de forma enfática, dizendo que eles não faziam "essas coisas"! Sexo e sacanagem tinham virado "essas coisas"!

E a esta altura, eu poderia acreditar em "essas coisas" que ela me dizia?

Perguntei então, caso ela decidisse separar-se de mim, se ela já arrumaria rapidinho as malas e iria morar com ele. E Maria disse que não, que não tinha nada combinado e que ainda deveria levar algum tempo. Para mim, essa resposta me fez crer que eles já tinham feito planos de morar juntos e que ela já tinha se decidido pela separação, uma vez que o cara tinha dito a ela que precisava de alguns meses para resolver alguns assuntos pendentes, ou seja, a união deles era uma questão de tempo. Tirando o nome dele, que ela se recusou a dizer, até que eu consegui bastante informação naquela hora.

Enquanto eu estava tentando me recuperar do choque, ela me perguntou, curiosa, qual era a proposta que eu faria a ela. Nesta altura, eu já tinha até esquecido da proposta que pretendia fazer e, naqueles segundos, eu tive de decidir se levaria o plano adiante ou se desistiria de Maria e jogava tudo para o ar. Respirei fundo e contei até 10, tentando me controlar, afinal:

Eu tinha acabado de descobrir que era um "corno virtual da terceira idade". Se esta definição não existia, agora passou a existir, e era eu, Alex!

Ainda bem que eu não sofro do mal da indecisão. Pensei! Se ela ainda está curiosa e disposta a ouvir a minha proposta, poderia ser um sinal de que ainda eu teria alguma chance! Então, decidi lutar por ela e levar a ideia em frente e explicar o teor da proposta, porque eu sabia que essa poderia ser a minha última cartada para tentar manter Maria junto de mim e salvar o nosso casamento.

Então, eu contei a Maria a minha ideia, e ela ficou surpresa com a proposta, e disse até que jamais poderia esperar de mim algo desse tipo! Ela até ponderou como poderia ser as nossas vidas morando em apartamentos separados e acabou gostando da ideia. Ela me disse que pensaria bem e que daria a resposta quando voltasse de viagem no início de dezembro.

Ainda bastante ferido e com o coração sangrando, eu disse, com ironia, que agora ela ia ligar correndo para o seu *"amante virtual da quarta idade"* para discutir esta proposta e se aconselhar com ele, o que ela negou dizendo que não ia falar com ninguém e que ela ia se decidir sozinha. Despedimo-nos e desligamos.

CAPÍTULO XIII – EU ESTAVA EM CHOQUE

Após desligar o celular, eu não conseguia pensar em outra coisa a não ser na traição de Maria. Depois de tantos anos juntos, ela foi fazer confidências e dizer coisas íntimas sobre o nosso relacionamento para um estranho.

Ela fez confidências para um homem que ela mal conhecia, a não ser por algumas fotos antigas, curtidas, trocas de elogios, e por palavras, palavras e mais palavras.

É claro que ela não me disse nada sobre as confidências que eles trocaram, mas para mim também é claro, e posso afirmar com toda certeza, que isso ocorreu. Afinal, ela levou tanto tempo, e tanto tempo mesmo, para me dizer o que a afligia e a incomodava no nosso relacionamento que só agora, depois de ter arrumado um "amigo confidente", ela tomou coragem para abrir o jogo comigo e me apresentar a conta, que seria o divórcio, e sem me dar direito de defesa.

Ah! Mas, com o cara, com certeza foi muito mais fácil de ela se abrir! E essa atitude de Maria pode ser explicada por aquele velho ditado popular que diz:

"Santo de casa não faz milagre."

Podem ter certeza de que essa frase é real e verdadeira, só que, falando por mim, não posso concordar com ela porque jamais agi dessa forma. Quero dizer com isso que nunca abri a minha intimidade e o meu coração para alguém que nunca tinha visto anteriormente, "nem mais magro e nem mais gordo". Se, um dia, eu me aconselhei, foi com alguém que eu já conhecia e confiava. E quando o assunto não era pessoal, eu procurava uma segunda e até uma terceira opinião.

Esse tipo de comportamento, de não confiar ou de não dar crédito a quem lhe é próximo e lhe quer bem, pode ser considerado uma característica própria do ser humano, e é bem mais antiga do que se imagina. Essa frase "Santo de casa não faz milagre" tem origem bíblica e foi escrita com outras palavras em "Marcos 6", há 2 mil anos, referindo-se a Jesus. Acho oportuno citar esta passagem:

(1) — "Jesus saiu dali e foi para a sua cidade, acompanhado dos seus discípulos."

(4) — *"Jesus lhes disse: Só em sua própria terra, entre seus parentes e em sua própria casa, é que um profeta não tem honra."*

(5) — *"E não pode fazer ali nenhum milagre, exceto impor as mãos em alguns doentes e curá-los."*

Maria fez exatamente isso. Ela preferiu abrir o seu coração para um estranho e contar suas angústias e nossas intimidades, ao invés de se abrir comigo, seu marido e companheiro de longa data, que sempre esteve ao lado dela, cuidou dela e foi "pau pra toda obra". Será que essa passagem bíblica explicaria o comportamento humano de Maria? Mas será que justificaria tal comportamento?

O que será que ela confidenciou para o cara? Essa dúvida me inquietou bastante, afinal eu não saio por aí contando para qualquer um as minhas intimidades conjugais. Mas ela fez isso, e o cara devia estar sabendo muitas coisas sobre "euzinho aqui", o Alex, coisas essas ditas pela boca de Maria.

Ela abriu a porteira,
e ele se sentiu livre para entrar.

Eu precisava descobrir quem era o meu "rival cibernético". Sem saber nada sobre o funcionamento de redes sociais, pois, além de não gostar, eu não as usava nem tinha no celular esses apps, fiquei até altas horas da madrugada de domingo para segunda-feira tentando descobrir sozinho como funcionava esse tal de Facebook.

Depois de tanto fuçar aqui e ali, acabei achando indícios de quem era o cara e ainda onde ele morava, endereço, telefone, filhos, netos, quantos "amigos" ele e Maria tinham no Facebook e, principalmente, os comentários dele para ela e dela para ele sobre as fotos que cada um postou etc...

É incrível a quantidade de informações que podemos obter na Internet, no Google, no Facebook, e tudo é "público". E muita gente que usa as redes sociais quer "privacidade"!!! Como já disse, *"a Internet pode nos ajudar ou pode nos destruir"*.

Vi quantas gentilezas que havia entre eles nesses comentários, "minha querida", para cá, "você é muito charmoso", para lá, impressionante! Para usuários habituais do Facebook, esses comentários podem até ser considerados normais, mas, quando é a minha mulher quem está fazendo e recebendo esses comentários, eu não acho nem um pouco normal! Para os outros, pode até ser, mas para mim não é!

Eu nunca me candidatei a "corno", mas acabei sendo eleito e coroado!

Fiz uma rápida análise no perfil do meu rival no Facebook e percebi que ele era um cara que devia ser bastante assediado pela mulherada, tamanha era a proporção de mulheres que ele tinha como "amigos". E os comentários e curtidas que elas faziam em suas fotos não deixavam dúvidas. Ele devia ser um cara galanteador, paquerador, gentil, bom de papo e que estava entrando nessa relação com Maria de franco atirador, porque ele não tinha nada a perder. O máximo que ele faria nessa história seria levá-la para morar com ele e dividir sua cama com ela, uma vez que ele já era divorciado.

Já com Maria era bem diferente, uma vez que ela teria de desfazer um longo casamento e entrar em um processo de divórcio que, quando litigioso, pode deixar muitas feridas e provocar traumas. Ouvi certa vez uma história na qual um ex-marido dizia estar temeroso em se casar novamente devido ao trauma que ele teve na audiência de divórcio. No depoimento de sua ex-mulher, ela comparou o casamento deles como se fosse a "imagem do inferno".

O engraçado foi ele ter dito que nunca havia percebido que viveu no inferno pelo tempo que durou o seu casamento. As palavras de sua ex-esposa fizeram com que ele percebesse, com efeito retardado, o inferno em que ele viveu e, por isso, não estava disposto a repetir uma experiência "do capeta" novamente. É tragicômico! E quem estaria falando a verdade: o marido ou a mulher? Duas visões para o mesmo fato.

Maria deixaria sua família para trás para ir se juntar a ele. Se a união deles não desse certo, ele continuaria a sua vidinha sem qualquer grande mudança ou prejuízo. E Maria? Em outra cidade, longe da família, sem ter onde morar, com baixa renda, e isso sem levar em consideração a sua idade etc. etc. etc. Quem teria mais a perder? Será que Maria tinha pensado em tudo isso quando se apaixonou por ele? Em se tratando dela, com certeza, eu diria que não, mas... Só quem está de fora é capaz de avaliar todas essas consequências.

A paixão deixa as pessoas cegas, surdas, mudas e burras.

Maria sempre foi uma mulher dependente, minha dependente financeira, no caso. Com a separação, mesmo dividindo nossos bens, ela não conseguiria conquistar sua independência, financeiramente falando. No casamento, ela nunca teve a preocupação de querer ganhar dinheiro. Ela limitou sua atuação ao âmbito familiar, caseiro, cuidando da casa e dos filhos, gastando dinheiro e economizando na medida do possível. E ela deve ter se acostumado com isso.

Ela deve ter sido influenciada pelas redes sociais ao ter como "amigas" mulheres resolvidas, que têm emprego, profissão ou algum negócio, ou até mesmo mulheres ricas ou casadas com homens ricos, ou que tenham alguma condição que, de fato, as faça serem independentes. Com isso, Maria pode ter começado a achar que também poderia ser independente ao interagir com essas mulheres, só que independência não se adquire de uma hora para outra, ou por osmose, ou conversando com "amigas" e "amigos" nas redes sociais, ou em um passe de mágica.

Independência não se ganha, se conquista.

Maria devia estar tão embebida nesse relacionamento virtual sórdido com o cara que não deve ter pensado em nada disso. Ela devia estar apenas pensando em correr atrás da "tal felicidade", quando resolveu entrar em uma aventura amorosa dessa natureza. A possibilidade de ela ter prejuízos era totalmente desproporcional em relação aos seus possíveis ganhos. Partindo-se dela, tenho a certeza de que ela não deve ter avaliado todas essas possíveis consequências.

Outro fato seria o de que, na realidade, ela estaria apenas deixando de ser minha dependente para ser dependente do cara. Nesse sentido, ela praticamente trocaria seis por meia dúzia. Ela continuaria a ser a mesma mulher "mala" dependente, e nada mudaria, exceto o seu endereço, a cama que ela dormiria e o sexo que ela teria que fazer não mais comigo, mas agora com um "senhor de mais idade". Ela precisava ver tudo isso, e eu tinha de dizer a ela. Eu precisava abrir os olhos de minha querida mulher. Existe uma frase que diz:

"Cuidado com o que você deseja!" E o que Maria desejava era o seu maior perigo.

Eu só não podia avaliar em que grau havia chegado o envolvimento emocional entre eles dois. No dia seguinte, liguei novamente para Maria. Perguntei se ela já tinha falado com o cara, e ela disse que não tinha falado com ninguém. Então, eu contei a ela que tinha pesquisado na Internet, descoberto quem era o cara e expliquei todos esses prós e contras que acabei de relatar, tentando fazê-la ver em que fria ela poderia estar entrando, e que ela pensasse bem.

Quando terminei de falar tudo isso com a maior das boas intenções, tentando aconselhá-la e mostrar que ela poderia estar prestes a fazer uma grande besteira, ela simplesmente começou a me tirar satisfações e dizer que eu não podia ter bisbilhotado o Facebook deles dois para tentar descobrir quem era o cara, que isso não se faz.

Perplexo com a reação de Maria, eu respondi dizendo que, além de a Internet ser pública, se a rede pôde ser utilizada por ela e pelo seu "amante virtual" para juntos me traírem, então eu podia muito bem usar a mesma rede para tentar descobrir o que eu bem quisesse e que fosse de meu interesse. Ou ela achava que eu deveria ficar quietinho no meu cantinho e me conformar? E ela se calou!

Dito isso, resolvi pôr um ponto final na indecisão de Maria. Enquanto eu achava que a estava perdendo para mim mesmo, a minha tolerância era uma, e eu estava disposto a dar todo o tempo que fosse necessário para ela se encontrar, e tudo com a maior das paciências. Mas agora a situação tinha mudado, e os fatos eram outros, bem diferentes do que eu achava. O meu sofrimento havia duplicado, e eu descobri que não estava nessa berlinda sozinho.

De repente, eu descobri que o meu casamento de longa data estava sendo ameaçado por um "rival cibernético", por um ET que entrou no meio de nossas vidas sem me pedir licença, mas apenas com o consentimento de Maria. Aí, disse a ela que eu queria uma decisão, uma resposta dela antes do seu retorno para o Brasil. Ela deveria dizer se ia aceitar a proposta de morarmos em apartamentos separados e continuar comigo, ou se pediria o divórcio para ficar com o cara.

Maria relutou bastante quando eu estipulei essa condição de antecipar sua decisão, chegou até a pedir o adiamento da resposta, que eu esperasse passar as festas de final de ano e aguardasse até janeiro do ano seguinte, mas ela se recusou a me dizer o porquê desse novo pedido de adiamento. Então, respondi que só esperaria até janeiro se a gente voltasse a fazer sexo assim que ela retornasse para o Brasil. E mais uma vez ela não aceitou, dizendo que ainda não estava preparada.

Incrível!
Mesmo sem Maria conhecer pessoalmente o cara,
e tendo os contatos entre eles ficado restritos
à Internet e às redes sociais,
parecia que Maria tinha entregado
a ele não só a sua alma,
mas também o seu corpo,
que eu não podia mais tocar.

Sofrendo na própria carne, eu havia descoberto mais um "serviço" que a Internet pode oferecer para as mulheres que estejam carentes e vulneráveis, que foi como Maria se descreveu quando começou o seu "namoro virtual" com o cara. O serviço é:

"Delivery" de corpo e alma.

A realidade que eu achava que conhecia tinha mudado. Eu estava prestes a perder a noção de "normalidade". Os conceitos de "moralidade" e de "imoralidade" ficaram confusos com o advento da Internet. Era difícil de acreditar que uma mulher pudesse entregar a sua vida, passado, presente e futuro, sua alma e seu corpo, seus sentimentos mais profundos e sua intimidade e, em alguns casos, até mesmo os seus bens, resumindo, entregar tudo isso para um homem que ela conhece apenas por meio de uma ***"rodinha com uma fotinho"*** no WhatsApp e de fotos antigas postadas no Facebook, além de muita conversa mole e blá blá blá!

O fato é que, com o advento da Internet, tudo isso passou a ser possível e se tornou comum hoje em dia, estava acontecendo comigo e poderia acontecer com qualquer um ou com qualquer casal, cuja mulher esteja suscetível e se submeta a uma situação *"ridícula"* como essa. Lembro que eles nunca se conheceram pessoalmente, apenas virtualmente.

Se isso tudo passou a ser normal, não vou julgar,
mas para mim não serve!
Para o meu gosto,
Maria estava inovando demais!

Então, voltando à nossa conversa, Maria me perguntou por que eu estava querendo que ela desse a resposta antes do seu embarque de volta para o Brasil, e a minha resposta foi simples e direta:

— Eu quero saber que postura eu deverei ter diante de você quando for buscá-la no aeroporto. Quando nós nos encontrarmos, eu quero saber se eu vou te dar um forte abraço e um beijo, ou se vou simplesmente te ignorar, pegar suas malas e colocar no porta-malas do carro.

E ela disse: — Tá bom!

Ela aceitou o meu motivo e, em seguida, disse que queria comentar comigo uma situação hipotética sobre a qual ela gostaria de saber qual era a minha opinião a respeito.

CAPÍTULO XIV – O "TEST DRIVE"

A situação hipotética que Maria apresentou para mim foi a seguinte:

— "Caso eu me decidisse pela separação e fosse morar com o cara, se após um ano eu percebesse que tinha errado e descobrisse que você é o homem da minha vida, se eu pedisse para voltar, você me aceitaria de volta?"

A minha resposta foi rápida e a mais objetiva possível. Disse a ela que:

— Na hipótese de você me deixar para ir morar com o seu "amante virtual", e se depois de um ano você descobrisse que tinha sido um erro e que eu era o homem da sua vida, eu "NÃO" a aceitaria de volta!

Ela perguntou por que, e eu respondi:

— Eu não conseguiria nunca mais beijar a sua boca sabendo que você havia transado e feito sexo oral em outro homem. Você quebraria a redoma na qual eu te coloquei, e todo o encanto que eu tinha por você desapareceria.

Percebi que Maria sentiu certo desconforto com a minha resposta e tentou argumentar que ela tinha uma amiga que se separou do marido para viver com outro homem. O relacionamento não deu certo, e o marido, que era apaixonado por ela, a aceitou de volta, e hoje eles continuam casados, tiveram dois filhos e são muito felizes. E eu contra-argumentei, dizendo que cada um tem a sua história de vida e suas convicções. Eu tenho as minhas convicções e os meus motivos! Então eu disse a ela:

— Você se lembra quando foi que fizemos sexo pela primeira vez? Foi na nossa lua de mel, lembra? Você se casou virgem, lembra? Eu tinha 21 anos, e você, 24 anos, lembra? Eu disse 24 anos, e você se casou virgem! Desde então, você foi a única mulher da minha vida. — E continuei:

— Viajamos para a nossa lua de mel logo após o nosso casamento religioso, mas já estávamos casados no civil havia dois meses. Tivemos que antecipá-lo para podermos comprovar nossa renda conjunta perante a Caixa Econômica Estadual pela compra do nosso primeiro apartamento tipo "sala-living" de 28m². Você se lembra?

— E mesmo já estando casados de direito pela lei, nesse período de dois meses entre o casamento civil e o religioso, você permaneceu virgem. Apesar das minhas tentativas e do argumento de que já estávamos casados, você dizia que sexo só depois do casamento religioso, na lua de mel, e respeitei sua vontade! Ou você se esqueceu disso?

— Durante os seis anos entre namoro e noivado, nós "brincávamos" bastante, principalmente em um estacionamento no Parque Ibirapuera, época que ainda dava para namorar dentro do carro. Teve muitos amassos, beijos e masturbação dentro do nosso carro. Sexo oral? Nem passava pelas nossas cabeças, foi um tabu que carregamos e demorou para ser quebrado! Lembra?

— A experiência sexual que eu tive antes de te conhecer foi duas vezes com prostitutas, aliás, naquela época, os meninos perdiam a virgindade com prostitutas, e as meninas casavam virgens, como ocorreu com você, muito diferente do que ocorre nos dias de hoje. Bizarro, não?

— Nós éramos dois jovens durangos. Nossa lua de mel aconteceu em Ilhabela, litoral norte, em um hotelzinho de meia estrela, em um quarto cujo banheiro ficava do lado de fora e era compartilhado por dois quartos, bem diferente do que você havia sonhado na sua infância. E você estava lá, junto de mim, e não reclamou de nada! Lembra?

— Na madrugada do domingo, quando chegamos a São Sebastião, a balsa estava fora de operação, e tivemos de esperar dentro do carro até ela começar a operar para fazermos a travessia. Estacionei o carro junto a uma pequena marina, e os ruídos que os barcos faziam não nos deixavam descansar. Finalmente chegamos ao hotel. Quando entramos no quarto, tinha um bicho enorme sobre a cama, e nós chamamos a recepção para resolver o problema.

— Superados todos esses contratempos, enfim ficamos a sós e pudemos começar a relaxar um pouco. Aí você saiu do quarto e foi ao banheiro vestir a sua "camisola do dia". Acho que atualmente devem ser poucas as mulheres que sabem o que significa "camisola do dia", se é que ainda existe essa tradição. Então, você entrou no quarto. Eu estava te esperando deitado na cama e, quando você entrou, eu me levantei para poder apreciá-la melhor.

— Você estava linda, parecia uma miragem, uma coisa do outro mundo! Você estava vestindo uma camisola preta com a sua calcinha aparecendo sob o pano transparente. Os seus seios protegidos pelo sutiã também podiam ser vistos sob o tecido transparente. E que seios! Eles eram grandes, fartos! E eu adorava aqueles seios grandes do jeito que eram.

— Pensei naquela hora: Maria vai ser minha pela primeira vez. O sacrifício que nós fizemos para que ela permanecesse virgem até o casamento, naquele momento, parecia ter valido a pena. Eu não cabia em mim de tanta felicidade e de desejo! E pensei ainda, com um pouco de malícia e cheio de boas intenções:

Quanto tempo ela deve
ter perdido para escolher
essa roupa íntima que eu agora estava
prestes a tirar com toda a rapidez
e volúpia, para finalmente
ter o seu corpo todinho nu em meus braços
e consumar a nossa união.

— E foi o que eu fiz, tirei a sua camisola, o seu sutiã e a sua calcinha, e a sua nudez ficou exposta diante dos meus olhos. Aí, comecei a acariciar todo o seu corpo e a chupar seus lindos seios, enquanto minha mão tocava a sua virilha e a sua vagina. Meu pênis estava túrgido, intumescido de amor e de desejo. Então:

Você abriu as pernas,
e eu pude ver lá no meio a caverna
que eu estava prestes a penetrar e o tesouro
que eu estava prestes a descobrir.

— E finalmente, após seis longos anos, tinha chegado a hora de você perder a sua virgindade e sacramentarmos o nosso casamento. Para mim, tinha chegado a hora de penetrar naquela vagina raspadinha, que por tanto tempo foi objeto do meu desejo.

E nós fizemos amor e atingimos
o clímax pela primeira vez.
Éramos duas "crianças"
que tinham acabado
de despertar juntos para o sexo.

— Toda a nossa experiência sexual praticamente nós aprendemos juntos, pois nós dois éramos inexperientes, e o caminho que tivemos de percorrer até chegarmos à plenitude sexual que desfrutamos hoje foi lindo, emocionante, excitante e delicioso para mim. Você foi a mulher da minha vida e que sempre me completou sexualmente. Nunca tive outra mulher depois que te conheci.

— Nunca te traí, e você disse que também nunca me traiu, pelo menos até agora. E você sempre foi exclusivamente minha, sexualmente falando, o que para mim "**é de um valor inestimável e imensurável**". E arrisco dizer que poucos homens tiveram essa oportunidade que você me concedeu. E digo ainda que jamais, em hipótese alguma, eu gostaria de te perder, vender, alugar, emprestar, ceder ou dividir com nenhum outro homem na face da Terra.

Nossa história sexual é de uma raridade ímpar.

— Dito isso, e hipoteticamente falando, você acha que eu poderia aceitar numa boa você fazer um *test drive* com o cara, e eu ficar aqui chupando o dedo, te esperando e torcendo para que você não gostasse dele e voltasse para mim? Você entende que tudo isso tem uma significância muito especial para mim?

Você ter sido a minha única parceira,
e eu ter sido o seu único parceiro,
tudo isto é valioso demais para mim,
e o seu "test drive" quebraria esse encanto.

Quebrada esta mística, você deixaria
de ocupar
o pedestal em que eu te coloquei.

— Aceitar você de volta depois de ter vivido com o cara estaria totalmente fora de cogitação. E tem mais: e se, hipoteticamente, eu já estivesse vivendo com outra mulher?

Então, ela tentou argumentar:

— Poxa, em um ano você já teria arrumado outra mulher?

E eu respondi:

— Quem sabe o futuro? Posso arrumar uma mulher em um ano, ou em 10 anos, ou nunca mais, quem sabe?

Sem comentários! Senti que minha mulher parecia estar perdidinha e sem noção. Parecia que ela estava querendo testar o terreno. Veja o que o Facebook e essas redes sociais fizeram com a cabecinha de Maria. Ela jamais seria capaz de falar tanta besteira ao mesmo tempo, se não tivesse sido influenciada, aliás, diga-se de passagem, mal influenciada pelos "amigos" da Internet. Parecia que ela estava enfeitiçada, vivendo uma confusão de sentimentos, e tinha perdido totalmente a noção das coisas.

Achei essa hipótese de "test drive" indecente, imoral e infeliz.

Desligamos o telefone. Cinco minutos depois, ela me ligou para perguntar duas coisas: se a proposta da compra de outro apartamento para morarmos separados ainda estava em pé; e como eu trataria todo esse episódio da traição daqui para frente, caso ela aceitasse continuar comigo.

Eu respondi dizendo que a proposta continuava em pé e, no tocante a esse episódio, eu gostaria de colocar uma pedra sobre ele, desde que ela também colocasse uma. E quanto à minha proposta, eu esperava ardentemente que ela a aceitasse e que, no mesmo momento, ela me dissesse que tinha excluído e bloqueado o cara de suas redes sociais. E desligamos.

Então pensei comigo: *"Alea jacta est!"* (A sorte está lançada!). Agora eu tinha de esperar a decisão de Maria. E o pior era eu ter que entrar em uma disputa com o seu "amante virtual", sem estar preparado para isso e desconhecendo maiores detalhes desse relacionamento virtual que ela se negava terminantemente a me contar. Ela simplesmente dizia que o assunto a estressava.

Dessa forma, essa luta acabava ficando desigual, uma vez que pouco eu sabia sobre eles, sobre suas confidências, suas juras e seus planos, mas o cara devia saber muito sobre mim e sobre o meu relacionamento com Maria, porque ela deve ter contado a ele muita coisa íntima. Se assim não fosse, ela não estaria tão envolvida emocionalmente a ponto de pensar até em jogar o seu longevo casamento para o ar.

Depois de explicar para Maria o motivo pelo qual eu não a aceitaria de volta caso ela me deixasse e a união dela com o cara não desse certo, fiquei pensando como seria a minha vida caso nós nos divorciássemos e eu viesse a arrumar uma namorada e, quem sabe, uma nova companheira. É óbvio que, nesta idade, eu não encontraria uma mulher virgem como outrora aconteceu com Maria.

Na minha faixa etária, qualquer mulher que vier a despertar o meu interesse, e eu o dela, trará consigo o seu passado e a sua história de vida, e isso se aplica também a mim, e no nosso passado estará compreendida também a nossa vida sexual. Nós não poderemos questionar ou cobrar um do outro pelo sexo que nós dois fizemos no passado. Nós teremos, sim, que firmar o compromisso de fazer o nosso futuro juntos dar certo. Esta forma de pensar me deixou mais tranquilo, porque eu não gostaria de ser inocente e incoerente comigo mesmo.

Os dias que estavam por vir seriam os piores dias da minha vida. E dizer que todo esse sofrimento eu não desejaria nem para meu pior inimigo é pura balela. Se esse meu inimigo fosse o amante de Maria e ele estivesse à beira de um precipício a ponto de cair, eu não lhe daria minhas mãos para salvá-lo, eu o empurraria.

Este era o meu estado de espírito naquele momento.

CAPÍTULO XV – O ÓDIO SE APODEROU DE MIM

Eu não me conformava! Eu não merecia isso! Logo eu que sempre tentei conduzir a minha vida de forma correta e coerente, mantendo estrita relação entre o que eu penso e acredito com o que eu faço, agora estava sendo punido por Maria, sem que esses atributos fossem levados em consideração ou valessem alguma coisa em seu julgamento.

Desde jovem, tive apurado senso de responsabilidade. Sempre estudei, quando comecei a trabalhar aos 14 anos, já estudava no curso ginasial noturno. Nunca parei de trabalhar, exceto no ano em que fiz o cursinho, e por isso tive condições de me casar aos 21 anos, mesmo estando cursando o segundo ano de Administração de Empresas, período matutino. Nessa época, eu trabalhava de madrugada, saía do emprego e ia direto para a faculdade.

Quando me formei, já eram nascidas as minhas duas primeiras filhas. Maria parou de trabalhar após o nascimento da primeira. Sozinho, sempre sustentei Maria e meus quatro filhos, e nunca faltou nada em casa. Maria dizia que, por ela, teria tido uns 10 filhos, e eu dizia que ela era "doida"! Nunca fui de tomar bebidas alcoólicas e nunca cheguei bêbado em casa. Só bebo socialmente. Nunca usei drogas. Nunca fui viciado em jogo. Nunca cheguei tarde em casa vindo de farra. Nunca fui mulherengo e nunca tive amantes, porque só tinha olhos para Maria. Sempre fui fiel! Caretão, para muitos, talvez!

Minha vida sempre foi de casa para o trabalho e do trabalho para casa, e ainda sentia um leve remorso quando eu estava me divertindo em alguma festa promovida pela empresa, à qual Maria não podia ir. Nunca fui violento e jamais toquei em um único fio de cabelo de Maria com a intenção de agredi-la, mas, sim, apenas para lhe fazer carinho. Nunca fui de bater nos meus filhos, exceto em raríssimas ocasiões — quando eles eram criança, eu dei algumas "palmadinhas educativas" nas nádegas deles quando exageravam, e funcionava muito bem. Eu conversava bastante com eles.

Certa vez, ouvi uma frase curta e verdadeira, que julgo ser aplicável a esta situação, da qual, apesar de pesquisar no Google, não consegui descobrir a autoria. É ela:

"A virtude é chata!" — e Maria que o diga!

Em outras palavras:

O que é virtude para uns pode ser
uma chatice para outros.

Essa sempre foi a minha maneira de ser e de demonstrar amor para Maria e para a minha família, assumindo minhas responsabilidades, cuidando, zelando, fazendo as coisas acontecerem e sendo leal e honesto. Isso porque sempre acreditei que as ações falam mais alto do que as palavras, do que os sentimentos e do que as declarações de amor, mas, para Maria, talvez tenha sido pouco. Para mim:

As ações são a melhor maneira
de demonstrar amor e carinho por alguém,
porque as ações também podem demonstrar
a falta de amor e de carinho.

Nunca gostei de usar a palavra "amor" de forma indiscriminada e retórica, como se usa atualmente, e confesso que tenho dificuldade de dizer que amo alguém. Tanto é que, quando alguma das minhas filhas diz que me ama, eu respondo com um "Eu também!", e elas não se conformam, me chamam a atenção e me pedem que responda com as palavras "Eu também te amo!". E eu não consigo, eu travo e não sai! Também não me recordo se alguma vez eu disse para Maria que a amava!

Mas eu as amo, aliás,
eu amo toda a minha família!
Eu não amo coisas, eu gosto de coisas!
Eu amo pessoas, mas não digo!
Este é o meu jeito!

Ah! Mas eu também já fui grosseiro com Maria "algumas várias muitas vezes"! E a primeira e maior grosseria de que tenho lembrança aconteceu quando nós ainda éramos noivos. Alguns dias antes do nosso casamento, eu estava levando Maria na costureira para provar e fazer os últimos ajustes no seu vestido de noiva. No carro, ela estava se queixando, dizendo que tinha começado a tomar pílula anticoncepcional e, como efeito colateral, os seus seios estavam inchados e doloridos, e ela estava se sentindo incomodada. Aí, o "manezão" aqui, com toda a delicadeza do mundo, disse a ela:

— Vê se para de reclamar, ou você quer que eu vá transar com prostitutas para você não engravidar?

Maria se fechou e se calou. E só depois de muito tempo, ela me disse que não sabia por que ela não terminou comigo naquela hora! Puta que pariu! Onde eu estava com a cabeça? Grosseria tem limite! Por que eu disse uma merda daquelas? Arrogância, esnobismo, talvez! Ah! Como eu me arrependo!

Quantas vezes eu gritei com ela e a ofendi quando discutíamos, até mesmo duvidando de sua capacidade intelectual. Arrependo-me também! Mas, para mim, essas desavenças não passavam de briguinhas comuns que ocorrem em qualquer casamento. Afinal, que casal nunca brigou? E Maria nunca reclamava. Então, para mim, estava tudo bem!

Acontece que, com Maria, as coisas eram diferentes, e eu só descobri agora. Ela guardou todas essas brigas e todos os meus gritos dentro dela e acabou acumulando uma mágoa imensa, uma vez que ela não era de botar para fora e extravasar os seus sentimentos.

Depois dessas análises e reflexões, veja o paradoxo em que me encontrava:

O marido traído estava arrependido
diante da mulher que o traiu.

Diz o dito popular que:

"O homem trai em busca de sexo,
e a mulher trai por amor ou por vingança."

Poderia ter acontecido isso com Maria? Ela poderia ter encontrado no seu "amante virtual" das redes sociais a oportunidade de fazer essas duas coisas ao mesmo tempo: trair por vingança, pela mágoa que causei a ela, e por amor, uma vez que ela havia dito que tinha se apaixonado perdidamente por ele. E será que ela poderia ter feito isso de forma inconsciente e não premeditada? Ou foi premeditado, sim!

Agora, pergunto mais uma coisa: que motivo esse cara teria para gritar ou se irritar com Maria ao ponto de ofendê-la? Afinal, eles não eram casados, ele não tinha que conviver com ela e aguentar todas as suas manias, que não eram poucas! Tenho certeza de que Maria jamais pensou nisso. As conversas que eles tinham deviam ser apenas "melzinho na chupeta", *light*, somente gentilezas! Mas eu não merecia isto!

Grosseria é falta de educação, e não pecado.
Se todos que cometessem alguns atos
considerados grosseiros
fossem condenados a arder
no fogo do inferno,
poucos iriam para o céu!

Parece que todo o esforço que dediquei a ela e à minha família teve um peso pequeno quando Maria decidiu procurar apoio em outro homem. Ela não soube valorizar os meus atos e não confiou em mim para discutir a nossa relação e tentar colocar tudo em pratos limpos. Ela foi buscar alguém fora de casa, na Internet, nas redes sociais, para desafogar as suas mágoas.

Mais uma vez, uma música invadiu a minha cabeça. Sua letra refletia, naquele momento, o sentimento primitivo que se apoderou de mim. Eu estava sentindo um desejo de morte ou de dor. A música era *Nervos de Aço*, composta por Lupicínio Rodrigues e cantada por Paulinho da Viola. A seguir, um trecho:

Você sabe o que é ter um amor, meu senhor?
Ter loucura por uma mulher
E depois encontrar esse amor, meu senhor
Nos braços de um tipo qualquer?
[...]
Eu não sei se o que trago no peito
É ciúme, é despeito, amizade ou horror
Eu só sei é que quando a vejo
Me dá um desejo de morte ou de dor

Comecei a pensar em comprar um revólver. Alguém teria de morrer, caso a minha querida mulher me abandonasse. Eu mataria Maria? Eu mataria o seu amante? Ou eu mataria os dois? Alguém teria que pagar pela dor que eu estava sentindo. Mas, ao mesmo tempo, vinha em meus pensamentos a seguinte dúvida: eu seria capaz de odiar tanto Maria a ponto de matá-la? Logo ela que foi o grande amor da minha vida? Minha cabeça estava a mil por hora.

Eu nem sabia mais se eu estava fazendo sentido!

Ou seria eu, e somente eu, quem mereceria morrer nesta história? Afinal, não teria sido eu mesmo o culpado por fazer Maria não mais me querer em sua vida? Então, procurei na Internet um veneno que fosse letal e que não provocasse muito sofrimento, se eu resolvesse usá-lo para me suicidar. Outra solução mais direta seria usar o mesmo revólver que eu estava disposto a comprar para matar ele, ou ela, ou os dois, para depois estourar os meus miolos. Dúvidas, dúvidas e mais dúvidas! Mas, em meio a tantas dúvidas, naquela hora, eu tinha uma única certeza:

A certeza de que eu não queria perder Maria.

Eu gosto de uma frase que diz que "cachorro acuado pula alto". Eu nunca tinha me sentido acuado de uma forma tão grave e tão forte em toda a minha vida. Mas a dose de pressão à qual eu estava sendo submetido extrapolou todo e qualquer limite de paciência, consciência, equilíbrio, bom senso, civilidade e bons costumes.

CAPÍTULO XVI – A PREVISÃO

Apesar de eu ter tido uma criação cristã católica, há muito tempo, tornei-me agnóstico. Sou realista, pouco romântico, e as minhas atitudes e ações sempre estiveram voltadas para o lado do bem. Mesmo assim, sempre mantive acesa a minha curiosidade e o meu espírito aberto para aprender e aceitar qualquer tipo de manifestação, até mesmo as consideradas sobrenaturais, exóticas ou místicas na visão de muita gente. Conforme diz o velho ditado espanhol:

"Yo no creo en brujas,
pero que las hay, las hay."
("Eu não acredito em bruxas,
mas que elas existem, existem")

Eu tive um tio que frequentava a Federação Espírita e um terreiro de umbanda. Nunca entendi que relação tinha uma coisa com a outra, se é que existe alguma, exceto que havia ligação com espírito, incorporação, passe, bênção, previsões e assemelhados. A única coisa que eu tinha certeza era de que esse meu tio era gente finíssima "pra caramba". Posso afirmar também que ele era um "espírito de luz" que nos iluminava e estava sempre disposto a ajudar o próximo. Ele teve uma influência bastante positiva em minha vida.

Quando eu ainda era solteiro, por sua influência, comecei a ter contato com a umbanda e, quando ia ao terreiro com ele, eu me consultava com a "Vó" — era assim que essa entidade "preta velha" gostava de ser chamada. Sempre pensei: "O que não me prejudica pode me ajudar". E na fase da vida em que eu me encontrava, cheio de dúvidas, toda ajuda era bem-vinda. E lá ia eu levar uns passes nas sextas-feiras à noite antes de ir para o trabalho. Depois de casado, algumas vezes, levei Maria e meus filhos também para receber passes da nossa Vó.

Certa noite, em um dia de semana, antes de eu sair para o meu trabalho noturno (eu entrava às 23:30), minha mãe me disse que a Vó estava na casa do meu tio e perguntou se eu não queria ir lá vê-la. A minha mãe disse que o meu tio tinha pedido à Vó que fosse benzer a casa dele. Como ainda era cedo e a casa do meu tio ficava próximo da minha, eu resolvi ir até lá para levar um passe antes de ir para o serviço. Quando cheguei, a Vó já estava incorporada, fazendo consultas e dando passe nos familiares. Na época desse episódio, eu estava noivo de Maria e com o casamento marcado.

Devido à minha pouca idade, meus pais e familiares, que sempre adoraram Maria, me aconselhavam a não me casar tão cedo, que eu deveria terminar a faculdade antes de me casar e deveria aproveitar mais a vida. Mas como eu poderia dar ouvido a eles, se eu estava na faculdade, já trabalhava, tinha um bom salário e tinha encontrado a mulher com quem eu queria passar o resto da minha vida? Eu agradecia o conselho e dizia que a minha decisão já estava tomada.

Como eu poderia ficar enrolando Maria para me casar ou, até mesmo, romper o noivado com essa mulher que eu adorava! Uma mulher que até então tinha me apoiado de várias maneiras, como, por sua interferência, me conseguir uma bolsa de estudo integral para fazer o cursinho pré-vestibular e ainda me ajudar financeiramente nessa época do cursinho. Eu tinha então 17 anos, tive de parar de trabalhar para estudar e estava sobrevivendo com uma merreca de mesada que o meu pai podia me dar.

Uma mulher que, também por sua interferência, me conseguiu uma indicação para o emprego na empresa em que trabalhei a maior parte da minha vida profissional. Uma mulher que, em sociedade comigo, possibilitou que comprássemos o nosso primeiro carro que eu usava para me deslocar de casa para o trabalho e do trabalho para a faculdade, enquanto ela ia e voltava do trabalho de ônibus.

Uma mulher que, do seu salário mensal, tirava o dinheiro das despesas do mês e o que sobrava ela dava em minhas mãos para depositar na nossa poupança conjunta que estávamos fazendo para o casamento.

E tem mais, como se tudo isso não bastasse, veja a atitude que Maria teve quando nós ainda éramos namorados. Eu estava fazendo o cursinho e, sob a influência de amigas e de amigos riquinhos que estudavam na minha sala, fiquei tentado a romper o namoro com ela. E foi o que eu decidi fazer: terminar o relacionamento com Maria.

Em uma noite de sábado, chegando em casa após voltar do cursinho, fui até a casa do meu tio ligar para Maria, porque não tínhamos telefone na minha casa. Disquei seu número, e Maria atendeu! Eu nem sabia por onde começar e, tentando demonstrar frieza e tranquilidade, reuni coragem para comunicar a ela a minha intenção de rompimento.

Comecei dizendo que não iria vê-la naquela noite como fazia todos os sábados. Ela perguntou o porquê, e eu disse que estava me sentindo confuso e inseguro, que não sabia se eu queria levar adiante o nosso namoro.

Esta foi uma maneira suave que encontrei para dizer a Maria que eu estava terminando o namoro.

Surpresa, ela disse que não estava entendendo! "Você está querendo terminar o namoro comigo?", perguntou Maria, e logo em seguida ela perguntou por qual motivo eu queria terminar. E eu respondi dizendo que achava que eu era muito jovem para me casar, além de ser bem mais novo do que ela.

Continuei dizendo que eu não teria condições de me casar tão cedo, afinal eu ainda não tinha entrado na faculdade, não tinha emprego, além de estar em época de alistamento militar, e por tudo isso eu não queria ser um atraso na vida dela. Eu estava me sentindo mal com toda aquela situação, além de me sentir preso, pressionado e preocupado com o compromisso sério e fora de época que eu estaria em vias de assumir, se continuasse o namoro com ela.

Disse ainda a Maria que eu queria que ela ficasse livre para encontrar um homem mais velho do que eu, já estabelecido e que estivesse disposto a assumir um compromisso sério com ela. E pasme! Veja o que Maria fez: ela aceitou terminar o nosso namoro? Não!

Maria me disse que estava disposta a dar o tempo que fosse necessário para que eu colocasse o pensamento em ordem e decidisse se, de fato, eu queria terminar o namoro, e que ela ficaria aguardando a minha decisão.

Após ouvir essas palavras, fiquei surpreso e sem reação naquele instante! Eu jamais poderia esperar que Maria fosse capaz de ter aquela atitude, tomando a iniciativa de me dar um tempo para pensar, justamente quando a minha intenção era terminar o namoro com ela! E sem que eu pedisse tempo algum, e sem que ela me pedisse nada em troca! O que realmente eu esperava naquele momento era que Maria concordasse em terminar o namoro ao fim daquela ligação, mas...

Confesso que, naquela hora, eu "perdi o rebolado", fiquei meio sem jeito e respondi que concordava em ter esse tempo para refletir, afinal, pensei eu, com o tempo, talvez ela aceitasse melhor o rompimento, além do que eu não teria nada a perder! Mas, após refletir bem, quem não aceitou romper com Maria fui eu!

***E eu nem precisei
de muito tempo para decidir
continuar o namoro com Maria,
"antes que algum aventureiro
lançasse mão dela".***

O que me levou a tomar rapidamente a decisão de levar em frente o relacionamento com Maria foram os *"SINAIS"*! Durante toda a nossa vida, sinais acontecem, e devemos estar sempre ligados, atentos no sentido de identificar e interpretar essas manifestações que a vida nos mostra. Existem mil maneiras possíveis de esses sinais se manifestarem, e eu analisei e refleti sobre todas aquelas atitudes que Maria teve para comigo.

Sim! E após esse último episódio no qual eu tentei romper o nosso namoro, eu interpretei que o conjunto de todos esses sinais demonstrava que, no mínimo, Maria devia ter muito carinho para comigo e, por que não dizer, até mesmo sentir amor por mim, quem sabe! Assim sendo, eu me convenci de que a minha sina era mesmo a de me casar cedo, e foi o que de fato aconteceu. Casei-me precocemente com Maria!

Eu percebera que Maria era uma mulher diferenciada, um anjo que caiu do céu e que, por algum motivo, entrou na minha vida para ser a minha eterna companheira. E tudo o que ela fez por mim foi de forma desinteressada. Maria era uma joia rara! Mesmo sem jamais ter dito a mim que me amava, suas atitudes me levaram a crer que sim. Talvez ela nunca tivesse dito por timidez! Quem sabe? Mas suas atitudes não davam margens para duvidar ou desconfiar de algo. O que fazer? Maria era assim!

Mais importante do que dizer que
me amava era Maria demonstrar
que me amava.

Eu já era pragmático desde jovem,
e a minha decisão foi totalmente racional.
Eu não poderia fechar os olhos
e ignorar todos aqueles sinais.

Veja como o mundo dá voltas e as coisas mudam! Naquela fase da minha vida, eu tentei terminar o namoro com Maria, influenciado por "amigos e amigas" do cursinho, e ela não aceitou romper comigo. Hoje é ela quem está querendo romper o nosso casamento por influência de "amigos e amigas" do Facebook, e sou eu que não estou aceitando romper com ela.

O que será que isto quer dizer? Que as coisas se repetem e o que muda é o pano de fundo, o contexto? Talvez, aqui se faz, aqui se paga? Ou seria mais uma conspiração do Universo, a Lei do Retorno! Ou seria tudo por acaso?

Maria foi um tesouro que eu descobri
sem a ajuda de um mapa.

Se foi por acaso, ou por obra do destino,
ou do Universo, ou se foi Deus
Quem colocou Maria no meu caminho,
e eu no caminho dela, jamais saberei!

Lá na casa do meu tio, quando me ajoelhei diante da minha Vó, começamos a conversar, e ela entrou nesse assunto do meu casamento precoce que estava em vias de se concretizar. Ela me disse que eu era muito novo para me casar, e eu disse a ela a minha opinião sobre o meu casamento com Maria.

Então, a Vó ficou calada, concentrada, pensativa, com um dos olhos fechados, como ela fazia sempre. Com uma mão, ela segurava o cachimbo em sua boca, pitando e soltando a fumaça na minha cara e em cima de mim, e com a outra mão, ela segurava a pemba e ficava riscando minha roupa, minhas mãos e meus braços.

Então, encarando-me com somente um dos olhos abertos e com uma fisionomia grave e séria, a Vó disse, sussurrando em meus ouvidos, para que meus tios não ouvissem:

— *"Ela vai te trair"*.

— O quê? Respondi surpreso!

E, novamente sussurrando em meus ouvidos, repetiu:

— ***"Ela vai te trair na cama da sua casa"***.

Fiquei chocado com o que a minha Vó acabara de me dizer. Fiquei olhando para ela com um ar cético, incrédulo e calado, sem concordar nem duvidar do que ela acabara de me dizer. Ela devia estar enganada, pensei na hora! Maria jamais me trairia na cama, dentro da nossa própria casa, e por isso não dei muita importância às palavras da minha Vó.

Terminei de levar passe, retirei-me e fui trabalhar. Nunca comentei esse assunto com ninguém, mas também nunca mais me esqueci daquelas palavras ditas pela minha Vó. E lá se vão 45 anos que minha Vó fez essa previsão que eu carreguei em segredo dentro de mim e que agora acabara de se confirmar:

Maria estava me traindo na cama,
dentro da nossa própria casa,
pela Internet, por meio das redes sociais.

Para quem não acredita, foi coincidência.
Para quem acredita, a Vó acertou na mosca.

E agora?
Estou diante de um dilema,
e eu nem sei o que dizer a esse respeito!

CAPÍTULO XVII – HOUVE TRAIÇÃO OU NÃO?

Naquela época em que eu era adolescente — e lá se vão mais de 50 anos —, quando se falava que uma mulher traiu o marido na cama dentro da própria casa, estava implícita a ideia de que a mulher fazia sexo com o amante na mesma cama que ela dormia com o marido. Mas, aqui neste caso, isso não aconteceu. Agora, com o advento da Internet e das redes sociais, tornou-se possível esta nova modalidade de "trairagem", a "traição virtual", sem que haja contato carnal entre os amantes.

O relacionamento de Maria com o seu amante foi virtual, foi pela Internet. Todas as conversas, confidências, promessas, todos os compromissos e as juras que eles trocaram ficaram nas "nuvens" e viajaram por cabos, placas, satélites, antenas, ondas, sinal de celular etc.

Então, levando-se em conta todos esses aspectos, posso afirmar que, naquela época, nem eu nem a minha Vó poderíamos imaginar que pudesse ocorrer um caso desses de traição virtual, uma vez que ainda não existia celular, Internet, redes sociais, e-mail, e nem imaginávamos que um dia pudesse existir um monstrengo desses.

Assim sendo, o que será que a minha Vó teria visto no futuro e qual teria sido a sua real intenção quando tentou alertar-me sobre a futura traição de Maria? Será que ela não viu traição alguma e só disse aquilo esperando me dissuadir da intenção de me casar cedo? Ou será que minha Vó viu mesmo algo futurístico que ela não conhecia e não entendeu e deduziu que fosse uma traição, que agora acabou se confirmando?

Acho que essas respostas também vão ficar nas "nuvens", nos cabos, nos satélites... e, principalmente, na minha imaginação!

Quando Maria me confessou que estava tendo um caso pela Internet, ela disse que nunca havia se encontrado pessoalmente com ele.

Ela o tinha conhecido pelo Facebook, eles conversavam pelo WhatsApp, mas nem chamada de vídeo faziam. Disse também que, após o nosso retorno do cruzeiro, ela estava se sentindo vulnerável e encontrou nesse "amigo" a atenção que ela estava precisando.

Ela disse também que não estava procurando um relacionamento e que foi tudo casual, simplesmente: — *"Aconteceu!"*

Ora! Para mim, isso é um tremendo "papo furado"! Ninguém fica "mais de ano" conversando com alguém no Facebook "sem querer"! "Foi sem querer querendo mesmo!"

Maria dizer que não procurou, simplesmente aconteceu, é o mesmo que querer fugir da responsabilidade pelos seus atos, *"como se ela fosse uma frágil donzela de um conto de fada que tinha sido enfeitiçada pela bruxa má e que acabou sendo salva pelo príncipe encantado, o seu grande amor"*. Essa atitude é típica de pessoas ressentidas, pessoas que acham que o mundo é responsável por tudo que de mal acontece com elas. Ao dizer que estava vulnerável, parecia que Maria estava tentando fazer-se de coitadinha, de vítima nessa história.

Mas essa condição de vulnerabilidade que ela alegou poderia servir de justificativa a ponto de isentá-la de responsabilidade? Como ela entregou o seu coração a outro homem, sem querer? Ela escondeu de mim toda a angústia que ela sentia, sem querer? Todos os dias, ela ficava trancada no quarto conversando com o amante, sem querer? E vinha mantendo esse relacionamento com o cara há tempos, sem querer? E ela negou três vezes que estava me traindo — também foi sem querer?

Ora! Tudo isso era patético! Maria era patética! Maria teria o direito de se fazer de virgem no meio dessa "putaria" toda?

Nas vezes em que tentei conversar com ela sobre esse seu relacionamento sórdido, pareceu-me que Maria estava bastante envolvida emocionalmente com o cara e, ao mesmo tempo, parecia estar bastante dividida e indecisa. Como ela se negou a me dar mais detalhes sobre esse envolvimento, dizendo que o assunto a estressava, a única coisa que eu posso dizer ao seu favor é o fato de que a sua maneira de ser, indecisa, fê-la ficar protelando e protelando por todo esse tempo. Por um lado, isso acabou sendo bom, porque até agora nenhuma decisão havia sido tomada por ela, e ainda estava em tempo de corrigir o seu erro, se assim ela quisesse.

Como a minha cabeça havia entrado em parafuso, e eu não tinha opinião formada sobre infidelidade conjugal pela Internet, entrei no Google para tentar me inteirar a respeito desse assunto que era novo para mim. Confesso que fiquei mais confuso ainda! As opiniões eram inúmeras e divididas, ora dizendo que era traição, ora dizendo que não, e que dependeria do grau de envolvimento que a mulher ou o homem teve com o amante virtual.

Concluí, então, que esse julgamento estava única e exclusivamente em minhas mãos, ou seja, se Maria tinha cometido um adultério muito grave e não seria digna do meu perdão, ou se foi apenas uma ilusão passageira que o tempo trataria de curar, e eu a perdoaria. É claro que tudo isso ainda dependeria também da vontade dela.

O que estou querendo dizer é que, neste caso, eles nunca se encontraram pessoalmente, não houve ato sexual nem troca de fluidos. Um não sentiu o cheiro do outro, o hálito do outro, não houve beijo na boca ou troca de carícias e o mais importante para mim: não houve penetração nem anal nem vaginal em Maria, e não houve sexo oral. Resumindo, a traição não foi "carnal", não se consumou!

Por outro lado, Maria deixou transparecer o quanto ela se envolvera neste relacionamento, disposta que estava até a terminar com o nosso longo casamento.

Parecia que o seu "amante virtual"
tinha sequestrado o seu espírito
e dominado totalmente o seu coração.

Conforme suas palavras, Maria me fez acreditar que estava de fato apaixonada pelo *maledeto*. No início, ele pode até ter sido um bom ouvinte e conselheiro. Mas as intimidades podem ter vindo na sequência, e a vulnerabilidade de Maria favoreceu o acaloramento da relação.

Aí podem ter vindo as promessas, promessas e mais promessas, que era a única coisa que o cara poderia fazer, uma vez que ele não tinha nada de concreto para oferecer a ela, porque ele não tinha onde cair morto.

Maria, sonhadora e fragilizada, deve ter baixado a guarda e deixado envolver-se pelas promessas, promessas e mais promessas, na esperança de ser feliz. E o divórcio seria a primeira etapa para ela atingir essa almejada felicidade.

Tem mais um detalhe importante nessa história: com o divórcio, Maria sairia com uma quantia considerável de dinheiro que ela não saberia administrar. Aí eu pergunto: Se ela fosse juntar-se ao "dito cujo", quem administraria esse dinheiro para ela? O cara que faliu e que não soube administrar nem o próprio dinheiro?

Eu tenho uma dúvida que me mata! Será que Maria declarou o seu amor para o cara? Será que ela disse a ele: "Eu te amo"? Para mim, durante todo o tempo que nós estivemos juntos, ela nunca disse que me amava! E se for para ela me dizer que se declarou a ele, prefiro continuar na ignorância e não fazer essa pergunta, porque, com certeza, eu ficaria mais puto do que já estou.

Mas o diabo sempre tentou Maria! Ela já havia me contado vários casos de cantadas e assédios que ela sempre recebeu e nunca parou de receber até mesmo durante as quatro gravidezes, bem como as cortadas que ela deu nesses caras. Ela se sentia forte, e eu, confiante! Só que, desta vez, ela deixou o diabo se apossar dela, do seu espírito que estava "vulnerável". Ah! Como ela foi fraca desta vez!

Mas ainda bem que esse caso foi virtual! Mulher é mais sensível do que o homem. Essa é uma característica biológica indiscutível e que nos faz diferentes. Histórias existem muitas, e certa vez aconteceu comigo:

Em um sábado, estava eu caminhando pela praia quando uma mulher se aproximou de mim e começou a puxar conversa. Ela era um pouco mais baixa do que eu, magra, cabelos loiros, lisos e longos, tinha seios grandes, do jeito que eu gosto. Ela estava usando biquíni, óculos escuros e brincos em forma de argola, que eu acho sensual. Era uma coroa que tinha um belo visual, e até fiquei surpreso com essa aproximação, afinal eu, com os meus 100 quilos e barrigudo! Acho que ela me achou fofinho, ou charmoso, ou sei lá!

Simplesmente, a mulher começou a puxar conversa e não parava mais de falar. Ela disse que tinha 54 anos, era divorciada há mais de 10 anos, tinha um casal de filhos e dois netos, que morava em São Paulo, estava solteira, morava sozinha, tinha um apartamento na praia e um veículo sedan. Disse a ela que eu tinha 62 anos, e ela me disse que eu não aparentava. Isso encheu o meu ego! Achei esquisito, mas ela foi até dizendo que gostava de andar só de calcinha no apartamento. Seu nome era Meire.

Então, disse a ela que eu era casado, e bem casado, que não ficava bem eu ficar andando na praia ao lado dela, pois eu era conhecido naquela região. Ela entendeu, mas continuou a conversa e ficou por mais um tempinho ao meu lado, depois se despediu e foi embora. Ela só não me disse abertamente que estava com carência afetiva, ou vulnerável, ou fragilizada, ou disponível, mas ela demonstrou tudo isso e que estava a fim de alguém para começar um relacionamento.

Agora eu pergunto: como uma mulher consegue abrir-se com um homem que ela não conhece, a ponto de contar assuntos íntimos de sua vida? Será que algumas mulheres sentem a necessidade de escancarar a sua vida dessa maneira? A propósito, Meire se foi sem nem sequer saber o meu nome. Já observei esse tipo de comportamento feminino também em filas de banco, em supermercado e salas de espera. Do nada, a mulher começa a falar em voz alta sobre assuntos pessoais. Isso me intriga!

De certa forma, Maria pode ter agido levada pelos mesmos sentimentos que levaram a Meire da praia a se abrir dessa maneira comigo, talvez por carência e vulnerabilidade, esperando que o "amigo" ouvisse e desse a atenção que ela procurava naquele momento, porém existe uma grande diferença entre esses dois atores:

O "amigo" de Maria era o Lobo Mau que queria comer a Chapeuzinho Vermelho. E quem sou eu? Eu sou o Alex, muito prazer, ao seu dispor!

Agora, cá estou eu sozinho em casa, aguardando a decisão que Maria tomará. Enquanto essa decisão não vier, os dias e as noites serão longos para mim. Quando eu disse a Maria qual seria a minha proposta, a de morarmos em apartamentos separados, isso logo após ela ter me dito que tinha um amante, eu também disse que colocaria uma pedra sobre este assunto, caso ela aceitasse a proposta.

Ocorre que a resposta que eu dei naquela conjuntura foi retórica impulsiva e não pensada, afinal eu não tivera tempo para refletir e digerir todo este *imbróglio* para então poder responder conscientemente. Mas agora, depois de ter tido tempo para raciocinar e analisar melhor os fatos, eu estou me sentindo seguro para assumir a decisão que tomei. Pelo meu julgamento, digo que houve traição por parte de Maria, mas, quanto à gravidade, tenho que levar em consideração o seguinte:

– não tenho maiores informações porque ela se negou a dá-las;

– acho que o grau de envolvimento dela nesse relacionamento virtual foi intenso;

– mesmo assim, não houve qualquer tipo de contato físico entre os dois;

– movido pelo grande afeto que tenho por Maria, se ela escolher ficar comigo:

Eu farei de tudo para colocar
uma pedra sobre o passado,
para poder ter um futuro ao lado dela.

Mas existe uma condição
para que isto dê certo:
Que ela esqueça o cara e esqueça também
toda essa história.

◦ • • • O • • • ◦

CAPÍTULO XVIII – A ESPERA PELA RESPOSTA DE MARIA

Eu estava vivendo um inferno que jamais imaginei que pudesse viver um dia. Saber que, a qualquer momento, coisas ruins podem acontecer em nossas vidas, ou com quem nós queremos bem, é uma situação da qual não podemos fugir e, de certa forma, para a qual temos de estar preparados para aceitar o nosso destino.

Diferentemente do que muitos podem pensar, nós não temos controle de tudo o que pode acontecer em nossas vidas. Estando próximo de completar 45 anos de casado, imaginar que uma traição de Maria pudesse acontecer seria a última coisa que passaria pela minha cabeça.

Quando Maria embarcou para os Estados Unidos, eu achava que nós estávamos atravessando uma crise conjugal e Maria devia estar passando por uma crise existencial. Agora, sete dias após o seu embarque, eu havia descoberto que era "corno" já há algum tempo e que fazia parte de um triângulo amoroso. Isto é surreal! É bizarro! É cruel!

Só quem foi "corno na terceira idade" pode saber o que isso significa.

Confiei cegamente em minha mulher por quase 50 anos, juntos fizemos planos, depositei toda a confiança nela, para então descobrir que ela, depois de "veia", resolveu me trair dentro da nossa própria casa, e com um cara ainda mais "veio" do que ela! Isto é o fim da picada! Está certo que a traição foi virtual, pela Internet, não foi uma "traiçããããão", mas, mesmo assim, ela entregou ao cara o seu coração, a sua alma, e estava prestes a entregar também o seu destino. Parece mentira, mas aconteceu!

Apesar disso tudo, eu ainda não tinha desistido de Maria. Eu ia lutar com as armas que estivessem ao meu alcance para tirá-la dessa armadilha que o seu próprio coração tinha armado para ela e em que ela estava prestes a cair.

Sem saber o que fazer, procurei um advogado para me aconselhar e me inteirar sobre os direitos e as obrigações que envolvem um divórcio. Fiquei pasmo!

Após contar para ele como era a nossa situação financeira, conjugal e a traição de Maria, ele levantou várias hipóteses, e nenhuma delas era boa para ela, mesmo porque não existe um bom divórcio. O ideal é existir entendimento entre o casal, mas, infelizmente, nem sempre isso é possível. Ela poderia ficar numa pior do ponto de vista financeiro, se eu partisse para a briga na Justiça e ganhasse a causa, e isso dependeria da minha boa vontade.

Depois disso, aumentou o meu desespero e a minha angustia! Caso Maria decidisse separar-se, e nós viéssemos a nos divorciar, será que eu conseguiria continuar a respeitá-la e a ser gentil e paciente com ela? Ou o meu respeito e o meu amor se transformariam em ódio? Já era terça-feira, e esses pensamentos não saíam da minha cabeça. Eu adoro cozinhar, mas não tinha ânimo nem para isso. Desde domingo, eu vinha me alimentando mal. Eu nem conseguia mais prestar atenção aos filmes da TV.

Enquanto eu estava passando por este dilema interno, um conflito de sentimentos corroía-me a alma, e, ao mesmo tempo, uma intensa batalha entre Amor e Ódio travava-se dentro de mim. Se Maria continuasse comigo, eu continuaria a amá-la. E se ela me trocasse pelo cara? Eu passaria a odiá-la e nunca mais a perdoaria?

Eu procurava respostas para todas essas questões que estavam me atormentando. Maria sempre me dizia que eu era vingativo, que eu era rancoroso e que eu não devia ser assim, mas veja o paradoxo: será que ela não estaria a me trair por vingança, quando me condenou pelas nossas brigas, sem ao menos ter me dado o direito de me defender, e ainda foi buscar conforto com um "amigo" na Internet para se consolar?

O vingativo era eu? Mas eu nunca prejudiquei ou fiz mal a quem quer que fosse e sempre procurei ajudar as pessoas, na medida do possível. E era eu quem estava fazendo de tudo para tentar salvar e preservar o nosso casamento. Até estava disposto a relevar a traição de Maria! Quando eu digo que "suas ideias não correspondem aos fatos", frase da música *O Tempo Não Para*, de Cazuza, acho que tenho razão, porque:

Não é o que você fala
que mostra quem você é,
mas, sim, as suas atitudes e suas ações.

Muitas pessoas prestam mais atenção
no "como" você fala,
do que naquilo que você quer dizer
e naquilo que você faz.
Isto é um pecado mortal
em um relacionamento!

Esse comportamento próprio do ser humano não parece ser uma boa característica, mas... é humano!

A resposta para o meu dilema entre Amor e Ódio, caso Maria viesse a me abandonar, estava contida nas letras de duas músicas cujos trechos se encontram a seguir.

Uma delas é *Nunca*, composta por Lupicínio Rodrigues, cantada por Jamelão:

Nunca!
Nem que o mundo caia sobre mim,
Nem se Deus mandar,
Nem mesmo assim,
As pazes contigo eu farei.
[...]

A outra é *Vingança*, também composta por Lupicínio e cantada por Jamelão:

[...]
Mas, enquanto houver força em meu peito
Eu não quero mais nada
Só vingança, vingança, vingança
Aos santos clamar

Você há de rolar como as pedras
Que rolam na estrada
Sem ter nunca um cantinho de seu
Pra poder descansar.

Após ouvir essas músicas de "dor de cotovelo", eu estava aos prantos. Senti que, mesmo amando Maria, eu não conseguiria perdoá-la se ela viesse a se separar de mim. "Clamaria aos santos por vingança" e desejaria que "ela rolasse como as pedras na estrada sem ter um cantinho para poder descansar". Afinal, ela não dizia que eu era vingativo? Então, vingança! Vingança, vingança é o que ela merecia!

Acontece que Maria me pôs o rótulo de ser vingativo, baseada no meu horóscopo e no que eu dizia da boca para fora, mas ela não percebeu que, em toda a minha vida, eu nunca fui maldoso ou vingativo com alguém. E algumas poucas vezes em que eu precisei agir com aspereza e energia foram como reação por alguém querer me prejudicar, ou seja, por autodefesa. Eu mesmo nunca precisei ser vingativo, porque:

Sou muito paciente! O Universo sempre cuidou de se vingar de quem me prejudicou, e eu nunca precisei "sujar as minhas mãos".

"A vingança é um prato que se come frio." (Provérbio Português)

Mas agora, vivendo toda esta situação e diante de uma traição, pela primeira vez em toda a minha vida, a vingança estaria em minhas mãos. E justamente contra quem? Contra Maria, a primeira e única mulher da minha vida! Esse dilema estava me atormentando, pois:

"A dúvida mata".

Eu teria que decidir se deveria agir e me vingar de Maria, ou, como das outras vezes, se eu deveria esperar que o Universo se vingasse dela por mim.

Enquanto eu estava me esvaindo em lágrimas e com todos esses sentimentos conflitantes numa guerra interior, outra música estava a martelar a minha cabeça, caso Maria me abandonasse. A música era Você Não Me Ensinou a Te Esquecer, composta por Fernando Mendes, cantada por Caetano Veloso, cujo trecho eu transcrevo a seguir:

[...]
Agora, que faço eu da vida sem você?
Você não me ensinou a te esquecer
Você só me ensinou a te querer
E te querendo eu vou tentando te encontrar

Vou me perdendo
Buscando em outros braços seus abraços
Perdido no vazio de outros passos
Do abismo em que você se retirou
E me atirou e me deixou aqui sozinho

Agora, que faço eu da vida sem você?
Você não me ensinou a te esquecer
Você só me ensinou a te querer
E te querendo eu vou tentando te encontrar.

Será que eu conseguiria viver sem Maria? Como eu conseguiria viver sem Maria, doce mulher que só me ensinou a bem querê-la? Será que os sentimentos de ódio e de vingança que eu viesse a sentir em relação a ela trariam conforto suficiente para preencher a falta que ela faria em minha vida?

Será que esses sentimentos de ódio e de vingança seriam grandes e fortes o suficiente para matar dentro de mim o grande amor que sinto por Maria? Como eu conseguiria viver sem Maria? Será que eu conseguiria viver sem Maria? O que eu faria da minha vida sem Maria? Eu conseguiria me encontrar?

Existe uma frase que diz:

"Dor de um amor só se cura
com outro amor..."
(Isadora Vasconcelos)

Mas, como encontrar outro amor
se você não consegue
esquecer o amor perdido?
Isso faz doer, e dói, e dói...

Como se ver livre dessa dor da perda?
Como saber se já está curado da perda
de um grande amor?

E a resposta pode ser:

Você só estará curado da perda
de um grande amor
quando se lembrar dele e não mais sentir
dor e sofrimento
e o seu coração parar de "sangrar".

E existe um remédio para isso?
Sim, esse remédio se chama "Tempo".

O Tempo é Sábio!

Se Maria me abandonar, o meu futuro
poderá ser de lembrança, dor, sangue,
sofrimento. Tempo...
Mas sei que tudo passa!

CAPÍTULO XIX – QUARTA-FEIRA

Na manhã de quarta-feira, eu acordei chorando. Olhei para o meu rosto diante do espelho e não parava de chorar. Será que era eu mesmo? Que inferno! Que inferno! Que inferno! Em que inferno a minha vida havia se transformado! Sozinho, comecei a pensar com quem eu poderia desabafar para aliviar um pouco a dor, a tensão e a angústia que eu estava sentindo?

A primeira pessoa que me veio à cabeça foi Sabrina, que já estava a par dos acontecimentos, mas ela também estava convalescendo da recente cirurgia. Eu não queria incomodá-la, mas era ela quem estava mais perto da mãe e, quem sabe, poderia, de alguma forma, ajudar-me nesta situação.

Então, eu mandei para Sabrina as seguintes mensagens pelo WhatsApp, benditas malditas ferramentas da Internet! Pelo Facebook, eu estava perto de perder Maria, mas, pelo WhatsApp, quem sabe, agora eu poderia continuar com Maria.

A seguir, relatarei algumas das mensagens que enviei para Sabrina. **Tentarei ser o mais realista possível. Então, preparem-se para ler erros de português, pontuação, concordância, acentos, e até mesmo frases sem sentido. Também tentarei mostrar com a máxima fidelidade o estado emocional em que me encontrava quando enviei estas mensagens.**

Mensagens escritas:

1. Bom dia, minha filha. Me desculpe, desculpe, desculpe, mas a barra tá pesada para mim. Acordei chorando e não consigo parar de chorar. Já tem mais de uma hora.
2. Sei que você está com muitos problemas e não queria acrescentar os meus. Desculpe, desculpe, desculpe.
3. Você é muito boa. Você não merece se estressar com os meus problemas.

Mensagens de voz:

1. Enquanto eu não sabia que sua mãe tinha um amante virtual, eu vinha levando a situação como se fosse uma crise entre eu e ela, que ela estivesse vivendo uma fase de dúvida na vida dela, vai saber, né! Como ela me pedia tempo, eu fui solidário, eu fui dando tempo, dando tempo, dando tempo achando que uma hora ela fosse se encontrar e a gente fosse voltar a se relacionar como marido e mulher. Agora, depois que ela abriu que tem esse amante virtual, aí minha filha, o mundo caiu! E parece que quanto mais o tempo passa, mais eu sofro. Eu não sei quantas vezes eu já limpei o meu óculos, ele fica todo respingado de lágrimas e eu não consigo enxergar. Essa mulher que eu amei a vida toda, que confiei nela a vida toda, tudo o que eu fiz não foi só por mim, foi por mim e por ela. Tudo o que a gente tem hoje, que é o que pelo menos eu sempre quis, um lugar para morar com tranquilidade e ter uma condição financeira boa para a gente viver de forma confortável, sem ostentação e sem faltar nada, agora a gente está com tudo isso ameaçado por causa de uma ilusão dela, do sonho dela. E são 49 anos! Não está sendo fácil para mim conviver com isso, saber que eu tenho um rival virtual, e com um rival virtual é difícil você brigar, né? É terrível! E saber que eu trocaria tudo para continuar com ela, tudo o que eu tenho para continuar com ela, hoje eu estou vivendo uma situação que eu posso perder tudo o que eu tenho para perder ela. É demais! É demais! Desculpe minha filha.
2. Mas, diante de tudo isso, eu ficaria, eu seria o homem mais infeliz do mundo se eu soubesse que ela eventualmente poderia continuar comigo por dó, por compaixão. Eu odiaria. Não sei o que é pior, sofrer por uma eventual perda, ou continuar sofrendo ao lado dela sabendo que eu não represento nada pra ela. Que toda a história que a gente viveu ela está a fim de jogar pra cima pra correr atrás da felicidade dela. Só que ela agindo assim, e ela tá no direito dela, afinal, isso é coisa moderna é papo bonito de Facebook de Internet quando acontece com os outros, de as pessoas correrem atrás da felicidade. O problema é a infelicidade que essa atitude vai causar pro outro, no caso eu e as outras pessoas que estão envolvidas nessa história. E como ela é a minha mulher, o mais afetado seria a minha felicidade. Eu nem sei como proceder dentro dessa história.

3. O que me atormenta muito nessa história é estar sabendo agora que ela procurou curar a carência dela procurando uma outra pessoa, certo? Que ela acabou confidenciando os problemas e as carências e acabou confiando mais nessa outra pessoa que ela não conhece, né, uma pessoa nova na vida dela, novíssima comparada com a nossa vivência, e ela não confiou esses problemas dela, essas frustrações dela justamente com quem estava do lado dela, quem sempre esteve do lado dela, quem sempre cuidou dela em todos os sentidos. Que sempre se preocupou com ela, que sempre se preocupou com a saúde dela, e ela não confiou em mim pra tentar resolver o problema, né. Se ela tivesse, né, as mil vezes que eu tentei conversar com ela, ela pegado sentado e conversado, aberto a situação, e discutido, e eu, sei lá, tivesse negligenciado, tivesse tratado mal ela, debochado ou qualquer coisa e eu não tivesse dado pelota, ela teria toda a razão de procurar fora de casa, procurar num outro cara, como está acontecendo com esse amante virtual, né, ela teria toda a razão para fazer isso. Agora, eu nunca deixei a peteca cair, eu nunca deixei de cumprir com os nossos compromissos, sempre estive aqui em casa do lado dela. Você sabe que há quantos anos eu reclamo dessas situações. Eu sempre procurei chegar nela várias vezes, eu me lembro que quando eu chegava pra falar, pô, vamos conversar, o que é que tá acontecendo, tô sentindo isso, e ela dava de ombro saia e não conversava. E agora ela pegou e deve ter discutido toda essa parte, toda a intimidade nossa com o cara, pro cara se tornar o salvador da vida dela. Isso dói muito, minha filha! Dói muito! É uma luta difícil de lutar.
4. Outra coisa que eu tenho a dizer sobre a análise que eu fiz do Facebook do cara e da própria vida do cara, e pelo pouco que ela me contou, que ele é divorciado já faz tempo e que ele tentou outras vezes, né, mas ele se acomodou nesta situação de solteiro, que tá vivendo bem, não sei o que lá, e que de repente ele cruzou com ela e pintou o clima e ele ta mudando essa maneira de pensar e também deve ter se apaixonado por ela, vai saber, né. Ela falou assim por cima, foi o que deu pra entender. Agora, o que ela não tá levando em consideração é que o cara já é divorciado, tem filhos, netos, ou seja, por que ele se divorciou? Ela sabe? Se ele contou alguma coisa foi a versão dele, ela nunca vai ter a versão da ex-mulher dele. Certo? Ou seja, também foi um casamento que

fracassou então vamos dizer, por culpa dos dois, ou seja, se ele amou alguma vez a mulher dele ou a mulher dele amou ele, isso acabou por algum motivo e eles acabaram se separando. Ou seja, ele passou por uma experiência de casamento que não deu certo. Depois disso, diz ela que ele já foi rico, não sei o que lá, o cara deve ser vivido, né, então ele deve ter tido mil outros relacionamentos. Agora me pergunto, se esse cara tem uns 250 seguidores, devem ter umas 150 ou 200 mulheres, sei lá, que seguem ele, e ele já deve ter tido tantas namoradas, tantas experiências com outras mulheres depois do divórcio dele, digamos, eu não sei se teve antes, se ele traia a mulher vai saber! Mas, de qualquer forma por que não deu certo? Vai dizer que depois que ele largou a mulher dele ele parou de tentar achar uma outra pessoa, deixou de tentar se relacionar com outra pessoa? Ou ele abriu mão disso aí e fez um voto de viver sozinho como opção, ou ele de fato tentou várias vezes e acabou não dando certo. Agora, ela tá entrando numa fria. Quer dizer que um cara vividão desse aí, que já teve um monte de mulher, vai saber, se durante o casamento e depois do divórcio, agora encontra ela e diz, deve ter dito a ela que está apaixonado por ela e que por ela ele abriria mão da solteirice dele pra ficar com ela. Porra! É uma puta de uma situação que ela vai ter que pagar pra ver, vai ter que pagar pra ver. Porque esse cara, como qualquer ser humano não é perfeito. Ele deve ter virtudes, mas também ele deve ter defeitos, da mesma forma que ela tem virtudes, mas ela também tem defeitos. Ou seja, é só que tem uma diferença, o cara é assediado, o cara tem um monte de mulher em cima dele. Ele deve frequentar as festas das "amiguinhas" de sua mãe lá da cidade dele, ele deve ser um cara que deve estar sempre em rodinha lá. Já que ela entrou nesse meio que ela conheceu ele, como amigo de suas "amiguinhas", então ela vai dar um tiro no escuro. E no meu modo de ver eu acho que ela pode quebrar a cabeça. Agora, o que é que acontece? Ela é uma mulher independente a sua mãe? Qual que é a renda dela, um salário-mínimo. Eu pergunto, ela ia sair de baixo da minha asa, né, ou seja, vai deixar de ser sustentada por mim e ela vai lá como uma pessoa independente? Não, ela vai pra lá ser sustentada por ele, ou seja, ela vai continuar numa mesma condição material. Ela vai sair da dependência de um pra continuar na dependência do outro.

Ela não vai ganhar independência nenhuma. Só que pra ela fazer isso aí ela vai ter que abrir mão de toda uma situação familiar, né, e isso inclui vocês e netos e nós e principalmente eu que estou sofrendo muito com essa situação, pra ela ir morar lá na terra dele e passar a fazer parte de um círculo novo, de uma família nova que sei lá, vai saber o que vai dar. Vai que ela descobre que o cara é um puta de um sacana e não dá certo e aí o que ela faz? Ela tá numa cidade diferente, sozinha, e com pessoas que não são do círculo dela. Esse negócio de "amigos" é pura ficção cibernética porque ninguém é "amigo" de ninguém em rede social, certo? Eu acho que esse termo "amigo" é até impróprio porque eu acho que isso aí deveria ser "conhecidos", "membros do mesmo grupo", sei lá. "Amigo, amigo, quem que é amigo?" Ela pegar e tentar jogar tudo pra cima, né, uma história, pra botar a vida dela nas mãos de um cara que ela mal conhece, eu acho terrível, eu acho terrível. Eu tô falando isso porque eu não queria de forma nenhuma nunca ver o mal dela. (choro) Mas, é uma merda! Sentimento, o contrário de amor é ódio, minha filha! "E eu odeio a ideia de chegar a odiar ela." Eu odeio essa ideia de um dia ter uma profunda aversão à sua mãe. (choro) Ela foi muito importante na minha vida. É até agora, ainda não perdeu a importância. Mas, saber que ela pode se ferrar, vai saber, né! Só sei que é duro! É difícil!

5. Você acha que depois de tudo isso que eu falei, sobre o que aconteceu agora de manhã comigo, você acha que dá pra esperar uma decisão até Dezembro? (choro) Quem tá na berlinda sou eu. Ela está para decidir entre um homem ou outro! Puta merda! Eu nunca me imaginei numa situação dessas. Nunca! Não vem no manual do casamento como você deve agir quando acontece um negócio desses. Então, o que eu reafirmo é que não dá pra esperar até Dezembro. Não dá! Essa indefinição é terrível. Ela vai ter que se decidir mesmo, e eu espero pro meu bem, pro nosso bem que seja rápido pra pelo menos tentar amenizar alguma coisa, algum impacto futuro! Beijo, filha! Desculpe mais uma vez.
6. A única coisa que eu posso dizer em termos de casamento e que deve ser de conhecimento público é aquela história de "na saúde e na doença, na alegria e na tristeza até que a morte os separe". (choro) Isso aí é o que orientou a minha vida até agora (choro).

7. Filha, eu dei uma saidinha e voltei agora da caminhada. A minha cabeça estava a mil, mas eu consegui andar sem ficar chorando. Eu tô um pouco mais calmo, pensei muita coisa das situações que a gente precisa resolver em caso de separação, partilha, fiquei matutando essas coisas. Mas, outra coisa que me veio à mente é em relação à decisão que a sua mãe vai tomar. Você imagina, ela é a pessoa que está no centro dessa história e que está provocando essa merda toda. De um lado tem eu, que sou o marido dela, e do outro lado tem o amante dela, que é o cara que ela está muito propensa a me largar para ficar com ele. Então, o que é que acontece, de mim o que mais ela lembra é de ressentimento, de mim ela só lembra de fatos negativos da vida dela que ela repete o tempo todo. Agora, em relação a ele, nesse tempo, nesses anos que ela conversa com ele ela só tem lembrança de tranquilidade, de ouvidos abertos, de um cara compreensivo que entendeu todos os problemas dela e que tá disposto a resgatar ela de todo esse sofrimento que é viver comigo, entendeu? Então, essa balança está muito desigual dos dois lados, né. De um lado tem o ressentimento, e do outro lado tem uma suposta paz e uma suposta expectativa de felicidade. É! É a situação que eu me encontro. Então, numa suposição, no caso dela me escolher, é uma situação que ela vai ter que demonstrar, sei lá, uma prova de amor comigo, porque ela tomar uma decisão dessas de continuar comigo com todo esse ressentimento que ela carrega, eu acho que seria uma puta prova de amor, mas, também não estou muito otimista em relação a isto, porém, vamos aguardar a decisão dela (choro). Enquanto isso eu fico "chorando as pitangas".
8. Não tô conseguindo nem fazer a barba, minha filha! (choro) Eu olho pro espelho e começo a chorar, filha! (choro e soluços) Que arma que eu tenho (soluços) para lutar (soluços) uma luta dessas? (choro e soluços) Que arma que eu tenho? (choro e soluços) Aparece um cara do nada aí na Internet e toma a cabeça dela, (soluços) o coração dela, (soluços e choro) assim fácil fácil em tão pouco tempo. (soluços) Que arma que eu tenho (soluços) se ela só lembra de mim coisas negativas? (choro e soluços) O que eu posso fazer? Eu não sei. (choro)

9. Filha, só mais uma coisinha. Voltando a essa história de amizade e de interesse, agora que eu saí do banho eu tive mais uma recaidazinha quando olhei para a minha cara (choro) no espelho na hora de me secar, (choro e soluços) me achei um merda, um bosta rejeitado até pela própria mulher. O que estou querendo dizer é que essas redes sociais que todo mundo diz que tem não sei quantos "amigos", essas redes sociais que eu odeio e agora muito mais, né, se esse filho da puta de amante da minha mulher fosse amigo, né, quando eles começaram a conversar e ele começou com "minha querida amiga", "minha linda amiga", "querida isso", "querida aquilo", foi amizade pra se aproximar e ela foi abrindo o jogo, certo? O que aconteceu? Se ele fosse amigo dela ele devia dizer "ó se você tá com problemas no seu casamento, você já conversou com o seu marido, você já tentou se entender com ele, porque todo mundo tem crise no casamento e o que precisa é conversar", coisa que a sua mãe nunca fazia. Estamos conversando um pouco agora, né, nesta merda de situação, coisa que a gente não fez uma porrada de tempo, então se ele tivesse tido uma atitude dessas, né, digamos, aconselhar ela a tentar salvar o casamento dela, então isto seria uma postura de amigo. Agora, um filho da puta que se aproveita da fragilidade de uma mulher que tá carente, e começa a encher a cabeça dela a ponto de incentivar ela a sair do casamento, e começa a prometer mundos e fundos pra ela, isso aí se chama "interesse", não é amizade nem aqui nem na puta que o pariu! Entendeu? Então, esse negócio de amigo, amigo, é o que eu falo, se você quer um amigo compre um cachorro. Em rede social você não vai achar amigo nenhum. O que você vai achar é sempre alguém interessado em alguma coisa, e se for uma relação entre amigo homem e amiga mulher, o que vai entrar no interesse é o homem querer comer a mulher. É isso o que acontece, é essa a realidade, é isso que eu sinto! Por isso é que eu estou me sentindo um merda rejeitado pela minha própria mulher. Faça o que quiser com essas mensagens.

CAPÍTULO XX – QUARTA-FEIRA – 2ª PARTE

Sabrina deve ter lido e ouvido toda essa ladainha quando acordou. O fuso-horário de lá era de 4 horas a menos. Eu me sentia péssimo por ter enviado mensagens tão longas, afinal ela tinha se submetido a uma operação recente. Mas eu estava em estado de desespero, porque, depois de ter conversado com Maria na segunda-feira, ao me despedir, disse a ela que não ligaria mais. Eu disse que esperaria ansiosamente pela sua decisão sem pressioná-la. Eu só queria a resposta antes de ela entrar no avião de volta para o Brasil. E veja que dois dias depois de dizer isso a Maria, eu já estava nesta agonia.

Eu estava tentando manter o meu espírito aberto para aceitar com serenidade a decisão que Maria fosse tomar, mas, só de pensar na hipótese de ela me abandonar, já me dava desespero. E se ela me abandonasse? E aqueles pensamentos primitivos e negativos voltaram a tomar conta da minha mente, e eu não conseguia pensar em outra coisa.

Eu me imaginava preso após ter matado alguém, ou me imaginava dentro de um caixão após ter me suicidado, ou ter me suicidado após tirar a vida de Maria, ou do seu amante, ou dos dois.

Eu me imaginava não dando trégua a Maria, submetendo-a a um divórcio litigioso e acusando-a de tudo o que tivesse direito, chamando nossos filhos para depor em um tribunal, tudo bem humilhante para ela. E eu gostaria que ela fosse viver com o seu amante da forma mais precária possível, afinal:

Se ela escolheu viver de amor, então ela não precisaria de dinheiro.

Esta seria a minha vingança, e sem retorno, pois "eu já estaria embaixo da terra".

Tem mais: pelo sofrimento ao qual Maria estava a me submeter, que, no meu modo de ver, eu não merecia, eu achava que, quando morresse, eu deveria ir para o céu, e quando ela morresse, deveria ir para o inferno. Afinal, antes de morrer, eu teria feito um *"mea-culpa"*, arrependo-me de todos os pecados que tanto a magoaram. Eu pediria perdão a ela, mesmo tendo a consciência de que esses erros foram muito menores em relação aos meus acertos. E Maria me perdoaria? Acredito que não! Acho que ela não me perdoaria!

Eu até estava disposto a perdoar Maria,
sem que ela me pedisse perdão pela traição!

Mas, Maria! Ah! Maria, lá do alto do seu pedestal, nunca demonstrou arrependimento de nada do que ela fazia! Era os outros que precisavam mudar, adaptar-se e aceitá-la como ela era, sem discussão! Ela não! Ela se achava perfeita! Parecia até que ela era o centro do universo e que todos os seus súditos tinham o dever de se curvar diante dela!

Agora, parecia que Maria estava querendo fazer-se de vítima! Aliás, puxando um pouco pela memória, estou lembrando que eu nunca vi Maria pedir perdão. Para ela, os outros é que sempre estavam errados, os outros que eram sempre os culpados.

Para Maria, eu sempre estava errado,
eu sempre era o culpado!

Por ela ser incapaz de fazer um exame de consciência e de se arrepender dos seus pecados, e pelo coração dela não ter mais lugar para o perdão, Maria deveria viver dependente de um cara qualquer e terminar a sua vida na merda. E quando morresse, Maria não mereceria outra coisa que não fosse arder no fogo do inferno.

Após a nossa morte, eu e Maria
estaríamos separados para sempre,
eu no Céu, e ela no Inferno!

Esses meus pensamentos pareciam doentios! Eram insanos! Eu devia estar ficando louco! Tão louco quanto Maria estava! Os meus pensamentos se tornaram muito ruins, de péssima qualidade! Aliás, pensamentos iguais a estes só servem para ser jogados na latrina e dar a descarga! Será que eu estava em vias de me tornar uma pessoa detestável e desprezível, caso Maria me abandonasse?

Como já disse anteriormente, eu tive formação cristão-católica. Sempre pratiquei o bem, nunca fiz mal a ninguém e nunca fui violento. Aliás, lembro que a última vez em que me envolvi em briga de socos e pontapés foi aos 12 ou 13 anos, e, naquela época, podia ser considerado uma criança. Hoje em dia, a violência está tão escancarada e quase fora de controle que se tornou comum criança andar armada, assaltando, matando etc., mas...

Por que todos esses sentimentos de violência afloraram dentro de mim?
Eu teria sido contaminado pela violência dos tempos atuais?
Este não era o Alex que eu conhecia!

Meus filhos perceberam como andava o meu estado de espírito e todos os dias me ligavam para saber se estava tudo bem. Eu nunca tinha falado tanto com eles como vinha falando nesses últimos dias. Maria sempre centralizou a comunicação. Quando ligavam para casa, eles sempre falavam com a mãe e perguntavam sobre mim. Pelo menos, eles me mandavam um beijo. Agora, a ligação comigo tornara-se direta.

Eu tinha colocado um vídeo do Caetano no YouTube com a música *Você Não Me Ensinou a Te Esquecer*, que não parava de tocar enquanto eu curtia a minha dor de cotovelo no sofá, absorto nos meus maus pensamentos. E que pensamentos maus!

Ficava imaginando um frasco de veneno batendo asinhas, voando e dançando sobre a minha cabeça. Aí a tampa do frasco se abria, o líquido escorria na direção da minha boca, e eu tomava uma dose da poção. Então, eu morria, e a minha alma, com uma auréola e de túnica branca, subia ao céu batendo as asas, como se fosse um anjo.

Eu também ficava imaginando um revólver com o cano ainda quente, aquecido que fora pela bala que acabara de estourar os meus miolos; ou aquecido pela bala que acabara de atingir a cabeça de um dos amantes; ou, ainda, aquecido pelas balas que tivessem atingido a cabeça dos dois.

Ah! Maria! Talvez eu não tivesse coragem
para estourar a sua cabecinha
e estragar os seus lindos cabelos
que você cuida com tanto carinho...

Enquanto eu estava tendo esses terríveis pensamentos, o WhatsApp deu um toque de mensagem recebida. Quando olhei para o celular, eu vi o ícone com a foto de Maria. Era ela quem tinha me chamado. **Mais uma vez, transcreverei, mesmo com erros de português e de concordância, as mensagens que eu e Maria trocamos e tentarei transmitir novamente "toda a minha emoção" e "toda a frieza dela":**

1. Escrita – de Maria para mim: — Oi tudo bem.
2. Escrita – minha para Maria: — Minha querida. Tudo bem com você?
3. Mensagem de voz – minha para Maria: — Agora que eu vi o seu chamado eu quase caí da cadeira aqui. (choro e soluços) Eu virei um molenga, mulher! (choro e soluços) Você está me fazendo sofrer tanto. (choro e soluços) Eu não fazia ideia de que te amava tanto! (choro e soluços) Se você precisava de alguma prova de amor, não sei, (choro e soluços) eu não sei mais o que fazer, eu não sei mais o que pensar, e eu não sei se eu vou conseguir viver sem você. (choro e soluços) Eu falei que não ia querer te pressionar a qualquer coisa, mas ainda bem que você pôs esse "tudo bem"! (choro e soluços) Se foi pra mim foi muito bom, (choro e soluços) porque é uma maneira de eu desabafar um pouco o aperto que estou sentindo no meu coração. (choro e soluços) Eu nem sabia que existia coração, não sabia que existia amor, não sabia que existia nada. (choro e soluços) Eu só achei que existia razão. (choro e soluços) Agora eu descobri que a razão de eu viver é você!
4. Escrita – de Maria para mim: — Fica calmo.
5. Escrita – de Maria para mim: — Acho nas condições que vc está propondo podemos fazer uma tentativa.
6. Voz – minha para Maria: — Pô! Não me faz morrer do coração, mulher! (choro e soluços) Você está respondendo que sim, que quer ficar comigo? (choro e soluços) É isso que você está respondendo? (choro e soluços) Eu não sei se eu dou risada ou se

choro, mas agora eu tô chorando, chorando de alegria se for isso. Me confirma por favor!

7. Escrita - de Maria para mim: — Sim é isso fica calmo.
8. Voz - minha para Maria: — Péra aí que eu estou com um pouco de palpitação. (choro e soluços) Deixa-me recompor um pouquinho aqui. (choro e soluços) Péra aí.
9. Escrita - de Maria para mim: — Calmaaaaaaa.
10. Voz - minha para Maria: — Olha, o que eu posso fazer agora (muito choro e soluços) é que eu vou revirar o mundo se precisar pra poder te ter de novo (choro e soluços) por inteiro ao meu lado, dentro do meu coração e dentro do seu coração (choro e soluços) principalmente. Eu nunca, nunca, nunca imaginei (soluços) que eu pudesse sofrer tanto com a possibilidade, com esse pesadelo, com essa possibilidade de te perder. Eu nunca imaginei isso na minha vida. Eu não consigo te imaginar nos braços de um outro cara. (soluços) É muito tempo. Você foi o meu primeiro e único amor. Eu sempre te falei isso. (soluços) Só que eu não sabia o quanto, o quão grande era o amor que eu tinha por você. E eu espero nunca, jamais te decepcionar de novo, e se um dia eu falar qualquer coisa que você não goste, me dê um bofete, uma vassourada, um tapa, um pontapé, um chute na hora. Mas, não deixa nunca evoluir, eu não quero te magoar por nada neste mundo. (choro e soluços) Mas, eu também não gostei da ideia de ser magoado também, (soluços) então, o que eu não quero pra mim (soluços) eu nunca vou querer pra você. Não fica mais muda, não fica mais sem falar. Eu te disse que eu estava te sentindo uma outra mulher, uma mulher mais forte, uma mulher mais corajosa, uma mulher sei lá o quê, que eu não conhecia. Procure continuar assim, vamos fazer as coisas juntos. Ai! Eu nem sei mais o que falar. Fala alguma coisa você agora.
11. Escrita - de Maria para mim: — É complicado pra mim, mas vamos ter que recomeçar com muita paciência dos dois lados. Acho que morando separados existirá a chance de ter uma boa relação juntos.
12. Escrita - de Maria para mim: — Em nome da nossa história eu acho que vale uma segunda tentativa.
13. Escrita - de Maria para mim: — Tudo bemmmmm.
14. Escrita - de Maria para mim: — Vai ter um ataque aí.

15. Voz – minha para Maria: — Olha, melhor não poderia estar. Tá tudo muito bem pra mim. Eu sei lá, certeza a gente não tem mesmo na vida, né, mas eu tenho certeza de o que depender de mim você não vai se arrepender. A gente vai fazer tudo direitinho desta vez. Desta vez vai ser nós dois, nós seis, sete, oito ou dez, entendeu? Numa casa com todos os problemas que um casamento tem. Não existe casamento sem problema, quem não quer ter problema de casado não casa, certo? Entrou no casamento vai ter problemas, vai ter que administrar, gerenciar e não deixar chegar aonde a gente chegou. Eu fiquei muito triste com essa situação, mas de qualquer forma é aquela história, o que não mata serve para fortalecer a gente. Eu tô muito feliz mesmo de saber (choro e soluços) que você vai continuar comigo, mulher! (choro e soluço) Você não sabe a felicidade que eu estou sentindo. (choro e soluços) Não sei se dá para você sentir aí. Mas, eu estou muito feliz e espero nunca mais te decepcionar. Vamo fazê as coisas direitinho, juntos. É o que eu mais quero nesta vida, dissolver ou acabar esta união somente quando eu ou você morrer, ou a gente morrer juntos, sei lá se isso é possível, mas eu não consigo pensar em outra coisa. (soluços) Tô muito feliz mesmo, tomara que eu não tenha um ataque agora.
16. Escrita – de Maria para mim: — Que bom fica tranquilo.
17. Escrita – de Maria para mim: — Toma água com açúcar.
18. Voz – minha para Maria: — Olha aí mulher, que bonitinho, (soluços) você me mandando tomar água com açúcar. Já começou a cuidar de mim. (choro e soluços) Ai que legal! Que legal! Que legal! Que legal!
19. Escrita – de Maria para mim: — Agora vai descansar um pouco. Mais tarde a gente conversa.
20. Escrita – de Maria para mim: — Vou ajudar a Sabrina, ela está mancando.
21. Escrita – de Maria para mim: — Vai lá. Depois a gente se fala.
22. Escrita – de Maria para mim: — Se cuide. Beijos.
23. Voz – minha para Maria: — Ai que saudade, mulher! Você me mandando beijo. (choro) Quanto tempo que você não faz isso, mulher! Que falta que eu estou sentindo, mulher! (choro e soluços) Que falta! Um beijo seu, uma coisa comum e uma coisa tão importante. (choro e soluços) Eu não vou agradecer beijo porque

beijo não deve agradecer, mas obrigado, eu não vou agradecer, obrigado. (soluços) E um outro beijo muito grande para você.

"Eu tinha acabado de arder em um braseiro para depois renascer das minhas próprias cinzas", como a Fênix.

Maria tinha tomado a sua decisão, e, para a minha surpresa, foi rápido, muito mais rápido do que eu esperava. O mais importante foi que sua decisão foi a favor do nosso casamento, foi a favor de fazermos uma tentativa e continuarmos juntos, mesmo ela ainda estando muito confusa. Ela até disse a Sabrina que "ela ia entrar de peito aberto".

Ufa! Não foi desta vez que eu perderia Maria, pensei eu!

Parece que a minha proposta de comprar outro apartamento e morarmos cada um no seu canto ajudou-a a se decidir. Sinto que, se isso não tivesse acontecido, eu teria perdido Maria de vez!

Bendita seja a hora que eu tive essa ideia! E bendita seja a escolha que Maria fez!

Maria não sabia, mas ela tinha acabado de salvar a minha vida!

Neste contexto, acredito que a compra de um apartamento para Maria ir morar sozinha seria um investimento com um objetivo nobre, talvez o objetivo mais nobre que um homem poderia ter ao comprar um imóvel, que seria o de:

Preservar o casamento e continuar a viver com a mulher que ama.

CAPÍTULO XXI – O DIA SEGUINTE

A primeira coisa que eu fiz no dia seguinte foi ligar para os meus filhos Janaina e Carlos, para lhes dar a boa notícia. Afinal, se, logo após Maria ter embarcado para os *States,* eu os chamei para conversar a fim de inteirá-los da situação de quase separação entre mim e a mãe, nada mais justo agora eu contar a eles as boas novas.

Expliquei também a proposta insólita que eu fiz à mãe deles e que ela tinha aceitado. Eles ficaram surpresos com o teor dessa proposta. Meu filho até disse que nós estávamos muito mais modernos do que eles! Mas eles adoraram a ideia e desejaram sorte para nós.

Eu estava feliz, radiante de alegria, mas Maria ainda demonstrava estar confusa, insegura e abalada com todos esses acontecimentos. Por esse motivo, resolvi escrever para ela uma carta, mas não aquelas cartas tradicionais que se enviava pelo correio para os Estados Unidos e que demoraria uma eternidade para chegar. Escrevi o texto usando o "Word" e mandei por "e-mail", moderninho eu! Tecnologia!

Minha intenção era a de tentar fornecer a Maria uma espécie de autoajuda após a difícil decisão que ela acabara de tomar, que foi a de dar continuidade ao nosso casamento. E digo difícil porque, pelas conversas que tive com ela, fiquei com a nítida impressão de que o seu envolvimento emocional com o cara tinha sido intenso, além do que, de certa forma, eles tiveram frustrados os planos de Maria pedir o divórcio e ir se juntar a ele. Possivelmente, eles deviam ter tudo planejado.

Na carta, tentei falar um pouco da nossa história e de episódios até então desconhecidos para ela, além de usar certa dose de romantismo. A carta enviada por e-mail foi assim:

Minha querida mulher,

Espero que a leitura desta carta venha trazer um pouco de luz para a sua vida e também lhe ajude a superar esta estranha fase que estamos passando em nossas vidas. Se você acha que tudo isso está sendo difícil para você, tenha a certeza de que está sendo muito difícil para mim também, porque você estaria me substituindo na sua vida e eu estaria te perdendo, o que para mim seria uma perda irreparável. Mesmo tendo consciência de que eu nunca fui um cara romântico, desde quando esta crise estourou aflorou em mim esse lado que até então eu desconhecia. Aprendi até a chorar e já chorei muito só de pensar em perder você.

Pessoas românticas que estejam carentes e se encontram vulneráveis, ao se apaixonar, devem abrir bem os olhos antes de tomar certas decisões, isto porque suas escolhas podem levar a erros, cujas consequências muitas vezes podem ser irreparáveis e podem até afetar não só a própria vida, mas também a vida de seus entes queridos. É claro que hoje o meu principal objetivo é ajudar você a colocar a sua cabecinha no lugar, que, com certeza, deve estar muito confusa. Espero que esta leitura lhe seja útil. Certa vez alguém disse que:

"Em um casamento,
nem o marido foi
a primeira opção da mulher,
e nem a mulher foi
a primeira opção do marido."

A princípio essa frase pode até parecer uma piada, mas ela tem uma forte carga de verdade e de realidade. Muitos homens e muitas mulheres na adolescência, ainda em tenra idade, tiveram um primeiro grande amor nas suas vidas, até mesmo quando eles talvez ainda nem soubessem o significado deste sentimento chamado "amor". Fosse ou não declarado esse amor pelo amiguinho ou pela amiguinha da rua ou da escola, eles se imaginavam juntos e que um dia iriam viver um belo romance como em um lindo conto de fada. Um grande amor que seria coroado pelo casamento, eles teriam muitos filhos e viveriam felizes para sempre.

E para aqueles que não viveram esse tipo de experiência e que não tiveram um amor inesquecível na juventude, eles não fazem ideia de como se sofre por causa desse amor ideal, desse romance juvenil imaginário. Ele é tão intenso, ardente, envolvente, avassalador e arrebatador, que até parece ser real e chega a doer e a corroer a alma de quem está apaixonado. Ele ou ela fica doente de paixão, perde a razão e a fome, não consegue dormir e não consegue tirar a pessoa amada dos seus pensamentos.

Ocorre que em pouquíssimos casos esses dois jovens ficam juntos. Aquele amor inocente, bonito e tão intenso que foi idealizado por eles termina igual ao fim de um lindo sonho, pois a vida tratou de separá-los por algum motivo. E quando isso acontece é terrível! Parece que o mundo acabou. Ficam mágoas e feridas que custam a cicatrizar por causa do grande amor perdido.

Por que as coisas têm que ser assim? Por que tanto sofrimento? Se o amor é uma coisa boa, então, por que se sofre por ele? Aquele romance idealizado não tinha como dar errado! Era a certeza de uma vida feliz e que os dois viveriam como no mundo de fantasia em um conto de fada. Mas

O que a vida fere, o tempo cura.

Vem a maturidade. As feridas cicatrizam, mas as lembranças não se apagam. Ambos irão carregar pelo resto de suas vidas as lembranças daquele grande amor que como um sonho se acabou, aquele conto de fada que eles não chegaram a viver, aquela certeza de felicidade que juntos poderiam ter tido, mas não tiveram, porque o destino os separou.

O tempo passa. Eles crescem e amadurecem. Cada um segue o caminho que o destino lhes reservou. Conhecem outras pessoas e novos relacionamentos são vividos, só que agora de forma madura, até a hora que eles encontram a cara metade. Então, outra paixão floresce. Mas como? Eles achavam que jamais iriam amar alguém como o amado ou a amada da adolescência.

Então, vem a pergunta: qual seria a diferença entre esses dois tipos de amor, entre essas duas espécies de relacionamento que no passado a pessoa já viveu e que agora está a viver novamente? E a resposta é: o amado ou a amada da adolescência era uma pessoa idealizada, era uma pessoa perfeita que a paixão não deixava ver com todas as qualidades e defeitos. Era um personagem de um conto de fada, uma Cinderela ou um Príncipe Encantado.

Já a cara metade de hoje é a pessoa que o apaixonado, agora maduro, escolheu para viver junto e constituir uma família. O amado ou a amada é aceito como ele é, com todas as suas virtudes e defeitos. A cara metade não foi idealizada e ambos sabem que nenhum dos dois é perfeito. E eles se casam.

Após o casamento, ainda apaixonados, ambos começam a viver a realidade da vida como ela é. Existe romance, o sexo é bom e acontece com frequência, mas, com o tempo, a paixão vai declinando e se transforma em amor. Nessa fase, aparecem os filhos e é aí que mora o perigo! A realidade começa a se manifestar com mais intensidade e com toda a sua força.

A rotina se manifesta, aumentam as tarefas do casal e novas obrigações e responsabilidades aparecem, tais como: as noites mal dormidas por causa dos cuidados com o bebê; as saídas de madrugada para levar a criança que está com febre e vomitando ao pronto socorro; dar banho no bebê e trocar sua fralda; trabalhar, fazer comida, lavar roupa, fazer compras no supermercado, pagar as contas de casa, pagar a escola da filha mais velha, a geladeira quebra e o ar condicionado também; o carro precisa de manutenção e um dos dois tem que levar na concessionária para fazer a revisão e depois ir buscar; e de vez em quando sobra um tempinho para diversão.

Amigos convidam para aquela viagem no feriado prolongado, mas quem aguenta! A filha tem uma apresentação na escola! É muita realidade! Nessa fase, a frequência de sexo já diminuiu faz algum tempo, uma vez que papai e mamãe vivem cansados e absorvidos pelos seus afazeres diários. À noite, eles estão tão exaustos que mal deitam e já pegam no sono e o romance fica para depois.

Até que chega uma hora que para fazer sexo será necessário planejar e marcar dia e hora e, se ocorrer algum imprevisto, já era! Sabe lá quando o casal terá outra oportunidade para transar. Para onde teria ido aquela paixão, aquele amor e aquela chama ardente que os uniu? Onde estaria aquela felicidade que eles tanto procuravam e esperavam encontrar um no outro? Como eles puderam se transformar nas pessoas amargas, indiferentes e infelizes que eles são hoje? Logo, eles que tinham tantas expectativas e apostaram muito nessa relação.

Aí começam as cobranças. A mulher cobra o marido. O marido cobra a mulher. Parece que eles sempre estão devendo algo um para o outro. Então, vêm as brigas e essas começam a ocorrer com mais frequência. As ofensas mútuas vêm em seguida e, nessa hora, começam aparecer as dúvidas e a sensação de infelicidade cai sobre o casal.

Então, começam as comparações. Se o marido, a mulher ou ambos viveram aquele amor adolescente, que foi tão inocente, tão bonito e tão intensamente idealizado, eles acabam se convencendo de que se eles tivessem se casado com aquela pessoa que foi muito amada no passado e o destino os separou, hoje tudo seria diferente e eles estariam vivendo juntos e felizes como em um sonho.

Esse é o primeiro pensamento que lhes vêm à cabeça e depois eles passam a acreditar na felicidade que eles deixaram para trás. Ledo engano! Se aquele amor perdido tivesse se transformado em casamento, com certeza eles estariam vivendo os mesmos problemas, as mesmas incertezas e as mesmas angústias que hoje estão passando um ao lado do outro. Eles só não são capazes de perceber isso.

Quando um homem ou uma mulher deseja ardentemente uma coisa, eles têm de acreditar que aquilo que eles desejam seja bom, do contrário não valeria a pena. Se por um lado aumenta o sentimento de infelicidade diante da realidade do casamento atual, por outro lado cresce a ilusão de que a felicidade estaria na vida que poderia ter sido vivida ao lado daquela pessoa amada, mas que por culpa do destino eles não viveram.

Isso faz com que a porta fique
aberta para o diabo entrar!

A sensação de insatisfação do casal aumenta juntamente com a sensação de carência afetiva. Ambos se sentirão fragilizados e vulneráveis ficando suscetíveis a receber influências de pessoas oportunistas que se aproveitam e exploram as fragilidades e as carências alheias.

E por que tudo isso acontece? Porque hoje em dia a sociedade impõe padrões de felicidade ao ponto de fazer com que as pessoas acreditem que elas precisam ser felizes "na marra", custe o que custar. Isso faz com que elas se sintam infelizes quando não conseguem atingir esses padrões de felicidade instituídos por terceiros ou, mesmo quando as pessoas os atingem, elas descobrem que não era bem isso o que elas queriam. Mas

Quem realmente sabe o que é felicidade?
Quem realmente sabe o que
deve fazer para ser feliz?
E quem realmente sabe o que quer?

Somente quem souber a resposta
para essas três perguntas
conseguirá atingir a verdadeira felicidade.

A situação idealizada sempre
será melhor do que a real.

Agora, minha querida mulher, as nossas vidas irão entrar nesta história. Eu te confesso que tive a experiência de amar profundamente uma garota do ginásio, lá da escola que estudamos, antes de te conhecer. Quando vi a Silvia pela primeira vez me apaixonei. Ela fazia o ginasial à tarde e talvez até você a tenha conhecido uma vez que você também estudou à tarde.

Ela estava linda! Ela usava o uniforme de camisa branca e saia azul, tinha um lenço branco em seus cabelos loiros, lisos e curtos. Seu sorriso era maroto e ela tinha uma carinha de levada, de garota sapeca própria da idade. Eu devia estar com uns 13 anos e acho que ela devia ter uns 14 anos talvez. Só tem um detalhe nesta história, eu fui apresentado a ela por uma amiga e a vi apenas umas duas ou três vezes, mas a figura dela ficou gravada na minha mente. Ela nem sabia que eu existia e muito menos a paixão que eu sentia por ela.

A partir daí, a minha vida virou um verdadeiro inferno. Eu já trabalhava na Cia de Seguros e estudava à noite. Perdi a concentração no trabalho e no colégio. Você sabe que eu era congregado mariano na igreja do bairro e que na sede tinha uma mesa de bilhar. Eu já jogava bem sinuca desde aquela época. Quando eu ia disputar uma partida, na minha cabeça eu imaginava que eu tinha que ganhar para oferecer a vitória a Silvia. Eu mais ganhava do que perdia sempre pensando e dedicando a vitória a ela. Mas, quando eu perdia, me dava um baita desespero, uma tremenda frustração, um nó na garganta por tê-la decepcionado que eu nem cabia dentro de mim. Eu queria morrer! Era doentio! "Como eu tinha entrado nessa?", pensava eu.

A Silvia nem sabia que eu existia! Poderia se chamar a isso de amor platônico? Eu sofri muito por amor, não por um amor real, mas por um amor idealizado que existiu somente na minha cabeça, na minha imaginação. Eu tentei algumas vezes ir ao colégio no sábado para ver se eu a encontrava, mas nunca a encontrei.

Então, pergunto: como teria sido a minha vida se eu tivesse me casado com ela e não com você? Será que eu nunca iria brigar com ela, e ela comigo? Será que eu iria tolerar passivamente todas as manias dela, e ela as minhas? Será que o sexo com ela teria sido tão bom como é com você? Quantos filhos eu teria tido com ela? Será que ela está viva? E se ela tivesse morrido então hoje eu seria um viúvo e os nossos filhos seriam órfãos de mãe.

E como teria sido a cara dos filhos e netos que eu e Silvia não tivemos? E se ela ainda estiver viva, como estaria o nosso relacionamento após quase 50 anos? Ela teria sido fiel a mim como eu teria sido fiel a ela? Eu estaria feliz ao lado dela? E a pergunta mais importante de todas: Hoje, ela estaria feliz depois de viver quase 50 anos ao meu lado?

"A chave que abre a porta do céu não está em ter encontrado a alegria durante a vida, mas sim em quantas pessoas você ajudou a encontrar a alegria."
(Filme: "Antes de Partir" — frase sobre o Céu Egípcio)

Respostas a todas essas perguntas? Jamais terei! Isso porque esse amor que nutri por Silvia foi uma ilusão que viveu por algum tempo somente na minha imaginação, e me atormentou também por algum tempo, mas o próprio tempo tratou de me curar.

Agora nós poderíamos comparar esse relacionamento imaginário que vivi há mais de 50 anos com algo semelhante nos tempos atuais? Eu acredito que sim, são os relacionamentos que se estabelecem pela Internet através das redes sociais. Isto porque esses aplicativos ou Apps, como muitos gostam, facilitam a comunicação entre as pessoas e muita gente acaba conhecendo muita gente através da Internet.

Mas a única coisa que se pode saber é que tem alguém do outro lado da linha e curtir as fotos postadas por esse alguém, mas ninguém tem como saber quem é essa pessoa, ou pior, se ela realmente existe e quais são suas intenções, mas isto não impede que as pessoas se apaixonem. Aí, a imaginação voa!

Então, tanto o marido como a mulher, que se encontram carentes vulneráveis fragilizados e insatisfeitos, buscam encontrar nas redes sociais um grande amor, um príncipe encantado ou uma princesa, bem diferente daquele "sapo" ou daquela "bruxa" que os atuais marido e mulher acabaram virando.

Eles só não sabem que os mesmos defeitos que eles odeiam no parceiro, podem ser motivos de admiração para outra pessoa.

Nessa altura, um forte vínculo emocional e afetivo pode se estabelecer por meio da rede social, e assim:

"Pessoas de quem menos se espera acabam fazendo coisas que ninguém imagina."

*(Filme: "O Jogo da Imitação" —
frase de Alan Turing)*

De forma virtual, também imaginária, homens e mulheres se apaixonam por uma voz ou por uma fotografia de alguém que está do outro lado da linha do seu celular, sem conhecer tal pessoa e sem saber quais são os seus verdadeiros interesses.

A única coisa que a pessoa apaixonada pensa é que, se ela largar a sua vida real atual e partir para uma aventura em busca de uma nova vida junto do ser imaginário que ela conheceu na Internet, a quem ela abriu o coração e confiou seus segredos mais íntimos, ela finalmente irá achar essa tal felicidade que a Sociedade tanto impõe.

Na paixão do modo antigo, adolescente ou platônica, ninguém era lesado ou enganado e apenas os apaixonados sofriam por amor, o que era até considerado bonito. Porém, nas paixões que ocorrem hoje em dia no mundo virtual, muita gente pode ser enganada ou prejudicada ou até mesmo roubada, e isso ocorre todos os dias. Sou da opinião que se o relacionamento ficou restrito ao virtual, as dores do fim desse relacionamento podem se curar da mesma forma que eu me curei do meu suposto "relacionamento virtual platônico imaginário" que tive com Silvia há mais de 50 anos.

Mulher! Voltando à frase do início deste texto, mais uma vez digo que você não foi a minha primeira opção, não foi o meu primeiro grande amor. Você foi a minha segunda opção! Mas uma coisa tem que ser levada em consideração, a minha primeira opção foi ideal, foi imaginária, foi uma ilusão. Mas você foi e é 100% real. Não poderia afirmar se eu fui a sua primeira opção, mas tenho certeza de que não fui.

Você me contou certa vez e, para variar, de forma bem superficial alguns relacionamentos que você teve antes de nós começarmos a namorar. Acredito que um deles possa ter sido o grande amor de sua vida, a sua primeira opção. Tenha a certeza de que isso não me traz nenhum desconforto. Se eu fui o segundo, ou o terceiro, ou o quarto, absolutamente para mim é o que menos importa.

***O mais importante foi que eu ganhei
o grande prêmio, que foi você!***

E eu posso afirmar que, em relação a nós, eu tenho a resposta para todas aquelas perguntas que fiz sobre o relacionamento imaginário e hipotético que tive com a Silvia sem ela saber, para as quais eu jamais terei as respectivas respostas, pois eu não as vivi. Não irei entrar em detalhes respondendo a cada uma daquelas perguntas, mas com certeza eu posso afirmar que sei a cara de todos os filhos que tive com você e também a cara de todos os meus genros, nora e netos. Hoje,

Eu nem lembro mais do rosto da Silvia,
mas o seu rosto, minha querida mulher,
eu nunca esqueço.
Ele não me sai da cabeça e a sua imagem
carrego comigo aonde quer que eu vá.

Não sei se você se lembra dos meus conceitos sobre felicidade, mas posso dizer que eu sei a resposta daquelas três perguntas que fiz sobre ela. Eu sei o que é felicidade. Eu sei o que fazer para ser feliz. Eu sei o que quero. E por saber essas respostas eu procuro agir e ter atitudes que me permitem afirmar que ***"eu sou um homem feliz"***:

E quem em sua essência é feliz é
capaz de se manter feliz
até mesmo em momentos de pro-
funda tristeza.

Sei que tivemos muitas divergências, mas também sei que os nossos acertos foram bem maiores durante todos esses anos. Sei que tivemos momentos alegres e momentos tristes, mas tenha a certeza de que nunca fui infeliz ao seu lado. Tenha a certeza de que nunca guardei rancor de você. Sinto muito por ter te magoado tanto e ter deixado as coisas chegarem ao ponto de você quase desistir de mim, porque nunca percebi e nunca tive intenção de te magoar.

Mulher, nós vivemos a nossa vida em meio a muita realidade, talvez até realidade em excesso. Sei que a sua vida nunca foi fácil antes de nos conhecer e antes mesmo de nos casar. A nossa história juntos pode ter ficado bem distante de poder ser comparada a um conto de fada que você poderia ter idealizado ou até mesmo a um sonho que uma adolescente teria em relação ao casamento.

Mas por que o nosso relacionamento tem sido tão duradouro, com quase 50 anos até agora? Se fizessem para mim essa pergunta eu até arriscaria uma resposta. Eu diria que uma possível explicação seria: porque nós vivemos no mundo real!

Realidade e Sonho

A realidade é ininterrupta, ela nunca termina.
A vida pode terminar para nós,
mas a realidade sempre continua.
A realidade é o Universo, é o nosso mundo,
é a nossa vida, é a nossa morte.
O sonho pode ser lindo enquanto dormimos,
mas ele termina quando acordamos.
O pesadelo não passa de um sonho ruim,
mas ele também termina quando acordamos.
O sonho é efêmero, mas a realidade é eterna.
Voltar à realidade é sinal de que estamos vivos,
do contrário estaríamos dormindo o sono eterno!

Mas, apesar disso tudo, nós temos o direito de escolher em qual nível de realidade queremos viver, principalmente agora que os nossos filhos já são independentes, já têm as suas famílias e não moram mais com a gente.

Mulher! A nova vida que nos espera deverá ter um pouco menos de realidade e um pouquinho mais de sonho e de fantasia, talvez! E isso só está sendo possível porque voltamos a ser como era no início, apenas nós dois. E, à medida que avançarmos no tempo, irá chegar a hora que será apenas um de nós, e depois nenhum.

O nosso legado será o que plantamos,
os nossos exemplos e as nossas lembranças.
O nosso maior legado será a nossa história!

A carta termina por aqui.

Enviei o e-mail para a Sabrina imprimir e entregar para a mãe ler, na esperança de que essas palavras pudessem dar um pouquinho de paz ao espírito inquieto de Maria e também pudessem fortalecer sua convicção pela decisão que ela acabara de tomar. Essa foi a minha intenção, mas eu também tinha ciência de que "Santo de casa não faz milagres", porque:

Eu não era o "desconhecido amigo ideal do Facebook de Maria da Internet".

Agora era esperar e ver os resultados.

CAPÍTULO XXII – SINAIS

Certa vez, Maria me contou por alto que, na sua adolescência, antes de me conhecer, ela tinha namorado um rapaz por quem havia se apaixonado. Como já disse, esse era o seu estilo: toda a conversa com ela era vaga e acabava virando interrogatório, uma vez que ela era adepta do uso de "meias palavras", que, segundo ela, já "bastavam para um bom entendedor".

O rapaz era judeu, e por esse motivo a família dele proibiu que o filho namorasse Maria, pois ela não era da mesma religião. Mesmo contrariado, ele respeitou a vontade da família, romperam o namoro, e ele foi estudar Medicina no exterior. Ela ficou muito mal, entrou em depressão e até perdeu o ano na escola. Talvez ele tenha sido aquele primeiro grande amor adolescente de Maria, mas ela nunca se abriu comigo ou me deu maiores detalhes. A única coisa que ela me disse foi que ele sempre a respeitou e que ele nunca "avançou o sinal". Depois dele, ela teve alguns outros namoricos antes de começar a namorar comigo.

Começamos o namoro no início de outubro, e ela já tinha uma viagem programada para passar as férias de fim de ano no Nordeste, na casa de parentes. Era o nosso terceiro mês de namoro, e ela embarcou em meados de dezembro. Nós trocávamos cartas todas as semanas (aquelas escritas à mão com caneta BIC, em papel próprio para carta, colocada em envelope, selada e enviada pelos Correios). Contudo, em meados de janeiro, ela parou de me escrever. Eu ainda escrevi umas duas cartas, que também ficaram sem resposta de Maria, e parei de escrever também.

O silêncio de Maria levou-me a pensar que ela poderia ter desistido de mim e que o nosso breve namoro chegara ao fim, afinal eu ainda nem acreditava que estava namorando uma mulher linda como Maria era. Porém, na última semana de fevereiro, fiquei surpreso quando recebi uma carta dela dizendo que estaria voltando de viagem no fim do mês para o início das aulas, que se daria no começo de março.

Após Maria retornar, assim que nos encontramos, logo perguntei por que ela tinha parado de responder as minhas cartas. Ela quis desconversar, mas eu insisti, e ela acabou contando que tinha parado de me escrever porque tinha conhecido o filho do prefeito da cidade em uma festa, e ele havia se apaixonado por ela.

Na época, Maria tinha 19 aninhos e era linda de morrer — que homem não sentiria atração por ela? Ela disse que ele tinha 24 anos, era bonito, de família abastada e até chegou a lhe propor casamento. Os parentes dela começaram a incentivá-la e tentaram influenciá-la no sentido de que ela aceitasse a proposta do pretendente. Ela disse que ficou balançada, mas, mesmo assim, decidiu voltar para casa, voltar para mim, aquele "rapaz pobre", ou aquele "pobre rapaz". Hoje eu não sei mais como me identificar ou mesmo me caracterizar depois desta história toda.

Ela também me contou que, na companhia financeira em que ela trabalhou, o seu chefe, que tinha por volta de 40 anos e era casado, também se apaixonou por ela. Ele não parava de assediá-la, disse ela. Hoje em dia, isso daria processo, mas naquela época... Ele também tinha grana e estava disposto a largar mulher e filhos para se casar com ela, e ela não quis saber dele.

Fazia poucos meses que estávamos namorando, Maria estudava inglês e ganhou uma bolsa de estudos de um ano para estudar lá nos Estados Unidos, com tudo pago. Essa viagem poderia ter mudado a vida dela, e até mesmo as nossas vidas, mas ela disse que recusou a bolsa por minha causa, sem me consultar, porque achou que eu não a deixaria viajar sozinha para os *States*! Aí a oportunidade já tinha passado.

Quando ela me contou essa história, fiquei revoltado e, por que não dizer, puto mesmo! No início, comecei a me sentir culpado por ela não ter ido, mas como eu poderia ser responsabilizado se ela nem ao menos perguntou para mim? Achei um absurdo ela deduzir tudo pela própria cabeça! Eu nem pude impedir que ela viajasse nem pude proibi-la de viajar, simplesmente porque não fui consultado e não sou adivinho! Essa pode ter sido uma desculpa que ela inventou para não ir, mas...

Esses entre tantos outros episódios que ela me contou no decorrer dos anos que estivemos juntos mostram o número de oportunidades que Maria teve de fato para me abandonar enquanto éramos namorados, ou noivos, e digo até mesmo depois de poucos anos de casados. E os assédios, segundo ela, nunca pararam de acontecer, mas ela sempre se manteve fiel e firme ao meu lado.

Houve uma época em que, mensalmente, quando ela ficava menstruada, nascia uma espinha no meu rosto ou na minha testa, nesse mesmo período. Para mim, isso era intrigante, e, quando eu contava para Maria, ela achava engraçado. Quando aparecia a espinha, eu já ia perguntando se ela estava menstruada, e ela dizia que sim.

Quando eu comentei com Maria sobre a ocasião de quando eu estava no cursinho e tentei terminar o nosso namoro, e ela não aceitou e me deu um tempo para pensar, ela disse que não se lembrava e que não fazia ideia do porquê ela havia feito aquilo! Não é intrigante também?

Agora ela teve esse caso amoroso pela Internet, pelas redes sociais. Ela ficou totalmente envolvida emocionalmente com o cara e estava disposta, ou quem sabe até decidida, a se separar de mim. Só que agora era eu quem não estava aceitando a separação. Eu também não sabia por que estava fazendo isso, uma vez que a reação natural de um cara durão e racional como eu devesse ser a de romper após ela ter confessado sua traição, mas eu não fiz isso! Muito pelo contrário, eu estava lutando para conseguir mantê-la ao meu lado. Seria apenas mais uma coincidência?

Então, não sei como nem porque, naquele momento, aquela reportagem da Internet sobre a vida de artistas caiu na minha frente, fofocas de Hollywood, cujo tipo de matéria não me atrai e dificilmente eu leria. Mas, naquele momento, eu li e me influenciou, me serviu de inspiração e me motivou a propor a Maria que comprássemos outro apartamento, a fim de:

Morarmos separados
para continuarmos juntos.

Maria, que é indecisa e tinha até o fim do mês para dar sua resposta, acabou aceitando a proposta dois dias após a nossa última conversa sobre o assunto. Para mim, o que menos importou foram os reais motivos que a levaram a tomar essa decisão, pois acredito que, de alguma forma, todos esses motivos conspiraram a favor de nos manter unidos, pelo menos, por mais um tempo. Para mim,

O mais importante foi a decisão
que Maria tomou:
a de ficar comigo.

Será que ainda poderiam existir espaços para dúvidas de que devia existir alguma "coisa" muito forte que colocou Maria no meu caminho, e eu no caminho dela? Será que ainda daria para duvidar de que devia existir alguma "coisa" que nos uniu e ainda queria nos manter juntos? Ou será que tudo o que relatei até aqui não passou de meras coincidências? Acho que até para coincidências existem limites! Afinal,

Maria teve inúmeras oportunidades
para desistir de mim, mas ela não desistiu!

Para mim, tudo isso era simplesmente inexplicável, e talvez para ela também fosse inexplicável!

Devia existir algo sobrenatural,
algo místico, metafísico, misterioso!
Algo muito além do que a minha razão
ou a imaginação de Maria pudessem explicar!

Devia existir uma força que uniu
as nossas vidas há 50 anos,
lá na escola, ainda jovens
estudantes do período noturno,
e esta mesma força poderia ainda querer
que ficássemos juntos!

Seria a pura expressão da vontade de Deus?
Ou do Universo?
Ou seria apenas a manifestação
do nosso livre-arbítrio?
Ou seria tudo isso apenas o resultado
de coincidências decorrentes
de uma incontável sucessão de acon-
tecimentos
aleatórios e imprevisíveis,
como diz a Teoria do Caos Organizado?
Ou seria obra do "Destino"?

Se somarmos a todos esses acontecimentos, a todo esse emaranhado de episódios, também as nossas diferenças de gênio, como eu ser realista e Maria, sonhadora, diferenças de gostos, de hábitos e de manias, ela ter insônia e eu não, essas entre tantas outras diferenças, então é aí que essa equação não fecha mesmo!

Mesmo com tudo isso supostamente jogando contra, parece que existia uma profunda "afinidade espiritual" entre nós, talvez algo cabalístico, extraordinário, impossível de ser explicado e que queria nos manter juntos mesmo que tivéssemos poucos interesses em comum.

Será que eu e Maria não seríamos duas
"almas gêmeas às avessas",
cuja conexão é um mistério que só poderia
ser explicado pelo "amor"?

O que é amar? Dizer que ama alguém é muito fácil, é simples demais, basta falar! Mas e quando os motivos e as afinidades que poderiam levar duas pessoas a se amarem fossem claramente conflitantes? O que isso poderia significar? Será que:

O verdadeiro amor poderia
ser simplesmente "amar por amar"?

Será que esse amor sem explicação e sem motivo aparente poderia ser aquela "força oculta" que uniu Maria a mim, e eu a ela, e que nos manteve unidos por todos esses anos, como ocorre na força do magnetismo em que polos opostos se atraem?

Para mim, Maria era essa "força oculta"!
Para mim, Maria era o "amor",
Maria era o "verdadeiro amor"!
"Quem ama nunca irá deixar
a pessoa amada por outra,
porque mesmo que haja
mil razões para desistir,
sempre haverá uma razão para ficar."

Eu nem precisaria esforçar-me para admitir que foi Maria quem fez com que a nossa união se iniciasse e, até mesmo, se mantivesse: se iniciasse, porque foi mais ela quem me conquistou, do que eu a ela. Afinal, eu ainda era um garotão quando a conheci, e ela já era uma mulher em relação a mim; e se mantivesse, por só ver as oportunidades que Maria teve para me deixar em outras épocas...

Maria tomou a iniciativa e exerceu o seu livre-arbítrio muito mais do que eu. Eu só me deixei levar e, em muitas situações, só reagi.

É claro que, depois de certo tempo, eu amadureci e assumi o meu papel, mas eu reconheço que foi por causa das várias iniciativas de Maria que nós acabamos ficando juntos. E várias vezes ela nos comparou ao casal da música *Eduardo e Mônica,* do Legião Urbana, dizendo que "Nós dois não éramos nada parecidos", além da diferença de idade que existia entre eles, e entre nós também.

Todos esses episódios da minha vida junto de Maria até aqui, e principalmente todos esses sinais que, em outras épocas serviram para ela me conquistar, ou para ela não me deixar, somando-se a tudo isso o romantismo que aflorou em mim nos últimos tempos, tudo isso não está sendo hoje suficiente para cativar o coração de Maria. Agora a situação é outra!

Parece que essa paixão que Maria teve pela Internet fê-la mudar tanto, "que me faz jogar fora e retirar tudo o que de belo positivo e romântico eu escrevi nos parágrafos anteriores".

Digo isso porque nenhum daqueles episódios passados chegou a alterar o comportamento de Maria em relação a mim, muito menos a abalar o nosso relacionamento a ponto de pôr em risco o nosso casamento, que eu tanto preso, como está ocorrendo agora.

"As coisas mudam!"

A única certeza que tenho agora é a de que tudo o que eu vivi ao lado de Maria, tudo em que acreditei, senti e estou sentindo agora é bem real para mim. E seja qual for o desfecho que esta minha história com Maria terá, esse passado ninguém poderá mudar, e ninguém poderá tirá-lo de mim.

Maria, mais uma vez, estava no comando,
exercendo o seu livre-arbítrio,
mesmo que ela não percebesse
ou não estivesse disposta a admitir!

CAPÍTULO XXIII – DÚVIDAS

O retorno de Maria para o Brasil estava se aproximando. Eu estava com grande expectativa, com saudade e muita vontade de vê-la novamente, de tocá-la e tê-la de novo nos meus braços, mas, ao mesmo tempo, eu estava completamente inseguro. Meu coração estava apertado.

Que reação Maria teria quando me visse no aeroporto? Desde quando ela aceitou a minha proposta, e nós concordamos em fazer uma nova tentativa juntos, nós nos falamos algumas vezes. Como não poderia deixar de ser, eu tentei conversar sobre alguns acontecimentos do nosso passado e sobre os acontecimentos recentes, mesmo sabendo que isso a deixava estressada e ela tentava evitar.

Eu estava ressentido por causa da traição virtual de Maria, que, por sua vez, devia estar frustrada por ter desistido da separação e deixado de viver a vida que possivelmente ela teria combinado, ou sonhado viver ao lado do seu "grande amor virtual", como em um conto de fada, isto sob o ponto de vista dela; mas o que ela deixou mesmo foi de entrar numa grande fria, isto sob o meu ponto de vista.

Na minha cabeça, toda vez que eu entrava no WhatsApp e via que Maria estava on-line, eu achava que ela estava falando com o cara. Tudo para mim era motivo de desconfiança. Eu ainda não estava me sentindo nem confiante nem seguro com tudo isso. A confusão de sentimentos dentro de mim era muito grande, e a cada conversa com ela, ora esse sentimento de desconfiança diminuía, ora aumentava. Quem já passou por uma situação semelhante a esta sabe que é preciso ter muito autocontrole e muita paciência para superar esta fase, e isto agora se aplicaria a mim e a Maria.

Certo dia, conversando pelo WhatsApp com Maria — ela ainda estava nos *States* —, relembrei aquele triste episódio de quando nós estávamos indo à costureira que estava confeccionando o seu vestido de noiva. Maria estava indo provar o seu vestido e se queixou comigo falando da dor e do desconforto que ela estava sentindo por ter começado a tomar a pílula anticoncepcional, e eu fiz aquele infeliz comentário, dizendo para ela parar de reclamar ou ela queria que eu fosse transar com prostitutas, para ela não engravidar?

Ela confirmou que minhas palavras foram grosseiras e muito fortes e que ficou muito magoada. Disse também que "não sabia" por que não terminou comigo naquela hora. Então, eu disse a ela que reconhecia meu erro, que eu tinha agido como um cafajeste e que estava muito arrependido. Aí eu pedi perdão, e ela disse que não me perdoava. E olha que já faz muito tempo!

Em seguida, eu falei sobre o episódio do navio, em que eu tinha tomado a azulzinha e estava em ponto de bala, e ela cortou o meu barato dizendo que a gente iria para o quarto bem no auge da agitação e que sexo a gente fazia em casa, e não lá no navio. E eu respondi dizendo que o próximo cruzeiro ela faria com outro cara, e não comigo. Eu estava super arrependido e pedi desculpas pelo que havia dito, mas ela não quis pedir desculpas pelas palavras que ela me disse e que motivaram essa minha reação.

Então, eu falei sobre a sua traição virtual, que ela havia me transformado em um "corno virtual da terceira idade", fato que me feriu profundamente. Perguntei se tinha passado pela cabeça dela a possibilidade de ela me pedir perdão pelo que ela fizera e, caso ela viesse a me pedir perdão, o que eu deveria fazer: perdoá-la ou não? Após alguns segundos, ela me respondeu:

— Vamos parar com esse negócio de pedir perdão.
Fica tudo elas por elas e não se fala mais no passado.
Vamos botar uma pedra sobre esse assunto.

No meu modo de ver, essa resposta de Maria só veio a confirmar aquela frase popular sobre os motivos que levam uma mulher a trair, que seriam ou por amor ou por vingança. E neste episódio, eu acho que ela me traiu tanto por amor, como também para se vingar de mim.

As palavras usadas por Maria, quando disse que "ninguém precisava pedir perdão e que ficava tudo elas por elas", não seriam o mesmo que dizer que "ela tinha se vingado de mim e por isso ninguém precisava perdoar ninguém porque nós estávamos quites"?

Só que, para mim, há uma diferença fundamental de postura perante o ato de pecar. Quero dizer com isso que, ao pedir perdão, eu reconhecia o meu erro, estava arrependido e queria ser perdoado; já para Maria, além de não reconhecer o seu erro, ela não demonstrava arrependimento e, por isso, achava que não precisava pedir perdão nem ser perdoada!

Tem mais, se você se arrepende de coração pelos seus pecados, fica implícito um compromisso moral de não voltar a cometer os mesmos erros, mas, sem arrependimento, não há compromisso de coisa alguma. Faço minhas as palavras de Jesus:

"Arrependei-vos, porque é chegado o reino dos céus."

Estava confirmado por que, em páginas anteriores, eu havia dito que eu deveria ir para o céu e que Maria deveria arder no fogo do inferno, caso ela se separasse de mim. Mas, para mim, também ficava claro que, mesmo tendo dúvidas sobre a existência de céu e inferno, estava totalmente fora da minha alçada determinar o destino de quem quer que fosse, porque são as próprias pessoas que determinam o próprio destino de acordo com suas atitudes, ações e escolhas que fazem durante a vida.

E no final, o Universo só coloca os pingos nos "Is".

Nessas conversas, percebi de forma cabal que o coração de Maria tinha endurecido a tal ponto que não havia mais espaço dentro dele para o perdão. O ressentimento dela era tal que ela não só se tornou incapaz de perdoar os meus erros, mas ela também se tornou incapaz de assumir a responsabilidade pelos seus próprios atos e pelos seus próprios erros, e ainda se tornou incapaz de perdoar, de pedir perdão, e até mesmo de pedir uma simples desculpa.

Quem perdoa não faz um bem só para o outro, mas faz para si mesmo também. Parecia que Maria se tornara incapaz de perdoar a si própria.

Ela disse que ia começar a pensar mais nela e procurar ser feliz; que ela não queria mais saber de história e que agora só queria saber do presente.

Ela disse também que reconhecia que se tornou uma mulher fria e dura de sentimentos, além de que só ia tentar novamente por causa da proposta que eu fiz de morarmos em apartamentos separados porque, naquela altura, ela já tinha decidido separar-se de mim.

Cada vez que tocávamos no assunto sobre o nosso retorno, ela ficava enfatizando que seria uma tentativa, e essa palavra tentar, tentar, tentar, que ela repetia a toda hora, ficava ecoando na minha cabeça. Para mim, o fato de ela repetir tanto a palavra tentar deixava-me com a impressão de que ela estava sentindo de antemão que dificilmente daria certo, além de demonstrar também uma tremenda falta de comprometimento, apesar de ela ter dito e confirmado que "entraria de cabeça para fazer dar certo". Essas palavras e aqueles comportamentos poderiam parecer contraditórios, mas, vindos de Maria, até poderia ser considerado normal, pois ela nunca fez muito sentido mesmo! Mas...

Tudo isso junto só fazia aumentar a minha insegurança. Eu pensava: "Onde eu estou amarrando o meu burro?". Eu estava me sentindo vendido e preocupado que Maria pudesse dar-me uma rasteira de repente, logo nesta fase em que eu estava prestes a entrar neste desafio de trazê-la de volta para a realidade e pôr um fim de vez neste pesadelo em que ela tinha nos metido.

Mas, em sua defesa, eu poderia dizer que Maria não estava em uma fase muito feliz de sua vida, de plena consciência e de lucidez. Isso porque as suas atitudes não estavam condizentes com a pessoa que ela sempre foi, uma mulher dedicada e que sempre cuidou com carinho de nossa família.

Maria até comentou comigo sobre a grande decepção que teve com os nossos filhos quando souberam, antes de mim, que ela estava namorando e tinha a intenção de se divorciar. Veja o termo que ela usou e me disse, "namorando", como se namorar com o amante fosse a coisa mais comum que uma mulher casada há quase 45 anos pudesse dizer para o marido! Eles não a apoiaram como ela esperava, e ela até mesmo comparou com o apoio que os filhos do cara deram a ele nesse sentido.

Nem preciso dizer que a situação dela e do amante era completamente diferente, mas... E logo ela que me disse certa vez, em determinado episódio, que ela punha a mão no fogo e confiava cegamente nos nossos filhos. Agora até esse forte vínculo que existia entre mãe e filhos ficou abalado!

Juntando todos esses fatos, Maria poderia estar se sentindo bastante pressionada e nunca foi de reagir bem à pressão. O normal dela era tentar fugir da realidade, só que desta vez ela não tinha para onde fugir, ela só tinha que decidir e enfrentar. E foi isso o que ela fez. Ela poderia estar se sentindo muito estressada e confusa. Eu tinha que tentar entendê-la, acreditar em sua lucidez e dar a ela um voto de confiança para ver se a trazia de volta para mim.

Uma pessoa doce e tranquila, como Maria sempre foi, não poderia ter mudado da água para o vinho e se transformado de repente em uma megera. Ela não poderia ter virado esta nova Maria que ela estava admitindo ter se tornado, em minha opinião, uma versão piorada dela própria. Mas, pensando bem, esse processo de mudança não ocorreu tão de repente assim.

Ela mesma disse que já vinha se comunicando com o cara há uns dois anos e, há muito mais tempo, com os "amigos" do Facebook, o que pode ser tempo suficiente para provocar mudanças em uma pessoa como Maria, uma mulher bastante suscetível às influências e opiniões de "amigos" e "amigas".

Mesmo assim, eu tinha de tentar resgatar Maria desse desvario, desse devaneio que ela foi acometida. Eu tinha de acreditar que:

Maria não era uma mulher amarga,
ela estava amarga.
Maria era uma pessoa doce, e ninguém
consegue deixar de ser aquilo que é.
Só ela ainda não havia percebido isso.

Mas, se ninguém consegue
fugir dos seus instintos,
será que Maria teria escondido até agora,
lá no seu âmago, esta sua
"antiga atual nova cara"?

Será que, por amar Maria e não querer perdê-la, seria eu quem teria ficado cego e não conseguia nem ver nem admitir essa sua transformação? Mesmo porque uma pessoa amarga, fria, calculista e egoísta jamais consegui ria ser feliz. Aliás, essas são atitudes típicas de pessoas infelizes, e ela estava dizendo que tinha sido este o caminho que ela escolhera para encontrar a felicidade. Mais uma decisão equivocada e incoerente de Maria!

Maria não poderia estar precisando mais de ajuda do que eu? Talvez ela não estivesse na plenitude de seu juízo. E olha que dá para perceber que eu também não estava com o meu juízo lá muito grande coisa! Maria tinha conseguido me tirar do sério!

Meu maior desafio seria fazer Maria se reencontrar, e manter a minha sanidade.

Nas redes sociais, as mensagens, as *lives*, as fotos, os áudios, em resumo, toda a comunicação que se estabelece com quem está do outro lado da linha é instantânea, o que faz com que as pessoas tenham a sensação de proximidade.

Tudo parece ser "real", mas tudo não passa de "realidade virtual".

É um cenário interativo, mas não deixa de ser um "cenário".

Para aqueles que assim não entendem, está se tornando cada vez mais comum as pessoas se iludirem e se desiludirem ao entrar nesse ambiente lúdico que a tecnologia nos propiciou. Por esse motivo, muitas famílias têm sido destruídas por conta das falsas esperanças e ilusões que podem ser criadas por meio das redes sociais.

Quando se lê um livro, a imaginação voa. O leitor pode colocar-se dentro da história, vivendo a situação, o cenário, é ele quem cria, na sua cabeça, o que aconteceria se..., como seria isto ou aquilo; o rosto deste ou daquele personagem o leitor também pode imaginar, e tudo de uma forma sadia.

Ocorre que o efeito lúdico do livro está única e exclusivamente na cabeça, no pensamento do leitor. Não há perguntas nem respostas, não há juras nem promessas, não há troca de opiniões, em resumo, não existe interação quando se lê um livro. Os fatores que podem tocar o leitor são a emoção e a mensagem que o autor se propõe a passar para ele.

Já as redes sociais podem produzir efeitos semelhantes à leitura de um livro, quando elas atiçam a imaginação, quando elas provocam o mesmo efeito lúdico nas pessoas. Porém, com uma significativa diferença: existem duas pessoas de verdade interagindo, seja de forma ativa, seja de forma passiva. E uma dessas pessoas pode estar agindo com malícia, maldade ou com segundas intenções, ou não...

As situações não são fictícias porque não se trata de uma história em um livro. Existindo duas pessoas se comunicando, são elas que acabam fazendo a história. E essa realidade poderá, de alguma maneira, ter forte impacto na vida de quem as viver. Quem se deixa iludir virtualmente geralmente são pessoas ingênuas, ou românticas, ou carentes, ou fragilizadas, ou todas elas. Ao contrário, pessoas de personalidade forte, com raciocínio lógico, pessoas bem-informadas e com malícia, não se deixam levar por falsas ilusões e falsas promessas que ocorrem na Internet, por meio das redes sociais.

E agora? Maria deveria ser digna de raiva e de ódio de minha parte por ter se envolvido nesta "traição cibernética" e mereceria ser condenada? Ou ela deveria ser digna de compreensão, de paciência e de ajuda, e deveria ser absolvida?

Onde eu fico nesta história? Eu deveria ter sido mais macho, mais "Homem", e ter tido mais amor-próprio, mais coragem, e ter rompido de vez com Maria quando ela me disse que tinha um "amante virtual"? Ou eu deveria fazer o que estou fazendo, tentar tirar Maria e eu desta fase turbulenta de nossas vidas para tentar salvar o nosso casamento; tentar salvar Maria dela própria e continuar a viver com a mulher da minha vida, a mulher que eu amo e sempre amarei?

Eu quero acreditar que a nova versão de Maria, em quem ela disse ter se transformado, possa ser comparada ao "exoesqueleto" de um inseto, que, apesar de dificultar o seu crescimento, serve de proteção para os seus órgãos internos e é descartado cada vez que o inseto cresce.

Quero dizer com isso que esses atributos nada louváveis e pouco virtuosos, que Maria disse ter desenvolvido, estejam alojados nesse exoesqueleto que ela inconscientemente teve de desenvolver para sua própria proteção e para se convencer a se divorciar, mas que, quando chegasse a hora, ele seria descartado.

Um forte exemplo disso é o fato de que, anteriormente a esse "caso virtual", Maria vestia um escudo pró-casamento, dando destaque, fazendo comentários e dando exemplos de casais com casamentos longevos e bem-sucedidos. Após o início de seu "caso cibernético", ela mudou esse discurso e começou a dar ênfase no contrário, ou seja, a dar destaque e exemplos de pessoas que eram divorciadas ou que estavam se separando, vestindo, desta forma, um novo escudo agora pró-divórcio.

Eu já vinha percebendo essa mudança de comportamento de Maria, só não entendia o porquê e muito menos sabia que ela estava tendo influência e ajuda externa. Eu achava estranho, mas o que não era estranho vindo dela?

Eu estava cego pela confiança que depositava em Maria.

Ela mudou sua postura de ser pró-casamento para uma postura pró-divórcio. Ela se municiou para isso, ela se vestiu com mil argumentos favoráveis à separação. E, pela primeira vez na vida, eu estava vendo Maria sendo firme em suas convicções e a não querer ouvir argumentos em favor da preservação do seu casamento.

Mas o fato de Maria ter escolhido continuar comigo e fazer uma nova tentativa para salvar o nosso casamento queria dizer que ela teria mudado de opinião e abandonado a ideia de separação? Esta seria mais uma dúvida que eu teria de carregar nesta altura dos acontecimentos, e a resposta eu só saberia com o decorrer do tempo.

"Expectativa" é esperar resultados favoráveis, ou não, com base na análise dos dados e das variáveis. "Esperança" é quando todas as expectativas favoráveis falharam, e só com a intervenção divina os resultados serão positivos. É basicamente ficar à espera de um milagre.

A minha fase de expectativa tinha acabado. Só me restava ter esperança.

Espero que esses sentimentos negativos de Maria fiquem no exoesqueleto que um dia ela descartará.

E espero também que esses sentimentos negativos não tenham passado por esse escudo e contaminado o coração de Maria.

Outro exemplo de escudo protetor que certa vez Maria criou para tentar se proteger e sofrer menos aconteceu quando da morte de minha tia. Maria tinha ido morar provisoriamente na casa desses meus tios alguns meses antes do nosso casamento, que fizeram a gentileza de ceder um quarto para ela ocupar, porque a mãe de Maria se mudou para outro estado e ninguém de sua família teve condições de acolhê-la temporariamente.

Minha tia, que seria nossa madrinha de casamento, recebeu Maria como se fosse sua filha, e um forte vínculo se criou entre as duas. Quando dei a Maria a notícia da morte de minha tia, ela entrou em estado de choque e começou a falar coisas desconexas e a puxar assuntos que não tinham nada a ver com a situação, começou a dar gargalhadas e a sorrir como se nada tivesse acontecido.

Talvez, criar um escudo temporário tenha sido a maneira que o subconsciente de Maria encontrou, fazendo-a agir daquela forma, a fim de protegê-la e ajudá-la a sofrer menos. Para afastar dela a dura realidade que a perda de nossa tia representava, Maria criou uma espécie de capa protetora descartável, que foi usada, a princípio, para superar o choque provocado pela má notícia, negando ou não aceitando a morte de uma pessoa tão querida. Mas logo em seguida essa capa foi descartada quando ela caiu em um sono profundo e só acordou depois de umas duas horas, e tudo voltou ao normal.

Eu quero acreditar que essa capacidade que Maria tem para criar essas capas externas de proteção seja decorrente dos traumas que ela teve durante a infância e a adolescência — e eu sei que foram fortes —, que vão desde maus tratos até tentativa de estupro. E a criação dessas armaduras pode ter sido a saída que o seu subconsciente encontrou para, de certa forma, ajudá-la a fugir da realidade dura, mesmo que de forma temporária, e a superar as dificuldades que podem machucá-la ou magoá-la e que ela não esteja disposta a enfrentar.

***Seria esse "escudo protetor temporário"
um mecanismo de autodefesa
que a psique de Maria desenvolveu
para mantê-la imune a acontecimentos
que poderiam machucá-la, não o seu corpo,
mas, sim, a sua alma?***

Eu quero acreditar ainda que esses sentimentos nada positivos e, por que não dizer, negativos, que Maria disse ter desenvolvido para ser feliz, fiquem retidos nesse seu escudo e que não venham a contaminar o interior do seu "eu". Eu quero acreditar também que esses atributos negativos serão descartados junto dessa capa que ela criou, e, quando isto acontecer, o verdadeiro "eu" de Maria voltará a brilhar em sua plenitude.

Quando Maria se curar e, finalmente,
descartar esse escudo protetor,
ela poderá voltar a crescer em doçura,
em espírito e em amor,
porque esse é o verdadeiro "eu" de Maria!

Mas tenho de estar preparado para o que der e vier, porque existe um famoso dito popular que diz:

"Pau que nasce torto, morre torto".

Como será o nosso reencontro no aeroporto lá em Guarulhos? Como voltará a ser a nossa vida conjugal após a compra do apartamento para Maria? Como será a adaptação à nossa nova vida na condição de "viver separados para continuarmos juntos"?

Eu e Maria precisaremos de muita paciência, compreensão, companheirismo, comprometimento, confiança, cumplicidade e, principalmente, muito diálogo e entendimento. Por sua vez, Maria terá que esquecer o mundo de ilusão que ela deve ter criado por causa desse "cyber-caso" e voltar para o mundo real, que é o nosso lar, a nossa família. Estou apostando todas as minhas fichas para fazer com que a nossa vida volte a ser o que era antes, porque:

Eu odiei a ideia de perder Maria!

Aproveitei esse curto período de calmaria à espera do retorno de Maria para tentar colocar em ordem os meus pensamentos e testar a minha sanidade e racionalidade. Afinal, nestes últimos dias, eu fiquei exposto a uma forte pressão psicológica e emocional, da qual eu precisava recuperar-me. Achei que refletir sobre todas essas dúvidas que eu não conseguia tirar da cabeça poderia ser uma forma de aliviar um pouco o meu estresse, mas confesso que não aliviou muito não!

Mas, seja como for, senti que
eu ainda não enlouquecera!

CAPÍTULO XXIV – O DIA DO REENCONTRO

A minha ansiedade era imensa! Eu não via a hora de me encontrar com Maria no dia seguinte. Sabrina estava viajando para o Brasil junto da mãe, porque ia passar uns dias em nossa casa. Então, na véspera, tomei coragem e dei início ao meu processo de mudança. Estufei o peito, respirei fundo e fui à floricultura comprar uma rosa vermelha para dar a Maria no nosso "primeiro" encontro.

Digo isso porque, como já disse, eu não era afeito a esse tipo de demonstração, além do que a minha primeira e única experiência que tive quando dei flores para Maria foi decepcionante. Aconteceu há quase 30 anos. Eu tinha comprado um Fusca usado de presente para ela, e ela sabia que eu ia trazê-lo naquela noite de sexta-feira. No caminho de casa, ao parar em um semáforo, um vendedor ambulante veio oferecer flores, e eu comprei um ramalhete de rosas para dar a ela junto do carro.

Chegando em casa, deixei as flores dentro do carro, subi para o apartamento. E cadê Maria? Minhas filhas tinham chegado da escola e disseram que não tinham visto a mãe — lembrar que não existia celular naquela época. Eu fiquei preocupado, uma vez que ela estava a pé e o meu filho pequeno estava com ela. Pra lá das 11 horas da noite, ela me liga dizendo que estava na casa de uma amiga e queria que eu fosse buscá-la. Puto da vida, eu disse para ela pedir para o marido de sua grande amiga trazê-la para casa e fui dormir. Ela chegou quase 1 hora da manhã!

Assim que Maria entrou no quarto, eu falei do Fusca, e ela disse que tinha esquecido.

Puta que pariu! Esquecido!

Sábado de manhã, descemos para ver o carro. Quando ela entrou no Fusca, viu o ramalhete. As rosas tinham murchado! Ela agradeceu as flores, pegou o ramalhete, e as pétalas foram caindo pelo caminho. Foi uma tremenda decepção para mim! Após esse episódio traumático, eu me desmotivei de vez em praticar esse tipo de ação novamente. Agora estava eu de novo comprando uma flor para Maria, depois de tanto tempo.

Em casa, à noite, estava eu na sala assistindo televisão e imaginando como seria o dia seguinte no aeroporto. Eu estava com o coração apertado, mas com muita esperança e apostando que eu e Maria poderíamos nos entender de vez. Finalmente chegou a hora em que nós nos encontramos, melhor dizendo, nos reencontramos no aeroporto. Eu entreguei a rosa vermelha para Maria, lhe dei um forte abraço e um beijo com todo o meu amor, e ela retribuiu.

Agora nós éramos duas pessoas mudadas em nossos sentimentos, duas pessoas feridas, dois sobreviventes que teriam de se conhecer novamente, talvez até reaprendendo a conviver como ambos gostariam que tivesse sempre sido. Seria um novo capítulo de uma velha história. Finalmente, pudemos conversar pessoalmente sobre todos esses acontecimentos e, após essa conversa, prometemos nunca mais tocar no assunto. Nós nos machucamos, mas o tempo cuidou de curar as nossas feridas.

Com o tempo, Maria finalmente descartou aquele escudo com sentimentos negativos que ela havia criado, e isso fez com que ela voltasse a ser aquela mesma mulher de antes: sonhadora, sensível, doce, amorosa, às vezes até infantil, e muito misteriosa. Mas agora com uma diferença: ela passou também a se preocupar com ela própria, com a sua felicidade, uma vez que ela viveu muitos anos em função dos seus, e certa dose de egoísmo pode ser considerada sadia e fazer bem para a autoestima.

Eu também mudei: deixei de ser aquele homem realista e frio que não dava importância para os sentimentos; passei a ser mais romântico e comecei a me preocupar mais com os sentimentos, principalmente com os de Maria. E o nosso sexo voltou a ser como sempre foi, gostoso, lindo, maravilhoso! A quase perda de Maria fez-me ver o quanto ela era importante na minha vida, bem como o amor, sentimento este que, para mim, era totalmente desconhecido até então.

Nós compramos o apartamento para Maria, que estava empolgadíssima com a ideia de ter o seu próprio cantinho, agora um cantinho só dela! E assim aconteceu.

Maria se mudou, e nós começamos
a viver a nossa nova vida,

morando separados, porém juntos,
mas agora muito mais unidos
do que quando morávamos juntos.

Assim foi o nosso relacionamento. Quando eu e Maria nos encontrávamos, não faltava atenção, dedicação, interesse, carinho, muito amor e sexo. Dessa forma, nós pudemos nos conhecer cada vez melhor e a nos dedicar cada vez mais um ao outro, de forma mais intensa, o que jamais acontecera. Enfim, Maria realizou o seu sonho!

Ela foi morar no seu castelo encantado,
no seu palácio, onde pôde exercer
a sua majestade, reinar e viver
sua vida de princesa,
como em um Conto De Fada!

A minha felicidade era ver Maria feliz!

Como até os contos de fada têm um fim, este durou até Deus levar Maria para junto Dele. Eu não suportei a perda de Maria e, em menos de uma semana, morri de desgosto e de saudade e fui para junto dela.

Eu e Maria vivemos juntos
a maior parte de nossas vidas,
e fomos quase juntos para o Céu.

"Agora estávamos unidos para sempre".

Não pense que este é um livro póstumo. De repente, eu acordei em um sobressalto! Eu devo ter caído no sono no sofá por alguns minutos e sonhado este sonho lindo. E, mais uma vez, as lágrimas caíram dos meus olhos. O choro era um misto de alegria e de tristeza! De alegria, porque o sonho pareceu real e representava tudo o que eu mais queria na minha vida, e de tristeza, porque ele não passou de um sonho! Recomposto e de volta à realidade, levantei-me, desliguei a televisão e fui para cama.

Amanhã seria o dia "D"!

CAPÍTULO XXV – A VIDA APÓS O REENCONTRO

Já no aeroporto, fui chegando com o carro próximo à ilha em que Maria e Sabrina me esperavam. A saudade de minha mulher era tanta que os meus olhos só conseguiam ver Maria. Saí do carro com a rosa na mão e entreguei a ela. Maria se mostrou surpresa com aquela atitude rara da minha parte. Em seguida, dei em Maria um beijo na boca e um forte e longo abraço e comecei a chorar enquanto dizia em seu ouvido:

Não existe na face da Terra
um homem que te ame mais do que eu!

Ela assentiu com um simples: "Eu sei!". Enquanto eu me derretia em sentimento, notei certo desconforto por parte de Maria, alguma frieza e indiferença. Se, para mim, esse momento de reencontro tinha sido aguardado com muita ansiedade e representava um importante passo para fincarmos o pé no nosso casamento, senti que Maria não estava compartilhando comigo esse mesmo sentimento.

Chegamos ao nosso apartamento. Enfim, a nossa vida tinha de continuar. Estávamos em dezembro, e já iam uns sete meses que não fazíamos sexo — em parte, pelos procedimentos clínicos, operações e recuperações de Maria e, em parte, por ela dizer que "não conseguia". Eu tinha que colocar tudo isso em pratos limpos.

Na primeira oportunidade, chamei Maria para uma conversa a sós, uma vez que, com a vinda de Sabrina, o apartamento ficou muito movimentado devido às amigas que vinham visitá-la. Primeiramente, a pedido dos meus filhos e por minha vontade, mostrei a Maria um retrato da nossa situação patrimonial e financeira, tintim por tintim, para evitar que, no futuro, acontecesse o que acontecesse, ela não viesse alegar desconhecimento, o famoso "eu não sabia!".

Deixei bem claro que, com a nossa renda, a minha mais a dela, nós poderíamos viver uma vida confortável pelo resto dos nossos dias, sem precisar amolar ou depender financeiramente de nossos filhos, e até com direito a extravagâncias, como passeios, cruzeiros e plásticas corretivas que ela sempre demonstrou desejo de fazer futuramente. Separados, sabe lá Deus o que poderia acontecer! Enquanto eu mostrava as planilhas de Excel no computador e falava tudo isso a ela, Maria permaneceu calada, impassível e não fez nenhum comentário! No final, ela disse que tinha entendido tudo! Será?

Logo em seguida, introduzi o assunto que mais vinha me atormentando nos últimos meses: sexo, mais precisamente, a ausência dele. Comentei com Maria que o apartamento andava muito movimentado e o clima para voltarmos a fazer sexo em casa não era o mais propício. Então, propus a ela que esperássemos Sabrina voltar para os Estados Unidos e, em seguida, passaríamos uma noite em um motel, e Maria concordou prontamente. Hoje tenho dúvidas se ela aceitou de pronto mais pelo adiamento do que pelo lúdico!

Assim aconteceu. Após a partida de Sabrina, fomos a um motel passar a nossa noite de "lua de mel", agora em um ambiente muito mais agradável do que a lua de mel que tivemos quando do nosso casamento. Estava sendo ótima a sensação de ter o corpo de Maria novamente em meus braços. Fez-me até relembrar daquele período de seis anos de abstinência sexual que vivemos antes de nos casar.

Agora, para apimentar a ocasião, ela levou para o motel uma minissaia xadrez verde, antiga e que ainda vestia bem nela, que ela tinha da época de adolescente e que usava quando ainda era aluna do colegial, o que a deixou mais sensual, mais provocante, e aguçou um pouco mais as nossas fantasias.

68 aninhos! Ela ficou demais!
Ela estava demais! E eu a desejava demais!

Eu comecei desabotoando a blusa que Maria usava de modo a deixar os seus seios com os mamilos que já estavam durinhos para fora e, em seguida, eu passei a chupá-los com volúpia, enquanto as minhas mãos acariciavam todo o corpo dela. A imagem de Maria vestida com aquela minissaia e com os seios de fora era estonteante!

Desculpem-me, mas pararei por aqui. Não darei mais detalhes das preliminares, mas posso afirmar que, no sexo, Maria sempre foi demais! E depois de tirar peça por peça da roupa que Maria usava e de ela ficar nuazinha, nós fizemos amor até chegarmos ao orgasmo *"como se fosse a primeira vez"*.

Para mim, esta segunda lua de mel foi mágica e aparentemente estava indo tudo muito bem, mas pena que terminou! Pelo menos por algumas horas, eu pude esquecer o drama que estava vivendo. Voltamos para o nosso apartamento porque a vida real tinha de continuar e cada um ia ter que conviver com os seus fantasmas até que eles desaparecessem.

Sobre flores, dei a Maria uma rosa, para lembrar o primeiro mês do nosso retorno, e, no mês seguinte, eu dei outra rosa pelo segundo. Como já disse, dar flores não era o meu perfil, mas eu estava disposto a mudar, só que Maria não estava colaborando. Essas foram as duas últimas vezes que dei flores a ela porque eu não senti nenhum entusiasmo da parte dela.

Eu, entusiasmado, ela, indiferente!
Afinal, quem não era romântico, eu ou ela?

Comecei até a abrir a porta do carro para ela. No início, ela ficou surpresa com essa demonstração de gentileza, mas depois ela começou a se mostrar indiferente com essa minha atitude. Algumas vezes, eu pude até perceber que ela ia mais rápido do que eu até a porta e entrava no carro, sem me dar a chance de abrir para ela. Também parei com essa gentileza!

Ninguém poderia dizer que eu não tentei ser romântico e gentil, aliás, eu demonstrei ser romântico e gentil, só não vi em Maria a contrapartida que se esperava de uma pessoa que dizia ser sensível e que apreciava ser bem tratada. Diante desses fatos, vem-me mais uma dúvida:

Será que Maria era, de fato,
a pessoa que ela achava que era?

Passaram-se as festas de final de ano. No início de janeiro, fechamos negócio com um apartamento de frente para o mar, ao gosto de Maria. Ele precisava de algumas reformas e pintura, e assim começou a construção do seu palácio de conto de fada. A reforma demorou uns três meses. Em seguida, começamos a mobiliar o apartamento, que, entre uma coisa e outra, acabou demorando outros três meses. Mas isso eram detalhes menos importantes, porque o que interessava mesmo era como estava o meu relacionamento com Maria.

Para mim, cada vez que eu via Maria com o celular na mão, eu tinha a sensação de que ela estava falando com o canalha. Logo após ela ter aceitado a minha proposta de continuarmos juntos, eu perguntei a ela qual tinha sido a reação do "dito cujo", quando ela comunicou a ele a sua decisão.

Chamar o cara de "dito cujo"
era um eufemismo.
Eu gostaria mesmo é de chamá-lo
de "de cujus", mas...

Ela disse que foi uma tristeza, que ele ficou inconformado e chorou muito. Ela disse também que ele tinha se apaixonado por ela e que esperava unir-se a ela assim que resolvesse alguns assuntos financeiros pendentes, o que acabou não acontecendo. Agora estou entendendo que deve ter sido esse o motivo que fez Maria não ter ido embora de vez e ter optado por fazer uma "tentativa fajuta" comigo. Deve ter sido para ganhar tempo.

Certo dia, ouvi o som do celular dela acusando o recebimento de mensagem do WhatsApp. Entrei no quarto dela e dei uma espiadinha básica. Vi então a bolinha com a foto do cara e parte de uma mensagem dele truncada dizendo que "a amava...". Respirei fundo para não explodir! Fiquei na minha. No dia seguinte, o fato se repetiu com outra mensagem de amor dirigida para ela, então fui até Maria e perguntei se ela estava se comunicando com o filho da puta. Ela logo entendeu a quem eu estava me referindo e negou o fato. Ai, ai, ai! Mais mentiras...

Puta merda! A partir daquele momento, comecei a acreditar que Maria havia se transformado em uma mitomaníaca. Ela negou na minha cara que não estava se comunicando com o cara, mas eu sabia que ela estava, afinal eu tinha visto com os meus próprios olhos as duas mensagens dele para ela. Então tive que abrir o jogo e dizer que, sem querer, eu tinha visto em seu celular duas mensagens de amor que o "safado" tinha mandado para ela. Ela reclamou, dizendo eu não podia ter feito aquilo!

Perguntei por que ela ainda não tinha bloqueado o filho da puta no seu celular, e Maria respondeu que, "após ela dizer a ele que o relacionamento entre eles havia acabado, ele teve um piripaque, precisou até ser levado ao hospital e ele ainda estava convalescendo". Na hora, pensei comigo: "Velho é uma merda!"

Perguntei, então, como ela soube disso, e Maria respondeu que "uma amiga dele tinha mandado uma mensagem para ela". Perguntei ainda o que ela fazia com as mensagens de amor que ele vinha mandando, e Maria disse que "as respondia, tentando confortá-lo e ajudá-lo a se esquecer dela".

Perceba a situação grotesca que Maria tinha criado! É claro que não foram as palavras seguintes que eu utilizei naquele momento para caracterizar esta situação esdrúxula e demonstrar toda a minha indignação, insatisfação, inconformidade e revolta, mas qualquer pessoa poderá entender a ideia que está implícita nestas palavras. Então eu disse a Maria:

— Deixa ver se eu entendi? Você está querendo dizer que virou uma "ex-amante altruísta filantropa e abnegada", dotada de um "amor desinteressadamente cristão e angelical ao próximo", a ponto de se tornar "*coach*" e oferecer "*coaching* pessoal" de modo a dar paz e tranquilidade ao espírito e ao coração do seu "cardíaco e moribundo ex-amante virtual da quarta idade"? É isto mesmo o que você está querendo me dizer e quer que eu engula?

Eu usei um pouco de ironia quando fiz essa colocação para Maria, e ela me disse que "não gostaria de carregar um peso na consciência, caso algo de ruim viesse a acontecer com o infeliz". Ela ainda disse que "gostaria de continuar essa missão divina que ela se autoatribuiu".

Então, perguntei a ela:

— E se fosse eu quem viesse a passar mal e tivesse um ataque cardíaco por você querer se separar de mim? — E Maria respondeu que "ela também não queria que nada de mal acontecesse comigo". Então pensei:

Como é boa, como é generosa
essa minha mulher!
Ela quer fazer um monte de merda,
mas quer que todos fiquem bem!
Para o meu gosto, é bondade demais
que Maria tem no coração!

Fiquei na dúvida se Maria deveria
ser canonizada e virar uma "santa",
ou se ela deveria ser eleita
a "filha do capeta".

Maria até me fez lembrar uma situação vivida no filme *A Escolha de Sofia* (1983). Presa em um campo de concentração, Sofia foi forçada por um soldado nazista a escolher qual dos seus dois filhos seria morto, pois, se ela não fizesse tal escolha, os dois seriam mortos.

Eu não sabia mais o que pensar! Será que eu estou tão desatualizado em relação à moral e aos bons princípios? Será que, hoje em dia, a "safadeza" virou o "novo normal"? Tudo virou legalzinho? Tudo virou permissível? Os tempos estão mudados, mas Maria estava muito além do nosso tempo. Maria estava agindo com uma tremenda dissonância cognitiva!

Sem noção! Eu não estava conseguindo acompanhar o raciocínio de Maria! Eu deveria aceitar que a minha mulher virasse conselheira do ex-amante para que ela pudesse confortar o coração partido do moribundo e ajudá-lo a sair do inferno astral em que ela o colocara? Isto era demais para a minha cabeça aceitar! Em resumo:

Não satisfeita em ter me agraciado
com o título de "corno da terceira idade",
agora ela estava querendo me promover
a "corno manso da terceira idade"!
Puta que pariu! Assim era demais!

Não tinha negociação! O cordão umbilical de Maria com o ex-amante deveria ser rompido a qualquer custo, afinal eu não tinha nenhuma responsabilidade pela saúde do seu "geriátrico ex-amante apaixonado e depauperado", mesmo porque eles dois eram bem grandinhos para saber onde estavam se metendo e as possíveis consequências dos atos deles.

Tem mais: quando ele começou esse caso com a minha mulher, ele não deve ter tido nenhuma preocupação nem com o meu bem-estar nem com a minha saúde e, junto de Maria, ambos não devem ter se preocupado nem um pouquinho com a minha aparência, afinal:

Eles colocaram uma bela
"galhada" na minha cabeça.

Maria expôs para mim essa situação com uma tremenda tranquilidade e naturalidade, que deu a entender que ela esperava que eu fosse superior, compreensivo, tolerante e aceitasse que ela continuasse a se comunicar com o cara numa boa! Era ingenuidade demais ou muita safadeza da parte dela? Da parte dele, de sua safadeza, eu não tinha dúvidas, e ingênuo ele não era nem um pouco!

Diante disso, para mim, havia ficado implícito que ela continuaria a receber declarações de amor do "safado" todos os dias e continuaria tentando mitigar a dor do "sem vergonha" para ajudá-lo a sair da crise existencial em que ele se encontrava. Ora bolas! Psicólogos e terapeutas existem justamente para esses tipos de caso, e Maria não tinha nenhum preparo nesse sentido! Nem preciso dizer que eu pedi a ela que acabasse com essa putaria, e ela ficou de falar com ele.

"Maria ficou de falar com ele!"
Eu tinha que engolir isso?

A partir desse episódio, Maria aumentou o nível de segurança do seu celular, e eu deixei de ter as oportunidades de dar as "olhadinhas" básicas. Depois disso, a minha desconfiança aumentou, porém isso não era vida, e eu tinha que desencanar, tinha que voltar a confiar em Maria, mas estava difícil! Enquanto conseguia ver as mensagens, eu podia agir, agora eu não podia mais ver, todavia a certeza de que eles continuariam a se comunicar ficava mais viva, mas...

Cadê as provas!!!

CAPÍTULO XXVI – O "APOCALIPSE" DE MARIA

Quando voltamos a fazer sexo depois de um longo tempo, Maria fez uma colocação, dizendo que "o importante não era a quantidade de transas, mas, sim, a qualidade da relação sexual". Assim sendo, ela queria que as nossas relações tivessem um maior espaço entre uma e outra. A princípio, não concordei, dizendo que a transa tinha de acontecer quando desse tesão, e não com dia e hora marcada, mas ela refutou e fincou o pé em sua posição.

Então, eu ponderei e vi que, por ora, seria melhor concordar com ela e deixar pra lá, afinal parecia que ela estava disposta a investir o seu esforço na qualidade do nosso sexo, além do que "a gente não pode ir com muita sede ao pote, mas, sim, começar comendo pelas beiradas".

O importante era eu ter
de volta o meu direito
de ir e vir entre as virilhas de Maria,
de forma consensual e consagrada
pelo casamento,
e que tanto nos dava prazer!

Mas, na medida em que o tempo foi passando, Maria foi ficando cada vez mais arredia quando eu estava com tesão e demonstrava intenção de fazer sexo. Eu me aproximava e começava a acariciá-la, e ela já entrava na defensiva, afastando-se, dizendo que não estava com vontade e que fazia pouco tempo da última relação. E eu tinha que começar a fazer as contas de há quantos dias tinha sido a última relação e convencê-la de ir para a cama.

Mas esse comportamento defensivo de Maria quando estávamos na iminência de fazer sexo não era novidade. Eu já disse anteriormente que ela sempre agiu assim, e certa vez ela até admitiu com ironia que fazia parte do seu joguinho sexual e do seu ritual de acasalamento. A novidade agora era eu ter que fazer algumas continhas para convencê-la, e ela acabava aceitando e a gente terminava na cama.

Lá se iam uns seis meses do nosso retorno, e toda vez era a mesma ladainha: eu a procurava querendo fazer sexo, e ela dizia que não, que ainda não era hora, eu fazia contas e insistia, ela cedia e a gente transava. Ocorre que eu vinha percebendo que a dita qualidade da relação sexual que ela havia imposto nas suas condições tinha caído consideravelmente.

Isso porque ela começou a querer pular algumas etapas das preliminares às quais estávamos acostumados, como a de não querer mais ir junto comigo para o chuveiro e não mais querer dar beijo de língua na boca. E sem querer entrar em mais detalhes, ela também estava querendo ir direto aos "finalmente", sem passar pelos "entretanto", tudo bem mecânico mesmo.

Se tudo isso não bastasse, percebi também que Maria estava ficando cada vez mais fria e indiferente. Ela parecia uma boneca inflável durante o sexo, ao demonstrar apatia e passividade extremas. E essas atitudes começaram a me incomodar e, ao mesmo tempo, me preocupar, porque era a primeira vez que Maria estava agindo desta maneira. O nosso sexo estava deixando de ser prazeroso. Afinal,

Eu não queria que minha mulher
se tornasse a privada do meu prazer.

O mês de julho estava se aproximando, mês em que deveria acontecer a provável mudança de Maria para o seu apartamento. Enquanto isso, a nossa vida sexual vinha perdendo qualidade, e tal fato estava me incomodando demais. Então, resolvi tentar esclarecer a situação para saber se ela confirmava ou não essa minha percepção e me dizer o que estava acontecendo. Chamei Maria para uma DR. Longe de eu querer dar conselho para alguém, mas hoje posso afirmar:

"Nunca reclame quando algo está
ruim porque pode piorar".

Se eu já estava sofrendo com todo esse drama que se abatera sobre mim até aqui, espere para ver o que vou narrar a seguir e que praticamente virou a minha vida de cabeça para baixo.

Falei para Maria que eu queria ter uma conversa séria, e fomos sentar-nos no sofá da sala. Comecei dizendo o quão frustrantes para mim as nossas relações sexuais estavam se tornando em virtude da frieza e da falta de entusiasmo e de vontade que ela vinha demonstrando. Disse até que ela parecia uma boneca inflável durante a transa. Então, perguntei a Maria se eu estava enganado, ou não, e o que estava acontecendo. Ela não hesitou nem um pouco em dar a resposta, dizendo que ia "abrir o jogo e falar toda a VERDADE".

E Maria começou a dizer com todas as letras as suas "V E R D A D E S":

— Ela disse que "NUNCA me amou".

— Ela disse que "NÃO SABIA por que tinha se casado comigo".

— Ela disse que "NÃO SE LEMBRAVA de ter feito todas aquelas demonstrações de carinho, de interesse e de companheirismo para comigo antes de nos casarmos", e que "NÃO SABIA por que havia feito aquilo" (Eu já relatei essas demonstrações, que foram fundamentais e determinantes para que eu tomasse a decisão de continuar o namoro com Maria e me casasse cedo com ela, contrariando os conselhos dos meus pais e familiares e da minha "Vó").

— Ela disse que "NUNCA gostou de fazer sexo e que essa repulsa ela já sentia mesmo antes de nos casarmos".

— Ela disse que "NUNCA sentiu prazer e que NUNCA gozou quando nós fizemos sexo".

— E ela disse também que "só fez sexo comigo depois do nosso casamento até hoje por causa dos conselhos que sua mãe e sua avó deram a ela, a saber, 'que a mulher casada tinha de se submeter sexualmente ao marido', e que esses conselhos foram a única educação sexual que ela teve".

Perguntei se era "SÓ" isso que ela tinha para me revelar, e ela assentiu que sim!

Após Maria ter jogado esse caminhão carregado de melancias na minha cabeça, mais uma vez, eu entrei em choque! Como se eu estivesse à beira da morte, situação na qual se diz que a gente faz um *flashback* de toda a nossa vida, da mesma forma, eu comecei a fazer uma rápida retrospectiva da vida que tive ao lado de Maria.

Quando comecei a namorar Maria, eu tinha apenas 15 anos, e ela 19 anos. Namoramos por quatro anos e noivamos por mais dois anos. Estávamos casados há 45 anos perfazendo um relacionamento total de 51 anos. Em todo esse tempo, nós construímos juntos muitas coisas, sendo que as mais importantes para mim foram: a nossa família, os nossos quatro filhos, os nossos cinco netos e, é claro que não poderia deixar de fora, a coisa mais importante para mim foi eu ter tido Maria a meu lado por todo esse tempo.

E as nossas realizações materiais, como os imóveis e os carros, que juntos conseguimos comprar? E as viagens de férias, os cruzeiros, os passeios, as festinhas de aniversário, de Natal, de casamento, e a pizzaria de sábado à noite, em que, quando a gente entrava no salão com toda a prole, era possível se ouvir o "barulho do silêncio" que se fazia no ambiente, e a gente achava isso muito engraçado! Tudo isso entre milhares de outras pequenas coisas que vivemos e realizamos juntos e, de repente, do nada, como se ela fosse dizer a coisa mais importante e normal do mundo, Maria diz para mim, em outras palavras, que:

Eu nunca representei nada para ela!
Eu nunca fui nada para ela!
Ela até me deixou na dúvida:
será que eu existi para ela?

Ora bolas! Se essa foi a grande VERDADE
que Maria tinha para me contar,
então, quer dizer que tudo o que nós vivemos
juntos foi uma grande MENTIRA???
Nossos filhos foram frutos de uma grande
MENTIRA???

A minha vida eu sempre "vivi ao vivo"
e foi pra valer!
Para mim, a minha vida sempre foi Real
e muito Verdadeira.
Para mim, a minha vida ao lado de Maria
sempre foi Real e muito Verdadeira.
Eu nunca vivi de ilusão ou no
mundo da Lua.

Eu nunca vivi a minha vida representando como se estivesse em uma peça de teatro, ou em uma obra de ficção, ou em um conto de fada, ou em uma historinha que se passa em um cenário, como em uma novela ou um filme em que os atores gravam as cenas e as repete até ficarem boas.

Quando se vive uma vida real e ao vivo,
nós ficamos sujeitos a acertar e a errar,
e não temos nem tempo nem
oportunidade para repetir a cena.

Agora, Maria acabara de me dizer que os 51 anos que estivemos juntos não passaram de uma grande encenação — pelo menos da parte dela pode ter sido! Uma representação em que ela atuou como atriz principal ao meu lado e me usou como um personagem "escada" de uma comédia, sem que eu tivesse ciência ou estivesse disposto a atuar nesse papel e, principalmente, sem o meu consentimento, onde:

O cenário desta história foi a nossa união,
o nosso casamento,
cujo enredo foram, nada mais, nada menos,
do que as nossas vidas.

Nesta hora, senti-me usado que fui
por Maria por apenas 51 anos!
Para ela, eu não passei de um oportuno
provedor e de um mero reprodutor
que doou o próprio esperma para que
ela pudesse gerar os nossos filhos.
Parece que os nossos filhos não foram
frutos do nosso amor,
mas, sim, foram o resultado de uma
mera oportunidade e de interesses de Maria.

Para se atuar em uma obra cenográfica, de fato, os atores não precisam estar apaixonados ou sentir amor um pelo outro, e muito menos sentir atração ou estar envolvidos emocionalmente um com o outro. Basta apenas representar, que é o mesmo que fingir.

Atores fingem, atores representam!
Foi o que Maria fez!

Maria fez exatamente isso comigo! Maria representou! Ela fingiu durante todo esse tempo que esteve ao meu lado! Foi "SÓ" isso o que ela acabara de me dizer com a maior naturalidade, frieza, cara de pau, ou sei lá o que mais!

Quanta VERDADE dessa natu-
reza um homem
consegue aguentar de uma só vez
sem perder as estribeiras? E que VERDADES
Maria me contou!
Esta foi uma overdose de VERDADES!
Foi CRUEL!!!

Um murro na cara como cachê
era o que Maria merecia, mas,
felizmente para nós, esta não é a
minha índole!

Maria acabara de me dizer que a vida dela
foi uma grande MENTIRA!!!
Maria acabara de me dizer que a nossa
vida, juntos, foi uma grande MENTIRA!!!

"Tudo" foram "só" 51 anos
de uma "MENTIRINHA"!!!
"Tudo" foram "só" 51 anos
de um "FAZ DE CONTA"!!!
"Tudo" foram "só" 51 anos
de uma "Brincadeirinha de Papai
e Mamãe"!!!
"Tudo" foram "só" 51 anos
de uma "REPRESENTAÇÃO"!!!

Essas "Revelações" pareciam ser insanas!
Não sei se insanas para ela, ou para mim!
Alguém parecia estar doido!
I N A C R E D I T Á V E L !

Eu não havia dito que Maria
tinha virado uma mitomaníaca?
Agora eu estava percebendo que errei
no meu julgamento!
Ela não virou uma mitomaníaca, ela nasceu
e sempre foi uma mentirosa contumaz!

Afinal, 51 anos representando o
"mesmo papel"
não é para qualquer um não!
É só para PROFISSIONAL!

Ficou impossível eu não me emocionar enquanto descrevia essa passagem, essa triste experiência que a vida me reservou depois de 66 anos de existência. Isso tudo mais parecia com o "Livro do Apocalipse" da Bíblia, ou "Livro das Revelações", só espero que não seja o "Armagedom", o "fim do mundo" para mim!

Alguém pode imaginar o que é viver
ao lado de uma mulher por 51 anos,
fazer de tudo por ela, e por ela botar a
mão no fogo,
e depois de todo esse tempo, em apenas
alguns segundos, descobrir que o nosso rela-
cionamento não passou de um "sei lá o quê"
ou de um "não sei o que lá"?

Para mim, estava sendo difícil assimilar e digerir todas essas "VERDADES" que Maria acabara de me dizer, e creio que continuará a ser difícil de digerir tudo isso pelo resto de minha vida, porque uma marca indelével como essa cria uma cicatriz e um trauma tão fortes que torna difícil esquecer. Isso porque a carga moral que o significado de "Confiança" e de "Lealdade", que fazem parte dos meus "Valores", tinha acabado de ser arrombada, vilipendiada e estraçalhada dentro de mim por Maria.

Essas revelações de Maria não
me atingiram fisicamente.
Elas foram de encontro aos meus Princípios,
à minha Moral e à minha Alma.
Naquela hora, parte de mim havia morrido,
mas a outra parte queria viver!

Apesar de tudo isso, eu senti alguns segundos de empatia com Maria, afinal deve ter sido muito difícil até mesmo para ela carregar toda essa tristeza, todo esse desamor, toda essa amargura, toda essa negatividade, todo esse peso na consciência dentro dela, e por apenas 51 anos! Confesso que me deu um tiquinho de pena, mas logo passou!

Nessa hora, lembrei-me daquele caso que contei no Capítulo XIII – "Eu Estava em Choque", em que a ex-mulher, ao depor em juízo, comparou o seu casamento ao inferno, e o marido, traumatizado, nunca teve essa percepção.

Para Maria, o nosso casamento deve ter sido um inferno, mas eu nunca tive essa percepção!
Para mim, estava tudo bem!
Só espero não ficar traumatizado com isso.

Somente uma pessoa psicologicamente desequilibrada seria capaz de viver em um mundo de tantas mentiras por tanto tempo!
Se existir um universo paralelo, Maria deve ter vivido nele.

Acho que é um caso sério de dupla personalidade, de ter duas caras para tentar manter as aparências, tendo que conviver com toda essa angústia e esses sentimentos negativos, e ainda ter que fazer sexo comigo sem deixar transparecer. E por todos esses anos, Maria demonstrava que estava tudo bem! Agora imagino a que custo!!!

Maria foi uma ótima atriz!
Sua atuação merece nota 10 e é digna de um "Oscar"!

O pior disso tudo é saber que o fato de Maria ter desabafado e revelado para mim todas essas suas frustrações não significava que elas desapareceriam de dentro dela como em um passe de mágica. Muito pelo contrário, todos esses sentimentos negativos já deviam estar impregnados e tinham contaminado sua alma de tal forma que, muito provavelmente, ela não mais os percebia, ou mesmo a incomodavam, e ela levaria essas marcas consigo até o fim dos seus dias.

Digo ainda que tudo isso que Maria confessou não passou de um mero desabafo, um segredo que, de repente, ela resolveu compartilhar comigo da mesma forma que ela compartilhava as suas centenas, ou milhares, de fotos e mensagens no Facebook, nas redes sociais. Aliás, Facebook que ela aprendeu muito bem a usar para me trair e, principalmente, para arrumar um "amante virtual" que, bem antes de mim, já devia estar sabendo de todos esses sentimentos negativos que ela nutria em relação a mim e acabara de me revelar.

De repente, fiquei com uma série de dúvidas:

— Será que Maria tinha comentado com o seu amante sobre a falta de libido que ela tinha desde a adolescência?

— E se ela disse a ele que nunca gostou de transar, como será que ele recebeu tal revelação, e como ele e ela resolveriam esse problema da falta de libido, caso eles viessem a se unir?

— Será que ele era eunuco e a aceitaria mesmo com esse defeito de fabricação, ou "vício redibitório", como eu a aceitei quando me casei com ela, mas, é claro, sem saber disso?

— Ou será que Maria não contou nada a ele e, caso eles viessem a se unir, ela iniciaria um novo ciclo auspicioso de representações e fingimentos na hora de fazer sexo com ele?

Felizmente, morrerei com essas dúvidas, afinal não perguntarei a ela, mesmo porque não é problema meu!

O filho da puta pode até mesmo ter sido o mentor intelectual e o principal influenciador de toda essa "explosão sentimental e escatológica de sinceridade" de Maria para comigo, que está conduzindo o nosso casamento à bancarrota. Acho que, sozinha, ela não teria nem intelectualidade nem coragem de abrir todas essas "verdades" para mim, mas, seja como for, agora já era...

Afinal, como um amante poderia valorizar-se perante a amásia sem desmerecer e sem desvalorizar o marido traído?

Essas revelações de Maria não só mostraram até que ponto ela se empoderou e foi contaminada por esse romance com o seu "amante do Facebook", como também me machucaram muito mais do que esse seu "casinho virtual", nesta altura do campeonato. Isto porque o Facebook é real, o "casinho" foi real, o seu "amante do Facebook" foi "idealizadamente" real, e a minha vida com ela, até aqui, também tinha sido muito real para mim. E,

Realidade a gente enfrenta.

Mas, agora, o que estava deixando
de ser real para mim
era só a minha "história" com Maria,
era só a "vida que eu vivi" ao lado dela.
E essa história, como gênero teatral,
hoje poderia ser considerada uma
"tragédia" e,
realisticamente falando, uma "farsa".

Por que Maria nunca conversou comigo a esse respeito? Por que ela demorou tantos anos para desabafar e falar sobre as suas frustrações e só falou sob estas circunstâncias? Por que ela não confiou em mim? Como ela foi capaz de me trair e acabar comigo dessa maneira? Por que ela não continuou mantendo tudo isso em segredo? E uma coisa é certa:

Se ela viveu todos esses anos
com a sua alma atormentada,
agora Maria conseguiu atormentar
também a minha alma.
Isto tem um nome, contágio,
e só um doente pode contaminar
outra pessoa.

Talvez agora esteja explicado o motivo
da insônia de Maria, "consciência pesada"!

Acontece que eu não me deixarei
contaminar com tanta negatividade,
e muito menos perderei o meu sono por
isso, afinal,
o peso na consciência é de Maria, e não meu!

É incrível o funcionamento do nosso cérebro! Percebi a quantidade de pensamentos, raciocínios e informações que ele conseguiu buscar e processar em poucos segundos antes que eu reagisse e começasse responder a toda esta situação. Esse *flashback* foi muito importante porque Maria acabara de desferir um soco na boca do meu estômago e outro tremendo soco bem na ponta do meu queixo, que quase me mandou a nocaute quando ela terminou de fazer todas aquelas revelações.

Depois desse duro golpe, tentando me refazer, mas ainda meio zonzo, eu disse a ela:

— É absolutamente incrível tudo isso que você acabou de me dizer! O que representou para você o nosso casamento, o nosso passado, a nossa história juntos? Você está querendo dizer que a nossa vida não passou de uma grande mentira? — Ela deu de ombros, nem concordou, nem discordou, só disse que "ela não sabia explicar por que agiu dessa forma desde que me conheceu"! Simplesmente "ela não sabia"!

Seria isso uma espécie de "amnésia parcial episódica temporária e conveniente"? Os psicólogos que tentem explicar esse comportamento de Maria. Eu desisto!

Perguntei a ela:

— Quando você foi coagida por mim ou por alguém a fazer alguma coisa contra a sua vontade expressa? — E ela se calou!

Então, comecei a dar um sermãozinho básico:

— Quando nós começamos a namorar, eu era uma criança e praticamente foi você quem me ganhou, quem me conquistou, e hoje você diz que não sabe por que começou a namorar comigo? Nós namoramos por quatro anos, e você diz que não sabe por quê? Ficamos noivos mais dois anos, e você diz que não sabe por quê? Quantas vezes você teve oportunidade de pular fora enquanto éramos namorados ou noivos, antes de nos casarmos, e você não sabe dizer por que não caiu fora?

E continuei:

— Quando nos casamos no civil, no cartório, o juiz te perguntou: "Maria, é de livre e espontânea vontade que você aceita Alex como seu legítimo esposo... e blá, blá, blá"? E você respondeu que "SIM", que me aceitava como seu legítimo esposo de livre e espontânea vontade. E nós e os nossos padrinhos assinamos o livro de registro do nosso casamento civil. E agora você não sabe dizer por que disse "SIM" para o juiz e me aceitou como seu marido segundo a "Lei dos Homens"? Se você mentiu para o juiz quando disse SIM, isso é perjúrio!

E tem mais:

— Dois meses depois, nós nos casamos no religioso, na Igreja, e o padre leu os votos: "Maria, você aceita Alex na alegria e na tristeza, na saúde e na doença... e blá, blá, blá?". E diante dos nossos padrinhos que estavam no altar e diante de todos os nossos convidados presentes na igreja, você mais uma vez respondeu "SIM", que me aceitava como seu marido, só que, dessa vez, você disse SIM diante do padre, que é o representante de Cristo na Terra. Se você mentiu mais uma vez, isso é pecado e imoral!

— E agora você não sabe dizer por que disse "SIM" e me aceitou como seu marido segundo as "Leis de Deus"? E parecia que você dava muito valor para as Leis de Deus, uma vez que você fez questão de se preservar e casar virgem, e só aceitou perder sua virgindade após o casamento "religioso". Eu respeitei pacientemente essa sua vontade.

Acho que Cristo deve estar chorando com tudo isso que você está fazendo, afinal você mentiu para o seu representante na Terra!

Respirei fundo e continuei:

— E as centenas ou milhares de coisas que nós fizemos juntos durante toda a nossa vida de namorados, de noivos e de casados. Diga-me se, em alguma oportunidade, você foi obrigada, coagida a fazer algo que fosse contra a sua vontade manifesta? — E ela continuou calada!

Então eu disse:

— Dizer simplesmente que "não sabe" não é uma resposta aceitável e não serve de justificativa.

Só demonstra completa irracionalidade, irresponsabilidade e inconsequência. Você é um robozinho abestado ou é um ser humano que goza de livre-arbítrio?

Tem mais: agora vamos falar de sexo:

— Quando nos casamos, eu era um cara inexperiente. E você, além de inexperiente, ainda era virgem, pelo menos é o que você sempre afirmou e eu acreditei. Eu sempre me preocupei em te deixar satisfeita. Em muitas das nossas relações sexuais, eu perguntava se você tinha gozado, e você sempre respondeu que sim. Agora você está dizendo que foi tudo mentira, foi fingimento? Eu acreditava em você e ainda ficava com o ego lá em cima, sentindo-me um perfeito garanhão. Afinal, eu te satisfazia, e você não perdia uma! E tem mais, você sempre ficou "molhadinha" durante a transa. Que significado tem isso? — E Maria permanecia calada!

Continuei:

— Nós evoluímos muito no sexo. Juntos, nós fomos descobrindo novidades que, para nós, eram tabus e conseguimos aumentar a nossa satisfação, o nosso prazer quando a gente transava. E você sempre demonstrou isso na cama, no chão, no carro, na mesa, no banho, nas brincadeiras, no mar, no porta-malas e no porta-luvas do carro (esta era uma brincadeira que eu fazia com ela), sei lá, onde fosse possível a gente transar, e você aprendeu a fazer muita coisa gostosa para a gente gozar, juntos! Ah! Sexo oral, que delícia quando começamos a praticar regularmente depois de um longo tempo de casados! — E ela continuava ouvindo calada!

E continuei:

— Até um ano atrás, estava tudo bem com a nossa vida sexual, e você nunca, em momento algum, deixou transparecer toda essa repulsa a sexo e a sua falta de libido que vem de longa data. — Então, perguntei para Maria:

— O que te fez mudar radicalmente de atitude após quase 45 anos fazendo sexo comigo, logo agora que estamos tentando nos acertar?

Se eu achava que mais nenhuma resposta que Maria pudesse dar me surpreenderia, ou poderia afetar-me, eu estava redondamente enganado! Existe um pensamento que diz que: "Se você não quer ouvir a resposta, não faça a pergunta". E mais uma vez eu ia entrar na berlinda por causa de uma perguntinha.

E Maria respondeu dizendo:

— Talvez o meu desinteresse por sexo possa ter aumentado por eu ter me apaixonado por outro homem.

Pelo filho da puta, complementei mentalmente a resposta dela. E mais uma vez esse infeliz aparecia na minha vida, melhor dizendo, entre a minha vida e a de Maria. E eu tive de engolir a seco essa resposta. Maria não se cansava de me dar porrada! Eu nem quis perguntar se essa falta de vontade de transar era restrita somente a mim, ou se era extensiva a todos os homens na face da Terra. Dependendo da resposta que Maria desse, eu poderia levar outra porrada! Preferi ficar quietinho, na ignorância!

Mas, se pudesse servir de consolo,
eu tinha consciência de que
eu não era o terrível vilão nesse teatro
que Maria nos meteu.
Maria, de bela, se tornara a fera,
uma megera!

Maria perdera o juízo e estava me fazendo
perder o respeito por ela.

Maria me garantiu que estava fazendo de tudo para que o nosso casamento voltasse a ser o que era antes, mas, nas entrelinhas, ela deu a entender que estava sendo difícil esquecer o seu grande "amor cibernético" do Facebook. Pensei eu com os meus botões: será que ela estaria dizendo que estava se esforçando para voltarmos a viver a mentira que foi a nossa união? Eu já nem sabia mais o que pensar!

Ainda, Maria disse, e eu confirmo, que muitas vezes ela procurou ajuda profissional de psicólogos para tentar resolver todos esses problemas, mas os tratamentos não prosperavam, algumas vezes por assédio sexual por parte de alguns médicos, disse ela agora.

Maria até mencionou que, só nos últimos seis meses, ela tinha ido a três psicólogos e com nenhum deles o tratamento foi adiante. Ela relembrou que o primeiro a assediou logo na primeira consulta, mesmo eu estando na sala de espera, e ela nem marcou a segunda consulta; no segundo, ela só foi uma vez e não retornou porque não gostou dele; e na terceira, ela foi a umas cinco sessões e abandonou a terapia, dizendo que não estava adiantando nada.

Eu era testemunha e sabia de todas essas antigas e atuais histórias com psicólogos, só que eu achava que o principal motivo de ela procurar tratamento fosse sua insônia e sua leve depressão. Eu não sabia da sua falta de libido e muito menos dessa mentira que ela carregava encruada por todos esses anos, mas...

Esta era Maria!
A mulher que, ainda jovem, eu escolhi para
ser minha esposa por toda a minha vida,
e que agora, depois de "veia",
resolveu ferrar com a minha vida!

Será que eu tinha me casado com uma *femme fatale* (mulher fatal) sem saber? A mulher fatal é um modelo de personagem feminina, geralmente usada em literatura filmes e novelas, que exerce o seu poder de sedução sobre os homens para tirar deles algum tipo de proveito, seja proveito material, seja algum tipo de vantagem.

Se eu me casei com uma mulher fatal, a vida imitou a ficção, ou a ficção imitou a vida?

Será que Maria se imaginava sendo uma *femme fatale*? Será que ela exercia o seu poder de sedução e lançava o seu veneno sobre os homens que viessem a conhecê-la, que acabavam se apaixonando e querendo transar com ela? Seria esse um arquétipo que ela utilizava de forma inconsciente para se autoafirmar e massagear o seu ego ferido pela frustração que ela carregava por conta de sua infelicidade? Acredito não estar saindo fora do assunto com este raciocínio, porque:

Maria transformou a nossa vida conjugal em uma representação, como em uma peça de teatro, ou, quem sabe, em um grande circo. E, neste caso, quem fez o papel de palhaço fui eu!

Então, Maria mudou o assunto de psicólogos para relembrar alguns episódios que ela viveu. Ela começou a contar que, durante toda a sua vida, desde cedo, ela sofreu assédios e até foi vítima de uma tentativa de estupro quando ainda era adolescente, que felizmente nao chegou a se concretizar. Só vale lembrar que ela sempre foi uma mulher linda desde novinha.

Seriam esses assédios "verdades" de Maria, ou seriam "delírios" de Maria?

Maria até relembrou o episódio no qual ela conheceu um famoso cantor italiano, que era muito mais velho que ela — isso na época da "Jovem Guarda" —, que se apaixonou e queria, porque queria, casar-se com ela e levá-la para morar na Itália. É claro que seus pais não concordaram. Ela tinha apenas 14 anos na oportunidade, era uma criança em um corpo de mulher. E até ela se achava uma criança porque ela mesma disse que brincou com bonecas até os 15 anos. E eu que brinquei de carrinho até os meus 14 anos, idade que eu tinha quando comecei a trabalhar e vi Maria pela primeira vez no colégio.

Naquela época, a nossa infância era mais longa do que é hoje, e sem dramas existenciais ou psicólogos.

Algumas dessas histórias eu já sabia, e acho que cantadas são comuns na vida de qualquer mulher. O que muda é a reação de cada uma ao assédio e o quanto isso afeta o seu ego ou o seu psicológico. E Maria continuou, dizendo que ela gostava muito de paquerar, de flertar, de trocar olhares, e ela fazia isso na época dos bailinhos e das festinhas da sua juventude. Mas, quando o rapaz se aproximava para puxar conversa ou coisa que o valha, ela caía fora e o dispensava.

Maria disse que gostava de provocar, de flertar à distância, e a aproximação a desinteressava.

Maria seria uma femme fatale pela metade?

Parece que a sua tendência de mulher fatal começou a se manifestar desde cedo, mas, como Maria já era contraditória, ela não ia além da fase de sedução e não tirava vantagens sobre o interessado, ela abortava no meio do processo. Para Maria, o importante era seduzir; ela se divertia e se contentava com o flerte! Mas parece que comigo foi diferente. Eu fui o cara que ela seduziu, usou e tirou vantagens por 45 anos para atingir os seus objetivos escusos, fossem eles quais fossem.

Agora posso imaginar que muitos desses assédios que ela diz sempre ter sofrido possam ser explicados por sua personalidade, por essa tendência comportamental de mulher fatal pela metade que ela descreveu. Também achei melhor não perguntar a Maria se essa mania de provocar e de paquerar os homens durou apenas enquanto ela era uma criança adolescente, ou se ela continuou a agir assim depois de adulta. Isso porque criança ela continuou a ser até hoje, inclusive com a aparência de adolescente.

Mais uma vez, preferi ficar na ignorância e não perguntar para não me arriscar de novo a ouvir mais alguma resposta sincera de Maria e levar outra porrada!

Diz o dito popular que:

"A ignorância é uma bênção."

Na prática, a duras penas, eu estava descobrindo o real significado dessa frase. Enquanto eu vivia na "ignorância" e não tinha conhecimento de todas essas verdades que Maria me revelou, na minha ignorância, eu até poderia admitir ser um cara feliz com o meu casamento, vivendo ao lado de Maria. Agora que estou formado e graduado em "verdades", com bacharelado, mestrado e doutorado, pergunto:

Em que a minha vida melhorou
com todo esse cabedal de conhecimento?
Posso afirmar que a minha vida
não melhorou em absolutamente nada.

Enquanto eu tinha diploma
somente em "ignorância",
"eu sabia que era feliz,
sem saber que não era feliz"!

Na "mentira", eu tinha Maria!
Na "verdade", eu perdi Maria!

É paradoxal, e cruel!

CAPÍTULO XXVII – E O "TITANIC" AFUNDOU

Depois do "Apocalipse" de Maria, parecia que pouca coisa eu poderia fazer para tentar salvar o nosso casamento. Eu estava prestes a jogar a toalha. Eu não tinha como fazer Maria se esquecer dessa paixão, desse "caso amoroso virtual" que ela teve pela Internet, que teve início no Facebook e seguiu pelo Messenger, WhatsApp e sabe lá por onde mais. Agora,

A "paixão virtual" de Maria estava
prestes a destruir a rede social mais valiosa
que pode existir no mundo,
e que não está na Internet.
Refiro-me à "rede social" chamada
"família".

Maria estava prestes a destruir a "Minha, a Nossa Família", que era só nossa e fazia parte da minha, das nossas vidas, e que, com muito sacrifício, nós dois constituímos sem a ajuda de "nenhum amigo virtual da Internet".

E depois de todo esse sacrifício prazeroso que
eu fiz com tanto carinho e dedicação para
cuidar da nossa Família, eis que surge um
"amigo virtual" que,
unido com Maria, juntos estavam prestes
a desfazer com uma tacada só
tanto o meu Casamento, como a
minha Família.

O meu casamento com Maria sempre
me pareceu ser bem real,

mas, depois de saber que por trás dele
existiam tantas mentiras,
ele passou a parecer um "casamento
virtual",
um "faz de conta"!

Agora, eu gostaria de abrir um parêntese nesta narrativa para fazer uma lucubração, pois acabei de me lembrar do episódio em que a minha "Vó" da umbanda tentou me dissuadir de me casar cedo com Maria. E minha Vó disse também que Maria ia me trair em nossa casa, na nossa cama. Naquela altura, eu acabei não ouvindo nem os seus conselhos nem dei crédito a essa previsão de traição e acabei casando-me com Maria.

Lembrei também que eu tinha refletido sobre as palavras de minha "Vó" porque, naquela época, traição no casamento tinha cunho sexual, e o envolvimento de Maria com o "maledeto" ficou tão somente restrito ao âmbito virtual, ficou nas "nuvens" e nunca houve coito ou qualquer contato pessoal, ou próximo, ou físico entre eles.

Pois bem! Diante dessa última revelação de Maria, que disse que perdeu o interesse em continuar praticando sexo comigo por ter se apaixonado pelo "miserável", estou disposto a rever aquela minha opinião sobre aquela previsão feita pela minha "Vó". Se, naquela época, eu não acreditei, agora passei a achar que aquela previsão pode ser crível justamente porque o comportamento de Maria, que a está afastando de mim, "é" de cunho sexual "sim", e acabou chegando à nossa cama "sim", não por ela ter sido flagrada fazendo sexo com outro homem, mas, "sim", por não querer fazer sexo comigo.

"O pecado não ocorre somente por ação,
mas também por omissão."

Isso porque, por ter se apaixonado pelo seu "amante virtual", Maria está se recusando a fazer sexo comigo, que ainda sou o seu legítimo marido, dentro do nosso casamento, conforme prevê a lei dos homens, conforme prevê a moralidade e, principalmente, conforme prevê a lei de Deus. E lembre que ela tanto perseverou em respeitar a lei de Deus que ela acabou por se casar virgem e só começou a fazer sexo depois do casamento religioso.

Para quem for uma pessoa de fé, que acredita tanto em previsões como no sobrenatural, concordará com o que estou dizendo aqui e não achará que estou forçando a situação. Mas, se você for uma pessoa cética, então achará tudo isso que falei uma grande baboseira. Como já disse, sou agnóstico, não sou um cara de certezas, mas, sim, de dúvidas e de possibilidades! Não posso afirmar que existem milagres, mas também não posso afirmar que não existem milagres. Acredito em coincidências, mas até certo ponto!

Não posso afirmar que a previsão que a minha "Vó" fez há muito tempo fosse confiável e se concretizou, mas também não posso afirmar que não. Não posso afirmar que Deus existe, muito menos posso afirmar que Ele não existe. Mas posso afirmar, com certeza, que, se Deus existir, o diabo também existe. E isso porque o que mais se observa no mundo é que o Bem e o Mal estão sempre juntos, de mãos dadas, e, em toda a parte, o tempo todo nós somos tentados na medida em que eles ficam rondando as nossas cabeças e as nossas vidas.

A única coisa em que eu creio é que tudo é possível,
e o fato de eu crer ou
deixar de crer não muda em nada
a natureza
e a existência das coisas.

Mente aberta e dúvidas são o que nos faz evoluir.

Fechando o parêntese e terminando a sessão lucubração, quero fazer a seguinte observação: apesar de eu chamar a todo tempo o caso de Maria com o "esquifoso" de virtual, ele foi muito real. Isso porque é assim que o nosso cérebro funciona. O cérebro não faz distinção entre aquilo que a gente "vê" ou o que a gente "pensa". Ou seja, o que importa para ele é a imagem que ele percebe, e em ambos os casos elas são assumidas como sendo reais.

Exemplo disso pode ser dado quando você olha um vaso que está sobre uma mesa. Em seguida, se você fechar os olhos e pensar no mesmo vaso, a imagem que você está pensando se formará no mesmo local do cérebro de quando você estava olhando. Para ele, não interessa se você está vendo o vaso com os olhos abertos, ou se você o está imaginando o vaso com os olhos fechados. Para o cérebro, ambas as imagens se formam no mesmo lugar e são reais.

Mesmo sem nunca ter visto Deus,
muita gente acredita que Ele existe.
Então, para o cérebro dessas pessoas,
não só Deus existe como ele é bem real!

A realidade percebida pode ser a mesma, mas o juízo que se faz pode variar de pessoa para pessoa. É a velha história do copo com água até a metade. Um pode achar que o copo está meio cheio, e o outro pode achar que ele está meio vazio. Ambos estão vendo o mesmo objeto real, porém com percepções e juízos diferentes. A única coisa que não muda em ambos os casos é, por exemplo, o fato de que existem 100 ml de água dentro do copo de 200 ml, que o material do copo é de vidro transparente, que a fórmula da água é H2O etc. Em resumo,

O que varia é a percepção da realidade que,
apesar de ter somente um significado,
pode ter várias significâncias.

Por que estou falando toda essa história? Porque o cérebro de Maria obviamente funciona da mesma forma. Não importa se ela e o "filho da puta" conversaram, fizeram planos e trocaram juras de amor apenas pela Internet, distantes um do outro, somente em pensamento na cabeça deles.

O que importa para o cérebro é que essa experiência, apesar de ter frequentado apenas o imaginário e o pensamento de Maria, foi muito real e afetou profundamente todo o seu mecanismo de discernimento, de sentimentos e de paradigmas, mesmo sem nunca ter conhecido o "cachorrão" pessoalmente e passado a mão na cabecinha dele e dado biscoitinho na boquinha dele.

Para eu tentar vencer esta batalha,
eu teria que lutar
ou contra "moinhos de vento",
ou contra um "espírito do mal".

E, para isso, eu teria de ser ou "Dom Quixote", ou um "exorcista".

Mesmo podendo, eu não vou me excluir desta experiência mental de interpretação da realidade. Em capítulos anteriores, eu contei a paixão que eu vivi na minha adolescência por Silvia, uma coleguinha da escola. Pois bem! Essa paixão, que me atormentou e fez parte da minha vida por vários meses, apesar de ter existido somente na minha imaginação e nos meus pensamentos, parecia ser tão real que chegou a interferir na minha vida pessoal. Só o tempo me fez esquecer Silvia, e essa paixão acabou de vez quando conheci Maria. A diferença é que eu não traí nem magoei ninguém! Eu sofri sozinho e calado!

Depois dessa ducha de água fria que Maria jogara sobre mim, só me restava tentar manter a minha sanidade e, na medida do possível, tocar a vida até quando ela mudasse para o seu apartamento. Perguntei como a gente ia ficar dali para frente, e ela pediu para esperar e ver como as coisas ficariam depois da mudança. Ela e eu estávamos curiosos!

Mais uma vez, eu tive de controlar a minha paciência, ou a minha impaciência. Confesso que, naquela altura, eu nem sabia mais como pensar e como agir. Então, deixei a vida rolar e dar tempo ao tempo, afinal, com cabeça quente, a gente nunca faz boas escolhas.

Apesar de tudo isso, a minha adrenalina continuava alta, e o meu apetite sexual também, mas Maria não mudou o seu ritual "pré-acasalamento". Quando eu a procurava, ela dizia não, eu insistia, ela relutava e, depois, ela dizia sim, e lá ia eu transar com a minha "boneca inflável"! Mas,

Convenhamos que é bem melhor transar com uma "boneca inflável de carne e osso", do que com uma "boneca inflável de borracha". Esse era o meu consolo!

Agora, alguém poderia estar se perguntando como é que eu ainda conseguia fazer sexo com Maria mesmo sabendo que ela tinha outro homem na cabeça e também que ela fingiu e me usou por tanto tempo. E eu responderia:

Maria ainda era minha mulher, e, se ela criou o veneno, eu criei o antídoto!

Como antídoto, eu criei uma espécie de jogo psicológico, uma psicologia um tanto quanto complexa, ou barata, como queiram, para tentar superar esta situação, manter a minha libido em alta e ter ereções. Trata-se de um raciocínio, quem sabe, "maquiavélico", mas posso dizer que eu o apliquei e funcionou muito bem. Afinal, eu ainda estava lutando para salvar o meu casamento, mesmo depois de Maria ter acabado comigo com tantas revelações. E imagine também a psicologia que ela deve ter usado por todos esses anos para fazer sexo comigo, mesmo sem ter vontade.

Se ela usou a psicologia dela,
agora eu tinha o direito de usar a minha!

Eu queria aproveitar ao máximo o tempo que ainda teria ao lado de Maria, fazendo sexo com ela e usufruindo do seu lindo corpo que sempre foi desejado por mim e me deu tanto prazer durante todos estes anos. Isso porque eu estava sentindo que o divórcio estava cada vez mais próximo. E, para começar, eu não poderia deixar que o sentimento de autopiedade tomasse conta de mim, olhando apenas o lado negativo da situação. Eu tinha que olhar também o lado positivo, e assim foi.

Deixar de fazer sexo com Maria
seria o mesmo que fazer o joguinho dela.

Veja o raciocínio que usei. Se Maria está apaixonada por outro cara, de certa forma, pode-se dizer que ela não é mais minha, ela é do outro, ela é do "esquifoso". Então, se ela não é minha, quando eu transo com ela, ela sendo dele, de certa forma, eu sou o outro em relação a ela e em relação a ele no momento da transa. Assim sendo, eu passo a ser o amante de Maria, eu, o "marido", passo a ser o "outro" dela.

Isso pode parecer sinistro, mas é verdadeiro. E transar como se fosse um amante aumenta o tesão porque dá uma sensação de estar fazendo uma coisa "errada", uma coisa "proibida", e, para o ser humano, o proibido parece que dá mais prazer e aguça a curiosidade. Assim, a adrenalina sobe, e o erotismo aumenta como se fosse uma fantasia sexual. Se trair o parceiro fosse tão ruim e fizesse mal, não ocorreriam tantas traições entre os casais. E, para mim, tudo isso era novidade.

Eu estava sendo o amante da minha esposa sem ela saber. Meio louco isso!

Tem coisa mais excitante do que saber que você está "comendo" uma mulher que deveria estar "dando" para o homem dela, mas está dando para você? No momento em que eu estava transando com Maria, o corno passava a ser o filho da puta do "esquifoso", e não eu. Assim, sendo eu o amante de Maria, era eu quem estava botando chifres no cara! Detalhe! Eu jamais contei isso a Maria!

Esta minha "VERDADE" será um segredinho só meu, e eu jamais direi a Maria.

Isso não tem nada a ver com ser tarado ou ser doente. Eu não premeditei e nunca havia pensado nisso, mas agora passei até a acreditar que os amantes devem pensar assim a fim de buscar estímulo e inspiração para fazer sexo com as amantes durante os intervalos de almoço do trabalho, porque a ereção do homem não acontece por meio de um botão *on/off*, liga/desliga. Essa foi a inspiração que eu encontrei para suportar e retribuir no mesmo nível o ataque moral e psicológico que Maria e seu amante fizeram-me.

Esse foi um mecanismo pensado de ação e reação e de defesa que eu utilizei. Afinal, se eles dois, juntos, abriram a artilharia de filhadaputice contra mim, eu reagi e paguei na mesma moeda ao agir como um filho da puta contra eles.

"Olho por olho, dente por dente".

Punir Maria usando-a sexualmente, de forma consensual, foi a maneira mais dura e mais sutil que eu encontrei para machucá-la, usando contra ela o seu próprio veneno, e isso sem o uso de qualquer tipo de violência física e, principalmente, sem que ela soubesse que estava sendo usada ou punida, mesmo porque o sofrimento dela ainda seria muito menor do que o meu estava sendo.

E ver no rosto de Maria um ar de enfado e de tédio enquanto a gente transava aliviava um pouco a minha dor e lavava a minha alma, e ainda dava mais tesão!

Durante 45 anos, Maria me enganou ao fingir satisfação e orgasmos. Agora eu estava vendo em seu rosto a verdadeira face de toda essa mentira.

Vingativo! Este era o meu verdadeiro "eu", e pela primeira vez!

Nas últimas semanas, Maria vinha se dedicando à arrumação do seu apartamento, e o trabalho estava adiantado. Ocorre que, certo dia na academia, ela fez um movimento em falso e feriu o tornozelo esquerdo. A partir daí, teve início um novo périplo clínico-médico de Maria. Ela começou a usar bengala, fez RX, ressonâncias e fisioterapias e aplicações que acabaram atrasando em mais de 10 meses a sua mudança.

Enquanto isso, eu, o marmitão aqui, a acompanhava para cima e para baixo, levando-a de carro em percursos próximos de casa, porque ela não conseguia andar a pé com segurança, e ainda assumi todo o serviço de casa. Hoje, eu penso que Maria me usou mais um pouquinho nesse seu período de convalescença, pois eu ainda tinha esperança de salvar meu casamento, mas...

Tudo isso eu fiz com o maior carinho e paciência, porque ela era intensamente um pouquinho chatinha.

Nem preciso dizer que, de forma bem conveniente para ela, o sexo parou de rolar de vez, mesmo porque Maria sentia dores na barriga da perna esquerda ao término de cada relação sexual. Ela disse que começou a sentir essas dores após o parto de Janaína, minha terceira filha e, com isso, depois de cada transa, ela tinha de ficar com a perna para cima até passar a dor que durava uns 20 minutos. Ela disse também que relatou tal fato a vários médicos de várias especialidades, e eles diziam que não existia na literatura médica esse tipo de sintoma. Maria era mesmo um *Case*!

Isso quer dizer que, se eu insistisse em manter relações sexuais com Maria, que estava contundida da perna esquerda, seria uma puta sacanagem da minha parte, afinal ela estava com o tornozelo esquerdo fodido, e a relação sexual acrescentaria mais uma dor em sua perna. Nesse caso, sim, eu poderia ser considerado um tarado filho da puta se, de alguma forma, eu a induzisse a fazer sexo. Dessa forma, meio que forçado, tive que conter meu apetite sexual mais uma vez! Eu já estava craque nisso!

Quando eu dizia que Maria era muito intensa e especial, agora acho que dá para ter uma ideia do que eu falava.

Certo dia, recebi no WhatsApp uma mensagem do meu filho dizendo que queria se encontrar comigo para batermos um papo, só nós dois. Para mim, foi uma grande surpresa, pois ele nunca havia feito isso. Ele veio ter comigo uma noite logo após sair do trabalho, e fomos ao apartamento de Maria, que estava em arrumação, para podermos conversar tranquilos.

Após um pouco de conversa mole, ele começou a entrar num assunto que eu achei meio estranho. Era sobre sexo, sexo entre mim e a mãe dele e, mais precisamente, a falta de vontade que Maria tinha em fazer sexo. Perguntei que porra de história era aquela, e ele disse que ficou sabendo desse fato e veio falar comigo sobre o assunto.

Então, eu ouvi o que ele tinha a dizer. Em resumo, ele disse que achava que a mãe tinha o direito de não querer mais fazer sexo, e eu tinha que respeitar a vontade dela. E eu tive de ouvir isso do meu próprio filho, tentando defender a mãe, o que seria louvável, porém "da missa ele só sabia uma parte e vinha me cobrar como se soubesse a missa inteira!"

Eu saí respondendo:

— Hoje em dia, muitas mulheres se empoderaram achando que têm direitos e cobram uma série deles, e eu não vou discutir isto. Ocorre que eu e sua mãe nascemos na metade do século passado, e tanto ela como eu tivemos criação muito, mas muito, diferente do que as mulheres e os homens da sua geração. Eu e a sua mãe somos *avis rara* dentro de todos estes novos padrões sociais de modernidade em que muito se fala em direitos, e pouco se fala em deveres.

— Acontece que muitos direitos que muitas mulheres acham que têm devem ser analisados dentro do contexto em que eles se encontram, ao invés de se generalizar, para então se poder julgar se eles são válidos ou não. Sendo assim, quando você me diz que a sua mãe tem o direito de não mais querer fazer sexo, lembre-se de que esse direito se encontra dentro de um contexto chamado casamento, para ser mais preciso, o casamento entre mim e ela em que direitos e deveres estão subentendidos.

— Ocorre que eu também, como homem e marido, tenho os meus direitos. Isso porque eu e a sua mãe, como marido e mulher, temos também os nossos deveres, uma vez que há 50 anos nós dois assumimos compromissos que, para mim, até prova em contrário, continuam valendo e valerão até quando um de nós morrer, ou quiser cair fora. E, neste caso, te garanto que não serei eu.

Eu não quis entrar muito em detalhes e não quis me alongar, mas disse a ele que tomasse cuidado ao usar a palavra respeito ao se referir à vida sexual entre mim e a mãe dele. Então perguntei:

— Você sabia que a sua mãe se casou virgem porque esta era a vontade dela? E que nós esperamos seis anos para ter a primeira relação sexual, que aconteceu somente na nossa lua de mel, após o casamento religioso? Ele ficou surpreso e disse que não sabia.

Então, perguntei a ele:

— Se isso não for respeito, então me diga o que é, porque eu não sei! Agora, você está tentando ser o defensor do direito de sua mãe não mais querer fazer sexo! Ora! Você não acha que esse suposto direito que ela teria não estaria desrespeitando tanto o direito que eu tenho de transar com minha mulher, como também a minha vontade de querer transar? E ele respondeu: — É! (Virginiano e lacônico como a mãe!)

— Filho, quando a gente se casa, fica implícito que a gente terá de abrir mão de alguns direitos, porque as coisas mudam e os novos compromissos que se assume vêm junto com esse pacote que se chama casamento. A isso se dá o nome de "compromisso moral", e a essência e a continuidade de um casamento são muito mais de cunho moral do que religioso ou legal, e tanto o marido como a mulher terão de fazer certos sacrifícios em prol dessa união.

— E quando você fala em direito, você entra na área legal, jurídica, cuja discussão é outra. E mesmo no Direito, a lei prevê que o casal deve ter relação sexual para confirmar o casamento sob pena de nulidade.

Ainda não satisfeito com esses argumentos, ele continuou dizendo que, "sem sexo, a mãe gostaria de continuar casada, e que eu já estava velho e poderia ficar muito bem sem transar pelo resto da minha vida". E ele disse também que "o sexo que eu já tinha feito durante a minha vida já estava bom!"

Caralho! Era inacreditável! Parecia um complô de cunho sexual contra mim! Eu não estava acreditando no que acabara de ouvir! O meu filho, talvez em cumplicidade com a mãe, estava querendo dizer como deveria ser o meu comportamento sexual, ditar o meu futuro sexual e me convencer de ficar o restante da minha vida sem sexo. Eu não parava de me surpreender! Era porrada em cima de porrada!

Respondi a ele que:

— Estava totalmente fora de cogitação a possibilidade de eu ter que reprimir a minha libido só para satisfazer a falta de libido de Maria.

Disse ainda que:

— Se, na minha idade, aos 66 anos, eu ainda tinha libido, tinha apetite sexual e tinha vontade de fazer sexo, eu tinha mais é que dar graças a Deus e aproveitar enquanto pudesse usufruir desse prazer que a vida nos oferece, porque muitos homens na minha idade perdem esse apetite. Existe até uma frase que ilustra com propriedade essa situação. Ela diz o seguinte:

"Na minha idade, a gente não deve desperdiçar uma ereção."

Disse também:

— Meu filho, veja a situação da seguinte maneira e esqueça que ela é sua mãe. O marido tem libido, e a mulher diz que não tem mais libido. Qual é o problema? A falta de libido da mulher. Como deve ser conduzida a solução desse problema? Tratar a mulher para que ela volte a ter libido.

— Ao propor que eu pare de transar, porque você acha que eu já transei o bastante durante a minha vida, reparou que você está querendo resolver um problema criando outro problema? Em outras palavras, você está querendo escangalhar o que está bom comigo, criando um problema onde não existe, deixando sem solução o real problema, que é da sua mãe e que deveria efetivamente ser trabalhado e solucionado.

Eu quero transar enquanto
o meu organismo permitir,
e nem o amor que eu sinto pela sua mãe
sufocará este meu prazer.

Negar Princípios em que se acredita
é o mesmo que negar a si próprio.
Para gostar dos outros,
começa-se gostando de si mesmo.

No final, ele entendeu o meu recado, a conversa terminou por aí, e fomos comer uma pizza. Depois de uns dias, conversando com Sabrina pelo WhatsApp, ela também começou com essa mesma conversa mole de eu "sossegar o meu facho sexual porque eu já estava velho", a fim de manter o casamento. E eu repeti tudo o que já tinha dito ao irmão dela, e ela se aquietou. Para mim, ficou claro que Maria deve ter promovido esse assunto com eles dois em relação a mim... Mas, pelo visto, falhou!

Só faltava os meus filhos recomendarem
que eu fizesse castração química!

Eu ouvi tudo isso em uma época na qual
muito se fala em estimulantes sexuais,
em liberdade sexual, e que muitos criticam
com veemência o celibato clerical.

Parecia que minha mulher e meus filhos
queriam que eu me tornasse um celibatário!

Certo dia, dando carona para a minha neta Joana, enquanto conversávamos sobre a minha situação com a avó dela, ela acabou se traindo e falou para mim que tanto ela como os meus filhos já sabiam desse relacionamento amoroso que Maria vinha mantendo com o "esquifoso", e isso bem antes que eu ficasse sabendo. Isso não mudou em nada a situação entre mim e Maria, exceto pelo fato de eu ter conseguido mais informações sobre esse caso e sobre o "desgraçado", como:

— Quando eu contei para meus filhos sobre a traição da mãe, eles já sabiam e não me disseram nada.

— Senti na própria pele a frase: "O marido traído é sempre o último a ficar sabendo".

— Eles tentaram tirar da cabeça de Maria a ideia de separação, mas ela estava irredutível. E essa atitude deles fez com que ela ficasse decepcionada com a falta de apoio que ela esperava ter da parte dos filhos.

— Eles disseram a Maria que: "Nessa idade, ela deveria buscar segurança e tranquilidade, e não aventura". E em resposta ela disse que: "Nunca era tarde para se buscar a felicidade".

Eu ainda acrescentaria a essas duas frases o ditado popular que diz:

"Macaco que pula de galho em galho quer levar chumbo."

Além disso, meus filhos e minha neta me passaram algumas outras informações que eles descobriram sobre o cara. Quando meus filhos me contaram e eu tomei conhecimento da penúria que vivia esse "miserável esquifoso" por quem Maria tinha se apaixonado, confesso que acabei sentindo uma pontinha de peninha, não só dele, mas dos dois! Que tipo de mulher se apaixonaria por um cara desses? Pensei eu.

Velho, broxa, sem dinheiro, morando de favor, não tinha carro, andava de ônibus de graça com o bilhete de idoso, sem plano de saúde, sem dinheiro até para tomar um taxi (ou Uber, que é mais moderninho), quando certa vez ele teve de levar de ônibus ao pronto-socorro um parente que estava passando mal etc. etc. etc. Vou parar por aqui para não me chamarem de "Caco Antibes", personagem do humorístico "Sai de Baixo", da TV Globo, que não gostava de pobre. Mas esse cara era o protótipo de um pobre! Essa era a situação de miserabilidade que esse "velho" vivia e por quem a minha queridinha mulherzinha que vivia na mordomia disse que tinha se apaixonado e estava disposta a largar tudo para ir se juntar a ele.

Veja o que a paixão faz com as pessoas!

Maria, mesmo sabendo de tudo isso, acreditava nele e estava disposta a fazer sacrifícios como desfazer a sua família, acabar com um casamento de longa data e abrir mão de uma vida confortável, tudo para ir se juntar a esse "sem noção". O máximo que ele poderia oferecer a ela seria morar em uma edícula e sujeitá-la a dormir em um sofá-cama de casal com a dentadura dele dentro de um copo d'água sobre um banquinho que ele usava como criado-mudo.

Será que esse "cara" não tinha vergonha na "cara"? Para mim, Maria não tinha!

Pelo menos, em uma coisa, Maria parecia demonstrar coerência. Se o "filho da puta" fosse mesmo broxa, então ela não precisaria transar nunca mais! Seria "juntar a fome com a vontade de comer", outro ditado popular. Eram dois "sem noção"! Eles não faziam ideia do buraco em que estavam prestes a se enfiar! É claro que essa peninha que eu disse que senti deles durou apenas alguns segundos. A raiva e a revolta voltaram rapidinho! Para mim:

Eles eram dois pobres diabos velhos e infelizes!
Eles se mereciam!

Diante de tanta abnegação, estava claro que Maria queria ser feliz a qualquer custo, mesmo que ela tivesse de andar a pé sobre areia movediça!

Quando adolescente, eu pensava no meu futuro sentimental com certa insegurança. Eu era um garoto pobre, magrelo e espinhento, e minha autoconfiança não era muito grande coisa. Eu me preocupava se encontraria uma companheira ou se passaria sozinho o resto da minha vida; se eu conseguiria encontrar uma mulher que gostasse de mim, me casaria, teria filhos e netos. Parece que Deus resolveu dar um empurrãozinho e acabar com essa minha inquietação.

Ele colocou um anjo no meu caminho logo cedo, cedinho, e sem eu precisar me esforçar muito. O nome desse anjo que caiu do céu e deu sentido à minha vida é Maria, a menina mais linda que eu conhecera! Parecia que Deus se antecipou, Ele leu os meus pensamentos e atendeu ao meu desejo, acabando com a minha insegurança antes mesmo que eu precisasse pedir a Ele. Daí em diante, Maria passou a ser a luz do meu caminho e o motivo pelo qual eu vivi até hoje.

"Mas nada é eterno e nem tudo são rosas!"

Com o divórcio ficando cada vez mais próximo, Maria estava prestes a me colocar no inferno. Sim, ela estava transformando a minha vida em um inferno. Mas uma mulher que eu sempre tive como sendo um "anjo que caiu do céu" poderia transformar a minha vida em um inferno? Nas aulas de catequese, eu tinha aprendido que essa função de mandar gente para o inferno pertencia ao diabo, ao capeta.

Satanás é um "anjo caído", e Maria foi para mim um "anjo que caiu do céu". Agora fazia sentido, ela não estaria agindo igual a um "anjo caído"?

A vida de solidão que eu tanto temia quando garoto estava cada vez mais próxima. Logo eu, que sempre vivi com casa cheia e esperava viver com Maria até o fim da vida, agora teria de me acostumar com a casa vazia e justamente na velhice, quando um precisaria mais do outro. Mas eu teria de me conformar, afinal eu já vinha vivendo sozinho ao lado de Maria nos últimos anos.

Viver sozinho a dois é uma merda! Mas viver sozinho também é uma merda!

Nesse caso, não existe melhor escolha a ser feita, porque tanto em uma situação como na outra a gente perde. Mesmo durante essa má fase do nosso casamento, Maria nunca deixou de dar sentido à minha vida e nunca deixou de ser o motivo pelo qual eu vivia. Eu lutei e fiz de tudo até o fim para tentar manter a minha família e salvar o meu casamento, mas falhei!

Parece que Maria não nasceu para viver no mundo real, por isso ela construiu o seu mundinho de sonhos e de fantasia. Ocorre que ela acabou com o meu mundo!

Eu estava infeliz junto de Maria, mas estava feliz por estar perto dela!

CAPÍTULO XXVIII – PONTO FINAL

Já estávamos em janeiro do ano do início da pandemia da Covid-19 aqui no Brasil. Enquanto Maria lutava para melhorar do tornozelo para poder se mudar para o seu apartamento, eu ficava observando o seu comportamento, tentando identificar alguma lógica, uma vez que ela continuava na mesma: nada de sexo e pensando em separação.

Minha esperança era de que ela tivesse sensibilidade suficiente e percebesse os sinais que a vida estava toda hora a lhe mandar, como todos os episódios médicos e clínicos recentes pelos quais ela passou e ainda estava passando nesses últimos dois anos, bem como os cuidados que eu sempre dediquei a ela em todos esses episódios e em anteriores também. O mais sutil, talvez, seria ela perceber que não estava sozinha e ainda tinha a mim como apoio ao lado dela.

Minha esperança era de que ela percebesse esses sinais, que voltasse atrás nas suas intenções e mudasse seus pensamentos. Afinal, eu achava que ela tinha de chegar à conclusão de que ninguém vive sozinho neste mundo e que um dependia do outro muito mais do que ela imaginava, principalmente na terceira idade. Isso era o que eu achava, era o que eu esperava, era o que eu queria. Lembrei até que, várias vezes, quando estávamos junto de outras pessoas, eu brincava com ela, dizendo que:

Maria não vivia sem mim,
e eu não vivia sem ela! Irônico, não?

Mas, infelizmente, para mim, parecia que Maria não era capaz de perceber esses sinais, ou não queria perceber, ou tinha ficado cega para poder enxergá-los. E cada vez que eu me aproximava dela apenas para lhe fazer algum tipo de carinho, como dar um abraço, ou dar um beijo, ou passar a mão na bunda dela ou apalpar-lhe os seios, com todo respeito e intimidade que possa existir entre marido e mulher, ela resistia e se defendia com uma determinação incrivelmente e insuportavelmente revoltante.

Basta! Pensei comigo, chega! Há, aproximadamente, dois anos eu venho me rebaixando, me humilhando, tentando demover da cabeça de Maria a ideia de divórcio. Nesse sentido, eu me dediquei e fiz de tudo o que estava ao meu alcance, porém essa ideia parecia estar tão arraigada em seus pensamentos que fui levado a crer que nem mesmo se Cristo viesse à terra Ele faria Maria mudar de ideia.

Ela me disse, algumas vezes nos últimos tempos, que: — "Agora é tarde". Mas ela também disse algumas vezes que: — "Nunca é tarde para ser feliz". Eu diria que tais palavras e pensamentos eram conflitantes, eu chamaria de "contradição temporal", e agora? Parecia até que ela vivia, respirava e transpirava separação e que o divórcio não lhe saia da cabeça!

Quanto ao fato de me humilhar, eu acredito que não poderia ser diferente, uma vez que, em um relacionamento, quando um dos dois não quer a separação, somente por meio da humilhação é que se poderia conseguir reverter a situação. Digo isso porque:

Fatos e argumentos perdem totalmente
a relevância e deixam de ser importantes.
Somente os sentimentos é que podem
fazer a diferença nessa hora,
e a humilhação é a melhor maneira de se
expressar!

Mas paciência tem limite, e a minha tinha
acabado, e junto com ela também acabou o
meu estoque de humilhação.

Eu havia decidido que não mais esperaria que ela se mudasse para o seu apartamento para ver como as coisas ficariam.

Já que Maria não me via,
não me tratava e não me respeitava
mais como seu marido,
eu cansei de ser usado como o seu faz tudo,
como o seu lacaio.

O conto de fada era de Maria,
e, se eu não pudesse ser o seu "Shrek",
o "Burro" eu não seria!

Eu ia exigir uma decisão dela, e agora! E foi o que fiz. Chamei Maria e fui logo dizendo:

— Quero saber se, depois que você se mudar para o seu apartamento, nós voltaremos a ser marido e mulher como antes e fazer sexo sem tantas regras restrições ou imposições, sem contar tempo entre uma transa e outra, sem dia e hora marcados ou sei lá mais o quê? Eu não estou aguentando mais o seu comportamento, sua resistência, indecisão, indefinição, seus adiamentos e essa sua rejeição em relação a mim. Estou sentindo que você só está me usando, então, me dê uma resposta, agora!

Maria respondeu com toda a tranquilidade, frivolidade e naturalidade possível, dando a impressão de que ela já estava decidida há algum tempo e apenas estava esperando a hora mais conveniente para me dar o fora de vez. Então ela disse:

— Se for para voltar a fazer sexo, eu prefiro me divorciar. Eu não consigo mais!

Pronto! Maria tinha se decidido pelo divórcio!

Se Deus levou seis dias para
criar o mundo e descansou no 7º dia,
Maria levou seis segundos para
destruir o meu mundo
e acabou com o meu sossego no 7º.

Mas ela poderia ter parado por aí em sua resposta, afinal o recado já estava dado e tinha sido bem claro. Ela queria o divórcio, e eu não tinha pedido a ela nenhuma explicação ou motivo que justificasse a sua decisão. Porém, sendo ela a "New Maria", mais uma vez, ela se superou e, empoderada que estava, não conseguiu controlar a sua boca e não teve sutileza ao expor os seus argumentos e explicações "que não foram pedidas". Então, ela complementou sua resposta:

— Eu acho que, se eu continuasse casada e voltasse a fazer sexo com você somente para manter uma situação confortável, seria o mesmo que me "prostituir". E eu não estou disposta a fazer isso.

Mais uma vez, eu estava atônito. Maria tinha se especializado em falar besteiras, agora, mais uma vez, ela aplicou essa técnica. Ao responder usando aquelas palavras, **"ela tinha acabado de comparar com uma prostituta**

a mulher casada que faz sexo com o marido sem estar com vontade". Tenho a impressão de que ela ofendeu muitas mulheres! Todo o pensamento que vinha dela não me surpreendia mais! E a "complexidade reversa preconceituosa e destrutiva" desse último pensamento deixou-me embasbacado. Ela estava completamente sem noção!

Transar com vontade ou não,
seja o marido, seja a mulher,
é a coisa mais comum que pode existir
dentro de uma relação chamada Casamento!

Então, com quem Maria compararia
uma mulher casada
que faz sexo por prazer com o amante?
Será que a vontade ou não para fazer sexo,
por si só, poderia ser motivo
bastante e suficiente que pudesse
justificar esse suposto falso moralismo?

Será que essa mulher infiel poderia ser tida como "exemplo de mulher honesta" só porque ela estaria fazendo sexo por prazer com o amante? Afinal, se, para Maria, a esposa que faz sexo sem vontade com o marido virou sinônimo de prostituição, então, será que ela acha que a esposa que faz sexo por prazer com o amante poderia ser considerada como sinônimo de honestidade? Mas honestidade em relação a quem? Mais uma vez, Maria tinha perdido a oportunidade de ficar com sua boca fechada!

Será que Maria não tinha se tocado de que ela mesma havia dito para mim, há alguns dias, "que fez sexo comigo sem vontade" por 45 anos? E ela disse também que "nunca me amou". Se ela fez sexo comigo sem me amar e sem vontade, então só pode ter sido por "interesse"! E ela acabara de dizer com outras palavras que: — "A esposa que faz sexo com o marido sem vontade e por interesse é prostituta!".

Maria tinha acabado de cuspir para cima,
e a cusparada caiu na cara dela!
Será que ela admitiria ter sido
minha prostituta por 45 anos?

Ou esse raciocínio só teria validade de agora em diante? Nada fazia sentido!

Em uma de nossas conversas recentes, Maria havia me dito que, há tempos, ela tinha comentado com as nossas filhas sobre a sua insatisfação comigo e com o nosso casamento, e elas sugeriram que a mãe pedisse o divórcio e se separasse de mim. E sabe qual foi a resposta que Maria deu para nossas filhas?

Maria respondeu que não se separava porque ela não tinha como se manter financeiramente e por isso ela continuava casada comigo!!!

"Quantas mulheres que se separam vão à luta e conseguem vencer as dificuldades!", foi o que as minhas filhas disseram para a mãe na época. Só que Maria não teve coragem, ou não teve força, ou não estava disposta a ir à luta. O mais cômodo para ela foi continuar ser sustentada pelo provedor da casa, também conhecido como "marmitão", "burro de carga", chamado de "papai", "marido" e, mais recentemente, também conhecido pelo epíteto de "corno virtual da terceira idade", título este que ela própria providenciou e me agraciou. Foi só isso o que Maria fez comigo e, por que não dizer, com ela também, pois todos sabem quem é a mulher do "boi"!

Agora, Maria estava usando para se divorciar os mesmos argumentos que ela usou com as minhas filhas para não se divorciar, só que ao contrário. Para as minhas filhas, usando outras palavras e trazendo para este contexto, Maria disse que continuaria casada comigo para poder se manter em sua zona de conforto financeiro.

Ora! Essa atitude pretérita de Maria não seria similar a esse caso de suposta prostituição à qual ela estava a se referir aqui nesta situação? Ocorre que, naquela ocasião, ela escolheu continuar sendo a minha "prostituta particular" para se manter na sua zona de conforto. Por que ela não teve, naquela época que éramos bem mais jovens, a força, o empoderamento e a convicção que ela vem demonstrando hoje para se separar?

Acho que o fato não muda por causa da natureza moral do motivo. Será que

um bom motivo justificaria
a falsa moralidade
e mudaria a natureza do fato?

Ou será que, naquela época, ela quis se justificar alegando que continuaria casada comigo, sacrificando-se pelos filhos dela, aliás, nossos filhos, meus filhos, a quem eu jamais faltaria com minhas responsabilidades, como sempre foi! Ocorre que, usando esse motivo, Maria também manteve o seu próprio bem-estar e conforto, sem precisar arrumar um emprego, acordar cedo, ir à luta e ter que camelar todos os dias sob sol ou sob chuva, como qualquer mulher moderna, dinâmica e independente faz!

Maria escolheu continuar
sendo minha "d e p e n d e n t e"...

Hoje, sabendo de tudo isso, eu imagino o quão difícil deve ter sido para ela continuar casada comigo mentindo, fingindo, atuando, fazendo sexo sem vontade, usando-me como mantenedor provedor da nossa família e, no final, traindo-me, chifrando-me e, agora, descartando-me!

Acho que nem o subconsciente de Maria
conseguiria dormir tranquilo!

Agora, Maria estava me dizendo que "se continuasse casada comigo para manter uma situação confortável, seria o mesmo que se prostituir"!!! De fato, nossos filhos já estão crescidos e não dependem mais do sacrifício da mãe e, é claro, eles também não dependem mais de mim. Com isso, parece que a justificativa moral envolvendo nossos filhos tinha deixado de existir! Mas como ficaria o bem-estar dela?

Diante de tudo isso, Maria deve ter se sentido livre e forte para se empoderar, pedir o divórcio e encerrar a sua longa "carreira de atriz" e a sua difícil "vida de sacrifícios" (para não dizer outra coisa). Vou parar por aqui para não cometer os mesmos erros que Maria cometeu ao exagerar nos argumentos, mas se coloque no meu lugar! Imagine-se ter sido usado pela própria mulher por 45 anos! É revoltante! É nojento! É repugnante! É de embrulhar o estômago! Dá vontade de vomitar!

E eu que acreditava ser um cara racional,
inteligente e observador,
descobri que agi como se tivesse
um QI de ameba, um QI de pulga!
Mas ser traído por quem você
confiava cegamente poderia justificar?

Seja como for,
Esses pensamentos de Maria eram
de uma preciosidade escatológica!
Isso é o que eu chamaria de "Diarreia Mental"!

Maria recentemente havia me dito que "nunca teve vontade de fazer sexo, mesmo antes de nos casarmos", mas, mesmo assim, ela fez sexo comigo durante quase 45 anos de casada. Após dar aquela infeliz resposta, será que ela não pensou que, ao se comparar hoje a uma prostituta, ela estaria assumindo para ela própria essa mesma condição para todo o seu passado?

Será que os seus amigos do Facebook e o seu "velho amante virtual", que podem ter dado um empurrãozinho, uma mãozinha ou posto um dedinho nessa complexidade toda, não perceberam e não a alertaram das implicações que essas palavras poderiam ter?

Desculpem-me as prostitutas! Vocês são dignas de todo o meu respeito porque vocês jogam de forma aberta, limpa e honesta, bem diferente do que fazem muitas mulheres que posam como respeitáveis senhoras na sociedade, mas que usam uma máscara quando fazem sexo por interesse e fingem orgasmos. Apesar de ser comum o problema da falta de libido entre as mulheres, vira uma situação nojenta quando elas agem de forma ardilosa com o marido e o enganam dolosamente. Afinal, há muito tempo foi inventada uma coisinha chamada "segredo"!

"Prostitutas proporcionam prazeres sexuais
em troca de bens materiais."
Prostitutas vendem prazer e são pagas para
fingir, representar e fazer sexo!

Muitas mulheres respeitáveis fingem e representam para tirar algum proveito!

Aproveitando o ensejo, lembrei-me agora que, quando Maria aceitou fazer uma tentativa de salvar o nosso casamento e nós voltamos a fazer sexo após seu retorno dos Estados Unidos, ela impôs algumas condições, e uma delas foi a de "não mais dar beijo na boca". Pensei comigo, mas por que isso agora, se ela sempre beijou a minha boca quando a gente transava?

Essa exigência de Maria agora me fez lembrar de que, certa vez, há muitos anos, eu li uma reportagem na qual uma prostituta declarou que, quando estava trabalhando, ela "não tomava cerveja" e "não dava beijo na boca de seus clientes". "A cerveja, porque dava mau hálito", e "o beijo na boca, porque era pessoal demais, era íntimo, demonstrava afeto, carinho e, por isso, beijar na boca era inapropriado quando se faz sexo profissional sem envolvimento emocional". Caramba!

Recentemente, assistindo ao filme *Uma Linda Mulher*, um conto de fada hollywoodiano rodado em 1990, a prostituta Vivian, que tinha sido contratada pelo milionário Edward, quando foi perguntada sobre: "O que ela fazia de bom?", deu como resposta que "ela fazia de tudo, menos dar beijo na boca, porque era pessoal demais!". Sem comentários!

Sei que esse assunto de beijar ou não a boca de seus clientes pode ser polêmico, uma vez que muitas prostitutas admitem que não dão beijo na boca, e muitas dizem que sim, que beijam a boca dos clientes quando eles querem, mas, seja como for, a ideia existe e é para se pensar! Cada caso é um caso!

Agora, depois de Maria ter dito o que disse, pergunto: qual raciocínio Maria teria utilizado para fazer essa exigência de não mais querer beijar a minha boca, a boca do seu próprio marido? Teria sido somente uma mera coincidência de atitudes? Foi um ato falho de Maria? Ou Maria teria tido uma epifania e estaria agora querendo assumir o verdadeiro papel que ela representou por tanto tempo em relação a mim, querendo me tratar como seu cliente! Seja lá qual for o raciocínio que Maria usou, uma coisa é certa:

De um jeito ou de outro, uma hora a máscara cai e as peças acabam se encaixando.

Mais uma vez, digo que Maria foi totalmente infeliz ao dizer aquelas palavras, e ela não deve ter refletido sobre a contradição, a abrangência e o preconceito que tal comparação poderia ter ao falar aquela tremenda besteira. Mesmo que tenha sido por iniciativa própria, ou por influência de "alguém", ou por influência de "alguéns":

Maria acabara de admitir ter trabalhado por 45 anos, só que agora ela resolveu aposentar a "periquita"!

Outrora, Maria havia dito para as minhas filhas que continuava casada comigo para preservar a estabilidade financeira, e manter relações sexuais comigo estava implícito nessa escolha. Agora, ela não queria mais fazer sexo comigo e queria o divórcio, mas queria que eu pagasse pensão para ela manter sua estabilidade financeira. Ora! Se agora Maria quer que eu pague pensão alimentícia, não para os meus filhos, mas, sim, para ela manter o seu bem-estar, de certa forma, tal atitude não poderia ser vista moralmente como uma "extorsão"?

Fora do âmbito jurídico, uma das definições de "extorsão" é "obrigar alguém a contribuir de forma forçada para um fim". Então, se a Justiça determinasse que eu devesse pagar pensão a Maria mesmo contra a minha vontade, se eu deixasse de pagar a pensão, eu não iria preso? Legalmente falando, esse seria um direito dela. E do ponto de vista moral? Eu não estaria sendo "obrigado a contribuir para o sustento de Maria de forma forçada sem ter mais nenhum relacionamento com ela"? Em resumo,

Eu não estaria sendo "moralmente extorquido dentro da lei"?

Na qualidade de ex-marido e de "*new* corno", que obrigação futura eu deveria ter em relação à minha ex-mulher que despirocou depois de veia após ter me usado durante anos? E se isso não bastasse, arrumou um amante pobre na Internet, apaixonou-se por ele, ficou cega, pediu o divórcio e, ainda por cima, acha que tem direito de receber pensão e quer porque quer que o corno aqui pague para ela. Por que ela não vai pedir para o grande amor da vida dela bancá-la?

Se isso for legal, se isso for justo,
o que seria injusto?
Ex-marido não é Previdência Social
de ex-mulher!
Mas "nem tudo que é imoral é ilegal,
e vice-versa..."

"Quem não tem competência,
que não se estabeleça!"

Por tudo o que Maria disse nessa história, eu poderia inferir que, durante os nossos 45 anos de casamento, ela "trocou sexo por estabilidade financeira que eu dava a ela". Hoje em dia, tomei conhecimento de que até já criaram um nome que define tal situação, um eufemismo carinhoso moderninho e bonitinho: são as *sugar baby* para elas, e os *sugar daddy* para eles. Será que eu poderia dizer que fui um *sugar daddy* dentro deste "novo conceito moral de contrato de troca de favores sexuais" que a modernidade criou para dar nome à profissão mais antiga de que se tem conhecimento? Moderninho eu, não!

E quem disse que o passado
não pode ser mudado?
Tudo na vida é pensamento, é percepção,
e o meu passado acabara de ser mudado.

Até hoje eu acreditava que era
um marido fiel que fazia sexo amador
e por prazer com a minha mulher,
a minha querida esposa.

Mas acabara de descobrir que, para Maria,
eu não passei de um reprodutor,
de um sugar daddy que praticava
sexo profissional com a própria mulher!

Existiria um melhor exemplo de mudança
de percepção do passado do que este?

Pensando bem, eu não precisei fazer absolutamente nada para provocar toda essa "tempestade cerebral" de declarações, comparações, confissões e verdades que Maria desandou a dizer. A única coisa que eu fiz em cada situação foi apenas fazer algumas perguntinhas básicas, e as palavras e os argumentos que Maria utilizou para responder saíram todos da boca dela por livre iniciativa e espontânea vontade, da mesma forma que tudo o que ela fez durante a nossa vida até aqui. O que estou fazendo agora foi juntar os fatos com as palavras que ela disse e dar a minha interpretação.

Não sei dizer que mulheres eu conhecerei no futuro, mas posso afirmar, com toda a certeza, que, se hoje eu fosse apresentado a Maria e tivesse a oportunidade de conhecê-la do jeito que hoje eu a conheço, eu jamais quereria tê-la como ficante, amizade colorida, namorada, companheira, esposa ou tico-tico no fubá. E ninguém seria capaz de imaginar com que dor no coração eu digo isso!

Eu sinto não conseguir
esquecer o nosso passado e
desligar o "botão" do amor
que ainda sinto por Maria.

Pelo que ela representou para mim
e pela importância que ela
teve na minha vida,
eu a aceitaria de olhos fechados
e de braços abertos.

Mas, pelo que Maria se tornou,
eu sinto vergonha por ela ser a mãe
dos nossos filhos
e eu não a aceitaria nem se ela fosse
a última mulher do mundo.

Depois que Maria deu aquela resposta e se decidiu pelo divórcio, dali em diante não havia mais nada a ser dito. Eu não tinha mais argumentos para tentar demovê-la dessa ideia. Meu estoque de humilhação havia acabado, e eu perdera a esperança de que ela pudesse mudar radicalmente esse seu desejo de separação. Procuramos uma advogada e demos entrada nos papéis de divórcio de forma amigável e consensual.

Tivemos algumas conversas enquanto ainda estávamos morando juntos, uma vez que ela ainda estava se recuperando do tornozelo e nós combinamos que ela só se mudaria após o divórcio ser homologado na Justiça. Em uma dessas conversas, "**ela me disse que jamais se casaria por interesse**" porque, segundo ela:

"O dinheiro não traz felicidade!" —
"O dinheiro não compra a felicidade!"

Essas frases, de fato, têm um fundo de verdade, uma vez que:

A felicidade não dá em árvores e não é um produto que está à venda em prateleiras.

Mas muitas pessoas estão à venda, e essa é uma infeliz verdade!

Além disso, no meu modo de ver, frases iguais a essas, que transmitem a ideia de supervalorização do amor em detrimento do dinheiro, são de um romantismo piegas e barato e não retratam nem um pouco a realidade da vida, isto porque:

O dinheiro sempre será necessário enquanto estivermos vivos, afinal, água, comida, papel higiênico e roupa custam dinheiro.

Sem dinheiro, não existe outra maneira de adquirir coisas, a não ser que você tenha alguém que te sustente, te financie, ou te banque. E não se engane:

"Não existe almoço grátis"!
"Sempre existirá alguém que pagará a conta!"

E tem mais:

Até na morte será necessário
dinheiro para o nosso funeral,
enterro ou cremação, e custa caro!

Você consegue viver a vida inteira
sem ter um grande amor,
mas não consegue viver um dia
sem ter dinheiro.

Mas fica a incógnita: se Maria disse que
nunca me amou, e que jamais se casaria
por interesse, então por qual motivo
ela teria se casado comigo?

Maria não abriu mão de pedir pensão para mim, pois ela achava que tinha, porque tinha, o direito de receber, e eu tinha, porque tinha, o dever de pagar a ela. Não sei se existe isto na lei, mas, talvez, digamos que ela pudesse estar pleiteando o direito de receber de mim uma espécie de ***"cachê performático vitalício"*** — afinal de contas, ela representou por tantos anos o papel de minha fiel e respeitável esposa, fingindo como uma boa atriz faz. Ocorre que agora a sua fonte de renda estaria secando em virtude do divórcio que ela mesma pediu. Além disso, ela não conseguiria viver com apenas um salário-mínimo de aposentadoria.

Mesmo com tudo isso, eu não quis partir para o litígio e concordei de livre e espontânea vontade, "e pressão", a pagar uma pensão alimentícia para Maria de forma amigável. Isso porque os meus filhos não são responsáveis pelos delírios, desatinos, devaneios e irresponsabilidade da genitora deles, e eu resolvi assumir sem brigas na Justiça essa responsabilidade de arcar com esse ônus que, se não fosse meu, seria deles.

É, meus queridos! Quem consegue viver só de
amor? Tentem! Nem Maria consegue!

É, meus queridos! O dinheiro
não traz felicidade!
Ocorre que o amor não faz compras
e não paga as contas!

E quem paga as contas?
Claro! O ex-marido paga!

E, na falta do ex-marido,
serão nossos filhos que pagarão o pato!

Será que o grande "amado amante e paixão virtual" de Maria terá a hombridade e a capacidade de pagar as contas dela? Espero que sim! Afinal, ele foi copartícipe e corresponsável nessa mixórdia toda, junto a Maria. Acho ainda que os meus filhos não devam pagar o pato coisíssima nenhuma na minha falta, mas...

Tem mais: foi com base em pensamentos românticos e piegas como esse mimimi de felicidade pra lá e de felicidade pra cá, como já disse anteriormente, ao pedir o divórcio, Maria acabou com toda a nossa segurança financeira que juntos nós tínhamos conseguido construir nestes 51 anos de convivência. Sua atitude nos deixou à mercê do acaso, do aleatório, e sem muito espaço para manobras.

Em resumo, nossa vida ficou justinha, apertadinha, financeiramente falando, e, como se não bastasse, agora eu vou ter de caminhar com o fantasma de ir preso se, por algum motivo, não conseguir mais pagar a pensão para Maria. Eu nunca desejei isso para a minha velhice, nem para a dela, mas até isso ela conseguiu fazer conosco!

O ser humano tem a incrível
capacidade de transformar ouro em merda,
e pouquíssimos têm a capacidade
de transformar merda em ouro.
E, como humana que é, Maria transformou
a minha vida em uma merda!

Eu sempre disse em tom de brincadeira, para as pessoas que estavam com problemas, que:

"A gente tem que pensar
como frango em granja,
não pode deixar se abater."

Mas isso é engraçado até que um dia
"a água começa a molhar a nossa bunda".

A água começou a molhar a minha,
e eu me deixei abater.

O juiz proferiu a sentença de divórcio em meados de abril, e eu e Maria combinamos que ela se mudaria no próximo dia primeiro de maio, por ironia, dia do trabalho. Nosso casamento já era, mas, para o meu consolo, eu ainda teria Maria perto de mim por mais alguns dias. Apesar de tudo o que ela estava me fazendo, eu ainda sentia um pinguinho de carinho por ela.

A luz que iluminava o meu lar,
o meu caminho e a minha vida,
estava prestes a se apagar.

Agora era definitivo. Não tinha mais volta. Só caberiam lamentos e arrependimentos, se houvesse. Por uns poucos dias, eu ainda poderia ter Maria perto de mim e vê-la circulando pelo meu apartamento, só que ela não era mais a minha mulher na lei, apenas no meu coração, na minha alma e, principalmente, pela Lei de Deus, porque neste caso ela será minha mulher pelo resto dos tempos, quer ela goste, quer não. E depois que ela for embora, ficará apenas a lacuna da sua ausência e saudade! Muita saudade! Muitas lembranças! E muita dor!

Soneto do Desamor

O amor que termina, e se vai,
é como um pedaço do nosso coração
que é arrancado da gente sem compaixão.

E a gente tem que continuar a viver
com o que sobra desse coração
para poder oferecê-lo a outra pessoa
que talvez, como nós,
também tenha tido o seu coração arrancado
impiedosamente, como o meu foi!

E assim a vida segue!
Cada um vai oferecendo para o outro
o pedaço do coração que ainda lhe resta.
E a cada desencanto esse coração diminui.
Ele vai diminuindo, diminuindo, diminuindo,
diminuindo...

E a cada desilusão esse coração vai ficando cada
vez menor,
mais pequeno, pequenino, pequenininho...
Mas, por menor que este coração possa estar,
ele sempre terá a capacidade de abrigar,
de receber e de viver um Novo Grande Amor!

O meu apartamento estava vazio, igual ao meu pequenino coração, uma vez que Maria já tinha levado quase todos os seus pertences para a sua nova morada. Agora, só me restava esperar o tempo passar até que ela se mudasse em definitivo. Mas, bem lá no fundo do meu "eu", eu não queria que o tempo passasse. Só de pensar que ela iria embora definitivamente dava-me desespero! Como eu lidaria com a ausência de Maria?

Na noite do último dia de abril, véspera do fatídico dia em que Maria iria embora, me deixaria e sairia de vez da minha vida, lembrei-me de uma música que tinha tudo a ver com aquela situação, e sua letra representava o que eu mais desejava que acontecesse naquela noite:

"Que o relógio parasse de marcar as horas
e que esta noite nunca acabasse!"

A música a que me refiro era El Reloj (tradução — "O Relógio"), composta por Roberto Cantoral e cantada por Luis Miguel:

Relógio não marque as horas
Porque vou enlouquecer
Ela se vai para sempre
Quando amanhecer outra vez
[...]

Relógio detém teu caminho
Porque a minha vida se acaba
Ela é a estrela que ilumina o meu ser
E sem seu amor não sou nada
[...]
Segura o tempo em tuas mãos
Faça desta noite perpétua
[...]

Noite Sem Fim

Eu sabia que quando o novo dia amanhecesse,
a coisa mais rica, a coisa mais linda,
a coisa mais valiosa que eu tive na minha vida
iria embora, e para sempre!

Eu sempre cuidei de Maria
como se a vida dela fosse a minha vida,
mas agora eu a estava perdendo
para a vida que ela escolheu viver.

O tempo passa e é inexorável! O relógio não parou de marcar as horas, e o tempo também não parou! E eu não podia nem fazer o tempo parar e muito menos voltar para a época em que conheci Maria, a minha garota da escola, do curso Científico noturno, que me encantou e me enfeitiçou e por quem eu me apaixonei e com quem eu queria viver o resto da minha vida até ficarmos velhinhos e de cabelinhos branquinhos.

Se um gênio pudesse conceder-me a oportunidade de fazer um único pedido naquela noite, como ocorre em fábulas ou em fantasias, eu pediria para voltar no tempo a fim de tentar reconquistar Maria. Como em uma novela, eu pediria para regravar todos os capítulos nos quais aparecessem as cenas em que nós brigamos e eu a magoei.

Mas eu não estava vivendo nem em uma fábula, nem em uma fantasia, nem em uma novela. Eu estava vivendo a vida real, e a realidade não permite voltar atrás. Ela só permite arrependimentos por coisas do passado, mas também ela te oferece um caderno com folhas em branco para que você escreva o futuro que estiver em suas mãos. E a realidade também nos dá a oportunidade de aprender a não cometer novamente os mesmos erros cometidos no passado.

A realidade nos permite que plantemos boas sementes em boas terras para que colhamos bons frutos no futuro.

No tempo atual, no meu presente, no nosso presente, na nossa realidade, Maria não era mais aquela minha querida garotinha. O tempo não voltou para trás, só andou para frente.

Ah! Esse Destino...

O novo dia amanheceu
e chegou a hora de Maria seguir o seu caminho,
sem mim,
e eu seguir o meu caminho,
sem Maria.

Eu entrei neste casamento em pé,
sobre as minhas duas pernas,
e com a cabeça erguida, orgulhoso!
Agora,
eu estava saindo dele, de quatro,
e com a minha cabeça baixa, vencido!

Se assim tiver que ser,
assim será!
Se um dia o destino cruzou os nossos caminhos
e uniu Maria a mim, e eu a ela,
esse mesmo destino,
agora,
estava a nos separar.

O destino aprontou comigo!
Por que ele fez isso?

Jamais saberei!
Talvez pelo livre-arbítrio de Maria, sei lá!

E quando se trata de destino,
a gente pode até chorar pelo leite derramado,
mas, jamais saberemos quando o leite irá derramar.
E ainda bem que é assim!

Maria foi a estrelinha que brilhou
e encheu de luz a minha vida,
e me acompanhou até hoje,
mas agora essa luz irá se apagar.
Mas eu tenho a esperança de que, um dia,
na minha vida, uma nova estrelinha irá brilhar!

O Triste Fim de Uma Linda História

Eu acompanhei Maria até a porta do apartamento dela.
Ela entrou, e eu da porta disse: — tchau!
E de lá de dentro ela disse: — tchau!
Eu virei as costas e cabisbaixo saí caminhando pelo corredor.
Minhas pernas estavam bambas e indecisas.
Ainda ouvi o barulho da porta se fechando.

Meus ouvidos estavam atentos na esperança de que Maria
me chamasse e me dissesse que tudo tinha sido um pesadelo,
que a gente não iria mais se separar e que tudo iria voltar ao normal.
Mas, é claro, isto não aconteceu, e não poderia ser diferente!
Isto é realidade, não é novela nem conto de fada!

Enquanto eu caminhava,
parecia que um buraco iria se abrir no chão e eu iria cair nele.
Eu fui embora rápido, rapidinho!
Aprecei os meus passos porque minhas lágrimas começaram a cair
e eu não queria chorar perto de Maria.

Foi patético! Foi surreal!
Sem um último abraço! Sem um último beijo!
Sem um último toque! Nenhum contato!
Sem um trivial aperto de mão!
Sem sequer aquele beijinho mecânico na cabeça de Maria!
Foi um momento de frieza total, indescritível,
como se nós fossemos dois desconhecidos,
como se nós não tivéssemos representado nada um para o outro!

O meu coração estava berrando, chorando de desespero e de angústia!
Foi deprimente! Que tristeza!
Foi como se nunca tivesse existido algo entre nós!
"Foi como nunca tivesse sido!"
Para mim foram 51 anos de uma linda história que se acabou.
Mas da forma que ela se acabou, cheia de mentiras,
na realidade foram 51 anos jogados no lixo.
Foi um sonho que terminou em pesadelo.

Esta foi a última vez que eu vi Maria.
Agora ela só será lembranças!
Agora ela estará apenas nos meus pensamentos.
Que sentimentos eu irei alimentar em relação a Maria?
Amor! Ódio! Ciúmes! Indiferença!
Não sei!

Muita raiva! Muita falta! Saudade! Rancor!
Não sei!
Como conseguirei viver sem a minha garotinha
da escola?
Não sei também!

Só o tempo poderá dizer!

CAPÍTULO XXIX – A VIDA SEGUE COMO O CURSO DE UM RIO

Hoje estou sozinho. Lá se vão seis meses que Maria se foi e, além de sozinho, estou trancado no meu apartamento participando dessa história de "Fique em Casa!", em virtude da pandemia. Não sei dizer nem como nem por quê, mas a imagem do rosto de Maria não está mais aparecendo de forma clara e nítida nos meus pensamentos. Por mais que eu tente recordar a face de Maria, não estou conseguindo, mas a sua ausência e a falta que ela está fazendo estão comigo o tempo todo. Será que é assim mesmo que as coisas funcionam?

O meu corpo sente que, para o meu bem,
eu preciso esquecer Maria,
mas a minha mente insiste
em não querer esquecê-la!
Qual deles irá vencer esta batalha?

Mas, de certa forma, duas mulheres estão junto a mim, ao meu lado, me fazendo companhia e me dando todo apoio. E sabe quem são essas duas mulheres? Uma delas se chama "Solidão", e a outra se chama "Tristeza". E digo que ninguém consegue viver sozinho por muito tempo sem que elas venham dar a graça da companhia delas. Por quanto tempo eu terei de viver com essas duas respeitáveis senhoras?

Não sei dizer, aliás, admito que eu não sei
mais nada da minha vida!

Sem Rumo

Maria sempre foi o meu porto seguro,
para onde eu retornava.

Maria sempre foi a minha direção, o meu norte.
Maria sempre foi a minha bússola, o meu GPS.
Maria sempre foi o motivo pelo qual eu vivia.

Agora, cadê o meu porto seguro?
Cadê a minha direção? Cadê o meu norte?
Cadê a minha bússola? Cadê o meu GPS?

Cadê Maria?

CADÊ A MINHA VIDA?

Meus filhos tentam confortar-me, dizendo que eu vou ter que me reinventar. Aliás, a palavra reinventar tem sido muito usada neste período de pandemia, fazendo referência a uma maneira diferente de trabalhar ou de tocar um negócio. Mas minha vida não é um negócio! Estou falando de 51 anos de relacionamento, de história e de convivência com uma pessoa, com um ser humano, com Maria!

Estou falando dos meus hábitos, dos meus costumes e dos meus sentimentos. Estou falando do meu casamento que tanto eu prezava e que me enchia de orgulho, mas que agora acabou. Estou falando dos meus queridos filhos e netos. Estou falando da minha família que ficou resumida a mim e a Maria, que agora eu não tenho mais.

*Reinventar! Reinventar o "car***o"!*

Eu gostaria de saber como se reinventa uma linda história como foi a que eu vivi ao lado de Maria! Eu gostaria de saber como me desacostumar de Maria! Eu gostaria de saber como me acostumar com a ausência de Maria! Eu gostaria de saber como deixar de pensar em Maria!

Se sentimentos também podem
ser reinventados, então,
eu gostaria de descobrir um que substitua
a falta que Maria está me fazendo!
Deixar nas mãos do tempo não é o mesmo
que reinventar, e não é moderno.

Isto se chama paciência ou esperança,
e elas são tão antigas quanto o tempo.

Enquanto escrevia estas últimas linhas, eu tive que parar umas duas vezes para limpar os meus óculos porque eles ficaram respingados com as minhas lágrimas. Será que a oportunidade que o autor está me dando de contar a minha história poderá servir como válvula de escape e aliviar um pouco a dor que estou sentindo agora?

Será que esta oportunidade poderá ser o início da minha "reinvenção"? Eu espero que sim, psicólogos dizem que sim. Mas confesso que recordar o meu passado com Maria está sendo muito lindo e, ao mesmo tempo, muito difícil e muito doloroso. O motivo é simples: eu a perdi, ela não está mais comigo!

Dizer que passei ao lado de Maria 76% da minha vida pode parecer um simples número, uma simples porcentagem, apenas um dado matemático-estatístico. Mas, se eu dividir a minha vida em quatro fases e disser que, em três delas, essa maluquinha esteve presente, então se poderá entender o que estou sentindo neste momento.

Números são "frios",
a matemática é "exata",
mas a minha vida
e os meus sentimentos não!
Pela matemática familiar, a minha vida
se tornou um "conjunto vazio".

Terminar um casamento do jeito que o meu terminou, com Maria me traindo e se apaixonando por outro cara, me preterindo, me julgando e condenando sem me dar direito de defesa e, ainda por cima, cantarolando música italiana dizendo que "agora é tarde", é muito triste!

Como se tudo isso não bastasse, ainda ouvir a minha própria mulher dizer que nunca me amou e que não sabia por que tinha se casado comigo! Ah! Se ainda for pouco, ouvir da boca da minha mulher, com quem transei por 45 anos, ela dizer que nunca sentiu tesão em fazer sexo comigo e que nunca gozou, haja! Em toda esta história:

O que Maria e seu "amante do Facebook"
conseguiram "construir"

foi "destruir" o nosso casamento
e "desfazer" a nossa família.

Lembrei-me agora de uma frase atribuída a Steven Pinker, dita por Mario Sérgio Cortella, que ilustra com propriedade a ação desses dois agentes neste episódio. A frase diz o seguinte:

"Qualquer idiota é capaz
de derrubar um celeiro,
mas é preciso um carpinteiro
para construir um."

Em sã consciência, qual homem estaria preparado para ouvir de sua mulher tanta coisa ruim a seu respeito, e de forma injusta. Confesso que qualquer homem na minha posição também se sentiria profundamente ultrajado e com sua autoestima abalada. E, se ele fosse um cara violento, eu imagino o que poderia ter acontecido. Uma mulher que se arrisca a tratar o marido com tanta crueldade só pode ser inconsequente.

Agora, de acordo com as palavras dos meus filhos, eu terei que me reinventar e aos poucos recuperar a minha autoestima em todos os sentidos. Depois, precisarei começar a conhecer novas pessoas, quem sabe, fazer novos amigos e, vamos falar na linguagem do Facebook, *"interessado em mulheres"*. Mas de Facebook estou fora, afinal foi por meio dele que eu comecei a perder Maria e terminei de vez perdendo-a.

Parece, só parece...

Agora, eu perdi Maria.
Mas, na mentira, na verdade eu nunca
tive Maria!
Maria foi a grande mentira da minha vida!
Parece que Maria não é e nunca foi minha!
Parece que Maria não é de ninguém!
Parece que Maria não é nem mesmo dela!

Agora só resta me conformar com esta terrível perda, juntar todos os caquinhos de dignidade que me sobraram e tentar encontrar uma mulher que seja companheira e esteja disposta a compartilhar a vida dela comigo.

Em busca de uma nova companheira

Uma mulher que se interesse por mim,
e que eu me interesse por ela.
Uma mulher que me valorize, e eu a valorize.
Uma mulher que me admire, e eu a admire.
Uma mulher que me respeite, e eu a respeite.
Uma mulher que esteja disposta
a caminhar ao meu lado,
e não atrás de mim.
E que estejamos na mesma sintonia para juntos
começarmos uma nova vida a dois.

Uma mulher que queira juntar um pedaço
do seu coração com um pedaço do meu.

Uma mulher que seja autêntica
e não uma mera cópia barata dela mesma.
Uma mulher que esteja em busca
de um novo começo como eu estou,
Para, igual à Fênix, juntos ressurgirmos
das cinzas.
"Uma mulher que não seja a mais bela,
mas que torne o meu mundo mais belo!"

Uma mulher que me faça acreditar
novamente em uma mulher.

Tenho certeza de que o tempo cumprirá o seu papel e dará o seu jeitinho. Como já disse, não pretendo ficar sozinho. Solidão não é o meu perfil. A Solidão e a Tristeza não são amigas para se manter para sempre. Eu posso estar saindo derrotado desta partida, que foi o meu casamento que acabou, mas não entrarei derrotado na próxima partida que está prestes a se iniciar.

Estou ferido como uma fera que foi
atingida pela arma do caçador,
mas não fui ferido de forma mortal.

Bate coração aberto

Enquanto o meu coração bater,
eu terei vida e ele estará aberto.
Enquanto o meu coração bater,
ele estará aberto para dar-se a uma mulher
que esteja à procura de um coração aberto.

Sei que vou me curar desta dor, porque estou consciente dos meus sentimentos e do meu valor, e acredito que este autoconhecimento junto da minha maturidade ajudará a superar esta fase. Também terei de aprender mecanismos de conquista, mesmo que tardiamente. Digo aprender, porque não tive a oportunidade de aprendê-los, e treinar, quando ainda era jovem, uma vez que conheci Maria aos 15 anos e fiquei com ela até agora. De qualquer forma, o mundo daquela época mudou muito, as abordagens e os relacionamentos mudaram também, e as mulheres também mudaram demais!

Nunca fui um predador e nunca aprendi a caçar. Hoje, estou uma "fera ferida"!

Estou curioso para saber o que o meu futuro, ou o meu destino, tem reservado para mim. Estou curioso para saber como será a minha vida daqui em diante, mas convenhamos que ter ao meu lado o mistério e a vontade como parceiros para iniciar uma nova caminhada será um bom ponto de partida para poder dispensar a companhia das minhas amigas Solidão e Tristeza. Se eu usar um pensamento "quântico":

O meu futuro deixou de ser algo previsível,
como era enquanto fui casado,
para se transformar em um caminho
com inúmeras "possibilidades".

CAPÍTULO XXX – A MINHA SINA

Até agora eu não consegui entender por que Maria fez tudo isso comigo e talvez eu nunca venha saber por quê. O fato foi que ela pegou para "pato" um rapazote, um "adolescente" de 15 anos, e enganou os dois, o pato e o adolescente, até os seus 66 anos, quando resolveu abrir o jogo com "eles".

E o "pato" e o "adolescente"
apostaram suas fichas
para viver até o fim da vida com Maria.

Aquele "adolescente pato" conseguiu em parte o seu intento, ele foi feliz ao lado de Maria enquanto ela assim o permitiu. Agora, tanto aquele "pato-rapazote-adolescente" como este "velho-homem-maduro-corno", ambos estão perdidos, "sentados à beira do caminho".

Erasmo Carlos e Roberto Carlos não poderiam ficar de fora deste rol de músicas que marcaram esta triste fase da minha vida. O trecho da música a seguir é um retrato fiel de como este "velho adolescente" está se sentindo depois dessa tremenda surra que a vida lhe deu, usando Maria para bater. A música é *Sentado à Beira do Caminho*, composta por Roberto Carlos e Erasmo Carlos, cantada por Erasmo:

Eu nao posso mais ficar aqui
A esperar
Que um dia de repente
Você volte para mim
[...]
Preciso acabar logo com isso
Preciso lembrar que eu existo

Que eu existo que eu existo
[...]
Olho pra mim mesmo e procuro
E não encontro nada
Sou um pobre resto de esperança
À beira de uma estrada
Preciso acabar logo com isso
Preciso lembrar que eu existo
Que eu existo que eu existo
[...]
Larara Larara Lararara
Larara Larara Lararara
Larara Larara Lararara
Larara Larara Lararara
Larara Larara Lararara

Ai, ai, ai! Até o "Larara Larara Larara" me entristece!

Para finalizar, pela última vez, farei menção a uma música e espero que esta, daqui para frente, venha a ser o meu hino, que ela dite o meu rumo e seja a previsão do meu futuro. A seguir, trechos de *Nova Flor (Dizem Que Um Homem Não Deve Chorar)*, composta por Palmeira e Mário Zan, cantada por Bruno e Marrone:

Quando te perdi
Não compreendi
Tua ingratidão
Fiquei a chorar
Sem me conformar
Com a solidão
[...]

Hoje faz um ano
Que o desengano

E a solidão
Tiveram um fim
Ao chegar pra mim
Nova ilusão
No jardim do amor uma nova flor veio florescer
Trazendo bonança e nova esperança para o meu viver
[...]

Dizem que há males que vêm para bem
Um amor se vai e outro logo vem
[...]

Se um amor se vai, que outro venha logo!
E que assim seja!

CAPÍTULO XXXI – ORAÇÃO A DEUS

Como já disse, eu sou agnóstico, sou um cara de dúvidas e não me recordo de ter feito alguma oração pedindo alguma coisa a Deus depois de adulto. Mas, assumindo a hipótese de que Ele exista, agora farei, pela primeira vez na vida adulta, uma prece e espero que Ele me escute!

Oração a Deus

Peço a Você, ó meu Deus, que ilumine
o meu caminho, coisa que Maria fazia.
E também peço a Você, ó meu Deus,
que me ajude a esquecê-la, afinal,
se por algum motivo Você colocou Maria
bem cedinho no meu caminho,
agora, depois de tantos anos,
por algum outro motivo
Você resolveu tirá-la de mim.

Meu Deus! Não vou praguejar e nem
questioná-Lo por ter feito isso,
mas espero que Você não tenha
cometido nenhum engano
nem quando me apresentou Maria,
e nem agora que Você a tirou de mim.

Dizem que Você é perfeito e que tudo
neste mundo acontece por Sua vontade.
Mas digo que, caso Você tenha se enganado
quando me apresentou Maria,
ou se cometeu um engano agora

ao permitir que ela se fosse,
ou se a Sua intenção foi de me punir
por algo muito ruim que eu tenha feito,
saiba, ó meu Deus, que Você está me fazendo
sofrer demais, demais mesmo!

Fui feliz por todo o tempo que Você
permitiu que eu vivesse ao lado de Maria,
e com Sua onisciência Você deve
saber muito bem disso.
Agora, se me separar de Maria foi
mesmo a Sua vontade, assim seja!
E neste caso, ó meu Deus, eu espero que Você esteja
reservando alguma surpresa boa,
mas muito boa mesmo para mim!
Eu espero que sim, e neste caso
ficarei aguardando o Seu sinal.

Você é testemunha de que sempre foi minha
vontade envelhecer ao lado de Maria,
conforme dita a Sua lei, só que daqui
em diante isto não mais será possível.
E digo ainda que não é minha vontade
continuar vivendo sozinho,
mas acho que Você também já deve saber disso.
E se for Sua vontade me dignar de ter
no futuro uma nova companheira,
peço a Você, ó meu Deus, que abra os meus
caminhos, que me ilumine e me ajude
a encontrar esta outra alma que, igual a minha,
também esteja à procura de um novo parceiro.
Peço ainda que aproxime os nossos corações,
e que de alguma forma
os nossos caminhos se cruzem,
unindo-nos e tornando único os nossos destinos,
e quem sabe, "até que a morte nos separe"
se for esta a Sua vontade.

E quando eu encontrar esta nova companheira,
prometo que tudo farei para amá-la e respeitá-la;
e fazê-la feliz, o que infelizmente
não consegui fazer com Maria.
E também tudo eu farei para ser feliz ao lado dela,
da mesma forma que fui feliz ao lado de Maria.

Amém!

PARTE II

COMENTÁRIOS DO AUTOR

CAPÍTULO XXXII – EPÍLOGO

Caro leitor! A narrativa de Alex terminou com aquela bela oração que ele fez diretamente a Deus. Mas oração! Deus! Alex não disse que era agnóstico? Eu também sou agnóstico e não me recordo quando foi a última vez que rezei quando ainda era criança e imagino o quanto deve ter sido difícil para Alex chegar a esse ponto de fazer uma oração para Deus. Talvez tenha sido por desespero, talvez por estar fragilizado com o divórcio! Enfim...

Mas, apesar de parecer incoerente Alex ter feito aquela oração no final de sua narrativa, o agnosticismo consiste justamente em se acreditar ou não na existência de Deus. O que prevalece nesse sentido são as dúvidas e as possibilidades quanto à Sua existência. E isso quer dizer que: ou Deus pode existir, ou Ele pode não existir. Para o agnóstico, o que vale é o fato de que nem a Sua existência nem a Sua não existência podem ser provadas, nem empírica nem cientificamente, mas, caso uma prova apareça, o agnóstico estará pronto para se posicionar a respeito.

Portanto, ao escrever aquela "cartinha" direcionada a Deus, nesse contexto, Alex assumiu a possibilidade de Ele existir, o que, a meu ver, está dentro do raciocínio agnóstico de sim ou não. E, no meu ponto de vista, tal atitude não pode ser considerada nem incoerente nem contraditória, mas, sim, uma postura de alguém flexível.

Ainda nesse sentido religioso, percebi também que, durante toda a sua narrativa, Alex muitas vezes fez referências a Deus e a citações bíblicas. O que poderia ter acontecido? Seria puro uso retórico da palavra Deus? Ou seria pelo fato de que sua educação e formação cristã-católica, que ele teve na infância, se sobrepuseram ao seu agnosticismo naquele momento de desespero e de angústia que ele declarou ter vivido ao se divorciar de Maria? Tal fato me fez lembrar um acontecimento ocorrido quando eu ainda era bem novinho, um menino ainda:

Eu era criança, devia ter uns 6 ou 7 anos, quando faleceu o tio do meu pai, chamado Arnaldo. Lembro que ele era motorista de praça, ou *chofer* de praça, como se dizia naquela época — hoje em dia, existem várias denominações para essa profissão de taxista. O taxi dele era um automóvel *Nash* preto que, na época, eu achava lindo, grandão, sempre limpo e bem cuidado!

Eu o chamava de tio Naldo. Pela educação que tive, sempre que o encontrava, eu tomava a "bença" dele — era assim mesmo errado que eu falava. E para os mais novos que, porventura, podem não saber, antigamente, tomar a bênção era beijar a mão dos mais velhos em sinal de respeito. Somente quem tiver a idade mais avançada é que deve lembrar-se desse antigo e respeitoso costume. Hoje em dia, seria inimaginável um pai atual exigir de suas crianças uma atitude como essa dentro desta sociedade cada vez mais mal-educada e cada vez mais vazia de princípios morais.

Certo dia, eu estava brincando na sala enquanto meu pai e tio Naldo conversavam, quando ouvi o tio dizer que era ateu. Eu não fazia ideia do que significava ateu e só mais tarde aprendi que quem não acreditava em Deus era ateu. O fato foi que eu mesmo o ouvi várias vezes blasfemando e xingando Deus quando ele ia à minha casa. Eu ficava chocado com aquilo, me encolhia e tampava os ouvidos para não ouvir aquela xingação com medo de eu ir para o inferno, afinal eu estava em época de catecismo e de primeira comunhão.

Lembro-me de ter ouvido conversas de que, no fim da vida, o tio Naldo ficou muito doente. Naquela época, era costume chamar o câncer de aquela doença ruim. Parecia blasfêmia pronunciar a palavra câncer. Pois bem, ele estava internado no hospital com câncer, desenganado e em estado terminal, sentindo fortes dores que os remédios não conseguiam mitigar.

Quem presenciou a cena disse que, um pouco antes de morrer, tio Naldo começou a suplicar, a pedir a Deus que acabasse logo com o seu sofrimento e o levasse embora. Como a sua morte era iminente, ninguém poderia dizer que Deus ouviu suas preces, mas que ele, um xingador contumaz e ofensor de Deus, um ateu declarado, juramentado, inveterado e convicto, apelou e implorou para Deus na hora da morte, ah!, isso eu sei que ele fez, para a surpresa de todos!

E a gente vê até políticos sabidamente
ateus rezando nas igrejas
em época de eleições. Milagre,
conversão ou interesses?

Isto é "ser" humano? Isto é "ser humano"! Tudo é contraditório!

Agora pretendo, nesta Parte II, dar a minha opinião pessoal sobre alguns temas que identifiquei na narrativa de Alex, temas esses que julgo serem atuais, relevantes e merecedores de algum tipo de comentário ou análise de minha parte. Pode ter certeza de que procurarei não ser maçante ou repetitivo e espero que algumas dessas abordagens possam colaborar no sentido de lhe apresentar outras visões possíveis sobre esses assuntos. Desde já deixo claro que a minha intenção não é ser o dono da verdade, apenas tentarei ser convincente ao defender as minhas opiniões.

A propósito, você deve estar lembrado de que, no "Prefácio", eu deixei aberta a questão a respeito de quem deveria ser indicado como sendo "o" ou "a" protagonista desta história de amor: se Alex, o marido que narrou, ou Maria, a esposa que serviu de inspiração, ou se os dois poderiam ser escolhidos como protagonistas.

Acho que chegou a hora de você fazer a sua escolha. Você já pensou a respeito? Não existe resposta certa ou errada, e eu já me decidi e escolho Maria como protagonista, pois, além de ela ter inspirado Alex, ela foi a personagem mais presente em toda esta história. E, você, o que acha? Concorde ou não comigo, é você quem sempre terá a última palavra, seja neste ou em outros assuntos que estão por vir.

Você acabou de ler a história de amor vivida por Alex e Maria, e acredito que ainda esteja tentando digerir e refazer-se desta tempestade de emoções e desta explosão de sentimentos, às vezes contraditórios, vividos por ambos os personagens. E olhe que emoções e sentimentos não faltaram nesta história!

Agora, eu gostaria de introduzir um importante conceito que será muito utilizado quando forem abordados assuntos que envolvam *emoções* e *sentimentos*. Neste sentido, a diferença fundamental que existe entre eles deverá ficar clara.

Em seu livro *E-moções*, Rodrigo Fonseca, especialista em Inteligência Emocional e Presidente da Sociedade Brasileira de Inteligência Emocional (SBie), afirma que "Uma emoção é um conjunto de respostas químicas e neurais baseadas nas memórias emocionais, e surgem quando o cérebro recebe um estímulo externo. O sentimento, por sua vez, é uma resposta à emoção e diz respeito a como a pessoa se sente diante daquela emoção [sic]".

Em outras palavras: "As *emoções* são reações inconscientes, enquanto os *sentimentos* são uma espécie de juízo sobre essas *emoções* [sic]".

Ainda: "Uma vez que são as *emoções que dão origem aos sentimentos,* esses dois tipos de reação estão totalmente relacionados entre si. Da mesma forma que uma *emoção* desperta um *sentimento,* um *sentimento* é capaz de gerar mais emoções da mesma espécie [sic]".

Emoções e sentimentos, além de estarem intrinsecamente relacionados, eles "povoam" o terreno de um "campo minado" chamado "Amor".

Ah, o amor!
Ele é lindo quando você se apaixona!
Mas quando você pisa
em uma mina e ela explode,
é pedaço da gente vai pra todo lado.

A realidade você não muda, mas pode mudar a sua percepção sobre ela.

A percepção do amor é pessoal na sua essência, cada um sente da sua maneira de acordo com a sua visão de mundo e com a sua experiência de vida. Idiossincrasias à parte, podemos dizer que no amor não existem regras, nem atitudes, nem respostas "certas" ou "erradas" como em um vestibular, porque:

No vestibular do amor,
só existem três resultados possíveis:

Os dois ganham.
Só um ganha.
Os dois perdem.

Dito isso, vamos aos temas que selecionei.

CAPÍTULO XXXIII – VIOLÊNCIA DOMÉSTICA E FEMINICÍDIO

O primeiro tema que eu gostaria de passar com você é o da violência doméstica, mais precisamente o feminicídio, que se tornou comum nos dias atuais. Alex disse que quando tomou conhecimento que Maria o traía pela Internet, por meio das redes sociais, ele ficou tão abalado que até passou pela sua cabeça cometer um ato de violência extrema, como matar Maria e depois se matar.

Vou excluir desta abordagem aqueles casais que, em seu dia a dia, já tinham histórico de violência física do marido contra a esposa e que terminaram com assassinatos brutais, porque o marido não aceitava a separação. Tal situação é bem diferente do relacionamento entre Alex e Maria, em que nunca houve qualquer tipo de agressão física de um contra o outro.

Pela narrativa, Alex parece ser um homem pacato, um trabalhador aposentado que sempre se dedicou à família, e a última vez que ele disse ter se envolvido em uma briga com agressões socos e pontapés foi quando ele tinha a idade de 12 anos. Mesmo sem ele ter dito isso, acredito que jamais havia passado pela cabeça de Alex praticar qualquer ato violento, como cometer um assassinato, principalmente contra Maria, sua esposa, a mulher que ele diz sempre ter amado.

Então vou deixar no ar a pergunta: se Maria não estivesse a 8 mil quilômetros de distância quando confessou a traição, será que Alex poderia ter feito alguma besteira que depois pudesse vir a se arrepender? Será que Maria pensou nessa possibilidade e só resolveu confessar quando ela se sentiu segura devido à distância? Lembre-se que Alex perguntou pessoalmente três vezes se ela tinha outro homem, e Maria negou três vezes!

Histórias como a de Alex, que terminam em violência extrema, tornaram-se comuns nos tempos atuais, e geralmente a brutalidade é praticada por homens que não se conformam com a ideia de separação e matam a companheira e, em alguns casos, logo em seguida praticam o suicídio.

Amor que vira ódio, equilíbrio que vira violência, segurança que vira desespero, emoção que supera a razão. Uma pressão extrema poderia explicar, poderia servir de motivo ou justificar um crime tão bárbaro contra a própria mulher?

Existe uma diferença sutil entre "motivo" e "justificativa" que precisa ficar clara. Motivo é o que leva alguém a praticar algum ato que gera consequências, é um fato objetivo. Justificativa é uma argumentação que pode ou não explicar o motivo que levou alguém a praticar aquele ato, é um julgamento subjetivo do fato que gerou as consequências, é uma abstração. Exemplos:

Exemplo 1: Marido matou o rival quando o flagrou fazendo sexo com sua esposa.

Exemplo 2: Marido matou o rival quando o flagrou fazendo sexo com sua esposa, porque o rival investiu contra ele com uma faca.

No primeiro caso de adultério, o marido matou o rival, cujo motivo é o flagrante de traição, o flagrante de adultério, o ciúme, um forte choque emocional. No segundo caso de adultério, o marido matou o rival, cujo motivo é legítima defesa. No primeiro caso, o flagrante da traição justificaria o homicídio? E no segundo, a legítima defesa justificaria o homicídio? Deixo para você responder essas questões.

Nem todo motivo é justificável.

O fato é que, hoje em dia, se tornou comum ouvir vizinhos dizerem que não conseguem entender como um homem pacato, educado e tranquilo, do jeito que era o fulano, cometer um crime tão brutal contra a própria mulher e depois se matar! Sabemos que a violência é inata de todo ser humano, queira ou não admitir os intelectuais.

O ser humano é uma besta humana!

Mesmo assim, tal fato não quer dizer que todos cometerão crimes violentos, porque a grande maioria exerce controle sobre esses instintos primitivos. Porém, em uma situação de forte emoção, para alguns maridos, essa reação violenta pode ser mais forte e mais rápida do que aquela reflexão e autocensura que o sentimento poderia fornecer a ele, fazendo com que eles terminem ou na cadeia ou no cemitério. Nesses casos:

A "emoção" age mais rápido
e não dá o tempo necessário
para que o "sentimento"
reflita e se manifeste.

Por maior que possa ser
o "pavio" da paciência,
é necessário saber se existe ou não
uma "bomba" no fim do pavio.

Então, respondendo à questão de que se Alex seria capaz ou não de cometer um ato de violência extrema e praticar um crime de feminicídio, matando Maria, eu poderia afirmar que, pelo histórico de ausência de evidências de violência entre o casal e pela formação e personalidade de Alex, ele "**não**" seria capaz de assassinar Maria.

Mesmo assim, eu não descartaria totalmente a possibilidade do "sim", por menor que ela pudesse ser, porque:

Ninguém poderia afirmar que,
se na hora do "choque emocional",
existiria uma bomba no fim do "pavio"
da paciência de Alex.

CAPÍTULO XXXIV – A TRAIÇÃO DE MARIA – "EFEITO BORBOLETA"

Outro ponto que me chamou a atenção na narrativa de Alex foi o fato de Maria ter dito a ele que sempre foi assediada, às vezes por homens bonitos e que tinham dinheiro, e que ela nunca se interessou por eles, nem se deixou seduzir por suas propostas. Ela também disse que, desde adolescente, gostava de paquerar, ela flertava de longe, trocava olhares, em resumo, ela dava bola, mas, quando o rapaz se aproximava, ela caía fora.

Será que esse comportamento de Maria poderia estar ligado a alguma de suas características psicológicas, como a fuga da realidade que ela demonstrou em várias passagens descritas por Alex? Ou, ainda, quem sabe poderia até mesmo ser explicado pela repulsa a sexo, pela falta de libido que ela disse que tinha desde adolescente?

A atitude de Maria rejeitar o rapaz que se aproximasse dela após uma paquera à distância poderia estar associada a uma reação inconsciente em decorrência da repulsa a sexo que ela disse que sentia. Assim agindo, a rejeição poderia ter sido a maneira que a mente de Maria encontrou para manifestar instintiva e intuitivamente esse sentimento de repulsa por sexo, porque ela ainda poderia não entender o real significado desse sentimento.

Afinal, Maria disse a Alex que a única orientação sexual que ela recebeu ocorreu um pouco antes de ela se casar, quando sua mãe e sua avó disseram a ela que "ela deveria ser submissa ao seu marido". A meu ver, essa orientação não passou de um preceito religioso encontrado na Bíblia, que elas passaram para Maria.

Religiosas e católicas que mamãe e vovó eram, elas simplesmente transmitiram para Maria a melhor visão possível que elas tinham do casamento, que era de conhecimento delas, sob o ponto de vista da fé católica e sob os desígnios de Deus. E lembre que Maria se preservou e casou virgem aos 24 anos, após namoro e noivado de seis anos com Alex, obedecendo aos conselhos que vovó lhe dera desde sua meninice.

Como ilustração, e por ser um tema atual em virtude de as mulheres lutarem por igualdade de direitos, eu acho oportuno abordar essa história de submissão da mulher ao homem, condição essa que teve início quando Deus criou Eva, a partir de uma costela de Adão. Anteriormente, Adão já tinha sido criado por Deus, a partir de uma imagem de barro que ganhou vida quando Ele a ungiu com Seu sopro Divino.

Hoje sabemos que existem muitos textos antigos denominados apócrifos, que foram ignorados quando a Bíblia atual foi escrita. Em textos que foram descartados e descobertos na Idade Média, a personagem "Lilith" foi apresentada como tendo sido a primeira mulher de Adão, e Eva teria sido a sua segunda mulher.

Segundo esses textos, Deus teria criado Adão e Lilith com a mesma essência a partir do sopro Divino em duas imagens de barro simultaneamente. Por isso, Lilith se recusava e não admitia ser submissa a Adão, porque ela dizia que Deus tinha criado os dois juntos, da mesma forma, e em pé de igualdade.

Dizem esses antigos relatos sobre Lilith que, além de ela não querer ser submissa a Adão, ela também não gostava de ficar por baixo quando eles faziam sexo, porque ela se sentia em posição de inferioridade e, muitas vezes, ela quis ficar por cima quando eles copulavam. E essa atitude de Lilith revoltava Adão, que, insatisfeito, passou a reclamar com Deus sobre o comportamento rebelde de sua mulher.

***Credita-se a Lilith ter sido
a primeira feminista do mundo
que lutou por igualdade
de direitos entre homens e mulheres.***

Revoltada com toda essa situação, Lilith fugiu do Paraíso. Adão, sentindo-se solitário, reclamou com Deus, que mandou três anjos procurarem-na e ordenarem que ela voltasse ao Paraíso, para junto de Adão. Ela se recusou e não obedeceu à ordem Divina. Então, Deus amaldiçoou Lilith, que passou a ser tratada na mitologia como sendo o demônio sexual feminino noturno, um "súcubo".

Deus percebeu que tinha cometido um pequeno equívoco ao ter criado Lilith da mesma forma que Adão, em pé de igualdade, e deu no que deu. Assim sendo, para acabar com a solidão de Adão, segundo relato bíblico,

Deus o colocou em um sono profundo, retirou uma de suas costelas e criou Eva, fato que teria dado início à história de submissão da mulher ao marido.

Deve ser levado em conta que a sociedade naqueles remotos tempos bíblicos era patriarcal, machista e, até certo ponto, misógina. Quando a Bíblia atual foi escrita, escolher o texto do "Gênesis" que falava sobre Eva, tratando a mulher como sendo submissa ao homem, ficaria mais simpático e teria melhor aceitação naquela época. Hoje, o mundo mudou, e esses preceitos bíblicos deveriam ser revistos, mas esse é outro departamento!

Voltando à suposta educação sexual que Maria recebeu de mamãe e de vovó, que, para mim, não passou de um simples conselho carregado de preconceito dado no final do terceiro quarto do século passado, seria demais esperar que duas senhoras idosas, religiosas e com educação primária, poderiam dar outro tipo de orientação para a casadoira filha-neta. As duas cumpriram o papel delas, seguindo os louváveis princípios morais e cristãos que elas aprenderam.

Assim sendo, é provável que Maria possa ter ficado dividida, confusa ou perdida quando observava o possível comportamento sexual mais liberal de suas irmãs e de suas amigas, que, de certa forma, conflitava com os conselhos que ela recebera de mamãe e de vovó. Pode-se dizer ainda que esses conselhos que Maria recebeu, além de levá-la a se submeter ao marido, levaram-na também a praticar o ato sexual com Alex somente após o casamento, gerando um conflito com o seu sentimento íntimo de falta de libido.

Levando-se esses fatos em consideração, a proximidade do pretendente ou do paquera entrava em conflito com o que Maria sentia, uma vez que essa proximidade poderia tornar real e imediata uma situação que ela só tinha como ideal, como imaginária, com o sexo só após o casamento, e da realidade que ela sempre quis fugir.

Talvez a distância física desses pretendentes fizesse Maria se sentir segura, mantendo-a afastada da possibilidade, ou da tentação, que poderia levá-la a praticar sexo sem ela gostar, ou praticar sexo em pecado. Alex chamou esse comportamento de Maria de *"femme fatale"* pela metade, pois ela se contentava com a fase da sedução, sem chegar à fase de praticar sexo para tirar algum tipo de vantagem ou proveito do pretendente ou paquera.

Dentro dessa linha de raciocínio, caberia ainda fazer mais uma observação. Em sua narrativa, Alex disse que o amante virtual de Maria tentou encontrar-se com ela pessoalmente, e ela recusou, ela não aceitou! E qual poderia ter sido o porquê dessa recusa? É claro que só Maria poderia dar essa resposta, mas eu especularei!

Será que o subconsciente de Maria teria trazido à tona e revivido aqueles velhos tempos de sua adolescência, em que ela não queria proximidade com o pretendente ou paquera e os despachava? Ocorre que a figura mudou, e hoje aquele paquera era o seu amante virtual e, segundo ela, o seu amado, a sua paixão. E mesmo assim ela não quis encontrar-se com ele. Seria muita realidade, quem sabe até com contato físico, e ela não teve coragem de enfrentar? Ou foi por respeito a Alex? Respeito? Quem sabe!

Acontece que esses comportamentos de fuga da realidade e de falta de libido não foram fortes o suficiente para afastar Maria de Alex, que acabaram casando-se. E o que teria levado Maria a mudar sua atitude, reprimir seus sentimentos e se casar com Alex? Talvez ela não quisesse ficar para titia, ou talvez sua vontade de ser mãe fosse muito forte!

Vou até arriscar a dizer que Maria pode ter ligado o piloto automático, uma vez que ela mesma disse a Alex que "Não se lembrava e não sabia dizer por que tinha feito tantas coisas boas e positivas, tantas demonstrações de carinho para com ele enquanto eram namorados". E quando estamos no piloto automático, nós não nos lembramos do que fizemos durante esse período. Interessante!

No piloto automático, Maria se casou, teve quatro filhos e dizia também que "Por ela, teria tido uns 10 filhos", e Alex dizia que "Ela devia estar doida!". Será que essa forte tendência à maternidade, que Maria demonstrava ter lá no fundo do seu "eu", poderia ter sido mais forte do que a sua falta de vontade de fazer sexo quando ela escolheu e aceitou Alex e decidiu unir-se a ele? Ou seria porque ela acreditava que o sexo só devia ser feito para reprodução?

Lembre-se de que ela disse que rejeitou homens mais velhos, mais bonitos e experientes e que tinham dinheiro. E Alex era exatamente o contrário deles: além de ser mais novo do que ela, ele não era sinônimo de beleza, era tão inexperiente quanto ela e não tinha dinheiro.

Será que um homem mais experiente e mais velho do que Alex era naquela época teria esperado seis anos para fazer sexo com Maria, como Alex esperou, para transar somente depois de se casar? Em resumo, esses supostos pretendentes mais velhos e experientes teriam respeitado a vontade de Maria nesse seu jogo sexual?

Alex respeitou, mesmo que a contragosto, e Maria pôde colocar as suas intenções e o seu jogo em prática e adiar ao máximo o início de sua vida sexual. Pode ter sido mais fácil para ela convencer Alex, pois ele era mais jovem, inexperiente e ingênuo do que aqueles homens mais velhos eram.

Além do mais, o menino Alex estava encantado por Maria. O que você acha dessa hipótese?

E quanto a todos aqueles esquecimentos alegados por Maria? Eles poderiam ser considerados convenientes, manipuladores e ardilosos para que ela pudesse usá-los de forma argumentativa a seu favor, diante da situação de quase separação que se estabelecera no seu casamento? Ou poderíamos tentar explicá-los de uma forma mais psicológica, como sendo mais uma tentativa de Maria fugir da realidade e de suas responsabilidades?

Em uma das conversas, Maria disse a Alex que ela carregava uma mágoa muito grande ao ter aguentado por tanto tempo suas grosserias em relação a ela. Tanto é que, quando Alex tomou conhecimento dessa situação, surpreso porque ela nunca reclamara, ele fez a colocação de que era impossível ela só ter carregado no coração episódios negativos, esquecendo-se dos positivos. Afinal, o casamento deles não podia ter se resumido apenas em grosserias! Ele não acreditava que tivesse sido somente mágoas e tristezas, mas, sim, que devia também ter existido um número muito, muito maior de momentos de alegria do que de tristeza.

Maria concordou e disse que "Sim, claro que tinha existido momentos felizes!". Então, Alex pediu que Maria citasse, pelo menos, um desses momentos alegres, e ela não conseguiu dar nem um exemplo sequer. "Ela não se lembrava de nenhum". E mais uma vez ela tinha se esquecido! Mas os momentos tristes, ela se lembrava de todos! *Sui generis* isso!

Já da parte de Alex, pela sua narrativa, nem preciso falar muita coisa. Se você leu este livro até aqui, deve ter percebido que Alex era feliz em se tratando do seu casamento com Maria — isso com base em todos os fatos que ele relatou ligados a ela. E mesmo ele estando triste e mesmo que ela tivesse defeitos ou manias que o incomodassem profundamente, mesmo assim, ele queria levar o casamento deles até que a morte os separasse.

Usarei uma alegoria para ilustrar o comportamento de Maria em relação ao seu casamento, ou até mesmo considerando um período ainda maior, que seria desde o início do namoro com Alex. Imagine que Maria iniciou a sua jornada ao lado de Alex carregando dois sacos: um era para guardar todos os "momentos alegres", e o outro para guardar todos os "momentos tristes".

Impossível determinar quando foi que o saco de momentos de alegria furou. Só posso dizer que todos esses momentos felizes se perderam durante a jornada e da lembrança de Maria, o que justificaria ela não se recordar de nenhum deles, restando bem vivos apenas os momentos de tristeza que ela guardou, muito bem guardadinho, dentro do respectivo saco.

Quando o casamento entrou em crise e ela procurou pelos sacos, da forma que ela se refere aos fatos, mais parece que ela abandonou de vez pelo caminho o saco de alegrias e continuou carregando somente o de tristezas. E na hora de apresentar a conta a Alex, você já sabe muito bem o que aconteceu. Só negatividade!

Agora vou abrir um parêntese. Sem querer entrar na área psicológica, pois não tenho formação para isso, parece-me que essa "falta de lembrança seletiva", que Maria simplesmente chamava de esquecimento de acontecimentos positivos que afetaram não só a vida dela como também a de Alex, não poderia ser vista como sendo um caso de "esquecimento por trauma"?

Na hipótese de que Maria não estivesse fingindo esses esquecimentos de fatos positivos, ela poderia ter desenvolvido esse tipo de amnésia justamente para se proteger e tentar se esquecer de episódios extremamente negativos e de experiências traumáticas que outrora ela viveu e Alex relatou.

Sem querer forçar a barra, vou colocar da seguinte forma. Descreverei alguns episódios da vida de Maria junto de algumas de suas características:

— Fuga da realidade.

— Falta de libido desde quando era jovem.

— Romântica e extremamente sonhadora.

— Traços de pessoa ressentida.

— Vítima de violência familiar.

— Tentativa de estupro quando era adolescente.

— Forte tendência à maternidade.

— Grosserias de Alex, das quais ela nunca reclamou, nem o enfrentou (submissão).

O conjunto de todas essas características, situações e episódios traumáticos pode ter marcado com muita força o psicológico de Maria. Imagine o sentimento contraditório, o conflito e a batalha que podem ter se estabelecido em seu interior quando:

— sendo Maria uma mulher sadia, bonita, linda para muitos, e que tinha um forte desejo de ser mãe, não tinha apetite sexual;

— ela teria que fazer sexo com Alex, fosse por obrigação, fosse por pressão social, ou por orientação religiosa de mamãe e de vovó, sem que sentisse prazer nisso;

— ela poderia carregar um possível trauma decorrente da tentativa de estupro de que foi vítima;

— Maria não estaria sentimentalmente madura o suficiente para entender e enfrentar o conflito que existe entre a idealização do "viveram felizes para sempre" de um conto de fada, versus "a realidade do casamento";

— Maria teve de carregar um peso na consciência por ter se casado com Alex sem amá-lo, conforme ela confessou a ele, o que seria o mesmo que admitir ter se casado por interesse, apesar de ela ser uma pessoa sonhadora e romântica, que acreditava no amor, vide a paixão tardia que ela procurou e descobriu pela Internet;

— ela se recusava a admitir os próprios erros e se negava a assumir a responsabilidade pelas escolhas que fez na vida e, por isso, jogou nas costas de Alex toda a culpa pela sua própria infelicidade — isso se chama ressentimento;

— ela tentava fugir da realidade, não querendo enfrentar as agruras da vida;

— por fim, mesmo estando à procura da felicidade, ela endureceu o seu coração e perdeu a capacidade, a dádiva e a virtude de perdoar.

Em resumo, Maria alegava esquecimento de todos os fatos, ações e escolhas positivas e alegres do seu passado com Alex porque, sob o ponto de vista e julgamento dela, o conjunto de todos esses fatores positivos teria a condenado a viver uma vida inteira de infelicidade dentro do seu casamento.

Seria contraditório demais, mesmo para ela,
lembrar-se de coisas boas e pedir o divórcio!

Maria podia não saber que são as escolhas
positivas que nos permitem evoluir,
e, para quem procura ser feliz, fixar-se em
negatividades parece ser uma contradição.

Aí eu pergunto: será que toda essa infelicidade que Maria alegava ter vivido no seu casamento com Alex foi tudo isso mesmo? Ou ela poderia ter se submetido inconscientemente a uma espécie de lavagem cerebral por influência de "amigos" do Facebook e do seu "amante virtual". A paixão virtual que Maria disse ter vivido com o seu "amante virtual", que ela mesma admitiu ter sido intensa, não poderia tê-la induzido a se esquecer de forma conveniente de todos os bons momentos do seu casamento?

Porém, Maria teria de justificar para ela mesma que a sua "grande paixão cibernética" seria a melhor escolha, e a união dela com seu amado seria muito melhor do que era o seu casamento; e se ela se divorciasse e fosse unir-se ao amante, ela seria feliz mesmo que não o conhecesse pessoalmente. Para isso, Maria teria de negar veementemente todos os bons momentos para poder justificar de alguma forma toda a sua infelicidade conjugal.

Diante desses argumentos, será que nós poderíamos afirmar que o conjunto desses "esquecimentos seletivos de alegrias e de fatos positivos" seria uma espécie de "autojustificativa" que Maria teria encontrado para se "autoconvencer" de que era "infeliz"? Ou poderia ter sido mais um de seus artifícios psicológicos de autodefesa e de fuga da realidade que, de certa forma, a ajudaria a enfrentar os seus traumas? Ou ainda, quem sabe, poderia ter sido uma maneira de ela fugir de suas responsabilidades sobre as escolhas que ela fez durante a vida?

Ainda, esses esquecimentos seletivos poderiam ser entendidos como sendo decorrentes do processo de lavagem cerebral a que ela teria se submetido? E um fato dito por Alex nesse sentido, que me chamou a atenção, foi o de que, antes de virar a cabeça, Maria dava ênfase a casais que tinham casamentos longos e, depois, ela passou a enfatizar, focar e dar exemplos de casais que se divorciavam.

Você sentiu a quebra de paradigmas de Maria, decorrente da possível lavagem cerebral? Para reforçar essa mudança de valores, ela precisou, ela passou a alimentar apenas as sementes do ressentimento. Ao fazer essa escolha, ela foi capaz de reunir forças, de se municiar, de se empoderar e pedir o divórcio. Aqui fecho este parêntese.

Voltando às paqueras de Maria, depois de tanto resistir a assédios presenciais, ela acabou cedendo a esse assédio virtual, ou caso virtual, com esse "amante virtual à distância", usando o Facebook e as "nuvens" da Internet. O próprio Alex disse que chamava Maria de nefelibata, e ela achava graça e jamais brigou com ele por isso.

Colocando desta forma, parece ser óbvia a seguinte conclusão: uma vez que a traição de Maria ocorreu pela Internet, sem a presença do amante próximo a ela, sem aquele olho no olho, sem possibilidade de qualquer contato, toque ou proximidade física, Maria pôde viajar em seus devaneios, extravasar toda a sua imaginação e idealizar o seu conto de fada do jeito que ela sempre sonhou!

Nesse contexto, Maria pôde se apaixonar pelo seu príncipe encantado.

Caro leitor!

Você percebeu, mais uma vez, o comportamento de Maria como "femme fatale pela metade" em relação ao seu "grande amor virtual"?

De certa forma, Maria ficou restrita àquela fase de paquera sem contato físico algum. Mas, pelo longo tempo que eles se corresponderam pela Internet, ela acabou se entregando à essa paixão virtual — e poderia ser dito, de forma platônica, na imaginação dela, quem sabe! Ela entregou a sua existência, a sua maneira de ser e de pensar, a sua alma, quem sabe! Em resumo, ela acabou renegando algumas de suas crenças, alguns de seus valores, até mesmo a sua história de vida, e destruiu o seu longo casamento, segundo Alex.

Diante desses fatos, eu poderia afirmar que, se o primeiro contato de Maria com o seu "amante virtual à distância" tivesse ocorrido casualmente e pessoalmente, por exemplo, em um barzinho ou em uma festinha, ela o teria paquerado e rejeitado da mesma forma que fez com todos os outros homens que a assediaram em barzinhos e em festinhas. E tem mais! Eu poderia vaticinar e afirmar com relativa segurança que os seguintes fatos teriam ocorrido:

"Efeito Borboleta"

"Se" o contato de Maria com o seu amado amante
tivesse acontecido pessoalmente,
ele não teria tido chance alguma com ela,
e este caso amoroso jamais teria acontecido.
Sem amante e sem caso,
Maria poderia ainda estar casada com Alex,
"e este livro não teria sido escrito".

Mas a partícula "se" não faz parte do mundo real.
O "se" faz parte dos nossos desejos e não passa de
uma conjectura
da qual lançamos mão para procurar
alguma desculpa
que possa justificar algo que não deu certo.

Observe quantas vezes nós usamos em nossas vidas a conjunção "se" no sentido condicional e quantas vezes usamos o "se" no sentido de oxalá, de desejar que algo bom possa acontecer, ou que algo pudesse ter sido bem diferente do que de fato foi. Acredito que usamos mais o "se" na segunda situação. Mas

O que prevalece é o fato, é o real,
e não o desejo ou a teoria.

Quando falamos de pessoas, de seres humanos como indivíduos de uma espécie, o "se" fica muito mais sensível porque sempre esperamos o melhor das pessoas, mas sabemos que poucas vezes veremos isso acontecer. E isso ocorre porque o homem não é perfeito.

O homem é um ser contraditório por natureza, que consegue alimentar dentro de si, ao mesmo tempo, sentimentos como: o amor e o ódio, a bondade e a maldade, a compaixão e a indiferença, a solidariedade e o egoísmo, a verdade e a mentira, a sinceridade e o fingimento, a calma e a violência, e muitos mais... E eles podem manifestar-se com a mesma intensidade, conforme a situação.

Alguém poderia explicar, de forma não dogmática ou religiosa, caso seja possível, por que o homem é um ser tão controverso, se ele foi concebido à imagem de Deus? Na Bíblia, em Gênesis 1:27, lê-se que:

"E criou Deus o homem à sua imagem;
à imagem de Deus o criou;
homem e mulher os criou."

Quando Deus criou o homem à sua imagem, teria sido somente à Sua "aparência física"? Qual teria sido Sua real intenção? Ou nós seríamos uma mera cópia reprográfica, uma falsificação barata, um *Xing Ling* de Deus.

Nós poderíamos ser o resultado de
uma experiência genética de quem nos criou?
Ou
Deus poderia ser tão contraditório como nós,
seres humanos, somos?

Deus "ser" um "Ser" contraditório? Não!
Fico com a primeira hipótese!

•••• O ••••

CAPÍTULO XXXV – O CASAMENTO COMO INSTITUIÇÃO

O terceiro tema que eu não gostaria que passasse em branco seria a respeito, ou a "desrespeito", de uma antiga instituição conhecida como "Casamento". Até uns tempos atrás, o casamento era tido como um importante passo que os noivos davam em suas vidas, e eles eram mais comprometidos com o sucesso da união.

Mas a sociedade mudou, e os noivos mudaram com ela. Hoje em dia, podemos observar que aquele comprometimento do casal perdeu força, além do que essa atitude positiva e proativa, que outrora eles tiveram, agora entrou em desuso.

O casamento vem sendo
"cada vez mais" vulgarizado
e "cada vez menos" levado a sério.

Atualmente, o casamento está mais para um mero acontecimento social, uma festinha, do que para um compromisso moral, legal e religioso que um casal assume e deveria respeitar. E convenhamos que o número de divórcios no nível atual de 45% pode ser considerado altíssimo, se comparado com o da época em que Alex e Maria se casaram. Mas, se formos otimistas, fazendo uma analogia com a alegoria do copo meio vazio ou meio cheio, ainda se poderia dizer que, na maior parte dos casamentos, ou seja, em 55% deles, os casais ainda permanecem casados.

Hoje em dia, tornou-se comum ouvir casais de namorados moderninhos, que têm a intenção de se casar, dizerem, com a maior tranquilidade e frieza, que eles pretendem casar-se, mas que: "se não der certo, eles se separam"! Com uma mentalidade pré-nupcial dessas, acho que o número de divórcios logo, logo superará os 50%. Se tratarmos o casamento como se fosse um negócio, uma sociedade que estivesse estabelecendo-se entre duas pessoas num empreendimento, vamos imaginar o seguinte:

Para se abrir uma empresa, são necessários muito esforço, dedicação, planejamento e investimento financeiro. Agora pense! Imagine se, depois de tanto trabalho, e na iminência da inauguração da empresa, os sócios dissessem simplesmente que: "se não der certo, fecha a empresa, fim de papo e acabou"!

Seria totalmente inapropriado e inconcebível, seria uma verdadeira falta de bom senso, seria uma blasfêmia se alguém que estivesse prestes a inaugurar uma empresa entrasse nessa empreitada com um espírito negativo desses e dissesse uma frase dessa ordem. Você concorda comigo? Até teria gente que criticaria tal atitude e mandaria dar três batidinhas na madeira para não dar azar!

Mas o mesmo não ocorre se o assunto for casamento. Se os noivos disserem as mesmas palavras negativas antes do casório, pouca gente ficaria chocada. Elas concordariam com o casal, achariam engraçado e até dariam risada. E o fraco comprometimento, a timidez de intenções e a energia negativa que em ambos os casos existe por trás de tais palavras é o que o Universo captura, e o "retorno" é quase que inevitável.

Não sei se é verdade, mas que parece piada, isso parece! Um dia desses, ouvi um relato de que, em um curso pré-nupcial, em que participavam 10 casais, o instrutor perguntou para os noivos o que vinha na cabeça deles quando eles ouviam a palavra "casamento"? E quatro casais responderam: "divórcio"! Os outros casais responderam: filhos, família, amor, entre outras. Isso explicaria o nível atual de divórcios.

Quando comparamos o casamento com a abertura de uma empresa, a impressão que fica é a de que, em se tratando de um negócio, dificilmente alguém ouvirá da boca dos sócios empreendedores, antes da abertura da empresa, que "se não der certo, não tem problema, parte-se para outra!". Isso jamais aconteceria porque eles sabem muito bem o trabalho que dá para abrir uma empresa e a dificuldade que existe em se conseguir capital, dinheiro, *dindim*, para a realização do projeto.

Dinheiro perdido é como
uma transa que você deixa de dar.
Você pode até ganhar outro dinheiro
ou dar outra transada,
mas aquele dinheiro perdido e aquela
transa não dada, nunca mais!

O casamento também não deixa de ser uma espécie de negócio, uma associação entre duas pessoas, porém ele está mais ligado à ideia de subjetividade, de um projeto pessoal, de uma opção de vida, uma vontade de constituir uma família e, quem sabe, até ter filhos. Em situação normal, envolve também o sentimento de um pelo outro, quem sabe de paixão, de amor, de carinho...

Da mesma forma que um negócio, o casamento até a conclusão do projeto, que seria as núpcias, também dá bastante trabalho e pode envolver muito investimento financeiro, porém, em situação normal, o *dindim* não vem em primeiro plano, mas, sim, a vida, a vontade e os sentimentos dos nubentes. Isso ocorre porque o casamento não é tratado como um "projeto financeiro", mas como a coroação do amor que existe entre o noivo e a noiva, é um "projeto emocional", romântico, uma união afetiva entre duas pessoas.

Sendo assim, então, por que será que, antes de iniciar um negócio, os sócios jamais diriam algo negativo, mas, antes do casamento, é comum casais dizerem, ou pensarem, que "se não der certo, separa, uai!"? E aí vem a triste conclusão a que se poderia chegar. Parece que:

A importância objetiva dada ao dinheiro em um negócio é muito maior do que a importância subjetiva que se dá aos sentimentos em um casamento.

O dinheiro custa e tem mais valor do que um coração partido.

Isso ocorre porque o dinheiro perdido é difícil de se ganhar novamente, mas arrumar outro homem ou outra mulher parece ser muito mais fácil! Parte-se para outra, mesmo, sem pensar duas vezes! Parece que o casamento virou uma *commodity*, um produto, e, se assim continuar, o próximo passo poderá ser o de ele vir com um manual de instruções informando os seus "ingredientes", o seu "valor energético" e, o mais importante, a sua "data de validade"!

Outra importante informação que deverá constar sobre o produto casamento poderá ser a de que homens e mulheres, noivos e noivas, marido e mulher, em resumo, os casais serão "objetos descartáveis", porém "recicláveis", podendo ser "reaproveitados" em um novo relacionamento. Ocorre que a vida nos ensina que as coisas não são ***"simples assim"***!

Quando se perde alguém que se ama,
machuca-se de verdade,
e corações se quebram, e a dor "dói",
dói de verdade!

Mas os Valores mudaram!

"Sinal" dos tempos?

Ou

"Final" dos Tempos!

CAPÍTULO XXXVI – A FALTA DE LIBIDO DE MARIA E A VINGANÇA DE ALEX

O quarto tema que me chamou atenção nesta história foi o da falta de libido que Maria admitiu ter desde jovem, da mesma forma que muitas mulheres também admitem ter quando são entrevistadas em reportagens que tratam de matérias ligadas a esse assunto. Já li vários depoimentos neste sentido:

Mulheres solteiras ou casadas
já declararam que
nunca sentiram prazer no ato sexual!
Parece triste, mas isso é comum!

Sem querer reinventar a roda ou ser repetitivo e falar mais do mesmo e, principalmente, sem qualquer tipo de preconceito e sem querer criar polêmicas, vou fazer algumas colocações. Mas antes eu gostaria de deixar claro o seguinte:

Mesmo sabendo que existem outros tipos
de relacionamentos afetivos possíveis,
nesta abordagem, será focado somente
o relacionamento sexual entre um homem
e uma mulher, que foi o eixo da questão
que fez parte da história narrada por Alex.

Então, começo dizendo que, em uma relação sexual, o conceito geralmente aceito é o de que "ativo" é quem "penetra" e "passivo" é quem é "penetrado". Assim sendo, pode-se dizer que, em uma relação sexual hétero, ou seja, entre um homem e uma mulher, o homem é a parte "ativa", e a mulher é a parte "passiva".

Partindo dessas premissas e para fins deste exercício, farei algumas considerações:

— Se o homem procurar a mulher querendo fazer sexo e perceber que ela está "fingindo estar dormindo", ou ela vier com alguma desculpa como: "estou cansada", "estou com dor de cabeça", "estou naqueles dias", ou ainda, que ela "não está com vontade naquela hora", nesses casos, dependerá do poder de argumentação e de persuasão do marido para ver se o sexo vai rolar ou não.

Observação 1: Essas negativas/desculpas femininas são comumente dadas por mulheres casadas, que começam a ocorrer, principalmente, depois do casamento e dificilmente ocorrem no período anterior às núpcias.

Observação 2: Se a mulher for a amante e estiver tendo um caso, como amante, ela jamais se negará ao seu homem, e aquelas desculpas serão dificílimas de acontecer e, por que não dizer, serão quase impossíveis que ocorram. A amante sempre estará disposta a fazer sexo nos encontros com o amante.

Mas, se a mulher for a esposa,
continua valendo a Observação 1...

— Se o homem procurar a mulher querendo fazer sexo, e a mulher disser que "Não", morreu o assunto, e o sexo não vai rolar, "simples assim". "Não é não", certo?

— Se o homem quiser fazer sexo, e a mulher também estiver a fim e disser que "Sim", tenha ela libido ou não, então o sexo vai rolar.

— Se, na hora "H", o homem "broxar", aí não vai rolar nada, mas, se o homem tiver ereção, então o sexo vai rolar.

— Se a mulher concordar, e se o homem tiver ereção, então o sexo vai rolar, e quando o homem ejacular, ele terá gozado, mas a mulher não necessariamente terá gozado.

— A mulher que tem apetite sexual poderá ter gozado, ou não.

— A mulher que não tem libido, muito provavelmente, não gozará.

Mas, seja qual for a situação pessoal que a mulher se enquadre, ela sempre poderá "fingir" ter tido orgasmo, e o homem não tem como saber.

— O homem não consegue fingir o orgasmo quando faz sexo; se ele teve ereção e ejaculou, gozou!

Está dando para perceber que, no jogo do sexo, o homem sempre está em desvantagem?

A mulher nasceu pronta para o sexo de forma natural, tenha ela apetite sexual ou não, e, é claro, desde que ela queira.

Em contrapartida, o homem depende de vários fatores para transar, como: o "Sim" da mulher, motivação, clima, inspiração, libido, excitação, ereção, ejaculação...

Depois de certa idade, nem preciso lembrar a ajudinha dos comprimidinhos azulzinhos que muitos homens poderão precisar usar por conta da possibilidade de eles sofrerem de disfunção erétil, de ejaculação precoce, entre outros distúrbios sexuais masculinos que existem, cujas estatísticas dizem estar entre 40% e 50%. Mas a mulher, por sua natureza, mesmo que ela avance na idade, se ela tiver vontade e ainda tiver parceiro, ela sempre estará apta a fazer sexo, tenha ela 20 ou 90 anos.

O mais sensível no jogo do sexo, por que não dizer, o mais crítico para o homem, é o fato de a mulher poder fingir o orgasmo; basta apenas ela gemer, gritar, uivar, virar os olhos, ou simplesmente dizer a ele que gozou, quer ele pergunte ou não. Desse modo, ele se sentirá um garanhão! Ao contrário da mulher, o homem, além de sempre estar exposto ao risco de falhar na hora "H", ele não consegue fingir o orgasmo e, pior, diante do possível orgasmo fingido da parceira, enganado, ele pode até se sentir o bonzão, o poderoso, o amante ideal. Ledo engano!

Na hora "H", o homem sempre estará sujeito a passar vergonha e ter que dizer para a parceira a famosa frase: "Isto nunca me aconteceu antes, meu bem!"

Diante desses fatos, eu perguntaria:

No sexo, apesar de o homem ser considerado "ativo" e a mulher "passiva", você percebeu que é a mulher quem "comanda" a situação desde o início, a partir do "Sim", quando ela concorda em transar?

Tem mais:

"Dizem que a mulher é o sexo frágil, mas que mentira absurda!"

(Frase da música "Mulher", de Erasmo Carlos)

Concordo em gênero, número e grau com essa frase de Erasmo, em todos os sentidos e, principalmente, quando o assunto for sexo.

Para finalizar este raciocínio, exemplo maior aconteceu com Maria, que fingiu ter tido orgasmos e sentir prazer em cada relação sexual que manteve com Alex durante 45 anos de casada, até revelar as suas "verdades" e, quando era perguntada por ele, Maria sempre respondeu afirmativamente, dizendo "sim", que tinha gozado!

Alguma vez Alex percebeu o fingimento e a insatisfação de Maria, sua esposa? Não! E quem saiu ferido quando Maria fez essa revelação? É claro que foi Alex! E ele também saiu fragilizado com o término do casamento. E quem foi que até acabou fazendo uma oração para Deus, mesmo sendo agnóstico?

E ainda dizem que a mulher é o sexo frágil! Inverdade absoluta!

Tem mais: diariamente, os noticiários relatam casos de crimes de feminicídio praticados por homens que não aceitam a separação e acabam matando a ex-mulher; em alguns casos, eles se suicidam após praticar o assassinato.

Você concordaria comigo que o homem é um fraco, é um frangote, perto da mulher?

O homem pode até ter "mais força"
que a mulher,
mas a mulher é bem
"mais forte" que o homem!

Queria ainda comentar o suposto ato de "vingança" contra Maria que Alex descreveu no Capítulo XXVII – "E o Titanic Afundou". Ele disse que continuou mantendo relações sexuais consensuais com Maria, sua legítima esposa na lei e na Igreja, mesmo depois de ela ter revelado sua falta de apetite sexual desde quando era jovem; ainda, mesmo depois de ela ter confessado que tinha outro homem na vida dela. Mesmo assim, o ímpeto sexual de Alex não arrefeceu depois dessas confissões.

O que ele disse que mudou foi a maneira de encarar as relações sexuais que ele mantinha com Maria. Você se lembra de Alex ter dito que sempre teve a preocupação de satisfazer Maria sexualmente, de modo que os dois sentissem prazer quando eles transavam, e ela sempre disse que tinha gozado quando ele perguntava?

Pois bem! Ele disse que deixou de ter essa preocupação de satisfazer Maria e passou a ver o sexo com ela apenas como uma maneira de ele próprio se satisfazer sexualmente. Além disso, foi a maneira que ele encontrou para se vingar dela pelo conjunto da obra, porque, segundo ele, motivos não faltavam.

Vingar-se de Maria praticando sexo consensual com ela, aproveitando a falta de libido que ela disse que tinha, foi um jogo psicológico, no meu modo de ver, totalmente oportuno, criativo e ardiloso — e, como ele próprio disse, foi sutil. Oportuno, porque ele se aproveitou do sexo que eles sempre praticaram, só que agora dentro de um novo contexto, dentro de uma nova situação que Maria abriu e, por que não dizer, escancarou para ele sem necessidade alguma de fazer isso. E eu ainda acrescentaria que essa foi uma maneira tranquila, não violenta e prazerosa, que Alex encontrou para se vingar de Maria. E outro fato deve ser lembrado, Alex e Maria estavam naquela fase de tentativa de salvar o casamento.

Não estou aqui para julgar ou tomar partido nem de Alex nem de Maria. Pelo contrário! Eu não sou e nem quero ser juiz, e minha posição como escritor é de neutralidade em toda esta história, mesmo porque só ouvi um dos lados, o de Alex! O que está feito, está feito! Agora, confesso que jamais eu havia imaginado uma maneira dessas de se vingar da própria esposa que confessou tê-lo traído e estava querendo o divórcio.

Vingar-se de Maria praticando sexo com ela foi uma escolha melhor do que cometer qualquer ato violento de agressão física contra ela, ou até mesmo de cometer um crime de feminicídio.

Se todas as vinganças de maridos inconformados com a separação pudessem ser praticadas "fazendo amor", as Delegacias da Mulher poderiam ser fechadas.

O cenário para o sexo continuou sendo o mesmo; o que mudou foi o contexto. Para Alex, houve uma mudança de objetivos quando ele transava com Maria; aconteceu o famoso "de/para":

"De": dar prazer para Maria, "Para": vingar-se de Maria.

Essa sutil mudança ocorreu única e exclusivamente na mente, no psicológico de Alex, na maneira de ele pensar, perceber e sentir a realidade, que, para ele, mudara e agora ganhara um novo contorno e passara a ter um significado bem diferente daquela realidade que ele achava que conhecia.

E Maria? Maria, por sua vez, poderia continuar fingindo, representando o papel de boa esposa e apreciadora de sexo, como fizera desde a sua lua de mel — e, é claro, sem saber que ela estava sendo usada por Alex nesse plano de vingança engendrado por ele.

Novos objetivos não invalidam a jornada.

Alguém poderia arriscar a dizer que fazer sexo não é uma das coisas mais comuns, normais e prazerosas que existe na face da Terra? Afinal, somos quase 8 bilhões de habitantes, sem contar todos os que já se foram, e sem sexo ninguém teria nascido. Isso sem levar em consideração as "zilhões" de transas que já aconteceram no decorrer do tempo, apenas por prazer, e não geraram filhos. Diante desses números, temos de admitir que:

Buscar vingança fazendo sexo consensual com a esposa, que você deseja e ama, significa ter prazer em dose dupla e sem cometer crime ou pecado algum.

Acrescento ainda: em Gênesis 1:28, "Deus ordenou a Adão e Eva que procriassem e tivessem filhos...", e em Gênesis 8:17 e 18, "Deus ordenou a Noé que saísse da arca com sua esposa, e seus filhos com a mulher deles, e que procriassem e povoassem novamente a Terra". Alguém teria alguma dúvida sobre o que todos eles teriam que fazer para gerar filhos?

Sexo! É claro! E ordenado por quem? Ordenado, nada mais e nada menos, pelo "Criador do Céu, da Terra e de Todas as Coisas", por Deus!

Deus deu, aos seres humanos, a inteligência para que dominassem todos os animais que vivem na terra, na água e no ar. E Ele também deu aos homens o apetite sexual, a libido, para que eles fizessem sexo por prazer e não somente para reprodução, o que nos diferencia de todos os outros animais, que só acasalam no período do cio, exclusivamente para procriação e preservação da espécie.

A título de curiosidade, em Gênesis 8:21, "Deus admitiu que nunca mais amaldiçoaria a terra por causa do ser humano, ***embora todos os seus pensamentos e seus propósitos se inclinassem para o mal desde a infância.*** Deus nunca mais destruiria os seres vivos."

"A imaginação do homem é má desde a sua meninice".
(Deus)

Alex fez sexo com Maria sem usar qualquer tipo de pressão, coação ou violência contra ela, tudo da forma mais natural possível, como sempre tinha sido antes que ele tomasse conhecimento dos reais sentimentos que Maria nutria em relação a sexo e em relação a ele próprio. E tem outro detalhe agravante: ela mesma disse para Alex que o provável motivo de ela ter perdido o entusiasmo quando fazia sexo poderia ser em virtude da "paixão virtual" que ela viveu com o seu "amásio virtual".

Mais uma vez, sem querer ser o "Advogado do Diabo" e tomar partido de um ou de outro, poderia existir melhores motivos do que esses para Alex querer se vingar de Maria? Segundo ele, motivos não faltavam, e ele nem precisou procurá-los. Maria entregou de bandeja motivos suficientes para Alex querer se vingar dela a partir das suas confissões.

Mais ainda: pelo raciocínio que Alex usou, ele disse que, no momento em que fazia sexo com Maria, sentia que estava botando chifres no amante dela. É incrível esse jogo psicológico de percepção de realidades que Alex bolou!

De corneado, ele passou a corneador.

"Alex teria que ser estudado pela NASA!"
(Frase usada no WhatsApp)

Um mesmo fato pode mudar de significado,
ou ter vários significados!
Maria sentia aversão a sexo,
e Alex sentia prazer no sexo.
Maria podia sentir estar traindo o amante,
e Alex sentia estar chifrando-o.
Maria não via a hora da transa terminar,
e Alex sentia-se mais vingado com a demora.

Alex começou a ver nos olhos de Maria
o enfado que ela sentia quando transava.
Durante a relação sexual, Alex sentia
que estava fazendo com Maria
aquilo que seu amante poderia estar fazendo,
mas que jamais fizera.

A isso tudo eu chamaria de mudança
de paradigmas, mas de forma limpa e honesta.
Eu chamaria ainda de inversão de papéis,
mas de forma psicológica,
e não chamaria de tara ou de sacanagem.

Digo de forma limpa e honesta, porque Alex não estava traindo ninguém, muito menos estava fingindo ter prazer durante a transa. Por essa postura honesta, ele não poderia, de maneira alguma, ser criticado ou condenado porque, como diz o dito popular:

"No amor e na guerra, vale tudo."

Maria fingiu sentir prazer e orgasmos por 45 anos. Se fossemos julgar Alex por estar agindo de forma ardilosa em algumas poucas transas que ocorreram próximas ao fim do seu casamento, o que poderíamos dizer em relação a Maria, que fingiu por todo aquele tempo?

Tudo isso não passou de um grande "jogo psicológico", digamos, de "uma batalha psicológica" travada entre os dois personagens, uma representação na qual os atores continuaram sendo os mesmos. O que mudou foram os sentimentos entre eles e a forma de eles perceberem a nova realidade na hora de transar. E Maria, de certa forma, também teve o seu "jogo psicológico", o seu caso virtual, porque ele ocorreu apenas na mente dela.

E quem poderia afirmar que Maria não pensava no amante enquanto fazia sexo com Alex?

Como Maria mesma havia dito:
— "Fica elas por elas".

Outras duas coisas que Alex declarou em relação à sua vingança foram:

Primeiro: "Ele disse que jamais contaria a Maria o que ele estava fazendo". Isso quer dizer que ele estava "omitindo a verdade" para manter em "segredo" a sua ardilosidade. Assim sendo, posso dizer que, se ele revelasse a ela esse segredo, ele estaria aumentando o "problema", ao invés de tentar "solucioná-lo".

Se, por muito menos, Maria queria o divórcio, se Alex contasse a ela esse plano de vingança, a reconciliação, que já era improvável, se tornaria praticamente impossível!

Segundo: "Alex disse que, quando fazia sexo com Maria, o seu tesão aumentava por causa da sensação de estar fazendo uma coisa errada". Você até poderia não concordar com esse sentimento dele, mas será que a atração pelo "proibido" não seria uma das características inatas do ser humano? Lembre que, em tempos remotos, no Gênesis:

Eva comeu o fruto da árvore que Deus havia proibido que ela e Adão comessem e gostou tanto que o ofereceu a Adão, que também comeu o fruto proibido. E, por eles terem ido contra a Sua ordem, Deus os expulsou do Paraíso. Afinal, eles poderiam comer todos os outros frutos de todas as outras árvores do Jardim do Éden que não tinham nenhuma restrição, até mesmo os frutos da "Árvore da Vida". Se deixarmos de fora a tentação do diabo, em forma de serpente, em Eva:

"Por que diabos" Eva e Adão foram comer justamente o fruto proibido?

E a resposta a essa pergunta poderia ser "simples assim":

Porque o fruto "proibido" era mais "gostoso"!
Aliás, o "proibido" sempre é mais "gostoso"!

Se até Deus admitiu que a imaginação do ser humano é má desde a sua meninice, não seria inato ao homem sentir atração pelo "proibido", pelo "errado", pelo "perigo", e sentir prazer em "desobedecer a ordens" ou "quebrar regras"?

Veja que nem a "Pena de Morte" inibe o criminoso de praticar crimes!

Mais uma para se pensar! E tem mais: o que se passa na intimidade e na cabeça de cada um quando faz sexo é segredo de cada um e não interessa a mais ninguém!

Pensamento íntimo é pensamento!
Então, deixa o pensamento quietinho lá no
cantinho de sua intimidade!

Depois de tanta argumentação sobre esse suposto ato de vingança que Alex empreendeu contra Maria, gostaria agora de mudar todo o meu discurso e questionar essa suposta *"vendeta"*. Eu mesmo serei o meu próprio "Advogado do Diabo", ao argumentar contra tudo o que falei sobre ela até agora. Assim, colocarei em dúvida, colocarei em questão se, de fato, houve ou não essa suposta vingança de Alex.

Um dos significados da palavra "vingança" seria: "Uma desforra, uma represália que uma pessoa empreende contra alguém que teria causado um dano real, ou presumido." Ao princípio da vingança, também está associada a ideia de castigo, de punição, de ***"devolver ao ofensor a ofensa na mesma moeda"***. Este último foi escrito originalmente no Código de Hamurabi (1700 a.C.) e, posteriormente, em livros do Antigo Testamento, e representado pela famosa frase:

"Olho por olho, dente por dente."

Deus puniu Adão e Eva,
Deus os castigou expulsando-os do Paraíso.
Adão e Eva sentiram na carne as
consequências dos seus atos de desobediência.

E, ao se vingar de Adão e Eva, Deus estava
submetendo toda a humanidade
ao sofrimento antes mesmo que ela existisse!

Aqui, neste caso, Maria não teve como saber que estava sendo usada nessa vingança que Alex empreendeu contra ela, motivado que foi pela dor que ele estava sentindo por ter sido sexualmente enganado durante tantos anos. Alex pensou em retribuir com a mesma moeda a ofensa, quando usou Maria sexualmente, mas, se ela não sentiu na própria carne a dor desse castigo, tal atitude poderia ser considerada uma vingança "plena" por parte de Alex?

Poderia existir vingança,
se só o vingador soubesse dela,
sem que o vingado ou mais
ninguém tivesse conhecimento?
Sem o sofrimento do vingado,
a vingança é inócua e não é exemplar.

Isso porque essa vingança não aumentou nem diminuiu o sofrimento de Maria; pelo contrário, para ela, foi como se não tivesse existido, e a vida dela continuou sendo a mesma. Somente serviu para que Alex se autoafirmasse, melhorasse sua autoestima e se sentisse mais dono da situação, mais senhor de si.

Tal vingança não poderia ser considerada
uma bazófia de Alex?

A vingança empreendida poderia ser vista como uma desculpa para que Alex, por não ser um cara violento, se sentisse menos passivo nessa crise toda, como se ele não tivesse feito nada contra Maria, que havia espezinhado e tripudiado sobre ele. Lá no seu íntimo, Alex poderia achar que não estaria saindo por baixo desse casamento que estava prestes a terminar, só que essa vingança em nada diminuiu o sofrimento dele próprio.

Reflita, leitor! Alex praticou uma vingança
plena, ou não?

Mas, pela sua narrativa, Alex estava convencido de que o seu ato de vingança contra Maria foi bem real, tanto é que ele o descreveu tintim por tintim. Ele disse também que chegou a ver nos olhos de Maria o sofrimento dela durante as transas. Sendo assim, temos que nos render a isso e aceitar a convicção de Alex de que a sua vingança existiu e não foi apenas um delírio da parte dele.

Sabemos que Maria não tomou conhecimento dessa vingança e, apesar de ter sofrido quando fazia sexo, ela não se sentiu ofendida por ter sido usada por ele. Mas, para Alex, o fato de ele imaginar que Maria, de fato, sofreu e poderia ter ficado furiosa caso ela viesse a saber de sua vingança foi suficiente para que ele se sentisse vingado e, quem sabe, até ter ficado com a alma lavada. O que você acha dessa hipótese?

Agora, deixando o sexo de lado e admitindo-se que a vingança de Alex tenha ocorrido e tenha sido real, mais uma coisa nessa história toda nos chama a atenção. Você percebeu como o Universo se manifesta por meio da "Lei do Retorno"? Você se lembra de Alex ter dito que, pela primeira vez na vida, de forma pensada, ele estava se vingando de alguém. E, por ironia do destino, esse alguém era Maria, que sempre o rotulou de ser vingativo, e essa vingança estava deixando-o feliz?

Ainda, repare que Maria repetiu tantas vezes durante a vida que "Alex era vingativo", "era vingativo", "era vingativo", que ela acabou atraindo a vingança de Alex, que acabou de fato acontecendo, justamente contra ela mesma.

Você acredita que o Universo
tenha ouvido Maria?
Você acredita que,
se Maria pensava assim,
o Universo a atendeu?

Seja como for, muito cuidado
com o que você fala e pensa!

CAPÍTULO XXXVII – VERDADE E MENTIRA

Mais um tema que eu gostaria de abordar é o eterno e polêmico dilema:

VERDADE X MENTIRA

Eu incluiria neste rol também o dilema:

SEGREDO X OMISSÃO DA VERDADE

Se prestarmos atenção ao comportamento das pessoas em geral, chegamos a uma conclusão triste, porém realista, que nos leva a fazer, sem rodeios, a seguinte afirmação. Concordem ou não:

"O mundo é uma grande mentira."

A maioria das pessoas não está interessada na verdade, mas, sim, em preservar seus interesses. Para onde quer que você olhe, tem alguém mentindo, escondendo ou omitindo alguma coisa. E não existiria no mundo nem sequer uma pessoa que jamais teria dito uma mentira, por menor que ela fosse, a qualquer pretexto.

Eu nem precisaria apontar os motivos que poderiam levar as pessoas a mentirem, uma vez que, em matéria da *Lifestile*, de 24/09/2019, do site "Activa", o especialista professor de psicologia Robert Feldman afirmou que: *"Mentir é uma tática social bastante eficaz. As pessoas não esperam que lhes mintam, mas sim ouvir a verdade dos outros. E isto permite aos mentirosos não serem apanhados* [sic]*".*

Em seus estudos, Feldman identificou seis razões que podem levar as pessoas a mentirem. Assim sendo, a seguir, transcrevo, de forma resumida, essas razões para mentir:

— "*Para agradar alguém ou evitar momentos constrangedores* [sic]".

Nesses casos, a mentira pode ser um "*escape*". Exemplo: mentir alegando um falso motivo para não ir a uma festa com os amigos.

— "*Para influenciar outras pessoas* [sic]".

Nesse caso, pretende-se que alguém faça o que queremos, usada como mecanismo de "*persuasão*". Exemplo: criar uma história falsa para convencer alguém a comprar o nosso produto.

— "*Para evitar um desfecho negativo* [sic]".

Exemplo: A criança mente para fugir da punição por ter quebrado algo. Feldman afirma que: "À medida que envelhecemos, aprendemos a mentir melhor [sic]".

— "*Para conseguir um desfecho positivo* [sic]".

Exemplo: exagerar nossas competências em uma entrevista de emprego para ficarmos com o cargo.

— "*Para parecermos mais impressionantes* [sic]".

Diz Feldman: "*As pessoas querem que os outros gostem delas, que as admirem, que fiquem impressionados com elas. Em alguns casos, até podem querer intimidar outros. E este é outro motivo para a mentira — para criar uma "dupla face" mais interessante que a verdadeira [sic]*".

— "*Para manter uma mentira anterior* [sic]".

Feldman diz que esse é o efeito "bola de neve". Normalmente, a primeira mentira pode ser considerada inofensiva.

Em telecomunicações, em transmissão de dados, existe uma importante técnica chamada "criptografia", utilizada quando da comunicação de mensagens. Essas mensagens são transformadas em "códigos" incompreensíveis com o fim de evitar que pessoas não autorizadas tomem conhecimento do seu conteúdo.

Da mesma forma que ocorre nas comunicações de dados, o ser humano, com naturalidade, no seu dia a dia, também se utiliza desse artifício e, em algumas situações, ele fala em "códigos", que seria o mesmo que "mentir" ou "enganar". Mas esse recurso de falar mentira talvez seja utilizado de forma inconsciente e instintiva, como mecanismo de defesa e de autopreservação, e pode ser uma herança que carregamos desde a origem de nossa espécie.

Isso acontece porque, em tempos remotos, o ardil começou a ser utilizado para nos defender de nossos inimigos pertencentes a outros grupos, para nos defender de nossos inimigos naturais e para caçá-los. Mas o homem evoluiu tanto em matéria de mentir que, hoje em dia, a mentira também é utilizada para enganar dolosamente outro ser humano, com a finalidade de obter algum benefício. Para esses casos, até existe tipificação no nosso Código Penal, artigo 171, "Estelionato".

O ser humano começa a mentir ainda pequenino, por exemplo, cada vez que ele chora quando quer alguma coisa. E esse comportamento vai se acentuando à medida que a criança aprende a falar. Mas isso deve ser visto como um recurso que a criança usa para ter o que ela quer ou para se livrar de alguma punição, e não como um desvio de caráter, uma vez que a criança ainda nem tem consciência do que significa mentir. Mesmo assim, os pais devem ficar atentos, caso mentir vire um hábito.

Com o passar do tempo, o indivíduo vai aprendendo a diferença entre uma "mentirinha" inofensiva, sem grandes consequências, e uma "mentirona", que pode ter consequências sérias, na medida em que ele vai desenvolvendo sua personalidade e formando seu caráter e seus valores. Mas uma coisa é certa:

Ninguém poderia ser sincero 100%
sem causar ou ter sérios problemas.

Tomando cuidado para não generalizar e dependendo da situação, uma das frases mais icônicas e representativas usadas como resposta por alguém que poderia estar mentindo seria:

"Eu não sabia!"

Na história narrada por Alex, observamos que essa frase foi bastante utilizada por Maria na tentativa de justificar alguma coisa que ela fez ou deixou de fazer, sendo que Alex até chamou Maria de "mentirosa contumaz". Mais uma vez repito que não estou julgando, criticando ou tomando partido de um ou de outro, estou apenas usando esse fato para exemplificar o que estou dizendo aqui.

No nosso dia a dia, observamos que, além da frase *"Eu não sabia"*, outras frases ditas com veemência também poderiam ser consideradas evasivas, como: *"Eu sou inocente"*, *"Isto é uma calúnia"*, *"Providências enérgicas serão tomadas, e os responsáveis serão severamente punidos"* etc. Lembro que devemos tomar cuidado com generalizações e devemos levar em conta as situações caso a caso, mas, seja como for, *"qualquer semelhança com a realidade deve ser vista como uma mera coincidência"*.

De maneira geral, dificilmente as pessoas falam aquilo que estão pensando ou aquilo que gostariam de dizer, porque, se assim acontecesse, haveria um "caos social na comunicação interpessoal", e milhões de atritos e desavenças desnecessárias poderiam estabelecer-se.

Em quase todo o mundo, a situação piorou bastante para os lados da verdade com a disseminação da "ditadura do politicamente correto", no seio das sociedades, que está querendo impor a todos a sua própria verdade sem chance do contraditório, inclusive com sanções e penalidades.

Praticamente se tornou perigoso dizer a verdade. Falar a verdade? Só mentindo!

Se o cidadão for sincero e falar o que realmente pensa, e caso a sua opinião seja diferente do que a ditadura do politicamente correto impõe como sendo verdade, ele poderá entrar em uma tremenda fria, ficar em maus lençóis e "arrumar para a cabeça", em outras palavras, o cidadão poderá até ir preso por emitir uma opinião.

Ou o indivíduo mente
e vai contra suas convicções,
ou ele se omite em dar a sua opinião
e fica de boca fechada.
Mas falar a verdade, jamais!
Tornou-se perigoso!

"Nem tudo que você pensa pode ser dito.
Isso não é falta de sinceridade, é sabedoria!"
(Autor desconhecido)

Essa frase, que não deve ser nova, é bastante atual, autoexplicativa e dispensa comentários! Você percebeu que raramente dizer a verdade traz algum tipo de felicidade ou benefício para quem fala ou para quem ouve? E você percebeu também que, se a pessoa for sincera demais e falar a verdade, alguém quase sempre sai magoado ou se sente ofendido?

Ainda neste sentido, excesso de sinceridade não poderia ser visto como uma falta de sensibilidade, uma falta de tato, uma falta de *semancol* do indivíduo que está falando e sendo sincero?

O engraçado é que, quando se mente,
dificilmente alguém se magoa,
e as pessoas até ficam felizes!
Mas, quando se diz a verdade...
Estranho! Muito estranho!
Mas isto é realmente verdade!

Assim sendo, sob um ponto de vista técnico, podemos dizer que as nossas falas são "criptografadas", feitas em "códigos", e a nossa comunicação verbal interpessoal ocorre de forma dissimulada. Desta forma, seria o mesmo que dizer que as nossas mensagens podem significar algo bem diferente daquilo que está sendo dito, lido ou ouvido. Cabe a cada um tentar interpretar e entender o que realmente o seu interlocutor está querendo dizer, quais são as suas intenções, tentando tirar o melhor proveito ou evitar situações desagradáveis.

Um exemplo disso poderia ser dado quando um namorado, ou namorada, que está querendo terminar o namoro porque arrumou outra pessoa e não suporta mais a chata da namorada, ou o chato do namorado, diz, de uma forma singela, amena, atenuada e até carinhosa, que:

— O problema sou eu, meu amor!
Você é muito boa (ou, bom) para mim!
Eu não te mereço!

Será que ele ou ela acreditaria nesse motivo alegado, aceitaria e veria com bons olhos toda essa "sinceridade" do outro? Afinal, ele, ou ela, está chamando para si toda a culpa, toda a responsabilidade pelo rompimento! Pode ser que acreditem! O que você acha?

No Facebook, toda essa sinceridade, ou falta dela, fica mais evidente, e eu nem precisaria estender-me muito. Comentários elogiosos como:

"Linda!", "Maravilhosa!", "Poderosa!",
"Arrasou!", "Gatona!", "Elegantérrima!",

"Chiquérrima", entre tantos outros,
são comuns de se ver.

Mas será que esses "amigos" estão sendo sinceros? Será que alguns deles poderiam estar pensando justamente o contrário do que estão dizendo? Lembre que *"A inveja é uma merda!"*, e invejosos sempre estarão presentes, principalmente no *"roll"* dos "amigos", porque os inimigos não estão nem aí com a gente. Assim, será que alguns "amigos", na realidade, não gostariam de estar dizendo:

"Chata!", "Bocuda!", "Gorda!",
"Magrela!", "Feia!", "Brega!", "Metida!",
"Está se achando!", "Exibida",
entre outros, mas eles não falam isso!
Imagine a confusão que daria se esses
"amigos" sinceros abusassem da sinceridade!
Talvez seja por isso que muitos "amigos"
omitem-se e não fazem comentário algum!

Ao ouvir tantos elogios, às vezes mentirosos, a pessoa que os recebe fica feliz, empoderada, orgulhosa e cheia de si!

Dito isso, vou parar de falar essas verdades
porque alguém poderá chatear-se
e achar que estou mentindo!

Ou pior, eu poderia estar indo contra
alguma ordem do politicamente correto
que não permite que se diga
o que realmente se pensa!

"Livre pensar é só pensar."
(Frase de Millôr Fernandes)

Então, vamos aproveitar e pensar
enquanto o pensamento for livre,
porque falar o que pensa já
não é mais tão livre assim!

Em vista disso, o indivíduo deve desenvolver o seu próprio senso de *semancol* e usar seu discernimento para saber quando deve dizer a "verdade", ou quando deve "mentir", ou quando deve "omitir a verdade" calando-se, mantendo o seu *desconfiômetro* ligado. E conforme a situação, cada um deve também estar pronto para agir de acordo com as suas convicções, ideias, maneira de ser e, principalmente, com o seu grau de tolerância para enfrentar mal-entendidos ou para entrar em frias, brigas, confusões, disque-disque e similares.

O mais importante de tudo isso seria tentar identificar as reais intenções que poderiam estar por trás do que estão te dizendo e, principalmente, se estão querendo te enganar.

Cada um deve ter em mente a necessidade de massagear o ego de alguém, ou de massagear o próprio ego, ou, até mesmo, querer magoar ou ferir alguém propositalmente e escolher a hora certa para dizer uma mentira ou uma verdade.

Nesse sentido, um fato na narrativa de Alex chamou-me atenção. No Capítulo XXVI – "O "Apocalipse" de Maria", em que Maria resolveu "abrir o jogo" e revelou para ele todos aqueles sentimentos que ela mesma chamou de "verdades", eu faria a seguinte pergunta:

Revelar todas aquelas verdades contribuiu para melhorar a situação entre eles?

Alex havia chamado Maria para uma DR porque ele estava incomodado com o fraco desempenho que ela vinha tendo nas relações sexuais e a comparou com uma "boneca inflável". Ele disse também que não gostaria que Maria virasse a sua "privada" sexual e queria uma solução para esse problema.

Se agirmos como o "Jack estripador" e formos por partes, podemos dizer que Alex identificou um "problema", a saber, "Maria estava fria e parecia uma boneca inflável quando transava"; e ele procurava uma "solução", a saber, "acabar com a apatia e a frigidez que Maria vinha demonstrando quando faziam sexo". Em resumo, quebramos a situação em duas partes, "problema" identificado e "solução" procurada.

A boa técnica recomenda que, para resolver um "problema", é necessário focar na "solução". E Maria acabou fazendo exatamente o contrário do que diz essa regra, quando ela resolveu contar para Alex todas aquelas "verdades". Agindo assim, Maria só focou e aumentou o problema. Mesmo que fossem ***"verdades verdadeiras"***, elas não contribuíram em nada com a solução, que acabou ficando mais difícil e mais distante.

Ao contar aquelas verdades,
Maria só botou mais lenha na fogueira.
Alex sentia que vinha sendo fritado
e ela só aumentou o fogo.

E como se diria no popular:
"Maria perdeu uma grande
oportunidade de ficar calada!"

Quero dizer ainda que aquelas "verdades" que Maria disse para Alex só serviram para colocá-lo mais para baixo do que ele já estava. Se a intenção de Maria era ferir Alex, então ela atingiu o seu objetivo. Se sua intenção não era essa, então eu diria que Maria não foi sutil, não teve *semancol* e acabou sendo sincera demais. Existe uma frase que define com propriedade essa situação:

"Quem exagera nos argumentos
acaba perdendo a razão."

Contasse ela meias verdades, que é o mesmo que contar meias mentiras. Contasse ela um quarto de verdade, cotasse até mentiras inteiras, inventasse uma história, dissesse "Eu não sei!", o que ela já vinha usando de argumento para quase tudo, mas vai saber o que ela pensou quando disse todas aquelas "verdades", tintim por tintim, com todas as letras, como se tudo aquilo fosse a coisa mais comum e mais natural do mundo!

Naquela hora, Maria não deve ter pensado que aquele excesso de sinceridade, além de magoar e ferir Alex, que acabou sentindo-se vilipendiado e traído em sua confiança durante tantos anos de convivência, poderia até mesmo provocar um "efeito rebote" e voltar-se contra ela mesma, o que de fato aconteceu:

A pecha de traidora e interesseira
não foi boa para Maria
e ainda fez Alex sentir que foi enganado
e usado por ela durante anos.

Certo dia, assistindo a um episódio da série *The Good Doctor* ("O Bom Doutor"), o jovem médico protagonista do seriado, que é autista, em certa cena, disse uma frase que para mim foi icônica, carregada de sabedoria e que pode ilustrar com propriedade tudo o que eu venho dizendo até aqui. Por isso, acho oportuno fazer um breve relato da situação vivida pelos personagens.

Foi uma cena que se passou na sala de espera do centro cirúrgico do hospital, onde a mãe e seus três filhos estavam chorando, discutindo, agredindo-se verbalmente e culpando um ao outro pela morte do pai, que não havia resistido a uma cirurgia de alto risco. Os nervos estavam à flor da pele, e a discórdia entre eles estava prestes a sair de controle, porque eles achavam que o pai só havia se submetido à cirurgia porque sabia que essa era a vontade de alguns deles, mesmo não sendo unânime.

Ao ver aquela família em pé de guerra, discutindo e acusando-se mutuamente, o jovem médico pediu a atenção e disse que eles não deveriam culpar-se pela morte do pai porque, minutos antes da cirurgia, "o pai deles havia dito que ele queria ser operado". Após o jovem médico fazer essa afirmação, os ânimos se acalmaram, as desavenças terminaram, e eles quatro se abraçaram e aceitaram com mais serenidade a morte do ente querido.

Uma médica da equipe, sua colega de trabalho, que acabara de presenciar aquela cena, na dúvida se o pai deles havia de fato dito aquilo, para testar o jovem médico, perguntou a ele se o que ele tinha acabado de dizer para os familiares era verdade. E o jovem respondeu com um ar mesclado de vitória e de orgulho, que ele tinha *"mentido"*. Então, surpresa, a colega médica perguntou ao jovem médico: "Desde quando você aprendeu a mentir?" (isto porque autista tem muita dificuldade para mentir). E ele disse que tinha aprendido com uma frase que diz:

"Quando a verdade não ajuda ninguém,
a mentira ajuda!"

Foi o que realmente aconteceu. Naquela situação, essa atitude de falar uma mentira ajudou mesmo na solução do problema. A mentira que o jovem médico contou foi positiva e trouxe um pouco de paz de espírito para aquela família, amenizando a dor em seus corações naquele momento de profunda tristeza pela morte do pai. E digo ainda que, se aquela mentira não tivesse sido dita, aqueles familiares teriam carregado essa carga de culpa sobre os seus ombros pelo resto de suas vidas.

Se o médico tem a função de curar as pessoas para que elas tenham uma melhor qualidade de vida, então, o jovem médico cumpriu plenamente esta sua missão, permitindo que aquela família seguisse suas vidas sem carregar um peso em suas consciências. E lembre:

O "placebo" usado como medicamento
não passa de uma "mentira",
e ele é cientificamente utilizado e funciona!

A "mentira" contada pelo jovem médico foi
o "placebo" que curou aquela família.

Então eu perguntaria: em qual daquelas razões para mentir você classificaria a atitude do jovem médico? Eu escolheria: "*Para conseguir um desfecho positivo*", e você?

Agora, se fizéssemos uma comparação entre a mentira contada nesse episódio médico do seriado e aquelas verdades que Maria falou, eu perguntaria: quem foi mais eficaz no sentido de solucionar um problema? Acredito que nem precisaríamos fazer muito esforço para concluir que:

A "mentira" contada pelo jovem médico foi
mais eficaz para a "solução" do problema
do que as "verdades" contadas por Maria.

Maria poderia muito bem ter omitido aquelas verdades. Foi sinceridade em excesso, e ela não precisava ter feito o que fez. Suas verdades eram segredos íntimos e deveriam permanecer como segredos pela eternidade. Além do mais, elas estavam fora do foco da solução do problema.

Nem todos os segredos ou episódios da nossa vida precisam ser revelados, mesmo que sejam verdadeiros, porque, muitas vezes, falar a verdade pode ser cruel e só gerar confusão. O mistério, o silêncio e a dúvida podem ser mais encantadores e dizer muito mais do que um livro aberto. Devemos saber distinguir a hora de dizer uma verdade, ou de contar uma mentira, ou de simplesmente se calar e não dizer nada.

Essa qualidade pode evitar que nos transformemos em indivíduos antipáticos, insensíveis, ou até mesmo em cruéis "carrascos"!

A frase seguinte é atribuída a Sigmund Freud e está dentro deste contexto:

"O homem é escravo do que fala e dono do que cala."
"Quando Pedro me fala de João, sei mais de Pedro do que de João."

Maria não teve a percepção de que aqueles sentimentos que ela abriu para Alex eram segredos, que, como tal, deveriam ter permanecido. Em hipótese alguma eles poderiam ter sido contados para Alex, que era o padecente de tudo o que ela disse. Porém, de forma impensada e ingênua, ou, quem sabe, pensada, dolosa e cruel, ela acabou revelando. Naquela hora, Maria sacramentou o fim do casamento que Alex vinha tentando salvar, que poderia ter terminado de qualquer maneira, mesmo sem ela dizer nada do que disse a ele.

Por natureza, segredos não podem e não devem ser revelados.

Maria conseguiu duas coisas ao revelar aqueles segredos: a primeira foi atazanar um pouco mais a vida de Alex; a segunda foi dar mais assunto e enriquecer o conteúdo deste livro.

Você concorda que Maria mentiu e omitiu a verdade para Alex pelo tempo que durou o relacionamento deles? E você conseguiria classificar essa mentira de Maria em alguma daquelas seis razões apontadas pelo psicólogo Feldman? Eu arriscaria dizer que foi *"Para manter uma mentira anterior"*. Maria pode ter começado toda essa história como se fosse uma brincadeirinha, uma mentirinha, mas, com o passar do tempo, virou uma *"bola de neve"*. E você o que acha?

Todos esses fatos levam-nos a refletir sobre os caminhos pelos quais a Verdade, a Mentira, a Ignorância e o Conhecimento andam. Enquanto Alex ignorava aquelas verdades que Maria manteve em segredo por tantos anos, ele dizia que era feliz no seu relacionamento e estava lutando para salvar o seu casamento.

Verdade ou Mentira — Conhecimento ou Ignorância

As verdades de Maria existiam somente para ela.
Eram seus segredos, e mesmo tendo existência,
As verdades de Maria não existiam
para o mundo.
E Maria era Infeliz!
E Alex era Feliz!

De repente,
Maria revelou as suas verdades,
Que eram os mais íntimos dos seus segredos,
E o mundo tomou conhecimento.
E Alex conheceu as verdades de Maria,
Que deixaram de ser segredos.
E Alex saiu da ignorância
E caminhou para o conhecimento.

Verdades reveladas por Maria!
Conhecimento de Alex!

Maria continuou Infeliz!
Alex ficou Infeliz!

Ao revelar suas verdades,
Maria só fez aumentar a Infelicidade no mundo!

CAPÍTULO XXXVIII – O "AMOR" NÃO É O FATOR MAIS IMPORTANTE EM UM "CASAMENTO"

Essa é a tese que defenderei neste bloco. Fique calmo, se você se irritou ou ficou chocado com este título! Estou ciente de que negar a importância que o amor teria em um casamento poderia parecer uma opinião antipática, de mau gosto ou fora de propósito para a maioria das pessoas que acredita que o amor é importante no casamento.

Poderia até parecer uma opinião politicamente incorreta, porque no nosso mundo ocidental, de influência cristã, a maioria das pessoas acredita no amor e, por isso, atribui "tudo" a ele, não só no casamento, mas até mesmo nas coisas mais simples, como fazer um bolo ou uma comida qualquer com "amor", ou "amar" comer hambúrguer com batatinhas fritas.

Minha argumentação começará listando os fatores seguintes:

Amor X Ações e Atitudes X Manifestações de Amor X Querer e Interesses

Estou colocando todos esses fatores juntos porque existe uma estreita relação entre eles e porque os seus conceitos, além de, às vezes, se sobreporem, serão utilizados em análises cruzadas nas minhas argumentações em defesa dessa tese que tentarei provar a você. Enfatizo mais uma vez que o foco desta análise levará em conta somente o casamento entre um homem e uma mulher, que foi o objeto da história narrada por Alex.

A partir de agora, espero que você se desapegue de preconceitos e abra a sua mente para se inteirar dessa visão que apresentarei. Sei que, para muitos, ela poderá ser bem diferente daquela que é geralmente aceita. E caso, neste momento, você esteja discordando de mim, espero que, ao terminar de ler este capítulo, pelo menos fique na dúvida se "a importância do amor no casamento" seria tão grande como muitos creem que seja, ou, quem sabe, você mude de opinião.

Antes de qualquer coisa, gostaria de deixar claro que tanto a "paixão" como o "amor" são sentimentos que podem despertar o interesse, atrair e aproximar um homem e uma mulher em um primeiro momento, podendo até mesmo levá-los ao matrimônio. Mas o amor e a paixão, por si só, não conseguirão manter o casamento.

Isso porque o amor e a paixão não são os únicos motivos que podem despertar a atração entre um homem e uma mulher e levá-los ao altar. Por isso, eu gostaria de fazer alguns comentários preliminares sobre algumas frases clichês que são bastante aceitas quando se fala em amor.

No Capítulo IX – "O Início do Meu Martírio", Alex descreve como foi a primeira vez que viu Maria desfilar no corredor da escola enquanto aguardava o início da primeira aula, dando detalhes da aparência dela, como a fartura dos seus seios, as suas pernas grossas e, por fim, dizendo que ela era gostosa! Alex disse também que foi "amor à primeira vista!".

É aqui que eu entro para contestar esta frase que é tão utilizada e sacode o coração dos enamorados apaixonados, que é o clichê:

"Amor à primeira vista!"

Pergunto, então:

Como alguém poderia sentir amor à primeira vista sem conhecer o caráter, a honestidade ou a personalidade de quem está sendo visto pela primeira vez?

Como alguém poderia amar alguém sem jamais ter visto esse alguém? Seria insano!

Para amar alguém, é preciso conhecê-lo ou conhecê-la melhor!

Para homens e mulheres que afirmam ter sido "amor à primeira vista" quando viram a cara-metade pela primeira vez, sem conhecê-la, levando em consideração apenas a sua aparência ou algum outro atributo externo, fica a observação de que realmente o que eles sentiram foi:

"Tesão à primeira vista!"

Um exemplo claro disso que estou dizendo seriam as palavras que Alex usou para descrever Maria quando a viu pela primeira vez. Ele a descreveu com vários atributos físicos externos de beleza, inclusive a roupa que ela usava, e terminou resumindo, dizendo que ela era *"gostosa"*. Ora! Diante dessas palavras, eu diria que, à primeira vista, o que Alex sentiu foi tesão por Maria. Daí em diante, após tê-la conhecido melhor, se virou amor, é outra história, porém ele disse que foi "amor à primeira vista"!

Será que, naquela época, Alex teria a ousadia, a sinceridade ou a coragem de dizer, em uma reunião familiar ou de amigos, que sentiu "tesão à primeira vista" por Maria? Acredito que nem passaria perto da cabeça dele essa ideia! É claro que não! Naquela época, seria uma blasfêmia, uma baita grosseria!

Até mesmo hoje, diante de tanta permissividade, será que um namorado se arriscaria a dizer, na frente dos pais dela e dos familiares, que sentiu o maior tesão pela namorada quando a viu pela primeira vez? Acredito que, hoje em dia, tais palavras não seriam mais tidas como uma blasfêmia, mas acho que continuaria a ser uma grosseria, um tremendo mau gosto, e talvez o politicamente correto caísse de pau sobre ele.

Mas vamos deixar como está essa frase, esse eufemismo "amor à primeira vista". Ela é mais bonitinha, charmosa, delicada, amorosa e tem aceitação, eu diria, quase que unânime, e não serei eu quem botará a mão nesse ninho de marimbondo.

Mas que é "tesão à primeira vista", ah, é sim!

Quando Alex e Maria começaram o namoro, eles já eram colegas de classe fazia algum tempo e tiveram a oportunidade de se conhecer melhor. Por isso, existe a possibilidade de ter existido algum sentimento ou algum interesse que agiu no sentido de atrair e aproximar um do outro.

Outro clichê muito conhecido é a utilização metafórica da comparação entre a atração exercida pelo amor com a atração exercida pela *força magnética*. Acho que essa comparação é inadequada, uma vez que, por natureza, a atração exercida pelo eletromagnetismo somente se dá quando dois polos opostos se encontram. Até o termo *magnetismo pessoal* é utilizado para caracterizar o poder de atração que uma pessoa exerce sobre as outras.

Mas, quando se fala de amor entre um homem e uma mulher, o que se procura são as afinidades entre eles. São os pontos em comum que são importantes, que fortalecem, favorecem, atraem e que os unirão quando se está à procura de um relacionamento sério.

Porém, existindo ou não amor e havendo ou não afinidades, na prática, esses fatores não seriam condições determinantes que poderiam favorecer ou impedir a união entre eles, porque existem muitos outros fatores envolvidos quando se trata de casamento. Mais à frente, veremos isso com mais detalhes.

Existe outra frase, outro clichê que é muito utilizado para caracterizar e identificar um homem e uma mulher que compartilham os mesmos gostos, as mesmas vontades e têm os mesmos desejos. Eles são chamados de *Almas Gêmeas*. Em relação a este clichê, eu não teria nada a dizer, exceto que:

No amor, não existem regras.
No amor, ninguém pode afirmar que isto ou aquilo é "certo" ou "errado".

Isso porque: pessoas iguais se casam; pessoas diferentes se casam; pessoas que se amam se casam; pessoas que não se amam se casam; pessoas que nunca se viram e que não se conhecem e não se amam se casam também. E seja qual for o motivo que leva um homem e uma mulher a se unirem, seja no casamento arranjado, seja no casamento por correspondência, seja no casamento por amor, ou até mesmo no casamento sem amor, todos poderão viver juntos *felizes para sempre,* ou poderão vir a se separar. Só dependerá da vontade e dos interesses envolvidos.

Até mesmo marido e mulher que se amam separam-se, e almas gêmeas se separam também. Então, se o amor é tão importante para que um homem se una a uma mulher no casamento, e se a maioria dos casamentos ocorre por amor, então, por que existem tantas separações? Será que muitos casais estariam falseando a verdade, mentindo que se amam na cara de pau só para se casarem? Ou seria porque, hoje em dia, está sendo cada vez mais aceita a ideia que o *amor acaba*! Afinal, o número de divórcios vem aumentando! Ou estariam envolvidos outros interesses? Este é um dos pontos que explorarei neste capítulo.

Para ilustrar o que acabei de dizer, acho oportuno comentar dois casos de casamentos que terminaram em divórcio:

O primeiro caso me foi contado há muito tempo por uma mulher que conheci. Trata-se do casamento dela com o seu primeiro marido. Eles se amavam e compartilhavam os mesmos gostos e desejos. Por isso, quem os conhecia dizia que eles tinham sido feitos um para o outro e eram tidos como exemplo de *almas gêmeas*. Ambos gostavam de viajar, sair de noite, jantar fora, dançar, ir ao teatro, ir ao cinema e se divertir. E tem mais: ambos não queriam ter filhos.

A vida deles, tirando o trabalho, parecia uma festa, uma lua de mel estendida. Querem coisa melhor do que essa? E assim, durante 10 anos, eles viveram intensamente tudo aquilo que gostavam de fazer. Certo dia, um olhou para a cara do outro, e a mulher disse para o marido: "Cansei!". O marido, olhando para a mulher, disse: "Eu também cansei!". E eles concordaram amigavelmente em se divorciar. A mulher me confidenciou que, apesar de terem se separado, eles ainda se amavam! Ela me contou essa passagem da vida dela quando já estava em um novo relacionamento.

O amor pode ter unido essas almas gêmeas,
e, mesmo ainda se amando,
o amor não conseguiu evitar o divórcio.

O segundo caso é de conhecimento de todos vocês. Estou falando novamente do casamento entre Alex e Maria, que tinham poucas afinidades. De almas gêmeas eles não tinham nada e mais pareciam dois polos opostos. Neste caso, eles só poderiam atrair-se sob a ação do eletromagnetismo, se fosse possível, pois, pelo conceito do amor, em que se procuram afinidades, não daria liga — ou, usando um termo atual de aplicativos de relacionamento, não daria *match*.

Pela narrativa de Alex, você deve estar lembrado que Maria disse a ele que nunca o amou, e Alex disse a ela que nem sabia o que era o amor, mas, apesar disso, eles namoraram, noivaram, se casaram e ficaram juntos por 51 anos, como poucos conseguem. Conforme foi dito por eles mesmos, não existia amor um pelo outro, mas isso não os impediu que se casassem. Então, outros motivos, que não o amor, devem existir e levam as pessoas ao casamento.

Sem amor e sem afinidades,
que interesses teria unido Alex e Maria?

Pergunto ainda: nesses dois casos de casamentos frustrados, que importância teve o amor? Espero que você faça a sua análise e tire a sua conclusão. A minha é a de que o amor não teve grande importância em ambos os casamentos.

No primeiro caso, por serem almas gêmeas, o amor pode tê-los unido, e eles viveram uma vida de diversão e entretenimento; mesmo assim, eles se separaram, apesar de ainda se amarem. Parece surreal, mas isso acontece muito mais do que se imagina! Muitos casais se separam, apesar de ainda se amarem. E tal fato contraditório vai contra qualquer argumento de quem acredita que o amor é importante no casamento.

No segundo caso, Alex e Maria eram polos opostos e nunca se amaram. Eles viveram uma vida discreta e não glamorosa, como ocorreu no primeiro caso, e mesmo assim ficaram juntos muito, muito mais tempo do que o casal de almas gêmeas que se amavam. Isso me leva a crer que o primeiro casal deve ter se cansado de alguma coisa! Do quê? Vai saber... Diante desses fatos, posso afirmar que:

Devem existir outros interesses que pesam mais no casamento do que o amor, seja na entrada, seja na saída dele.

Continuando, enfatizo que tratarei apenas da importância da entidade chamada "**Amor**", relacionada a outra entidade chamada "**Casamento**". Isso porque eu não teria nenhuma novidade para acrescentar ao que já vem sendo dito há séculos sobre o Amor propriamente dito, que vem desde os filósofos gregos da Antiguidade, passando por Jesus Cristo e por muitos poetas até os tempos atuais. A única coisa que eu teria a dizer é que:

Seja para o bem, seja para o mal, o amor sempre leva a culpa.

Para defender este ponto de vista, começarei contando a você uma história que tomei conhecimento há muitos anos e que chamou a minha atenção para este assunto. A história se passou nos Estados Unidos:

Um cidadão americano, nascido na Índia, quarentão, vivia nos Estados Unidos há mais de 20 anos. Ele permanecia solteiro apesar de ter tido algumas namoradas. Então, ele conheceu uma americana de sua faixa etária, que foi casada e se divorciou duas vezes. Os dois começaram a sair juntos, e um namoro entre eles se iniciou. Parecia que estava indo tudo bem até que um dia o indiano disse à namorada que estava terminando o namoro com ela. Inconformada com a separação, porque ela estava gostando dele, como não poderia deixar de ser, ela quis saber o porquê do rompimento, e ele disse o seguinte:

— Você deve saber muito bem que, lá na Índia, existe uma tradição muito antiga de que as famílias promovem casamentos arranjados entre os filhos, e comigo isto não foi diferente. Há muitos anos, os meus pais procuraram os pais de uma garota para propor que eu e ela nos casássemos. O que os meus pais não sabiam era que a mão da moça já tinha sido prometida para a família de outro rapaz, e assim o casamento entre mim e ela não foi possível naquela ocasião. Logo em seguida, eu vim para os Estados Unidos e nunca mais se tocou no assunto.

— Na semana passada, eu recebi um telefonema de meus pais, lá da Índia, dizendo que aquela moça com quem eu quase tinha me casado havia ficado viúva. Meus pais disseram que ela não teve filhos e que eles faziam gosto que agora eu me casasse com ela. Disseram também que eles já tinham falado com ela e com os pais dela e que todos estavam de acordo. Então, eu respondi aos meus pais que aceitava a proposta e que me casaria com ela.

Diante dessa história, sua namorada americana ficou indignada e, inconformada, disse:

— Como, em pleno século XX, ainda podem existir casamentos arranjados sem que os noivos se conheçam? Isto é um absurdo! Onde fica o amor? Perguntou ela. O mais importante em um casamento é o amor, afirmou a namorada, com veemência.

E ele respondeu:

— Praticamente na minha família, quase todos os casamentos foram arranjados, desde os meus pais e avós, meus tios, meus irmãos e primos. Lá na Índia, muitos entendem que os mais velhos, por serem mais experientes, sabem o que é melhor para os mais jovens que são inexperientes. O amor vem depois do casamento. E lá os casamentos arranjados são duradouros.

— E digo mais, estou aqui nos Estados Unidos há mais de 20 anos, e o que mais as pessoas falam é que se deve casar por amor, mas vejo também que elas se divorciam, e se divorciam, e se divorciam várias vezes. Você acredita mesmo que o amor seja a coisa mais importante em um casamento, no relacionamento entre o marido e a esposa? Veja isto por você que acredita no amor! Você se casou duas vezes, e deve ter se casado por amor, e se divorciou as duas vezes. Lá na Índia, os casamentos arranjados duram bem mais do que os daqui que supostamente acontecem por amor. E o indiano ainda disse que aprendeu com os mais velhos a frase que diz:

"Casar por amor! Ora! O amor acaba!"

— E tem mais, disse ele, quando se está apaixonado a pessoa fica cega e é incapaz de perceber os defeitos do outro, defeitos estes que acabarão minando a relação e poderão levar o casamento ao fracasso.

Diante desses fatos, sua agora ex-namorada ficou sem argumentos e, ainda inconformada, desejou-lhe boa sorte, baixou a cabeça e saiu triste, resmungando e lamentando-se.

Mas vamos deixar os indianos e os outros povos que possuem essa tradição de casamentos arranjados com a cultura deles, que, em certos casos, até prevê pagamento de dote, e vamos nos voltar para a nossa cultura ocidental cristã que dita quase em uníssono que todo casamento só deve acontecer quando existir amor.

Pode-se dizer que existem muitas formas de se usar a palavra "amor", como: amor entre um homem e uma mulher, amor a Deus, ao próximo, entre pais e filhos, à família, à vida, à humanidade, aos animais, à natureza, fazer amor (que é o mesmo que praticar sexo), entre tantas outras formas possíveis, nobres e apropriadas de se usar a palavra amor.

Ocorre que, hoje em dia, em determinadas situações corriqueiras da vida, se tornou comum as pessoas usarem o verbo "**amar**" ao invés do verbo "**gostar**". As pessoas estão extrapolando ao usar a palavra amor, que é um sentimento compartilhado entre pessoas ou entre pessoas e animais, para expressar os seus gostos ou as suas preferências em relação a coisas.

Ama-se pessoas! Gosta-se de coisas!

Essa tendência, esse hábito generalizado, poderia estar provocando no inconsciente coletivo da sociedade o esquecimento do real significado deste sagrado sentimento que é o "Amor". Atualmente, tal comportamento poderia estar afetando de forma fatal a qualidade dos relacionamentos e dos casamentos. Hoje em dia:

Estamos encontrando "amor" em armários,
em prateleiras e em geladeiras!
Será que ainda é possível encontrar
"Amor" entre pessoas nos casamentos?

Eu chamaria de "**Vício de Expressão**" essa banalização generalizada, inapropriada e indiscriminada do uso do verbo "amar" em detrimento de "gostar", que está fazendo com que o amor se torne uma mera figura de linguagem, uma mera palavra retórica que esvazia e desvaloriza o seu real significado.

Essa nova aculturação da sociedade, ou vício de expressão, poderia estar exercendo influência no comportamento de quem pretende casar-se, provocando, com isso, a diminuição da importância e do comprometimento que os casadoiros estariam dando ao amor em seus relacionamentos. Como se isso fosse pouco, tem gente que exagera um pouquinho mais quando diz que:

"Ama de Paixão" uma coisa que deveria
simplesmente "Gostar Muito"!
Notou? "Amar" está para "gostar",
e "Paixão" está para "muito".
"Gostar Muito" não teria o mesmo efeito?
Todos entenderiam!

Se eu estou dizendo que o "Amor"
está sendo desvalorizado,
imagine o que está acontecendo
com a "Paixão",
que é um substantivo feminino que
dá nome a um "Sentimento Intenso",
e que agora está sendo utilizada com
o significado de "Muito",
que é um simples advérbio de intensidade!

Estaríamos diante de uma
"Confusão Retórica"?
Ou estaríamos vivendo uma
"Confusão de Sentimentos"?

Ou estaríamos vivendo diante de uma "Retórica e Sentimental Confusão"?

O uso da palavra "amor" foi generalizadamente banalizado! Parece que o "Amor" está cada vez "mais" "menos" importante!

Agora vamos imaginar que estamos participando de uma enquete com a seguinte pergunta: ***"O que você entende por amor?"***, cuja resposta deve ser dada em uma folha e com poucas palavras. Acredito que nós teríamos tantas definições quantas fossem o número de pessoas pesquisadas. Para exemplificar o resultado que teria essa enquete, eu farei uma lista com algumas dessas possíveis respostas:

Amor é:

– Paixão
– Emoção
– Chama
– Sentimento
– Fogo que arde

– Querer bem
– Estar na companhia
– Proteger
– Preocupar-se com o outro
– Admirar
– Desejar
– Gostar
– Sentir saudade
– Querer fazer sexo
– Confiar
– Compartilhar
– Somar
– Sorrir juntos
– Fazer dar certo
– Ser leal
– Acreditar no parceiro
– Cuidar
– Apoiar
– Ser cúmplice
– Ficar junto
– Apreciar
– Respeitar
– Procriar
– Buscar segurança
– Dividir
– Perdoar
– Comprometer-se
– Tolerar

- Constituir uma família
- Ser solidário
- Ter afeição
- Aceitar
- Envelhecer juntos

Acho que esses exemplos já são suficientes. Acredito que você tenha mais alguma definição que não figurou nessa lista, mas o mais importante é saber se você está entendendo e acompanhando o raciocínio até aqui. Vou continuar. Perceba que, de forma proposital, coloquei as três primeiras definições que se referem a sentimentos no início da lista, porque é de fundamental importância entender a diferença que existe entre "paixão" e "amor".

De acordo com matéria publicada pela *Revista Glamour*, em 15/01/2017, no site "Globo.com", título "Amor & Sexo", a psicóloga Livia Marcella Raineri Braga afirma que: "A *paixão* é um estado *fisiológico* em que experimentamos sensações de grande prazer devido a uma intensa atividade *cerebral e hormonal*. Por que a paixão é tão intensa? A resposta é completamente *química* [sic]". "Já o *amor* pode ter muitas formas e *não se trata de um processo orgânico, e sim, emocional. Biologicamente falando, não há sinais da existência do amor*. Tudo o que está ligado a ele são questões *metafísicas ou psicológicas*. Por isso há tanta gente, desde sempre, atribuindo propriedades mágicas e imateriais ao amor [sic]".

Relembrando o Capítulo XXXII – "Epílogo", em que vimos que a "emoção" é uma resposta química do nosso corpo a estímulos externos, e o "sentimento" é o juízo que fazemos dessas emoções, estamos vendo que tanto a "emoção" como a "paixão" possuem a mesma natureza, ou seja, ambas são respostas "químicas", "fisiológicas, do nosso organismo. E o conjunto dos "sentimentos", em que o "amor" está incluído, é de natureza "mental", "psicológica", e não química, e não fisiológica.

Assim, sendo a "paixão" um sentimento de cunho fisiológico decorrente de uma atividade química e hormonal que ocorre no cérebro, ela pode ter um efeito viciante, semelhante a qualquer droga lícita ou ilícita e, por isso, ela diminui como o tempo. A paixão te desequilibra, ela é perturbadora. E se o vício da paixão não for controlado, ele poderá até levar o indivíduo a ter uma *overdose*. Já o "amor" é um sentimento de cunho subjetivo, ele te traz serenidade e te tranquiliza em relação à pessoa amada.

Com base nessas premissas, pode-se dizer que:

O amor é uma ilusão.

O amor é fruto da nossa imaginação.

O amor poderia ser comparado
à linha do horizonte.
O horizonte é uma ilusão de ótica,
ele não possui existência real, e,
por mais que se caminhe,
jamais se consegue chegar até ele.

Assim sendo, se agora sabemos que a paixão é de natureza fisiológica e, quando se estabelece em um relacionamento, tem os seus dias contados, além de que o amor é um sentimento que não tem existência "físico-química e biológica", por ser um processo de fundo mental ligado a questões "psicofilosóficas e religiosas", ficaria a questão: o que seria necessário para um casamento dar certo? Isso porque veremos a seguir que, **caso o amor exista, ele acaba!**

Continuando o raciocínio, seguindo a nossa lista de definições, temos duas alegorias que dizem que o amor é "fogo que arde" e é "chama". A primeira foi citada pelo poeta português Luís Vaz de Camões, em *Os Lusíadas*, e a segunda, pelo poeta cantor e compositor Vinícius de Moraes, em seu famoso poema "Soneto de Fidelidade".

Tratarei as palavras "fogo" e "chama" como sendo duas alegorias sinônimas por motivos óbvios, porque ambas transmitem a mesma ideia de calor, ardor e de queimação. E quando "fogo" e "chama" são comparados com o "amor", fica subentendida a ideia de "tempo de duração do amor".

Vinícius poderia ser considerado um exemplo de homem romântico e, até mesmo, um *expert* em amor e em casamento, afinal ele foi casado nove vezes e cantou o amor em poesia e em beleza como poucos. Ele fez um soneto à "fidelidade", e esse soneto termina com estas três frases que se referem ao "amor":

[...]
"Eu possa me dizer do amor (que tive):"
"Que não seja imortal, posto que é chama"
"Mas que seja infinito enquanto dure."

Com essas palavras, podemos depreender que, em um relacionamento, Vinícius se refere ao "amor" dizendo "que ele não seja imortal". Logo, se o amor não for imortal, então ele é mortal, ele morre; e, portanto, se o amor morre, ele tem fim, o que quer dizer que o "amor acaba".

Ainda nesse sentido, Vinícius enfatiza que o "amor" termina ao compará-lo a uma "chama", porque toda chama se apaga. Assim, mais uma vez, fica subentendida a ideia de que o "amor acaba" porque toda "chama se apaga".

Quando o poeta diz que o amor "seja infinito enquanto dure", nesta frase, o termo "infinito" não está sendo utilizado no sentido de tempo de duração, que não tem fim, mas, sim, com a conotação, com a ideia de intensidade, de grandiosidade e de força que o amor deve ser vivido. E quando Vinícius diz, logo em seguida, "enquanto dure", ele sacramenta, ele decreta que "esse amor infinito" (que significa "esse amor intenso") terá um "fim".

Que me perdoem os românticos que poderão não estar concordando comigo em relação a esta interpretação que estou fazendo. De forma alguma eu gostaria de colocar em discussão a beleza desse soneto de Vinícius, que, em minha opinião, é indiscutivelmente lindo, mas, sim, discutirei a psicologia e a mensagem subliminar, a mensagem criptografada, a linguagem em código que está por trás das palavras que o poeta utilizou naquelas três últimas frases.

Eu arriscaria dizer que, apesar de aquelas palavras aparentemente terem um forte apelo romântico, na realidade, nas suas entrelinhas, elas mais parecem ser uma *azaração* sem a intenção de assumir um compromisso sério e duradouro com a mulher. Elas estão mais perto de uma *cantada* do que uma declaração de amor do tipo *até que a morte nos separe*.

Digo o porquê! Dizer que "o amor tem que ser infinito enquanto dure" é o mesmo que dizer para a mulher "vamos nos amar intensamente e aproveitar este momento, pois a gente não sabe se a chama desse nosso amor ainda estará acesa amanhã". E se a mulher cobrar alguma coisa no dia seguinte, pode-se dizer simplesmente que "a chama do amor se apagou e o amor acabou!", e cada um que siga o seu caminho. Mas que as palavras do poeta são românticas e lindas e os argumentos sao fortes, ah... isso são!

Essas palavras parecem mais um eufemismo,
uma maneira branda
para se terminar um relacionamento,
do que para se iniciar um.
Se eu usasse chapéu,
eu o tiraria para o poeta!

Assim sendo, a partir daqui, já arrisco dizer que:

Se você pretende se divorciar,
então se case somente por amor,
porque o amor irá acabar da mesma
forma que o fogo e a chama se apagam.

Não para por aí. Na letra da música *Nova Flor*, citada por Alex no Capítulo XXX – "A Minha Sina", os autores se referiram ao "novo amor", encontrado um ano após a separação, como sendo uma "nova flor" e uma "nova ilusão". Veja, a seguir:

[...]
Ao chegar pra mim
"Nova ilusão"
No jardim do amor uma "nova flor"
veio florescer
[...]

Chamar o "novo amor" de "nova ilusão", nem preciso comentar, mas já comentando, "ilusão" é um engano dos sentidos ou da mente, sinônimo de devaneio, de quimera — nem preciso dizer mais nada. Sem querer forçar a barra, comparar o amor a uma "nova flor" que cresceu no "jardim do amor" é tudo muito lindo, romântico e poético, mas nem preciso dizer que:

Flores naturais,
que florescem em um jardim,
têm seus dias contados
e morrem de forma natural.

As flores só não morrerão
se forem de plástico.

Mas que romantismo teria em comparar
o amor com flores de plástico?
Não seria poético! Seria patético!

É claro que a carga de romantismo que existe ao se comparar o amor a uma flor natural, que tem *olor*, que pode ser cheirada e sentir a sua fragrância e admirar a sua cor e a sua beleza, é bem maior! Assim, acrescentando-se a vida das flores às comparações com o amor:

Segundo os poetas,
o amor termina da mesma forma que
a chama e o fogo se apagam,
e as flores que morrem.

Depois de vermos o que a ciência diz sobre o "amor" e como os poetas se referem a ele, selecionei agora o pensamento que o filósofo grego Sócrates tinha sobre o "Amor" e a definição que deu para ele. Conforme consta no Site UOL — "Brasil Escola", para Sócrates:

"O Amor é a busca da beleza e do bem.
E sendo assim, ele mesmo não
pode ser belo nem bom.
Quem ama, deseja algo que não tem.
Quando se tem, não se deseja mais,
ou se se deseja, deseja manter no futuro,
o que significa que não o tem."

Sócrates diz que "amar é estar à procura da beleza e do bem, porque não os tem". Na minha interpretação, se substituirmos "a beleza e o bem" pela locução "objeto de desejo" e, indo um pouquinho além, substituindo por "cara metade", nós entramos no nosso assunto.

Quem ama está à procura
da "cara metade", porque não a tem.
Ou,
Quem ama está à procura
do "objeto de desejo", porque não o tem.

E ele continua:

Quando se encontra o "objeto de desejo",
ou a "cara metade", o desejo termina.

Então,
Se amar é desejar, quando o desejo termina,
o amor também termina.

Esse raciocínio socrático pode até mesmo ser demonstrado por meio de uma simples igualdade matemática:

Se amar é desejar, então Amor = Desejo

Logo, se Desejo = 0 então Amor = 0 (c.q.d.)

Sócrates vai ainda mais fundo. Em outras palavras, ele diz que, se você encontra a sua "cara metade" e continua a desejá-la, é porque você continua tendo-a como "objeto de desejo futuro", o que significa dizer que, no presente, você não a ama porque, ao continuar a desejá-la, ela permanece no futuro.

Um raciocínio complexo como
este só poderia vir de um filósofo,
mas ele parece ser lógico, intuitivo,
dedutivo e até matemático!

Sócrates diz ainda que "o amor não pode ser nem belo nem bom". Acho que não precisaria dizer nada sobre esta frase, mas vou dizer assim mesmo. Muita gente diz que se casa por amor, mas, de repente, cruza com outra pessoa, se apaixona, pede o divórcio e deixa a cara metade na pior.

Ora! Como pode ser "bom e belo" este sentimento chamado "amor", um sentimento que "constrói" uma união para depois "destruí-la", a fim de construir uma nova união e, quem sabe, destruir futuramente essa nova união para construir outra, e outra, e outra...! E esse ciclo de construção e destruição pode repetir-se quantas vezes for, dependendo do grau de volubilidade de cada indivíduo.

Será que o amor poderia ser comparado ao
deus Shiva, um dos deuses do hinduísmo,
conhecido como "destruidor e regenerador"?

E sobre esse rastro de uniões
e de desuniões e de mágoas,
diz-se que tudo isso ocorre em nome do amor!

O amor ora está presente, ora está ausente.
O amor nasce, e o amor morre.
O amor une, e o amor separa.
O amor constrói, e o amor destrói.
O amor ilude, e o amor desilude.
O amor alegra, e o amor entristece.
O amor é contraditório.

O amor sempre leva a culpa.

"O amor não é nem bom, e nem belo!"

Com a ciência dizendo que o amor existe, mas ele não é de origem física, biológica, química, mas, sim, de fundo psicológico, que habita o nosso pensamento, um produto da nossa mente e fruto da nossa imaginação. Com poetas comparando o amor em um relacionamento como sendo fogo, chama, flor, ilusão, deixando subentendida a ideia de que ele tem fim. E agora, com o filósofo Sócrates dizendo que "quem ama está desejando o que não tem e, quando se tem, não deseja mais", eu acrescentaria a todos esses pensamentos o seguinte:

O amor poderia ser considerado
o arquétipo da infelicidade,
porque ele representaria a eterna
procura por aquilo que não se tem.

Diante desses argumentos eu me sinto confortável em afirmar que o amor não é a condição mais importante para que um casamento dê certo e seja duradouro.

O amor é, sim, um grande tema para ser
discutido no âmbito filosófico,
no âmbito religioso, e cantado em prosa
e em verso na música e na poesia,

mas não é primordial
no âmbito matrimonial.

Assim sendo, devem existir outros fatores mais importantes do que o amor quando o assunto for casamento. Então, vamos continuar olhando a nossa lista! Observe que, da sexta definição em diante, só existem verbos. Sim, verbos, e veja a quantidade deles! E você deve saber muito bem que verbos são palavras que indicam "movimento", "ação", "postura" e "atitude".

Você está entendendo agora a analogia que fiz ao comparar o casamento a um negócio, a um empreendimento? Não adianta você só amar o negócio, você tem que trabalhar constantemente e fazer acontecer. O mesmo ocorre com o casamento: não adianta somente você amar a cara metade; você precisa também fazer com que as coisas aconteçam. Você precisa demonstrar! Você precisa ter atitude! Você precisa agir!

Estando próximo do casamento, que atitude poderia demonstrar um casal que diz, com a maior cara de pau, que: "se não der certo, separa, uai!" Atitude? Zero. Comprometimento? Zero. Amor? Pode até existir e ser 10. E divórcio? Grande probabilidade.

Se você quiser pensar, pense, pensar é livre!
Se você quiser amar, ame, amar é livre!
Mas, se você quiser que seus pensamentos
e seu amor rendam frutos, "aja"!

"Tudo o que existe ou já existiu,
um dia foi uma ideia,
foi um pensamento que a ação tornou real."

Ao conjunto de todas essas ações possíveis e imagináveis, podemos dar o nome de "Manifestações de Amor", ou "Demonstrações de Amor". Sim, a única maneira de se demonstrar amor e carinho à cara metade é justamente manifestando com ações esse amor, esse carinho, porque ninguém consegue "ver" o sentimento do outro, a não ser que a pessoa seja paranormal, sensitiva ou vidente.

Amar é demonstrar amor, mas com ações,
e não só com palavras.

Não se deve confundir "manifestações de amor" com "provas de amor". A "manifestação" é natural, espontânea, e pode ser demonstrada por meio de pequenos gestos, de pequenas gentilezas no dia a dia do casal. Já a "prova" é exigida ou pelo marido ou pela mulher quando um deles tem alguma desconfiança do outro.

A prova não é espontânea e pode ser pedida
pelo parceiro por insegurança.
Seria o mesmo que confiar
desconfiando, porque:
"Ninguém é digno de confiança após ter
traído alguma vez a sua confiança."

É assim que deve ser no casamento quando se fala em amor. Sempre que possível, as caras metades devem fazer demonstrações de amor, de atenção e de carinho por meio de ações, como levar uma flor para a esposa, fazer a comidinha preferida do parceiro, dar um presentinho fora de data comemorativa, e tantas outras possibilidades. O que não pode acontecer é marido e mulher ficarem esperando que algo miraculoso aconteça para manter aceso o fogo da união do casal, ou para reacender aquela chama que já se apagou ou que esteja prestes a se apagar.

Mais uma vez, utilizarei um trecho da letra de uma música de Vinícius de Moraes em parceria com Antonio Carlos Jobim, chamada *A Felicidade*, só que desta vez será para ilustrar essa ideia de ação no sentido de se manifestar, de se demonstrar amor para o parceiro em um relacionamento:

[...]
"A *felicidade* é como a pluma
Que o vento vai levando pelo ar
Voa tão leve
Mas tem a vida breve
Precisa que haja vento sem parar"
[...]

Se substituirmos a palavra "felicidade" pela palavra "casamento" e compará-lo à "pluma", você verá o que estou querendo dizer com as ações.

Para manter a pluma no ar (o casamento vivo), o casal terá de agir (fazer demonstrações de amor sempre), como o vento que tem de soprar sem parar para evitar que a pluma caia (que o casamento acabe).

Se assim não for, o casamento será breve
igual à pluma que tem a vida breve.
Isto é casamento! Assim é amar!

Então, se estamos entendendo que o amor não é o fator mais importante dentro do casamento, e que temos de estar sempre alimentando com ações e atitudes a chama do amor para que ela não se apague, teria mais alguma coisa a ser dita? Sim, foi por isso que, no início deste tópico, eu disse que o título era grande.

Acabamos de ver que a paixão e o amor são importantes sentimentos que podem atuar no sentido de provocar atração, aproximar e unir casais, porém a paixão e o amor têm os dias contados. Mas também estamos vendo que somente este ponto de partida não seria condição essencial, necessária e suficiente para que os dois se unam e permaneçam unidos no casamento. Então, ainda estaria faltando mais algum fator a ser considerado nessa equação?

A resposta é sim. O que está faltando nessa equação seria, talvez, a coisa mais importante, a coisa que dá "liga" a tudo isso, que seria a nossa "Vontade", o nosso "Querer", o nosso poder de "Escolha", que, de forma pragmática, poderíamos chamar de **"Interesses"**, ou, por uma visão espiritualista, religiosa ou metafísica, poderíamos chamar de **"Livre-arbítrio"**. Nesta análise, levarei em consideração somente interesses positivos e deixarei de lado interesses escusos, dolosos, ou decorrentes de más intenções.

Observe que cada um daqueles verbos da nossa lista, de alguma forma, pode ser traduzido para algum tipo de "Interesse" específico, como:

– proteger: querer manter a cara metade a salvo dos perigos da vida;

– assumir compromisso: querer manter os votos feitos no casamento;

– sentir saudade: querer estar perto quando se está longe;

– envelhecer juntos: querer ficar ao lado da cara metade até o fim da vida;

– preocupar-se com o outro: querer que a cara metade esteja bem;

– cuidar: querer o bem e dar apoio quando necessário;

– ser leal: querer preservar a confiança da cara metade, sem traições;

– procriar: querer ter filhos com a cara metade.

E assim vai...

A não ser por motivo de força maior, ou por coação, ninguém é obrigado a fazer absolutamente nada contra a própria vontade. E isso se aplica a todas as escolhas que fazemos durante a vida, sejam escolhas triviais do nosso dia a dia, sejam escolhas mais importantes, como, por exemplo, se casar. E para aqueles que venham a contrair núpcias, o casamento poderá representar parte significativa da vida do casal, como ocorreu com o casamento de Alex e Maria, que representou a maior parte da vida deles até o momento da separação.

As únicas obrigações que temos na vida, por motivos óbvios, são: comer, beber, respirar, fazer xixi e fazer cocô. O resto são "escolhas".

Em resumo, nós só agimos se quisermos, e o "querer" e os "interesses" entram em ação a partir do dia em que o casal se vê pela primeira vez e se sente atraído um pelo outro até chegar ao casamento. A partir do casamento, o cenário muda, pois o homem e a mulher deixam de ser solteiros e passam a ser marido e mulher, unidos pelo matrimônio. E aí vêm mais mudanças.

As responsabilidades mudam, os filhos chegam, e as obrigações mudam mais ainda. Em meio a tantas mudanças, ou o amor amadurece, ou, aos poucos, ele vai se enfraquecendo até se acabar. A partir daí, é o "querer" e os "interesses" que entrarão em cena e continuarão a comandar as ações que determinarão a duração, a solidez, o sucesso, em resumo, o destino do "negócio" chamado "casamento".

Enquanto o marido e a mulher quiserem, o casamento durará.

A partir do momento em que um dos dois se desinteressar e não quiser mais, nenhuma manifestação de amor e de carinho conseguirá manter vivo o casamento. Será o fim da união!

Foi exatamente isso o que aconteceu com o casamento de Alex e Maria, que durou até quando ela "não quis" mais fazer sexo, "não quis" mais compartilhar a vida dela com ele, "não quis" mais continuar casada com ele e "quis" divorciar-se. Acho que, quanto ao "livre-arbítrio" e ao "querer", o assunto se esgotou.

Agora, se você ainda tem alguma dúvida em relação a esta tese que estou a defender, que o amor não é o fator mais importante em um casamento, vamos voltar à história de Alex e Maria e analisar o que de factual existe entre a história deles e esta minha tese.

Em primeiro lugar, de acordo com as revelações de Maria, ela disse que "nunca" amou Alex. Podemos dizer que esse "nunca" vai desde quando eles se conheceram no antigo curso Científico na escola, quando eles deram o primeiro beijo, quando, no primeiro encontro como namorados, Maria vomitou atrás do Teatro Municipal após ter comido cachorro-quente, e assim vem até os dias atuais. Eles namoraram durante quatro anos e depois ficaram noivos; teve até festinha de noivado, este que durou mais dois anos.

Após esses seis anos entre namoro e noivado, eles se casaram, e esse casamento durou mais 45 anos, perfazendo um total de 51 anos juntos até o divórcio. Diante de todos esses números, diante de todos esses fatos, eu farei a pergunta mais óbvia possível:

Que importância teve o amor
no casamento entre Alex e Maria?
E eu já dou a minha resposta:
nenhuma importância!

A própria Maria declarou que "nunca"
amou Alex, mas ela se casou com ele!
Então, o "querer" e os "interesses"
de Maria sobrepuseram-se ao "amor",
ou — melhor dizendo neste caso —
à "falta de amor"!

Mas como poderíamos dizer que Maria se casou por interesse, se Alex não tinha onde cair morto? Eu diria que não foi por interesse material, mas, sim, por algum ou alguns interesses que somente Maria poderia responder, além, é claro, do seu próprio "querer", de sua "vontade", do seu "livre-arbítrio".

Vamos falar de Alex, que também disse que não amava Maria. E, pela sua narrativa, ficou claro que a opção por continuar o namoro com Maria foi totalmente "racionalizada", mesmo que ele tivesse de se casar cedo e ir contra os conselhos dos mais velhos, dos seus pais e de familiares.

Sem que Alex e Maria se amassem,
os interesses e o livre-arbítrio prevaleceram,
e o relacionamento deles durou incríveis
51 anos, mesmo sem amor!

Agora vamos falar das demonstrações espontâneas de amor de Maria para com Alex, que não foram poucas. Algumas delas foram relatadas por Alex no Capítulo XVI – "A Previsão", nas quais Maria agiu de alguma forma para beneficiá-lo quando eles ainda eram ou namorados ou noivos. Você deve lembrar! Mas, para mim, a maior delas aconteceu quando ele estava disposto a terminar o namoro com ela.

Sem que Alex pedisse, e de forma espontânea,
Maria propôs dar a ele
o tempo que fosse necessário para
que ele pudesse refletir e decidir
se queria mesmo terminar o namoro.

Espero que concorde comigo, mas, para mim, essa atitude espontânea de Maria foi um fantástico exemplo de manifestação, de demonstração ou de prova de amor, levando-se em consideração o contexto em que ela aconteceu. Ela mostrou total desprendimento e total desinteresse material. E juntando essa com as outras atitudes, ela mostrou também confiança, caráter, credibilidade, companheirismo, solidariedade, cumplicidade e, eu até arriscaria dizer, uma vontade de "querer envelhecer juntos".

Diante de tantas demonstrações
positivas de amor,
Alex não precisou de muito tempo para se
decidir a continuar o namoro com Maria.

Mas hoje sabemos que Maria usou e abusou da criptografia. Hoje sabemos que o que ela sentia por Alex era exatamente o contrário do que ela demonstrou.

Não havia amor de Maria para com Alex, só o querer e os interesses, talvez, e Alex não conseguiu perceber as mensagens codificadas que estavam por trás daquelas atitudes de Maria e, por que não dizer, não conseguiu percebê-las durante todo o tempo em que ele viveu ao lado de Maria até o casamento deles terminar.

Foi com base naquelas demonstrações de amor que Alex identificou em Maria todos os atributos que um homem gostaria de encontrar em uma mulher para tomá-la como sua legítima esposa e constituir uma família com ela. Amando-a ou não, mas "interessado" em ter uma mulher como Maria ao seu lado, e "querendo" tê-la como esposa, Alex rapidinho "escolheu" continuar o namoro com Maria.

O "interesse" de Alex por Maria pode ter durado até ela se "desinteressar" por ele.

Agora, diante de todos esses fatos, uma contradição aflora e torna questionável a importância do amor nos relacionamentos. E eu pergunto:

Como Maria poderia dizer hoje que fez tudo o que fez por Alex sem amá-lo? Se ela fez tudo aquilo por ele sem amá-lo, imagine se ela o amasse!

Para mim, ou Maria faltou com a verdade quando fez para Alex, em várias épocas e ocasiões, todas aquelas bondades próprias de quem ama, sem amá-lo, ou ela faltou com a verdade agora, ao dizer que nunca amou Alex, só para magoá-lo, mas podendo tê-lo amado naquela época.

Não teria sido vergonha nenhuma se Maria apenas tivesse dito a Alex que o amor que ela sentiu por ele acabou, pois estamos vendo que isso é normal!

Tem mais! Maria também disse que "não se lembrava de ter feito e não sabia dizer por que fez tudo aquilo por Alex"! Isso é intrigante! E olhe que são muitas coisas para serem esquecidas! Quem sabe, uma possível explicação para esses esquecimentos pudesse ser dada no campo da espiritualidade por meio da mediunidade. Isso porque Maria poderia ter entrado em transe e incorporado algum espírito, cada vez que ela praticou aquelas ações boas, e, por esse motivo, não estaria agora se lembrando daqueles seus atos. Porém, se não for isso:

Só Freud poderia explicar! São muitas contradições juntas para serem entendidas!

Tudo isso só reforça a minha tese de que o amor não é o fator primordial para que duas pessoas se casem e tenham um casamento de sucesso, duradouro ou feliz, como queiram. É importante e necessário que também haja "interesses" envolvidos e que os dois "queiram" casar-se, constituir família, ter filhos, que eles "queiram" resolver juntos os problemas advindos do casamento, "queiram" viver juntos até que a morte os separe, e etc. etc. etc.

O que você pensaria a esse respeito? Apesar do divórcio, os 51 anos que durou a união entre Alex e Maria, mesmo sem amor, poderia ser considerada uma união de sucesso, levando-se em conta o tempo de duração? Ou, para se medir o sucesso, seria necessário que eles se mantivessem juntos até o fim da vida?

Julgue, mas não vale pedir ajuda a Freud!

E tem mais um pontinho nessa história que eu gostaria de explorar. Vamos chamar de "a voz da experiência". Você está lembrado de quando a "Vó" de Alex fez aquela "previsão"? Você lembra que tanto ela como os familiares dele, na época, diziam que ele era novo para se casar? Eles diziam que ele deveria primeiro terminar a faculdade para depois se casar.

Alex não ouviu os mais velhos e experientes e se casou cedo com Maria. E quando terminou a faculdade, ele estava preso a compromissos financeiros e não podia mais se aventurar profissionalmente, justamente quando ele mais precisaria levantar voo. Você conseguiria associar essa situação com o caso de casamento arranjado do indiano lá dos Estados Unidos, que relatei no início deste capítulo?

Saber ouvir a voz da experiência é importante, eventualmente poderá não ser o melhor caminho, mas poderá ser!

Tanto conselhos como intuição são importantes, e Alex optou por sua intuição...

Ainda, você se lembra daquele namorado judeu que Maria contou para Alex que teve na adolescência, por quem ela se apaixonou, e a família dele não permitiu o namoro entre eles? Ele rompeu o namoro com Maria, respeitando as tradições de sua família, respeitando a experiência e a opinião dos mais velhos, e foi fazer a sua faculdade "livre, leve, solto e solteirinho"!

Agora, sabendo o que sabemos, nós poderíamos afirmar que Maria poderia ser considerada uma mulher madura por volta dos seus 20 anos, época em que ela fez todas aquelas demonstrações de amor sem amar Alex? Ou, na realidade, ela era imatura e foi de uma irresponsabilidade a toda prova a ponto de brincar e jogar com o futuro de Alex e com o dela mesma? Ou será que ela já teria algum distúrbio psicológico desde aquela época, que precisasse de tratamento?

Seja como for, o passado não volta, nem para Alex nem para Maria, e o que fica para Alex é que foi baseado em todas aquelas demonstrações de amor, que fizeram com que ele escolhesse Maria para ser sua esposa e viver com ela pelo resto da vida, porque era assim que ele entendia ser o casamento. É, leitor...

Se o coração nos trai
e as aparências nos enganam,
então, em que podemos confiar?

A vida nos prega peças, melhor dizendo,
as pessoas nos pregam peças!
As pessoas nos decepcionam!

"E agora, José?"

Essa é a primeira frase do poema *José,* de Carlos Drummond de Andrade. Esse poema trata do sentimento de solidão e abandono do indivíduo na cidade grande. Pelo que Alex deixou transparecer em sua narrativa, é provável que ele esteja se sentindo da mesma forma que o "José" do poema de Drummond.

Mas não vamos deixar toda essa história de falta de amor somente nas costas de Maria, porque, de acordo com sua narrativa, Alex também disse a ela que nunca a amou. Só que, diferentemente de Maria, ele sabia que a queria desde quando a conheceu, ele tinha maturidade e consciência dos seus atos; e ele também tinha convicção das suas escolhas, pois ele as fez de forma objetiva com base nas atitudes de Maria, que eram fatos, e não somente pelo coração. E tem mais:

Alex não negou nem se esqueceu das escolhas que fez.

A atração de Alex por Maria e o seu interesse por ela tiveram início quando ele a viu desfilar pela primeira vez no corredor da escola e durou até o divórcio. Já Maria, pelos motivos dela, acabou perdendo o interesse tanto por Alex como pelo seu casamento, que terminou em divórcio. "É o tal do negócio":

Alex queria continuar casado, e Maria não queria. Então, quando um não quer, nenhuma atitude do outro é capaz de evitar a separação. Como Maria dizia: "Agora é tarde, (José)!"

Vamos continuar na minha tese, mais precisamente sobre o pensamento de Sócrates. O filósofo dizia que "quem ama deseja o que não tem", e eu adaptei esta frase como "quem ama deseja encontrar a cara metade". Como Maria sempre foi uma mulher romântica e sonhadora, ela devia acreditar no amor. Só que ela não encontrou esse amor em Alex e, por isso, apesar dos 51 anos de relacionamento, continuou a desejar o que ela não tinha.

Imagine o grau de infelicidade que essa situação deve ter provocado em Maria, que passou quase uma vida desejando o que não tinha, a saber, um grande amor e a dita felicidade! Já com Alex ocorreu o contrário: ele amou e desejou Maria até que conseguiu tê-la para si. A partir daí, o desejo e o amor de Alex por Maria terminaram, mas o seu interesse por ela e a vontade de levar o casamento até morrer não terminaram.

Alex era feliz por ter Maria ao seu lado, e isso lhe bastava — digamos, uma espécie de acomodação inata dos homens. Mas com Maria era diferente, e Sócrates mais uma vez entra em ação:

Alex viveu sem "amor" porque o "desejo" por Maria acabou, pois ele a tinha; e Maria continuou "amando", pois continuou "desejando" viver um grande amor!

Alex declarou que nunca traiu Maria, e isso também pode ter uma explicação socrática. Se ele não tinha amor e não desejava, ele não procurava outra mulher porque já tinha encontrado o seu objeto de desejo, que era Maria. E por ele estar satisfeito porque já tinha encontrado a sua cara metade, então ele era feliz.

Para Alex, Maria era a sua cara metade.

Partindo-se do princípio de que o amor é uma ilusão e fruto da nossa imaginação, Maria teria idealizado o amor e continuou a procurar até encontrá-lo, mesmo depois de casada, mesmo com o avanço da idade, mas não de forma física e carnal, mas, sim, de forma "ideal" e, quem sabe, até "platônica". E quem acabou sendo o objeto de desejo de Maria, a sua cara metade? Foi o seu "amante virtual à distância" da Internet, do Facebook.

Maria confessou a Alex que tinha se apaixonado pela primeira vez na vida, e pela primeira vez ela soube o que era amar.

Esta atitude de Maria poderia ter três implicações:

A primeira implicação seria que a paixão que Maria nutriu pelo amante da Internet era recente, e, como já vimos, uma grande paixão pode ter um efeito viciante igual a uma droga e prejudicar o poder de discernimento da pessoa que a vive. Talvez isso pudesse explicar os sacrifícios que Maria estaria disposta a fazer para se unir ao amante, sacrifícios esses que só uma pessoa cega pela paixão seria capaz de tolerar sem enxergar, mas, para quem está de fora, isso ficaria evidente.

A segunda implicação seria que Maria descobriu o amor, mas, em seguida, o abandonou porque ela escolheu fazer uma tentativa e continuou casada com Alex. Acontece que o verbo "tentar" não faz parte daquela nossa relação de verbos sobre o amor, e, naquela altura, o casamento de Maria e Alex já tinha ido para o brejo porque ela havia perdido o interesse em continuar casada, apesar de dizer que tentaria.

A terceira implicação seria a respeito do pensamento de Sócrates, que diz que "o amor não pode ser belo nem bom". E isso fica muito claro! Maria encontrou o amor, ganhou, mas não levou! Então, em sua mente, a busca pelo amor ideal continuou viva, o que quer dizer que ela continuou infeliz porque ela não o tinha, e a busca continuou. O amor ideal continuou no futuro imaginário de Maria, o que a fazia infeliz porque ela continuava a persegui-lo. E Alex, que não queria de forma alguma a separação, acabou ficando infeliz com o divórcio.

O amor transformou Alex e Maria
em dois infelizes.

Outro ponto que eu gostaria de comentar seria sobre as várias situações recentes em que Alex declarou que amava Maria. Esse sentimento de amor de Alex só aflorou num período em que Maria não queria mais fazer sexo e ele percebeu que o seu casamento estava em risco após Maria ter acenado com a possibilidade de separação. E ele disse também que aquela tinha sido a primeira vez que ele chorou por amor.

Alex descobriu o sentimento amor
a partir de um estímulo externo,
que foi a iminência de perder Maria.

Aparentemente, se Maria não o amava e Alex não a amava, então eles estavam empatados em sentimentos, ou seja, na falta de amor de um pelo outro. A diferença foi que Maria havia perdido seu interesse por Alex e pelo casamento e queria o divórcio, mas Alex manteve o seu interesse por ela e pelo casamento. Mas agora vamos ver esta história de amar e deixar de amar por outro ângulo.

Maria disse para Alex que somente agora ela tinha descoberto o que era o amor, ao se apaixonar pelo "amigo do Facebook", e Alex disse para Maria que também não sabia o que era o amor até sofrer a ameaça de perdê-la. Ora! Se esses são fatos recentes, isso quer dizer que, na juventude, eles dois ainda "não tinham sido apresentados para o amor", então eles não poderiam nem conhecer nem saber o que era amar.

Eles poderiam muito bem ter sentido atração um pelo outro, porém de uma forma instintiva ligada à memória emocional, pois o sentimento amor ainda era desconhecido por eles. E por não saberem o que era o amor, eles não conseguiram identificar com clareza o que um sentia pelo outro e que sentimento era esse que os aproximara e os envolvera.

Sem conhecer o amor, Alex e Maria caminharam na direção do casamento, movidos por outros motivos que propiciaram a prevalência dos interesses. Mas ninguém, nem mesmo eles, poderia, de forma categórica, afirmar que eles não se amavam ou que nunca se amaram. Isso porque, em muitas situações, o nosso subconsciente pode nos fazer agir tanto intuitivamente como instintivamente e até nos pregar peças de vez em quando! Você já ouviu falar em "ato falho"?

Esse recente amor que tanto Alex como Maria disseram ter descoberto somente agora, que se manifestou nos dois cada um do seu jeito, poderia ter sido o afloramento tardio daquele antigo amor que ficou alojado no recôndito, no âmago do subconsciente deles, desde a adolescência. Você concorda que aqueles dois fatos foram o estímulo externo que fez acender o amor que Alex e Maria diziam desconhecer?

Maria escolheu o seu amante para amar.
Alex escolheu Maria para amar.
As soluções para esse problema eram
antagônicas, divergentes e autoexcludentes.

Mas, seja como for, o amor que nasceu, ou renasceu, de Alex por Maria poderia ter sido decorrente do sentimento de perda não somente de Maria, mas também porque o divórcio o faria sair da sua zona de conforto. Afinal, com o divórcio, Alex perderia a sua estabilidade financeira pela qual ele declarou ter lutado por toda a vida. Mas também ele deixou claro que a separação era contra os seus princípios morais, contra a sua vontade e contra os seus interesses, e, por isso, ele lutou por dois anos para manter o seu casamento.

Ainda, com o divórcio, Alex teria de sair do comodismo do seu casamento e abrir mão dos seus costumes, hábitos e rotinas. E sair da zona de conforto é difícil para qualquer homem, ou qualquer ser humano, uma vez que "o homem é um animal de hábitos". Alex pode ter construído para ele um mundo de certezas e de seguranças, situação essa que ele perderia com o divórcio. O fato é que tanto Maria como Alex disseram que somente agora descobriram o que era o amor. Então, o jogo está empatado!

E se o jogo está empatado,
a bola está com você!
Você avaliaria a hipótese de ambos
se amarem sem saber disso?

Você concordaria se eu dissesse que o
"interesse" de alguém por uma pessoa
poderia ser considerado a "causa"
que teria como "efeito"
um "sintoma" chamado "amor"?

Ainda, o que você acha que vem primeiro
quando duas pessoas se sentem atraídas:
o "interesse" ou o "amor"?

Pense nisso!

Neste capítulo, falamos de amor e sua importância relativa no casamento. Falamos também de arte e de filosofia, uma vez que citamos poetas, compositores, cantores e filósofo. E lá atrás, no Capítulo IV – "Depois da Volta do Cruzeiro", foi citado o dilema: "A vida imita a arte", ou "A arte imita a vida." Diante dessa estreita relação que existe entre amor, vida e arte, vou usar alguns acontecimentos e diálogos que se passaram na trilogia do filme *O Poderoso Chefão* (parte I — 1972, parte II — 1974 e parte III — 1990), para ilustrar o que aqui foi discutido.

Na parte II, Michael Corleone, o chefão da máfia, estava casado com Kay, e eles já tinham um casal de filhos. Ele era apaixonado pela mulher, e ela parecia também ser apaixonada por ele. Então, Kay engravidou. Nesse período de início de gravidez, Michael teve de fazer uma viagem de negócios. Durante sua ausência, Michael ficou sabendo que sua mulher tinha tido um aborto espontâneo e perdido o bebê, e ele se sentiu culpado por isso.

Após retornar à casa, Michael teve de viajar para Washington D.C., para depor em uma CPI que investigava a máfia, e ele levou junto Kay e os filhos. No hotel, Kay comunicou que se separaria dele. Inconformado, ele disse que a amava e que não queria a separação, que ele se sentia culpado pela perda do bebe e prometeu a Kay que mudaria.

Durante a discussão, ela revelou a "verdade", dizendo a ele que o aborto não tinha sido espontâneo, mas, sim, que ela tinha tirado a criança, um menino, e que ela não queria ter outro filho dele. Cheio de ira e ainda sabendo que era um menino, Michael deu um soco na cara da mulher, que caiu tonta no sofá. A cena parou aí, e mais tarde eles se divorciaram.

Na parte III da trilogia, seus filhos já eram adultos. O rapaz que era o mais velho seguiu carreira de cantor e faria sua estreia em uma ópera na Sicília, Itália, terra do seu avô por parte de pai Vito Corleone. Depois de tempos sem se verem, Michael e Kay se encontraram lá para assistir à apresentação do filho. Ela tinha se casado novamente, mas ele permaneceu solteiro.

Na cena em que estavam somente os dois conversando, Michael, apesar de ter passado anos sem perdoá-la pelo aborto e sem querer vê-la, disse a Kay que nunca deixou de amá-la. E ela confessou a ele que também nunca tinha deixado de amá-lo e achava que jamais deixaria de amá-lo.

E agora? Eram duas pessoas maduras que se divorciaram, mas declararam ainda sentir amor uma pela outra. Duas pessoas maduras que confessaram sempre terem se amado e que continuariam se amando pelo resto de suas vidas. Diante disso:

Por que essas duas pessoas que se amavam não estavam juntas?

Por que o casamento entre Michael e Kay acabou, mesmo que um amasse o outro?

Agora vou dar o meu parecer:

O casamento entre Michael e Kay, mesmo que houvesse amor entre eles, acabou porque, em determinada altura da relação, eles tiveram ***"interesses divergentes e conflitantes"***. Kay não aceitava mais o modo de vida do marido e, por isso, ***"não quis"*** mais continuar casada, e eles acabaram se divorciando. Perceba que:

O amor não resistiu ao conflito de interesse.
O amor não teve força
para impedir a separação.
O amor sozinho não basta
para evitar divórcio.
O amor por si só não segura casamento.

Eram dois infelizes que
se separaram mesmo se amando!
E quantos casos iguais a esse devem existir!

Levando-se como exemplo a história de Alex e Maria e a história de Michael e Kay, em que o amor foi "culpado" por tornar quatro pessoas infelizes, nós poderíamos fazer a seguinte reflexão:

Será que Sócrates, que viveu no século IV a.C., teria razão ao afirmar que:

"O amor não é belo nem é bom?"

CAPÍTULO XXXIX – A FELICIDADE

Este é mais um tema sensível e de difícil abordagem, mas, apesar disso, vou me arriscar a dizer o que eu penso sobre a felicidade, pois este tema fez parte da história de Alex e Maria. Nunca se falou tanto em felicidade como atualmente. A mídia nos bombardeia diariamente com propagandas de todos os tipos, tentando nos vender algo com a ideia de que, se comprarmos determinado produto, ele nos fará feliz. Em contrapartida a isso, também nunca se viu tanta gente frustrada e infeliz procurando tratamentos psiquiátricos, psicológicos, neurológicos e assemelhados, sem entrar no mérito do alto número de suicídios.

***Parece que ser feliz virou uma obrigação,
uma espécie de epidemia,
e quem não se sente feliz se sente doente.***

Para as pessoas se sentirem felizes, é preciso que elas viajem, comam em bons restaurantes, tenham equipamentos de ginástica para manter o "corpitcho" em forma ou frequentem academias e façam dietas, tenham um carro novo e uma linda casa, usem roupas da moda ou tenham o último modelo de celular, e assim vai.

***Até tomar vitaminas ou consumir
produtos que contenham fibras alimentares,
com a finalidade de manter equilibrado
o ciclo peristáltico das pessoas,
virou sinônimo de felicidade!***

***Parece que vender a ideia de felicidade
vendendo produtos***

tornou-se a principal missão da mídia,
e a sociedade comprou essa ideia.

Parece até que a felicidade pode ser
encontrada em prateleiras,
ou adquirida em um site e entregue
em casa via "delivery".

Até as novelas tentam vender a ideia de que encontrar um grande amor fará a pessoa feliz. E os apaixonados se casam, e quase metade desses casamentos termina em divórcio! E em meio a tudo isso, muitas pessoas passam boa parte de suas vidas procurando a felicidade, preocupadas em atender aos padrões que a sociedade e a mídia ditam, mesmo que, para isso, elas tenham de gastar algum dinheirinho comprando algum produto que acreditam que as fará felizes. Ledo engano!

Todos querem ser felizes,
mas poucos sabem o que é felicidade,
e muitos até pensam que sabem!

Devem existir mil maneiras de se definir felicidade, uma vez que o seu conceito é amplo e pode ser aplicado ou associado a uma variedade enorme de episódios ou de situações de sucesso que fazem parte da vida das pessoas. Então, para efeito deste tópico, falarei de felicidade somente no campo pessoal, no foro íntimo das pessoas e, quando aplicável, no casamento, deixando de lado a parte consumista, retórica, pragmática e mais ampla do uso do termo felicidade.

Nesse sentido, eu vou começar reportando-me às palavras que Alex usou em carta para Maria, descrita no Capítulo XXI – "O Dia Seguinte", em que, a meu ver, ele apresentou com rara felicidade um caminho que poderia ajudar uma pessoa a ser feliz, caminho esse representado por três perguntinhas relacionadas a esta abstração, este mistério, este mito chamado "felicidade". Você se lembra das perguntas que Alex fez? Foram elas:

1. ***Quem realmente sabe o que é felicidade?***
2. ***Quem realmente sabe o que deve fazer para ser feliz?***
3. ***Quem realmente sabe o que quer?***

Acontece que Alex não deu suas respostas a essas questões; ele as deixou em aberto e se limitou a dizer para Maria que "sabia as respectivas respostas, e, por isso, ele admitiu ser uma pessoa feliz", mesmo que estivesse vivendo um período de profunda tristeza. Assim sendo, peço licença a Alex para responder essas questões sobre felicidade. E você, caso queira, poderá fazer o mesmo.

A primeira pergunta é: ***"Quem saberia dizer o que é felicidade"?***

Para dar esta resposta, eu começaria questionando como alguém poderia definir de forma objetiva e concreta uma coisa que é abstrata, teórica, e que não pode ser vista, tocada, ouvida, cheirada e muito menos saboreada, ela só pode ser sentida.

A felicidade é um sentimento totalmente ligado ao *estado de espírito* de cada pessoa, o que nos permite inferir que podem existir quase 8 bilhões de maneiras possíveis de se sentir a felicidade e, portanto, mais de 8 bilhões de maneiras de defini-la. E por ela estar ligada ao estado de espírito:

***A felicidade não deve ser vista como
um pisca-pisca de um carro,
cuja luz acende e apaga de forma
intermitente, ou seja,
agora estou feliz, agora não estou feliz,
e assim sucessivamente.***

***A felicidade deve ser vista como um farol,
cujo facho de luz é contínuo,
que somente apagará com o fim
da nossa vida terrena.***

***Caberá a cada um escolher que tipo
de luz gostaria de ter dentro de si,
se a luz de um farol ou a luz
de um pisca-pisca!***

***Mesmo sendo uma abstração,
a felicidade é bem real,
pois ela pode afetar diretamente
o nosso humor, e até mesmo a nossa saúde.***

Mas é claro que, pelo fato de qualquer ser humano poder sentir a felicidade à sua maneira, só isso não seria suficiente e não habilitaria ninguém a ser feliz. Isso porque o indivíduo precisaria primeiro passar por uma espécie de introdução e ser apresentado à felicidade, cada qual dentro da cultura de sua sociedade ou do seu grupo, para então tomar ciência de sua existência e conhecê-la. A partir daí, cada um deverá procurar entendê-la e ir para os passos seguintes, a fim de tentar encontrar-se com a felicidade em sua plenitude.

Tudo o que conhecemos hoje um dia
foi-nos apresentado, ensinado,
uma vez que nós nascemos sem saber
absolutamente nada, exceto nossos instintos!

Temos de concordar que a imagem que nos é passada, a mensagem de felicidade que a sociedade nos transmite desde quando somos ainda criancinhas, é bem diferente do que a felicidade é de fato. Talvez seja por isso que muita gente diz viver correndo atrás da felicidade, dando a falsa impressão de que a felicidade tivesse pernas e que ela pudesse ou precisasse ser capturada para se conseguir ser feliz, mas, infelizmente, a vida nos ensina que não é por aí! A vida nos ensina às duras penas que:

A felicidade não tem pernas,
ela não corre e nem foge da gente.
Somos nós quem nos distanciamos
dela em consequência dos nossos atos.

Se pudéssemos capturar a felicidade,
todos nós seríamos felizes!
Bastaria para isso armar uma armadilha
para capturar a felicidade,
porém quem assim age ou pensa acaba
caindo na própria arapuca!

A felicidade precisa ser
construída dentro de nós!

Como tudo no mundo é dual, uma vez que existe a "felicidade", também existe a "infelicidade". Acontece que a infelicidade é muito, muito mais fácil de ser definida e é muito mais fácil de ser sentida. Isso ocorre porque os caminhos que levam as pessoas a serem "infelizes" são mais numerosos, menos árduos, são mais sedutores e encantadores e mais fáceis de serem seguidos, e, por isso, sua definição se torna bem mais simples de ser dada e entendida:

"Infelicidade é a ausência de felicidade."

De acordo com essa definição simples, a infelicidade pode provocar nas pessoas que se sentem infelizes a sensação de que está faltando algo na sua vida, uma espécie de lacuna, um vazio dentro delas, um buraco que se abre no coração e que precisaria ser ocupado. Mas a pessoa se sente incapaz de sair desse estado, pois ela não sabe nem como nem com o que tampar esse buraco! Muitos podem até chegar a sofrer de depressão.

Tem mais: a felicidade e a infelicidade caminham juntas e vivem juntas dentro da gente, estão sempre lado a lado. Talvez seja por isso que elas podem provocar o efeito pisca-pisca dentro da pessoa, o que não é bom! Por estarem sempre juntas, às vezes, elas podem confundir-nos e fazer com que muita gente diga que é infeliz sem perceber que a felicidade está pertinho, dentro dela. A felicidade pode estar na cara dela, mas ela não percebe porque não consegue identificá-la e reconhecê-la. Isso ocorre porque:

Dizer que é infeliz é mais fácil, atrai
a compaixão das pessoas e dá mais IBOPE,
porque tem muita gente que gosta
de despertar atenção fazendo-se de vítima.

Mas, tome cuidado, ficar alardeando
que é feliz pode provocar inveja e cobiça,
porque tem muita gente invejosa que
se alimenta da infelicidade dos outros.

Agora, pergunto: como poderia ser representada a imagem de uma pessoa feliz? Poderia ser representada, por exemplo: com uma foto da pessoa fazendo uma *selfie* sorrindo ou fazendo biquinho nas redes sociais; ou com uma foto da pessoa dançando, cantando, rezando, trabalhando, viajando, saltando de paraquedas ou lendo um livro? Ou, ainda, malhando, escalando uma montanha, jogando futebol, estudando, tirando uma foto das batatinhas fritas no restaurante ou, quem sabe, fazendo compras?

Quem assim pensa está redondamente enganado! Afirmo que nenhuma dessas imagens poderia representar um indivíduo feliz. Qualquer um pode ver fotografias do que a pessoa está fazendo naquele instante, mas ninguém poderá saber o que ela está pensando ou saber como está o espírito dela naquele momento.

A felicidade não está naquilo
que você faz, compra ou tem.
A felicidade está na sua forma de pensar,
na sua postura perante a vida.
A felicidade é um modo de vida.

A felicidade precisa fazer parte
dos seus valores e das suas crenças.

Felicidade é significância, e não significado!

Por que não se poderia afirmar que uma pessoa é ou não feliz apenas pelo seu estereótipo momentâneo? E a resposta é simples:

Porque a felicidade não é
uma ação de momento,
mas, sim, uma sensação permanente.

A felicidade não é uma foto,
mas, sim, um filme.

Portanto, rendo-me a esta tentativa de definir o que é felicidade, porque ela é, na sua essência, um sentimento pessoalíssimo e dificílimo de ser definido. Cada pessoa poderá ter o seu entendimento, ser feliz à sua maneira e defini-la à sua maneira, o que torna impossível estabelecer um padrão de felicidade, como muitos acham. Espero estar na mesma linha de raciocínio de Alex, e ainda me arriscaria a dizer que:

A felicidade é uma das escolhas que
se faz na vida. Você escolhe ser feliz.

Você poderá ser feliz, mas jamais
poderá ter a felicidade,
o que torna inútil correr atrás dela.

Definir a felicidade? Ora! A felicidade
apenas "é"! A felicidade apenas "existe"!

Não confunda *"felicidade com alegria"* e *"infelicidade com tristeza"*. Tanto a alegria como a tristeza são decorrentes de algum episódio, de uma circunstância de momento, cuja ocorrência não mudará o estado de espírito da pessoa. Quero dizer com isso que, seja a pessoa feliz ou infeliz, ela continuará a sê-lo, independentemente desse episódio alegre ou triste.

Isso quer dizer que uma pessoa feliz continuará sendo feliz, mesmo que ela esteja vivendo um momento de tristeza na sua vida, como: estar prestes a enterrar um ente querido, ou ter batido o seu carro novo que não estava segurado, ou a esposa ter tido um aborto pela terceira vez, e etc. Já uma pessoa infeliz poderá estar vivendo um momento de alegria, como em uma grande festa, ou em uma viagem, ou em um restaurante na companhia de amigos, que ela continuará se sentindo vazia e infeliz.

A segunda pergunta é: ***"quem saberia o que fazer para ser feliz"*?**

Para dar esta resposta, começarei mencionando uma famosa frase, uma oração atribuída a São Francisco de Assis, que, no meu modo de ver, caracteriza com propriedade o caminho para a felicidade. Sei que você a conhece porque ela é uma das frases da moda mais repetidas atualmente. Mesmo assim, apesar de ser muito conhecida, penso que ela não é tão praticada pelas pessoas, como deveria ser. A frase é a seguinte:

"Deus! Conceda-me serenidade
para aceitar as coisas que não posso mudar,
coragem para mudar tudo o que posso
e sabedoria para reconhecer a diferença
entre elas."

Ouso afirmar que os três preceitos para se chegar à felicidade estão contidos nessa singela frase, que são a sabedoria, a serenidade e a coragem, mas, devido às reproduções, você poderá encontrar a palavra força no lugar de coragem, o que não muda o teor da mensagem.

Mas, seja coragem, seja força (força de espírito, e não força física), quem tiver o equilíbrio necessário para colocar em prática esses três mandamentos estará elegível para ser feliz.

Você deve ter notado que, na frase, a sabedoria vem em terceiro lugar na ordem de concatenação das ideias que ela se propõe a transmitir. Porém, a sabedoria é a condição necessária para que a pessoa possa usar o seu discernimento e consiga decidir-se a agir serenamente ou corajosamente diante de cada situação. Entretanto, a sabedoria talvez seja a condição mais difícil de ser alcançada, pois:

Não existe aula de sabedoria nas escolas.

"A sabedoria não é uma flor
que você colhe em um campo.
A sabedoria é uma flor que nasce
no topo de uma montanha,
e para ser colhida é necessária
uma difícil escalada,
uma árdua jornada que estará sujeita
a todos os tipos de intempéries."

Guardando as devidas medidas, podemos dizer que a sabedoria, que leva muito mais tempo para se chegar a ela, está em um nível teórico superior ao do bom senso, que é a faculdade de se fazer boas escolhas. Para ser sábio, ou sensato, não é necessário ter grande formação escolar ou acadêmica; basta apenas desenvolver o poder de discernimento e ter muita força de vontade e percepção para aprender as lições que a vida lhe oferece.

Não sei dizer se o bom senso está no DNA da pessoa, ou se ele pode ser aprendido e desenvolvido, mas quem pratica o bom senso e/ou a sabedoria leva vantagem para atingir a felicidade.

A falta de sensatez poderia explicar
por que algumas pessoas inteligentes
agem como idiotas em certas situações.

Ter bom senso e saber reconhecer
os próprios erros

é um bom começo para se seguir
em direção à sabedoria.

Continuando o raciocínio, se usei uma frase com ideia *"positiva"* para mostrar o que uma pessoa deveria fazer para ser feliz, para equilibrar a situação, agora usarei outra frase cujo objetivo também seria o de atingir a felicidade, porém por meio da ideia de *"negação"*. Seria o mesmo que dizer:

O que você não deve fazer para não
ser infeliz.

A frase seguinte, do filósofo Arthur Schope-
nhauer, diz:

"O homem nunca é feliz, passa a vida
inteira lutando por algo
que acha que vai fazê-lo feliz. Não consegue
e, quando consegue,
fica desapontado. Ele é um náufrago
e chega ao porto de destino sem mastros nem
cordames,
e não interessa mais se ele foi feliz ou infeliz,
pois a vida foi sempre apenas o presente, que
estava sempre sumindo
e agora terminou."

Com essas palavras, Schopenhauer afirma que "o homem é um eterno infeliz porque ele passa a maior parte da vida desejando e procurando por aquilo que ele não tem". O homem deseja, ele luta e nem sempre consegue, o que o faz infeliz; e quando consegue, logo em seguida, ele deixa de gostar da coisa, ele se desencanta, se desaponta e passa a querer outra coisa, e passa a lutar por essa outra coisa e, quando consegue, novamente deixa de gostar, e assim sucessivamente.

Nessa incessante luta, o homem acaba entrando de forma insidiosa em um "círculo vicioso de infelicidade", que só termina com a morte. Isso porque ele passa a vida lutando para ter o que deseja e, quando consegue, tem uma alegria efêmera (que não pode ser confundida com felicidade), para logo em seguida se desinteressar e retomar o seu ciclo de desejos.

O homem nunca está satisfeito
com aquilo que tem
e está o tempo todo querendo mais,
e mais, e mais...

O homem vive uma vida de infelicidade,
lutando pelo que não tem.

A maior armadilha em que
uma pessoa pode cair é quando,
sem perceber, ela se torna "escrava"
dos seus próprios desejos.
Esse é o caminho mais curto para
se chegar à infelicidade.

As pessoas passam a vida buscando
a felicidade sendo infelizes
e acabam transformando a própria vida
e a vida dos que a cercam em um inferno!

Parece até que a felicidade
foi uma criação do demônio!

Agora vou abrir um parêntese. Você acha que estou inventando ou querendo forçar a barra ao dizer que a felicidade foi uma criação do demônio? Não estou, não! Este fundamento pode ser encontrado na própria Bíblia, no Velho Testamento, em Gênesis, em que é descrita a passagem em que Deus, após criar Adão e Eva, os colocou para viver no Jardim do Éden.

Deus disse a eles que poderiam comer o fruto de todas as árvores do Paraíso, até mesmo os frutos da "Árvore da Vida", mas que eles jamais poderiam comer os frutos da "Árvore do Conhecimento do Bem e do Mal". "Esta proibição devia-se ao fato de que o *conhecimento* deveria ficar restrito à alçada divina". E o que fez a serpente? Ela tentou e incentivou Eva a comer o "fruto proibido", e Eva comeu e ainda ofereceu a Adão, que comeu também. E a isso foi dado o nome de "pecado original".

Após Adão e Eva terem cometido o pecado original, Deus os expulsou do Jardim do Éden e condenou os três, inclusive a serpente. O homem estaria condenado a levar uma vida dura de trabalho árduo seguida de morte, e a mulher estaria condenada a sentir as dores do parto e a levar uma vida de submissão ao homem. Deus expulsou Adão e Eva do Paraíso antes que eles conseguissem comer o fruto da "Árvore da Vida", o que lhes daria a vida eterna.

Ainda, Deus condenou a serpente a andar rastejando sobre a barriga e a sofrer o ódio do homem e da mulher. Por isso, existe até mesmo a hipótese de que, no início, as serpentes tinham pernas, e até asas, mas isso é outra história. A condenação de Adão e Eva foi extensiva para toda a humanidade.

O Novo Testamento afirma que Satanás usou a serpente para tentar Adão e Eva, e todos devem saber muito bem quem é Satanás, porque não se pode achar que Deus existe sem que o diabo exista, e vice-versa. Lembre-se do princípio da dualidade. Assim sendo, pode-se dizer que o diabo foi o responsável pela disseminação do *conhecimento* para toda a humanidade, o que trouxe como consequência a *infelicidade,* acompanhada da *felicidade,* pelo princípio da dualidade. E agora?

Você concordaria comigo que a "felicidade"
foi criação de Satanás?
O diabo deve divertir-se vendo as pessoas
correrem "infelizes" atrás da "felicidade"!

Ainda, certa vez, eu ouvi dizer que, segundo a mitologia grega:

"Os seres humanos não podiam ser felizes",
pois "A felicidade era
um privilégio dos deuses."

Acredite quem quiser!

Fechando o parêntese e voltando a falar daqueles que passam a maior parte do tempo desejando o que não têm, faz-nos lembrar "O Mito de Sísifo". Este é um ensaio filosófico de Albert Camus (Internet-Wikipedia), que fala sobre o *"trabalho inútil"* ao qual Sísifo tinha sido condenado a realizar pela eternidade, trabalho este rotineiro e cansativo e que não levaria a nada. De certa forma, esse mito poderia ser comparado com as escolhas e os sacrifícios que as pessoas fazem em busca da felicidade, que, no final, também não levam a nada. Veja este trecho de Camus:

***"O último capítulo compara o absurdo
da vida do homem com a situação de Sísifo,
um personagem da mitologia grega
que foi condenado a repetir eternamente
a tarefa de empurrar uma pedra até
o topo de uma montanha, sendo que,
toda vez que estava quase alcançando o topo,
a pedra rolava novamente
montanha abaixo até o ponto de partida
por meio de uma força irresistível,
invalidando completamente o duro
esforço despendido [sic]".***

***Qualquer semelhança com a nossa realidade
seria uma mera coincidência?***

A terceira pergunta é: ***"quem saberia dizer o que realmente quer"?***

Você percebeu que esta questão já está parcialmente respondida? E não por afirmação, mas, sim, por negação. Os dois pensamentos anteriores, tanto o de Schopenhauer como o de Camus, além de se complementarem, ensinam o que a pessoa "não" deve fazer para ser feliz, além de mostrar que muita gente vive o tempo todo desejando aquilo que não tem, porque:

***Tem muitas pessoas que não
sabem o que querem!***

Schopenhauer afirma que a infelicidade do homem está na eterna luta para se conseguir aquilo que se deseja, porque não tem, e, quando consegue, ele se decepciona e passa a desejar outra coisa. Isso quer dizer que:

***A pessoa não faz a mais "puta" ideia do que
ela quer na vida. (Esta frase é minha)***

Camus fala sobre o "trabalho inútil" de Sísifo, que pode ser comparado à pessoa que está o tempo todo desejando e despendendo energia trabalhando arduamente para ter aquilo que não tem e, quando consegue, se desgosta, gerando um novo círculo vicioso de trabalho inútil até a próxima aquisição e decepção. Assim, podemos inferir que:

"Ficar constantemente desejando
o que não tem" e
"trabalhar inutilmente e constantemente
para ter as coisas"
são sinônimos de infelicidade.

E agora? Se nós identificamos como agem as pessoas que não sabem o que querem, então o que se deveria fazer para ser feliz? Sem querer ser o dono da verdade, ou ser condescendente (no sentido pejorativo), e pedindo licença para Alex, eu darei a minha visão como resposta e espero não te chocar:

Você não deve desejar "nada"!

Você deve estar se perguntando: "mas que diabo esse maluco está querendo dizer com isso?". Eu estou querendo dizer:

Não crie "expectativas"!

Se você eliminar a expectativa da sua vida, você dará um grande passo para atingir a felicidade. Criar expectativas desejando que coisas aconteçam é o mesmo que aumentar o potencial para ser infeliz. Isso porque, partindo-se do princípio de que nem tudo o que queremos nós conseguiremos ter, quanto maior for a expectativa, maior poderá ser a decepção, caso o esperado não aconteça. E quando isso ocorre, a frustração poderá gerar uma profunda tristeza e afetar o seu humor e o seu estado de espírito, deixando-o com uma sensação de infelicidade.

Mas, ao contrário, se você não criar expectativas e se o que você esperava não acontecer, neste caso, você não se aborrecerá, simplesmente porque você não esperava nada mesmo! Mas, se acontecer, você ficará extremamente feliz, justamente porque você não esperava! Surpresas boas fazem bem e são sempre bem-vindas! Este segredinho poderá ser um grande passo para potencializar sua capacidade de ser feliz, além de melhorar o seu ânimo e o seu estado de espírito. Assim sendo:

Quanto "maior" for a expectativa,
"maior" poderá ser a "frustração".

Quanto "menor" for a expectativa,
"maior" poderá ser a "satisfação",
e a "frustração" sempre será igual a "zero"!

Você está percebendo por que expectativas não devem ser criadas? Acostume-se com as "surpresas boas" e não se abale com as decepções! Essa é uma maneira simples de se potencializar a felicidade. Mas tenha uma coisa em mente: "não desejar nada" e "não criar expectativas" não é o mesmo que "não saber o que quer da vida". "Não saber o que quer" é o mesmo que "não ter objetivos e deixar a vida te levar", e, pior, é colocar a sua vida nas mãos dos outros, ou nas mãos do acaso.

Você deverá ter objetivos factíveis e claros e almejar resultados, lutar por eles, esforçar-se e dedicar-se para alcançá-los, "sempre fazendo o seu melhor". Assim agindo, você poderá melhorar tanto a sua qualidade de vida "material", como evoluir "espiritualmente". Não faça nada que não te eleve ou que não te permita evoluir em espírito. Este é o grande segredo para se chegar à felicidade.

Seja uma pessoa melhor, e não somente
a que tem mais coisas do que os outros.

Evoluir espiritualmente é crescer
em felicidade.

Em resumo, sem desejar, sem ter inveja, sem cobiçar e sem criar expectativas, mas tendo objetivos, você terá um norte, você estará no comando da sua vida. E se usar a sabedoria, a serenidade e a coragem na hora certa, você terá grande chance de chegar ao sucesso e ser feliz. Mas com uma condição: sem expectativas. Tenha sempre em mente que pode dar errado, o que é triste, mas tristezas também fazem parte da vida.

Vou dar um exemplo para tentar clarear um pouco toda esta teoria de que estou falando. Imagine uma pessoa agnóstica, como o nosso protagonista Alex, como eu e tantas outras pessoas que fazemos parte de uma minoria que tem dúvidas sobre a existência de vida após a morte, que duvida da existência do céu e do inferno e tem dúvidas sobre a existência de Deus. Isso quer dizer que essa pessoa não tem expectativas de vida após a morte e ela está com o espírito aberto, pronto para o que der e vier quando ela morrer.

Imagine agora que esse indivíduo agnóstico levou sua vida dentro dos princípios morais e religiosos aceitos e que habilitam uma pessoa de bem a ir para o céu quando ela morrer. Na hipótese de o céu existir, e Deus também existir, esse indivíduo, quando chegar ao céu, terá uma "surpresa boa", uma grande alegria ao se encontrar com Deus, porque ele não tinha expectativa quanto à Sua existência. E na hipótese de não existir nem céu, nem Deus, acabou, enterra, e fim de papo. Esse indivíduo não ficará decepcionado, frustrado e muito menos com a alma atormentada pela eternidade.

Agora, imagine como ficaria a situação de 90% da população composta de pessoas que acreditam piamente na existência de Deus, que também estariam elegíveis a ir para o céu. Na hipótese de o céu e Deus existirem, pouco mudaria para elas, elas não ficariam surpresas quando O vissem, uma vez que elas "já sabiam" que Ele existia. Mas, na hipótese de Deus não existir, imagine a tremenda decepção e a imensa tristeza a que todas essas almas seriam acometidas, uma vez que, além de terem frustradas as suas expectativas, elas sentiriam que estiveram enganadas durante toda a sua vida terrena. Em resumo, por ocasião da morte:

As pessoas "agnósticas" poderiam ter uma "imensa felicidade eterna", enquanto as pessoas "crentes" poderiam ter uma "imensa infelicidade eterna"! Diga agora quem só teria a ganhar neste "jogo de incertezas"?

Algumas condutas poderiam ser adotadas no sentido de colocar o indivíduo no caminho da felicidade, mas ele teria de acreditar nisso e nele mesmo. São posturas simples demais, porém eficientes. A primeira delas seria a de se lembrar de que um dia todos nós que habitamos este planeta, quando da nossa concepção, fomos o espermatozoide mais rápido e ganhamos a corrida para termos o direito à vida. Devemos levar em conta que, nessa corrida, existiam, no mesmo instante, milhões de possíveis candidatos que sucumbiram e não tiveram esta oportunidade.

Viver é um privilégio de poucos vencedores!

Esse pensamento é um bom início de caminhada para se chegar à felicidade, é ficar agradecido pela sua concepção e pelo seu nascimento, pela sua existência e vida e pela sua morte e eternidade, que certamente um dia ocorrerá.

Reconhecer este ciclo de existência temporal do homem, saber conviver com ele e ser grato pela oportunidade de "existir" seria o grande segredo para a felicidade. Não existe maior motivo para ser feliz do que:

Sentir o vento na sua face e no seu corpo.
Sentir o sol arder na sua pele.
Sentir o cheiro do mar, ou da mata.
Ouvir o canto dos pássaros.
Ver o sol nascer, e se por.

E como ninguém é de ferro,
saborear uma fruta ou
uma comidinha gostosa e,
principalmente, ter dinheiro
para pagar pelo nosso sustento.

Devemos valorizar estas entre tantas outras
coisas simples que nem percebemos no dia a
dia, mas somente quando perdemos
a liberdade ou a capacidade de senti-las.
Isto é vida, isto é felicidade! Isto é ser feliz!

Quantas vezes você já ouviu alguém dizer:

"Eu era feliz e não sabia!"

Essa frase só reforça a ideia de que
a felicidade e a infelicidade
estão juntas, lado a lado, dentro de nós.

Essa frase também pode ser dada como exemplo de uma pessoa que viveu infeliz porque "ela não sabia o que queria"; e só depois que perdeu o "objeto" reconheceu o seu valor e viu a falta que ele está fazendo; mas, enquanto o teve pertinho, o negligenciou e não foi capaz de reconhecer o quão caro ele era.

Não procure a felicidade em outra pessoa, não se engane!

Você cometerá um grande erro
se achar que só será feliz
se encontrar a "pessoa certa",
porque não existe "pessoa errada",
só existem "pessoas" cada
uma à sua maneira.

Encontrar alguém para te fazer feliz é o mesmo que colocar nas mãos do outro a responsabilidade pela sua felicidade, ou pela sua infelicidade. E tenho dúvidas se existe alguém que tenha essa capacidade, uma vez que o mundo não funciona assim. Ou você é feliz porque escolheu ser feliz, porque olhou para dentro de si e encontrou a felicidade que mora dentro de você, ou você correrá um grande risco de se decepcionar ao colocar sua felicidade nas mãos de outra pessoa.

Somente as pessoas ressentidas
culpam os outros pelos seus fracassos,
e se vangloriam pelos seus sucessos,
e elas se esquecem que quem vive
a vida delas são elas, e não os outros!

Se ninguém é de ninguém, ninguém
pode ser dono da felicidade do outro.
Cada um vive a sua vida! Cada um
é responsável pela sua própria felicidade.

Se você escolheu ser "feliz", então você
será feliz até o fim dos seus dias.
Mas atenção! Cuidado!
Você também pode escolher ser "infeliz"!

Mais uma vez, vou chamar sua atenção! Sei que você é inteligente. Não entenda todas estas palavras como sendo pieguice da minha parte. Não sou piegas nem tenho a intenção de ser; muito menos gostaria que você começasse a agir como Pollyanna, personagem do livro de mesmo nome, escrito por Eleanor H. Porter. Pollyanna era uma menina órfã de 11 anos, que, na casa onde foi morar, começou a ensinar o "jogo do contente", que consistia em extrair algo de bom e positivo até mesmo das coisas ruins e desagradáveis. Seria pura ingenuidade se eu pensasse isso!

Não confunda filosofia de vida
com idealismo piegas e barato.

A filosofia nos complementa
e dá consistência à nossa existência.
O idealismo nos afasta da realidade.

A filosofia nos faz ver as coisas
com mais critério. O idealismo nos cega.

A filosofia nos fortalece.
O idealismo nos faz ocos por dentro.

Seu pensamento, suas crenças e a sua felicidade, você não os vê, mas eles têm existência, são reais e determinam quem você é, pois você vive em função deles e, por isso, eles podem te dar prazer ou te fazer sofrer. Existiria coisa mais real do que os seus sentimentos? E você tem que fazer transparecer esses sentimentos no seu modo de ser, dia a dia, para poder viver em equilíbrio com o mundo real, material.

Nem tanto ao sentimento,
nem tanto ao materialismo. Equilíbrio!

Sou realista. E se você prestar atenção, verá que tudo o que eu escrevi até aqui é muito real. Em nenhum momento eu fiz referência à desimportância do dinheiro ou a que o dinheiro não traz felicidade; ou a que quando morrer você não vai levar para o caixão a sua riqueza, ou coisa parecida. Eu também não disse que você não precisa ter um carro novo ou uma bela casa, ou que você tem que fazer voto de pobreza e morar em um barril para ser feliz.

Digo, sim, que, se você conseguir viver em equilíbrio, sabendo dosar sentimentos com realidade, você será feliz. Tenha certeza disso!

A vida terrena é uma só. Portanto, tire o maior proveito que você puder tirar dela.

Viva com o maior conforto possível, e que caiba no seu bolso. Tente viver em grande estilo!

Não tenha obsessão pelas coisas materiais, mas não despreze o prazer e o conforto que elas podem proporcionar.

Agradeça suas conquistas como se fosse uma recompensa que o Universo está te dando pelo seu esforço, trabalho e bem que você plantou.

Você sabe qual é a verdadeira diferença entre "liberdade" e "escravidão", quando o assunto for felicidade? Muitas pessoas têm uma falsa ideia de liberdade, ao se convencerem de que são livres porque elas têm a autonomia, o dinheiro e o poder para realizar todos os seus desejos. E elas se empenham demais para comprar tudo o que querem, a fim de realizar todos os seus caprichos — afinal, elas trabalham, elas podem e acham que merecem. Ledo engano!

Quem age assim até pensa que é livre, porque sente que é livre, mas não é!

Essa falsa sensação de "liberdade" não passa de uma "escravidão disfarçada".

Sim, o indivíduo se transforma em um "serviçal" dele mesmo porque ele acha que merece ter tudo o que quer. Ele só não percebe que tal comportamento poderia ser comparado a uma vassalagem, a uma servidão disfarçada dele para com ele mesmo. Querer tudo o que vê sem estar precisando não passa de um ato de consumismo exacerbado, de uma compulsão, de um TOC (Transtorno Obsessivo Compulsivo).

***A pessoa se torna "prisioneira"
das próprias vontades
e "escrava" dos próprios desejos.***

***Nenhum escravo é livre,
e quem não for livre dificilmente será feliz.***

Digo mais uma vez, não sou contra as pessoas comprarem coisas, afinal essa é a base do sistema capitalista em que a nossa sociedade está ancorada. Mas sou contra as pessoas comprarem com frequência o que elas não precisam. Você deve priorizar suas necessidades básicas e poupar, para depois gastar um pouco com supérfluos sem se endividar ou delapidar o seu patrimônio.

Quero dizer com isso que a verdadeira liberdade e a verdadeira felicidade estão, por exemplo, em se poder entrar em um shopping center e conseguir caminhar pelos seus corredores e olhar as vitrines sem entrar nas lojas, porque você não está precisando comprar nada naquela hora. Sair sem uma sacolinha do shopping? Vitória!

***A liberdade e a felicidade residem
no desprendimento, e não na cobiça.***

***A verdadeira liberdade está em você
comprar o que precisa, quando você quiser.***

***A falsa liberdade está em você comprar
o que você quiser, sem precisar.***

Eu sei que é muito difícil agir com desapego neste nosso modelo de sociedade, porque atiram pedras em mim quando eu exponho esta ideia, e talvez seja este o motivo que leva muita gente a se sentir incompleta, vazia, frustrada e infeliz. Mas se você estiver disposto a trilhar o caminho da felicidade, este poderá ser um bom começo. E não se preocupe com aquilo que o outro tem, porque a vida dele é dele, e você tem a sua vida, não sabe se o outro é feliz, mas tenha a certeza de que, se você agir assim, você será feliz.

Tente levar a sua vida o mais leve possível,
tire peso dos seus ombros
sem se preocupar com o peso que
o outro está carregando.
E não tente levar a vida do outro, leve a sua!

Sobre o conceito de liberdade, Stephen Hawking, gênio contemporâneo já falecido, físico teórico e cosmólogo britânico, cuja imagem ficou conhecida por usar uma cadeira de rodas e falar com uma voz metálica por meio de um dispositivo no computador, disse que, certa vez, perguntaram se ele se sentia "preso" naquela cadeira de rodas.

E ele respondeu dizendo que:

— Apesar de eu estar preso a uma cadeira de rodas e falar por meio de um computador, eu me sinto "livre" porque o meu "pensamento é livre". Assim, eu posso viajar pelo espaço, pelas galáxias e por buracos negros, tentando descobrir os grandes "mistérios" do Universo.

E, como ilustração, quando fizeram a ele a pergunta:

— Em que você pensa o dia inteiro? Ele respondeu com um sorriso irônico:

— Em mulheres. Elas são um "mistério" completo para mim!

Caro leitor:

Pense livre! Seja livre!
Caminhe com liberdade para a felicidade!

Para finalizar este tema, muita gente acredita que, se encontrar a cara metade, se apaixonar e se casar com ela, será feliz. Ledo engano! Se você procurar a sua felicidade em outra pessoa, ou no casamento, procurará no lugar errado.

Se você ainda não escolheu ser feliz e se você ainda não encontrou a felicidade dentro de você, no casamento você encontrará muito trabalho, muitas obrigações, muitos problemas e muitas responsabilidades. Terá que fazer e receber concessões e ter muita tolerância. E você terá também momentos de satisfação, de alegrias e de tristezas. Mas tenha a certeza de que não encontrará a felicidade nem na cara metade, e muito menos no casamento.

Casamento é compartilhar,
é dividir, é dedicar-se, é trabalho.
Casamento não é uma "fonte de felicidade".

O casamento poderá te dar prazer
ou te dar desgosto,
ele jamais poderá fazer você feliz ou infeliz.

CAPÍTULO XL – OS CONTOS DE FADA

"Era uma vez..."

É com essas palavras que começa a história de um lindo conto de fada. E não foi nem uma nem duas vezes que Alex fez uso da locução "conto de fada" quando se referiu a alguma situação ligada a Maria, querendo dizer que ela era uma mulher romântica, sonhadora e que, às vezes, vivia nas nuvens e longe da realidade.

Em todo conto de fada, existe um início, uma situação em que o príncipe e a princesa travam contato, se veem pela primeira vez e se apaixonam. "Amor à primeira vista!" E depois de se conhecerem, existirá um longo caminho que eles terão de percorrer e muitas dificuldades que os dois pombinhos apaixonados terão de superar até, finalmente, chegarem ao ponto alto da narrativa, ao ápice, que é o casamento.

Se for um filme, o casamento é mostrado com toda pompa e glamour, com uma grande festa e fogos de artifício, com direito a carruagens e muitos convidados, tudo digno de uma princesa e de um príncipe. Então, aparecem as palavras mágicas após a última cena:

"E eles viveram felizes para sempre!"

"The End"
(O Fim)

Poderia existir mensagem mais mentirosa da suposta felicidade que um conto de fada tenta transmitir para as meninas, e para os meninos também, ao afirmar que, após o casamento, marido e mulher viveram felizes para sempre? E eles começam a assistir a esses filmes e ouvir essas histórias de felizes para sempre desde criancinhas até a idade adulta. Eu não excluiria os garotos dessa situação lúdica, desse sonho que acaba levando um homem e uma mulher ao altar, afinal, se um pediu em casamento, o outro aceitou, e o homem será o príncipe encantado dessa história, e a mulher será a princesa. A meu ver,

Os contos de fada poderiam ser chamados de propagandas enganosas.

Nem preciso repetir, mas já repetindo, quase 50% dos casamentos estão terminando em divórcio atualmente. E depois que as criancinhas crescem e se tornam adultas, dificilmente um pai ou uma mãe retorna ao assunto para conversar com seus filhos e explicar que a vida de casado não é um mar de rosas, como essas fantasias tentam mostrar, e que a realidade é bem diferente. Com isso, muitas dessas criancinhas, agora crescidas e adultas, podem ainda alimentar dentro de si aquele sonho e entrar despreparadas para a nova vida que as espera.

Se você acha que eu estou exagerando, tente marcar uma data para uma festa de casamento em algum *buffet* para ver a dificuldade que você encontrará. E pergunte para a noiva o porquê de ela querer dar uma festa de casamento tão cara, chique, glamourosa e com tanta pompa.

E a noiva responderá que "sempre foi o sonho da vida dela".

Se perguntar também para o noivo, ele dirá que "todo sacrifício é válido para realizar o sonho de sua noiva e futura esposa", porém acredito que ele omite, ele não dirá que esse sonho também seja o dele. E de onde e quando veio esse sonho que ele e ela alimentaram e agora, finalmente, está prestes a se realizar? Esta você responde. Ocorre que:

Após a festa terminar, não aparecerá nem o "The End" nem o "Viveram felizes para sempre".

Agora, você, que acompanhou a história de Alex e Maria, imagine como tudo isso pode ter se processado na cabeça de Maria! Leve em consideração o contexto de quando eles se casaram. Maria pode ter alimentado todas essas esperanças e ilusões sobre o casamento dentro dela, mas você deve lembrar que aconteceu tudo ao contrário, sem luxo ou glamour. Deve ter sido uma tremenda decepção para ela!

Não seria bom, seria ótimo se a vida fosse só felicidade quando alguém encontrasse a "pessoa certa", a sua "cara metade", o "grande amor" de sua vida! Acontece que toda essa felicidade que o mundo da fantasia apresenta começa a ser colocada à prova quando os problemas mundanos começam a se suceder no mundo real pós-casamento.

Você percebeu que todo conto de fada que se preze termina com o casamento do príncipe com a princesa? Você já assistiu alguma vez a um conto de fada que tenha se iniciado pelo casamento entre os dois pombinhos? Se existir, desculpe minha ignorância, não conheço!

Somente em uma das sequências do filme Shrek", uma animação computadorizada, uma fantasia que eu também chamaria de conto de fada foi que teve uma quase mostra da realidade da vida de casados do Shrek com a Fiona. Foram mostradas as desilusões, as decepções, as frustrações, os desentendimentos e os desencontros entre eles, para, no final, se entenderem e continuarem juntos. Mas:

Se não fosse um conto de fada, Shrek e Fiona poderiam não ter se entendido, e a realidade poderia tê-los levado ao divórcio.

Será que esconder a realidade do casamento não poderia ser uma estratégia, uma espécie de mensagem subliminar de uma suposta felicidade que os autores de histórias e filmes de fantasia poderiam estar querendo transmitir para o público? Mas com qual intenção? E ainda, poderia existir a intenção de se passar uma mensagem de que, se houver amor, os dois poderiam superar juntos todas as dificuldades advindas com o casamento? Antes de se casarem, creio que sim, mas depois... Já falamos sobre amor e casamento em capítulo anterior!

Em meio às dificuldades, a única coisa que o casal poderia dizer seria:

— "Eu não sabia!"

Quando alguém se predispõe ou é levado a assistir uma fantasia, um conto de fada, o que a pessoa poderia estar procurando seria divertir-se um pouco, para fugir da realidade da vida, e ainda sonhar idealizando uma vida melhor e, quem sabe, uma vida feliz como supostamente "é" a vida do príncipe encantado e da princesa.

Agora, imagine se um conto de fada mostrasse a realidade que poderia estar por trás daquela suposta felicidade conjugal do príncipe e da princesa. Imagine mostrar os desentendimentos, as discussões e os dois "quebrando o pau", qualquer que fosse o motivo, podendo até levá-los ao divórcio e a brigar para dividir os bens e por pensão alimentícia. E imagine assistir a tudo isso acontecer após o início do filme ter mostrado toda a paixão e o grande amor que existia entre eles e que os uniu!

Se os filmes de conto de fada retratassem
a realidade pós-casamento,
talvez menos gente se casaria e os buffets
teriam mais datas disponíveis.

Parece que o "The End" não significa
o fim do filme, mas, sim, o fim do sossego,
o fim do conto de fada e o início
dos problemas e das dores de cabeça.

A única semelhança que poderia existir
entre casamento e conto de fada
seria o marido virar um "sapo",
e a mulher, uma "bruxa".

Na realidade, tudo muda, as coisas mudam, nem sempre para melhor. E se o marido e a mulher não forem maduros o suficiente para entender essas mudanças abruptas de "papéis" que ocorrem quando se passa da vida de solteiro para a vida de casado, os conflitos certamente ocorrerão. E é sobre esse conceito de "representar papéis" que pretendo discorrer um pouco nesta abordagem.

Todos nós somos atores durante a nossa vida inteira. Ninguém escapa. Todos nós estamos representando papéis a todo o momento, e a maneira mais direta de demonstrar isso seria dando exemplos:

— Dirigindo nosso carro, representamos o papel de motorista, se estivermos no banco do carona ou no banco de trás, nosso papel será de passageiro, e se estivermos andando a pé na rua, estaremos no papel de pedestre.

— Enquanto solteiros, representamos o papel de namorado ou de noivo, depois que nos casamos, os papéis mudam para marido e mulher.

— No trabalho, nosso papel é de funcionário, ou colaborador, como preferirem.

— E no trabalho, a complexidade do papel poderá aumentar, se formos responsáveis por várias pessoas. Além do papel de colaborador, nós teremos também de representar o papel de supervisor, ou de gerente, ou de diretor, e seremos cobrados e vistos tanto pelos atores que são subordinados a nós, como pelos atores que representam o papel de nossos superiores, hierarquicamente falando.

— Na faculdade, nosso papel poderá ser de aluno, ou de professor, conforme o caso.

— Em casa, diante de nossos filhos, o nosso papel será de pai ou de mãe.

Acho que já basta de exemplos. Esses já são suficientes para se entender o raciocínio implícito nessa questão. Digamos que existe um *script* para cada um desses papéis, ou seja, existe uma expectativa, um padrão de comportamento que a própria sociedade definiu e espera que cada um de nós desempenhe em cada um deles.

Tudo isso é simples e intuitivo. Como pedestre, você não precisa ter carteira de habilitação e saber leis de trânsito profundamente, mas como motorista sim. Diante de nossos pais, nós somos filhos, mas, diante de nossos filhos, nós somos pais. Os papéis mudam a toda hora, e perceba que podemos estar em um mesmo ambiente.

Diante disso, uma coisa precisa ficar clara, mas muito clara! Cada um desses papéis, que todos nós temos de representar como atores que somos, carregam consigo uma carga de responsabilidades inerentes a cada um deles. E isso ocorre porque vivemos nossa vida em sociedade, e não em uma peça de teatro.

Na peça, a responsabilidade do ator em relação ao personagem é fazer uma boa representação, e fim! O personagem "morre" ali no palco a cada apresentação, e o ator vai para casa viver a vida dele. Mas, na vida real, nós carregamos, 24 horas por dia, todas as responsabilidades relativas a todos os papéis que nós representamos. E quem não tem esta percepção acaba tendo ou causando problemas.

Em um filme, ou em uma peça de teatro, o autor cria as personagens e seus respectivos perfis psicológicos, o roteirista cria os diálogos, e o diretor define a maneira que o ator deverá expressar-se em cada cena. Porém, na nossa vida, nós somos autor, roteirista, diretor e personagem, de acordo com o papel inerente a cada cena ou, melhor dizendo, a cada situação.

Isso tudo poderia ser confuso e assustador se todos nós tivéssemos de ler e decorar todo esse *script* durante a nossa vida, mas é claro que não é preciso. Tudo isso é muito intuitivo, e nós não temos que ensaiar à exaustão até estarmos aptos a representar. Se muitos viveram, melhor dizendo, atuaram até agora sem conhecer esses conceitos, ou se estes passaram despercebidos e, mesmo assim, foram "bem avaliados pela crítica", então é isso que importa. Porém, para se tentar entender alguns comportamentos das pessoas, precisamos usar a teoria para poder explicá-los melhor.

O que cabe a nós é sabermos identificar qual papel estamos representando a cada momento em cada situação. Esse discernimento evitaria que alguns juízes, desembargadores, delegados, políticos, ou qualquer pessoa que se ache muito importante e que esteja tendo algum comportamento inadequado, fizesse aquela famosa pergunta: "Você sabe com quem está falando?", cuja resposta poderia ser: "Com um baderneiro, ou com um motorista bêbado, ou com um mal educado".

Mais uma vez, vamos falar de Maria, a personagem mais psicológica e mais controversa desta história. Muito longe de ter tido uma vida de princesa na sua infância e adolescência, ela sempre foi uma mulher ingênua e sonhadora, que idealizava o casamento e esperava viver a fantasia de um conto de fada, conforme a narrativa de Alex.

Ela até disse a ele, nos últimos dias antes da separação, que ficou chocada e decepcionada com a lua de mel que ela teve, que aconteceu em um quarto simples de um hotel mambembe, bem diferente do que ela havia idealizado e sonhado desde pequena. Só que, na realidade, ela não manifestou a Alex esse desejo na época apropriada, ou seja, antes de se casar.

Antes do casamento, poderíamos dizer que Maria teria assumido o papel de gata borralheira, trabalhadora, amiga, submissa, temerosa e incapaz de manifestar suas vontades. Talvez ela alimentasse a esperança de que um príncipe encantado viesse resgatá-la daquela vida sofrida e resignada que ela levava. E talvez ela tivesse visto em Alex essa possibilidade.

Ocorre que Alex não era nem príncipe e muito menos encantado. Seria decepção certa! Ou Maria não viu, ou ela fechou os olhos para não ver!

Nos papéis de namorada e noiva, Maria conseguiu preservar sua virgindade até o casamento, carregando dentro dela a falta de vontade para fazer sexo, sexo que ela deveria começar a praticar após as núpcias. Ainda, da mesma forma que em contos de fada, Maria queria ter muitos filhos e, segundo ela mesma dizia, uns 10!

Muito contraditório Maria querer ter 10 filhos sem ter libido! Tem algo errado! Estaria a mentira na falta de vontade de transar, ou na vontade de ter dez filhos?

Acontece que, no mundo da fantasia, tudo é possível, e nem príncipe nem princesa têm problemas mundanos, como não querer transar e alegar dor de cabeça, falta de dinheiro, noites mal dormidas por causa dos filhos, além do trabalho que, no geral, eles dão. E a maneira de educá-los também é um detalhe; e que eles crescem e vão embora de casa também é outro detalhe.

Já casada, Maria começou a representar o papel de dona de casa e de esposa e, logo depois, também o de mãe. E para ser esposa e mãe, ela teve de se especializar e se acostumar a fazer sexo, porém, neste caso, não foi ela quem escreveu o próprio roteiro, teve uma pequena participação de sua mamãe e de sua vovó.

Para demonstrar prazer e sensualidade quando fazia sexo com Alex, Maria teve de atuar e fingir que sentia prazer, a fim de manter as aparências. Assim, ela teve que representar da mesma forma que uma grande atriz faz em cenas de sexo, porque ela mesma confessou que nunca teve vontade de transar e que nunca gozou. Conforme Alex disse, no papel de amante, Maria soube representar muito bem, e no papel de mãe, ela também foi aprovada.

Aquela felicidade ideal só existe nos contos de fada, e o conto de fada termina com o casamento.

Casamento é realidade, são obrigações, são compromissos dos quais não se pode fugir.

Influenciada por historinhas românticas e fantásticas, Maria pode ter ficado decepcionada, frustrada e infeliz com a realidade do casamento, que era bem diferente daquela que ela aprendera na infância. Isso porque as fantasias mostravam amor e felicidade só até as núpcias e paravam aí; depois do casamento, elas não mostravam mais nada.

Talvez seja por isso que muitas meninas crescem com essa falsa expectativa de felicidade. E eu ousaria dizer que muitas mulheres carregam dentro de si até o fim da vida essa falsa esperança de ser feliz com base na famosa frase: "Nunca é tarde para ser feliz!", que foi dita por Maria beirando os 70 anos. Como o tema "felicidade" já foi discutido, não voltarei ao assunto. Eu só faria uma pequena e significativa mudança nessa frase, que ficaria assim:

"Nunca é tarde para se aprender a felicidade!"

Por ter frustradas suas expectativas românticas de felicidade, tanto em relação a Alex como em relação ao seu casamento, lá no seu íntimo, Maria pode ter continuado a se sentir sendo a gata borralheira e continuou esperando que um dia aparecesse o seu príncipe encantado, que a libertaria dessa vida infeliz.

Maria parecia mesmo acreditar que só seria feliz se encontrasse alguém, um homem que seria o seu grande amor, e para isso "nunca seria tarde"!

Como já disse anteriormente, felicidade é uma "escolha", felicidade não é uma "coisa", o que é muito diferente. Você concordaria comigo que, para acreditar nessa "coisa" para ser feliz, e alimentar por tanto tempo essa esperança, Maria precisaria ser muito romântica, idealista e sonhadora?

Não estou aqui para julgar, mas vou concordar com Alex

quando ele se referia ao nefelibatismo de Maria, e até ela concordava!

"Ninguém deve abrir mão dos seus sonhos", e eu acrescentaria: "Desde que o sonho seja realista e factível!"

Maria encontrou na Internet o seu "velho príncipe encantado" (terminologia usada por Alex), por quem ela se apaixonou, e ele por ela, e eles viveram um grande amor, e, como deve ser uma verdadeira paixão, Maria ficou totalmente cega de amor por ele. Desse modo, ela descobriu, "antes tarde do que nunca", o que era o amor.

Para conquistar a princesa Maria, o seu príncipe encantado não precisou escalar montanhas, pular abismos, lutar contra exércitos ou matar dragões que cospem fogo para resgatar a sua bela amada e, muito menos, precisou beijá-la para tirá-la do seu estado de *narcoletargia*. Bastou apenas que o príncipe encantado de Maria tivesse um bom "papinho furado" (terminologia usada por Alex) pelo Facebook e pelo WhatsApp para ele preencher o vazio coração sonhador de Maria.

Pelo menos, essa forma de conquista foi bem real, foi mais real do que mágica, como acontece no mundo da fantasia! Teria Maria realizado o seu sonho?

Maria e seu príncipe encantado, nos papéis de amantes virtuais, viveram apenas a fase da aventura cibernética da paixão e do amor, mas não chegaram ao casamento para testar a realidade que os estaria esperando dentro das condições financeiras que ele poderia oferecer a ela naquela ocasião. Lembrar que o príncipe de Maria não era nem de longe um glamouroso e nobre príncipe encantado de conto fantástico (segundo Alex).

Após viver esse "conto de fada virtual", esse romance "facebookeano", Maria resolveu acabar com o seu casamento, sair de cena e abandonar o papel de esposa submissa e dependente financeira do marido, que ela representou por 45 anos, e pediu o divórcio. A partir daí, Maria começou a representar novos papeis, agora como de uma mulher divorciada, empoderada e de ex-esposa "relativamente independente", porque ela continuou a depender financeiramente da pensão do ex-marido Alex.

Como estamos falando de cenas e de representação de papeis, a sequência de "filmes" a seguir faz lembrar alguns episódios vividos por Alex e Maria:

"O Casamento de Alex e Maria"
(encenado por Maria desde as núpcias)
"Antes Só do que Mal Acompanhado"
(filme de 1987)
"A Verdade Nua e Crua" (filme de 2009)

A vida é um grande teatro,
e todos nós somos atores!

CAPÍTULO XLI – "THE END"

Neste último capítulo, começarei levantando algumas questões para reflexão:

– Você sabe o que é história?

– Você gosta de história?

– Você acha importante a história?

– A sua história é importante para você?

– A história dos outros é importante para você?

Agora, você pode estar se perguntando por que eu estaria tão interessado em falar de história. E eu diria que estou interessado em história porque, com certa frequência, se ouve alguém dizer algo do tipo:

– "O passado não move montanhas."

– "O futuro a Deus pertence."

– "O que interessa é o presente."

– "Quem gosta de história é museu."

Esses pensamentos mostram o quão desimportante a história parece ser para muitas pessoas, e o quão negligenciado chega a ser para elas o passado, o nosso passado, a nossa história. Em concomitância à pouca importância que muitos dão à história, eles ainda demonstram a pouca importância que dão até mesmo para o futuro. Diante desse quadro, transcrevo um trecho de um poema de Álvaro de Campos, que é um dos heterônimos de Fernando Pessoa, que compôs o:

"Poema de Canção Sobre a Esperança"

II

"Usas um vestido

Que é uma lembrança
Para o meu coração.

Usou outrora
Alguém que me ficou
Lembrada sem vista.

Tudo na vida
Se faz por recordações.
Ama-se por memória."

Essa poesia nos remete a um
conceito universal que diz:

"Memória é o que nós somos."

Muita gente não tem consciência de que é a nossa origem, a nossa descendência, a nossa vida, a nossa história que determina quem somos hoje. E a escritora e poetisa brasileira Adélia Prado caracterizou com propriedade esse pensamento com a frase:

"O que a memória ama fica eterno."
"Quanto mais vivemos, mais eternidades criamos dentro da gente."

Muitos não dão valor ao passado e até ridicularizam aqueles que dão, chamando-os de saudosistas e de retrógradas contra o progresso. Eles valorizam demasiadamente o presente como se acreditassem que morreriam no dia seguinte. E no filme *Sociedade dos Poetas Mortos* (1989), o termo "*Carpe diem*", que significa "aproveite o dia", "aproveite o momento", é um ícone, uma bandeira, uma referência para todos aqueles que assim pensam.

E o futuro? Ora! O futuro...

Então, eu perguntaria a essas pessoas se elas saberiam dizer o que é viver o presente. Para mostrar o que é o "presente" e o quão efêmero ele é, descreverei o seguinte experimento:

Vamos colocar esse indivíduo, que tanto valoriza o "presente", no centro de uma sala quadrada onde existem dois relógios colocados um de frente para o outro nas respectivas paredes opostas. Esses dois relógios marcam exatamente a mesma hora, minuto e segundo. O experimento consiste em esse indivíduo ficar de frente, olhando para um dos relógios, e de costas para o outro, tentando ver a mesma hora nos dois relógios.

Por mais que esse indivíduo tente, jamais ele conseguirá ver a mesma hora nos dois relógios, porque, estando ele vendo a hora de frente para o relógio 1, quando ele se virar para trás, mesmo que rapidamente, para olhar a hora no relógio 2, já terão se passado preciosos milésimos de segundo que deixam no "passado" a hora que ele viu anteriormente no relógio 1.

Esse experimento revela o quão efêmero é o "presente" que muitos valorizam, mas que, em frações de segundo, deixa de existir e já vira "passado" e passa a fazer parte das nossas lembranças, das nossas recordações, da nossa memória, da nossa história. E quando esse indivíduo se voltar novamente para ver a hora no relógio 1, esta hora que era uma intenção e estava no "futuro" logo vira "presente", e quando ele se voltar novamente para o relógio 2, a hora do relógio 1 já virou "passado", e assim sucessivamente.

A hora que estava no "futuro" vira "presente" e vira "passado" sempre que o indivíduo olhar um dos relógios. E tudo isso ocorre em milésimos de segundos.

E quem seríamos nós se não as nossas lembranças, pois "tudo" vira passado?

Se você ainda não estiver convencido da importância que tem a nossa história, imagine a seguinte situação:

Você é um aventureiro, um andarilho, um indivíduo que não cria raízes e que gosta muito de viajar por todo o país e aproveitar o presente. Seu negócio é colocar uma mochila nas costas e cair na estrada, pedindo carona, *carpe diem* certo? De repente, você está em uma cidade distante e não conhece ninguém, e ninguém te conhece. Então, você é assaltado, leva uma pancada na cabeça e perde totalmente a memória. Sua mochila e seus documentos já eram. Você fica com amnésia.

Então você é atendido no hospital da cidade. Depois de algum tempo, você acorda, e o pessoal da secretaria vai até você para fazer a sua ficha de identificação:

– Nome: não me lembro.

– Endereço: não me lembro.

– Cidade de onde vem: não me lembro.

– Idade: não me lembro.

– Nome do pai e da mãe: não me lembro.

– Nome de algum parente: não me lembro.

– Profissão: não me lembro.

Diante de tanta falta de lembrança, quem é você? Você se tornou um "ilustre desconhecido", o famoso "Quem?"! E por quê? Porque você perdeu a memória, você esqueceu o seu passado, você perdeu o registro de sua história. E aí? O nosso passado e a nossa história são importantes ou não na nossa vida?

Para dar um exemplo mais prático, atual e real, imagine que você esteja em uma dinâmica de grupo para um emprego que você se candidatou. Qual é a primeira coisa que a facilitadora pede para os candidatos? Ela pede que cada um se apresente: "Fale para todos nós quem é você". E você conta para todos na sala, nada mais e nada menos, que a sua "história de vida, pessoal e profissional". Acho que este assunto esgotou!

O "presente" só poderá ter algum valor relativo e durar um pouco mais se ele vier dentro de uma caixinha embrulhada com um lacinho e um cartão!

Agora, se o presente é efêmero e passa mais rápido do que um piscar de olhos; se o passado são lembranças e é a somatória de todos os fragmentos de presentes que nós vivemos, sejam eles bons ou não; então o que é o futuro? O "futuro" nada mais é do que a nossa "imaginação", as nossas "ideias", os nossos "planos" e as nossas "intenções", são as escolhas que ainda faremos para transformar nossos planos em ações e em realidade daqui a algum tempo.

O futuro são as nossas expectativas,
são as nossas esperanças.

Nós passamos do presente para
o passado e para o futuro tão rápido
que nem conseguimos perceber.

A nossa vida, a nossa existência
é uma "viagem no tempo".

O milagre da vida é uma jornada que iniciamos com a concepção, quando um espermatozoide se une com um óvulo e nós nascemos, e ela termina com a morte — isso se não existir nenhum estado de consciência anterior à vida ou *post mortem*. Após o nosso nascimento, nós passamos a *"flutuar"* pelo planeta usando todos os sentidos que a natureza nos concedeu. E tudo é comandado pelo nosso cérebro e pela nossa mente, desde o nosso metabolismo basal, nossos instintos, nossa consciência, nossas emoções e nossos sentimentos, até os nossos movimentos e escolhas.

O que é a nossa vida se não um caos organizado interior, um *balaio de gato*, um conjunto aparentemente desorganizado de exercícios mentais decorrentes de um estado de consciência que nos leva a sucessivos sentimentos sobrepostos e, às vezes, contraditórios, como: amor, ódio, paixão, desprezo, felicidade, tristeza, afeto, amizade, indiferença, e tantos outros mais. Dessa forma, alternamos entre o mundo real e o imaginário e, no final, as coisas se encaixam, e a nossa vida acaba fazendo algum sentido.

Como toda jornada tem um fim, a nossa vida aqui no nosso planeta termina quando morremos, mas a nossa existência se transforma em terra, em pó, em tudo, em nada, e em lembranças! E ponto final? Quem sabe? Eu não sei! E alguém poderia ter plena certeza disso? Ou a morte poderia ser uma transformação para que pudéssemos existir em outro nível de consciência?

Cada habitante deste planeta
tem a sua vida, tem a sua história,
tem a oportunidade de fazer da vida
a sua própria "viagem no tempo".

Neste livro, tomamos conhecimento da história de Maria e de Alex, que foi contada sob o ponto de vista de Alex. Eu e você, leitor, também temos a nossa história. Mas tenha certeza de que todos nós, com todos os prós e contras que a vida nos reservou, não conseguimos fazer a mínima ideia de como poderia ter sido as nossas vidas se as nossas escolhas tivessem sido diferentes das que fizemos. E este ponto, a que cada um de nós chegou, é o que chamamos de "**Destino**".

O "Destino" é um fato que
nós tomamos conhecimento
somente depois que ele se revela.

Alex e Maria, por exemplo, fizeram incontáveis escolhas desde sempre, escolhas estas que os levaram ao casamento, aos filhos e ao divórcio, mas alguém poderia dizer como poderia ter sido o destino de cada um deles se eles não tivessem casado um com o outro? Sinistro, não?

Apesar de usarem metáforas como: "Cada um é o piloto da sua vida" ou "Cada um faz o seu destino", além das escolhas que fazemos, existem milhares de variáveis, milhões de acontecimentos aleatórios que nos afetam, que não estão sob o nosso controle e que nos tornam incapazes de nos defender ou nos prevenir em relação a eles.

Tal fato nos torna mais passageiros
do que pilotos das nossas vidas.

O destino de cada um é decorrente de uma cadeia de incontáveis acontecimentos aleatórios, de uma sucessão de eventos precedentes que nos conduziram à situação em que nos encontramos em cada momento das nossas vidas. E a esses eventos somam-se, ainda, as nossas escolhas. E esse "**caos**" que governa as nossas vidas só termina... você sabe muito bem quando!

A Vida

A vida é energia,
é sensações,
é pensamentos,
é espírito,
é alma.

O que nós vemos parece ser concreto,
parece ser real, mas não é.
O que nós vemos são imagens refletidas
a partir da incidência da luz sobre os objetos.

E essas imagens podem ser reais
ou criadas pela nossa mente,
que também passam a ser reais.

O futuro nós imaginamos com pensamentos,
planos e ideias, e o criamos.

E quando o futuro vira presente,
o nosso presente vira passado
na velocidade da luz,
que vira lembranças, que vira histórias,
e que no final vira somente memórias!

O que vale é a nossa vida, a nossa jornada.

O que vale é a oportunidade de manifestarmos a nossa consciência.

O que vale é a nossa "viagem no tempo",

porque

“A Vida É Um Sonho”